PRESS DIONYSUS

2023

First published in 2023 by PRESS DIONYSUS LTD in the UK, 167, Portland Road, N15 4SZ, London.

www.pressdionysus.com

Paperback

ISBN: 978-1-913961-11-4

Patriam

*Recueil de Nouvelles sur l'Amour,
le Destin et la Terre*

Khalid Fahfouhi

Press Dionysus •

ISBN- 978-1-913961-11-4

© 2023 Press Dionysus

Press Dionysus LTD

167, Portland Road, N15 4SZ, London

• e-mail: info@pressdionysus.com

• web: www.pressdionysus.com

Pour Ayden, mon chéri

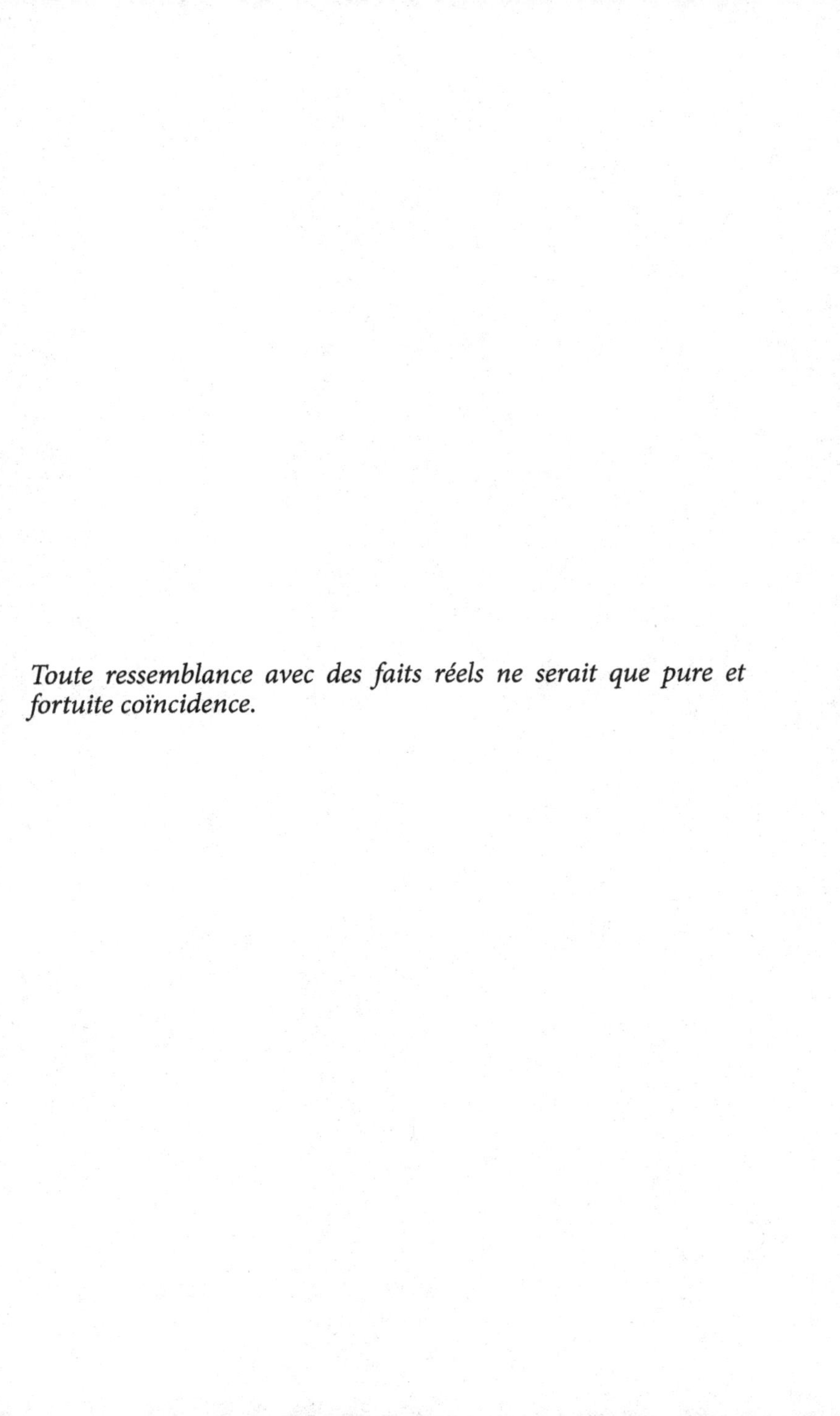

Toute ressemblance avec des faits réels ne serait que pure et fortuite coïncidence.

À propos de l'auteur

Khalid Fahfouhi est franco-marocain. Son rapport à l'écriture remonte à son adolescence lorsqu'il a commencé à écrire des poèmes et de la prose. Il s'est ensuite tourné vers la fiction.

Khalid travaille actuellement dans l'éducation. Il a publié des articles dans des revues spécialisées anglo-saxonnes et françaises.

À propos du livre

« Elle pourrait essayer de sentir l'esprit de ces aïeux, lesquels avaient contribué à construire ces rails, à façonner ces terres, à écrire son histoire et à essayer de rendre les songes d'une nuit ou d'une vie quelque peu réels. Elle pourrait également tenter de revivre l'instant où elle trouva Javier si authentique. Après tout, n'importe quel rêve pouvait se réaliser en Californie. »

Patriam est un recueil de nouvelles sur le destin. Les personnages des dix-sept histoires sont confrontés à leur relation à l'autre, à l'amour, à la terre et à l'héritage, lesquels sont inextricablement liés.

Les souvenirs du passé sont encore vivaces, le présent soulève de nombreux défis et l'avenir reste à définir.

Dans leur quête, ils remettent en question leur destinée ou la laissent simplement se dévoiler, afin de trouver un chez-soi qui leur est propre.

Contenu

Solar

Le soleil brillait allégrement en cette matinée de janvier. La lumière hivernale transperçait aisément le mince rideau brun orangé de la chambre quelque peu désordonnée. Elle poursuivait sa course jusqu'au lit pour aller se poser sur son visage. Son intensité finit par le réveiller, l'invitant à venir se fondre dans l'atmosphère dominicale. Il se demanda quelle heure il était.

Dans le couloir, il pouvait entendre les petites qui faisaient leurs va-et-vient quotidiens, déjà débordantes d'énergie. Sur le moment, il se serait cru au milieu des couleurs et saveurs sud-américaines. Les dialogues que la télévision laissait échapper l'arrêta net dans son élan.

Il ne savait plus réellement quel vent l'avait poussé vers le ciel bas et la grisaille de Londres. Déjà, ses aïeux avaient fait le grand saut de leur Italie profonde et traversé l'Atlantique pour tenter de trouver un bout de paradis dans la ruée vers le Nouveau Monde. Avaient-ils réussi à atteindre cet Eden ? Question qu'il ne s'était jamais posée. Une fois à la retraite, ironie du sort, *mamma e papá* avaient fini par retourner à la terre d'origine afin de fuir les aléas de la vie argentine depuis presque cinq ans. Quant à lui, voilà qu'il se trouvait sur les bords de la Tamise à présent, loin de l'hémisphère sud. Depuis son arrivée, quatre ans auparavant, il semblait toujours attendre quelque chose de cette vie dans cette ville.

Aujourd'hui était un jour spécial, comme chaque dimanche. Elena et leurs deux filles s'affairaient aux préparatifs de la messe. L'église protestante évangélique Saint-Joseph était à quelques encablures de leur domicile à Kensal Rise, ce qui était fort pratique. Ils avaient fait partie de la minorité protestante là-bas. Maintenant, ils ne se sentaient plus autant marginaux. Et comme chaque dimanche matin, il pouvait observer le même rituel. Il y tenait, lui qui n'allait que très rarement rendre visite au bon Dieu. Quand il y participait, c'était uniquement pour faire plaisir à sa femme. Il considérait cette anomalie comme un vestige persistant de Buenos Aires, une nostalgie dont il ne voulait se séparer.

En revanche, il lui arrivait régulièrement de lire quelques passages des textes fondateurs de l'Ancien et du Nouveau Testament. Non pour faire plaisir à son épouse cette fois-ci, mais par curiosité et comme tranquillisant, insistait-il. Pour preuve, le Livre était posé sur la table de chevet, ouvert à l'Évangile selon Saint Luc. La veille, avant de se coucher, il en avait lu quelques pages, histoire de se purger de ses maux :

Le Fils de l'Homme est venu chercher et sauver ce qui était perdu.

Il adorait cette citation. Il trouvait qu'elle résumait parfaitement son histoire et celle de ses ascendants. Avait-il vraiment besoin de Dieu pour atteindre ce qu'il cherchait, se demandait-il, toujours aussi dubitatif quand il en venait à des questions de convictions. Religieuses ou pas. À la rigueur, ce vieux bonhomme pourrait l'aider à arrêter de fumer, ce qui serait d'une grande aide. Il toussait de plus en plus depuis quelques années, et surtout cette dépendance infligeait un grand mal à son porte-monnaie.

« Joaquín ! Joaquín ! l'interpella Elena dans le couloir, arrivant à grands pas. » Elle semblait bien connaître les habitudes de son homme. Elle savait que les allées et venues dans l'appartement l'auraient réveillé.

« Oui… » La voix encore engourdie par la veillée tardive, il ne fut point surpris par cette invitation familière.

« Es-tu sûr que tu ne veux pas venir te joindre à nous ? insista-t-elle, comme presque chaque dimanche matin. Ça te fera beaucoup de bien, je t'assure !

— Non ! Allez-y sans moi. Dans tous les cas je viens juste de me réveiller et je ne suis pas prêt.

— Tu devrais pourtant, ça te permettra de te revigorer ! » Sa ferveur dissimulait à peine le regard inquisiteur qu'elle portait sur son mari. Elle resta immobile quelques secondes, une main contre le haut de la porte et l'autre sur sa hanche, le scrutant de toutes parts, comme cherchant une faille d'où elle aurait pu infuser sa dévotion.

« Bon, je vois que je perds mon temps, comme à l'accoutumée ! » continua-t-elle d'un ton sec, venant à nouveau d'être offensée dans ses convictions. Elle tourna les talons, se rendant compte que ses tentatives étaient vaines et que remettre cette relation sur les rails était peine perdue.

Elle ne s'était jamais remise de leur départ de Buenos Aires, *BA !* comme elle aimait l'appeler, avec beaucoup de nostalgie dans ces deux lettres. Elle ne parlait guère la langue du pays d'accueil, ne voyait guère de monde, et par-dessus tout, ne songeait guère à rester prise dans les tenailles de cette ville toute sa vie. Malgré la présence de son mari, de ses enfants et des liens d'amitié qu'elle commençait tout juste à tisser avec les quelques résidents hispanophones de leur quartier - qu'elle avait la chance de rencontrer soit à l'église, soit sur le chemin de l'école des petites -, le mal du pays était bien ancré en elle. Au point de désespérer de trouver un quelconque remède. On avait essayé de la consoler, que ce fût son mari ou ses connaissances ; on l'avait rassurée à maintes reprises avec des « T'en fais pas ! Ça passera ! »

Malheureusement, après quelques années, elle faisait encore face à cette réalité qu'elle rejetait, et s'enfermait dans une sorte de routine. Ce mal de vivre ne s'amenuisait point, bien au contraire.

Et en protestante assidue, comme les quinze pour cent d'Argentins ayant suivi la même destinée, dont ses parents originaires du Nord-Ouest puritain et conservateur faisaient également partie, elle s'en remettait à Dieu. D'ailleurs, elle avait été tellement fière lorsque le nouveau Pape, bien que catholique, fut élu. Il était le premier Archevêque du Nouveau Monde à occuper ce poste. Et comme eux, il était de *BA !*

Il entendit la porte s'ouvrir. Il sauta soudainement du lit, dans sa tenue de footballeur amateur, et sortit hâtivement de la chambre.

« Hep ! Attendez que je vous dise bonjour au moins ! » se plaignit-t-il, froissé qu'on l'oubliât presque.

« Wow ! Regardez-moi ça, trois princesses ! » leur fit-t-il remarquer, en admirant le trio tiré à quatre épingles dans un long sifflement perfectionné durant son adolescence.

« *Papá !* Bonjour, comment vas-tu ? » lui demanda la toute petite qui avait l'air d'une poupée Barbie qu'on avait teinte en brune.

« *Hello* mon p'tit trésor, tu vas bien... Alors, où vas-tu comme ça ?

—À l'église pour prier notre Dieu...

— C'est bien mon cœur...

— Bonjour *papá*... » dit la plus grande, l'air indolent, en pleine préadolescence. Déjà, elle cachait peu ses désillusions face aux vicissitudes de la vie. Comme ses parents.

Et comme sa mère, elle avait eu un mal fou à supporter le changement de terre, telle une plante dont les racines s'acclimataient mal au nouveau terreau. Lorsqu'ils avaient été hébergés par l'une de leurs amies les tous premiers mois - comme eux, elle avait fui la crise argentine -, elle n'avait cessé de réclamer sa terre natale laissée derrière elle, soit par d'interminables lamentations, soit en se cloîtrant dans un silence total pendant des heures. Il lui arrivait parfois d'éclater en sanglots pour un rien. Elle vivait dans son monde reclus, habité par les souvenirs d'enfance, ses amies, ses cours de tango, son para bleu et jaune resté chez sa *abuelita* - auquel elle avait l'habitude de confesser toutes ses pensées intimes – et, enfin, les reflets des eaux du Río de la Plata. Sa mère, très inquiète, avait même pensé à la faire examiner. Elle suspectait une forme de dépression dans son comportement.

Il fallait dire qu'avoir un psy à Buenos Aires était tout à fait naturel et banal, comme à New York. Les Buenos-Airiens s'en flattaient même dans les conversations. On disait que l'origine de ce besoin était à chercher dans le manque de repères et de liens des Argentins avec leur terre. Les premiers migrants avaient presque éradiqué toute la population locale. Ils étaient maintenant désorientés. Lui estimait qu'elle se hâtait en arrivant à de telles conclusions.

« Na ! Ça lui passera… » lui répondit-il une fois, afin d'essayer de dissiper ses craintes. Il pensait simplement que leur fille vivait dans son propre univers, tout comme lui. Il ne voulait aucunement perdre son temps dans les cabinets médicaux.

Mais à présent, elle avait fini par se résoudre à sa nouvelle vie et paraissait s'en accommoder, du moins dans une certaine mesure. Elle s'était même fait quelques copines à qui elle téléphonait de temps en temps pour se raconter leurs petits secrets. Contrairement à sa mère, elle avait appris à jongler avec les lois du destin de manière plus habile et plus rapide, profitait de ce que Londres pouvait lui offrir et avait laissé le temps apaiser ses tourments. Sa petite sœur, quant à elle, se faufilait dans son nouvel environnement d'une aisance insolente, en tout lieu et en tout moment.

« Bonjour Sofia, » dit-il expéditivement et d'une voix à peine audible, comme pour se débarrasser d'une relation qu'il n'arrivait pas à maîtriser. L'ainée lui attachait beaucoup moins d'importance que sa petite sœur, loin de là. Il pouvait sentir cette distance qu'elle imposait encore entre les autres et elle-même, y compris ses plus proches.

« Joe chéri, nous allons faire quelques courses avec Lucia juste après la messe. Ça ne sera pas très long. Je pense que nous devrions être à la maison vers 13 h 00... Sofia, peux-tu appeler l'ascenseur ?

— Ne vous en faites pas pour moi, prenez votre temps... As-tu pris le portable au cas où ?

— Ah oui ! Tu as raison ! Catalina chérie, peux-tu aller chercher le portable ; il se trouve sur la table basse.

— D'accord *mamma*... dit la petite poupée paisiblement, bercée par la voix rassurante de la mère.

— Sofia, voyons ! Garde la porte de l'ascenseur ouverte, quelqu'un d'autre pourrait l'appeler à tout moment. Tu sais très bien qu'à cette heure-ci de la matinée, il est très sollicité... »

La fille ne broncha pas face aux remarques maternelles. Elle se contenta de regarder en direction de l'énorme fenêtre du hall de leur septième étage, tout en retenant la porte avec son pied.

« Tiens *mamma*, voilà le portable.

— Merci trésor... Bon, si nous tardons quelque peu, je t'appellerai. Reste-t-il des unités ?

— Oui, je pense que oui. Je ne l'ai pas utilisé ces derniers jours.

— À plus tard...

— À tout à l'heure *papá*, dit Catalina d'une voix tout attentionnée.

— À tout à l'heure mon cœur.

— À plus tard *papá*, » ajouta Sofia après elle, machinalement.

La porte se referma sur le trio féminin, laissant derrière lui une âme esseulée.

Leur tour HLM, dans des nuances de marron qui lui donnait un aspect des plus incolores et des plus laids, avait directement été enfantée par les Trente Glorieuses, comme un peu partout dans le Grand Londres, voire tout le royaume. Au moins, les couloirs et les ascenseurs étaient toujours propres et ne dégageaient jamais de relents d'urine, contrairement à d'autres immeubles. À Buenos Aires, ils avaient habité à Palermo Viejo pendant presque six ans. Ce quartier devenant trop à la mode et se gentrifiant, ils avaient fini par le quitter pour emménager plus au sud, à La Boca, dans La Piccola Italia. La vie des quartiers populaires, il la connaissait bien et l'appréciait même. Mais ici, à la différence du Sud, il y avait l'ambiance, les couleurs et la lumière en moins.

Une fois qu'il eut entendu l'ascenseur descendre dans un bruit à peine perceptible, avec à bord, ses seuls liens réels dans ce monde, il se trouva à nouveau dans cet appartement avec pour seule compagnie ses élucubrations et le téléviseur. Ce dernier, allumé depuis qu'Elena était debout - entendre des voix alentour la réconfortait - diffusait un programme traitant de l'histoire de Londres. Il resta un instant une main posée contre le mur, l'autre égarée dans ses longs cheveux en bataille, dont certaines mèches étaient teintes en un blond quelque peu décoloré. Il balaya du regard l'écran sur lequel il pouvait lire « *City of London,* », puis fixa le sol du couloir aux fausses allures de parquet. Il essaya d'ordonner ses idées.

« Le fameux *square mile*, à peine plus large que le périmètre des anciens murs romains et depuis longtemps assimilé aux affaires et à la finance… »

La voix-off, masculine et assurée, accompagnait plans et vues aériennes du *East End*. Elle distrayait ses efforts, ses intentions.

Il ne s'y retrouvait pas. Quel carré du faux plancher choisir, se questionnait-il. Lequel était le bon ? Il plongea un peu plus son regard dans cette couleur brun sombre pour fouiller davantage en lui, pour découvrir tous les coins et recoins de sa personne, croyant qu'il pourrait élucider sa propre quête dans cette introspection.

Étrangement, ces fouilles dans les antres de sa conscience le ramenèrent droit vers les bancs du lycée. Il se rappela l'année du *bachillerato*, qu'il avait d'ailleurs obtenu de justesse. Lors de révisions à la bibliothèque, il avait feuilleté un livre volumineux sur l'histoire intégrale de l'Argentine, espérant s'informer davantage sur le conflit des Malouines. En y pensant, il se rappela que son ami Luigi l'avait averti, avant de venir à Londres, de ne pas mentionner ce différend. Il s'y était aventuré par mégarde et fierté à deux reprises, et avait pu observer le changement de comportement de ses interlocuteurs. Dorénavant, lorsqu'on lui demandait d'où il venait, les premiers mots qui venaient à son esprit étaient :

« Je suis originaire d'Italie. »

Le mot *Argentine* était à bannir de son vocabulaire et de celui de sa famille autant que possible. Bien sûr il n'y avait aucun doute, même si les îles avaient été hollandaises, françaises, espagnoles et britanniques au cours des quatre siècles derniers, elles n'en avaient pas moins du sang argentin qui coulait dans leurs veines ; tout comme Las Islas Georgias del Sur y Sándwich del Sur. Ces petits bouts de terre perdus dans les eaux glaciales de l'Atlantique s'étaient avérés calamiteux pour le pays. Ils avaient été du pain bénit pour Maggie.

Et en feuilletant cette quasi-encyclopédie, il tomba sur *Las Leyes de Indias*. Bien qu'il n'aimât guère l'histoire, il avait été très intrigué par les fondations de la conquête espagnole des Amériques, s'étendant de San Francisco jusqu'aux confins de la Patagonie.

Il trouvait très énigmatique que ces quelques heures, anodines et vite oubliées, passées à découvrir une histoire à laquelle il ne s'était jamais intéressé, pût resurgir maintenant, encore persistantes et bien enracinées dans sa mémoire. Était-ce un besoin de replonger dans son passé dormant durant cet exil subi ? Il fut soudainement inondé d'évocations de modèles d'urbanisme inspirés des campements de la *Reconquista* contre *los Moros* mais aussi, se souvint-il, de références à la Cité de Dieu, une société accomplie. On était loin de cet idéal, ironisa-t-il, en se remémorant ce passage, que ce fût à Rio, à Buenos Aires, à Rome, à Madrid, à New York ou à Londres maintenant. Même son frère, de trois ans son cadet, diplômé en ingénierie mécanique et ayant tenté sa chance au Mexique, dans l'une des *maquiladoras* entre El Paso et Ciudad Juárez, au tournant du millenium, avait déchanté au bout de quelques années.

On y faisait également allusion au *solar* se souvint-il, une parcelle égale attribuée à chaque colon, chaque envahisseur, après la énième tentative de fondation de la cité.

Il scruta davantage le carré, puis passa en revue tout le parquet de la cuisine. Il s'amusa à imaginer que tous ces carrés étaient des *solares* et qu'ils avaient été épargnés des impuretés des *conquistadores,* de *la conquista* ; comme si ces nouvelles terres étaient encore vierges. Si seulement il pouvait s'immerger dans l'un d'eux, pur et cristallin, et laisser libre cours à ses pensées, ses souvenirs, ses espoirs, ses sentiments, ses frustrations et ses fantasmes. Il les purifierait, les rebaptiserait sans se soucier des souillures du passé, du présent, et fort probablement, d'un futur encore inconnu.

Alors que ces instants révolus réémergeaient de sa conscience, secrètement enfouis à son insu, la voix-off, toujours aussi avenante, attira à nouveau son attention dans son odyssée sur la capitale :

« L'*East End*, la partie la plus compacte, la plus défavorisée, la plus criminogène et la plus polluée du Londres victorien, devint le terrain d'essai de cette politique d'éparpillement. À partir du début du XXe siècle, on notait une tendance au développement continu de logements sociaux, et à l'intérêt des élus de la capitale pour les modèles d'Ebenezer Howard et du Garden *City Movement*. Ce dernier s'inspirait lui-même de l'utopie du mouvement des arts et artisanats. »

Il laissa échapper un léger sourire. Il était encore question d'utopie. Étonnamment, tout le monde cherchait un idéal, même Elena. Et tous avaient échoué dans leur quête : conquérants, architectes, reines et rois, politiciens, érudits, religieux, sa femme et lui-même. Il espérait que Sofia et Catalina réussissent mieux qu'eux.

La voix-off s'imposa à nouveau à lui. Il tourna la tête vers l'écran :

« La création de Londres a été motivée par le commerce. À l'époque celte, avant l'invasion romaine en l'an 43 ap. J.-C., la région du Sud-Est de l'Angleterre était très peuplée et riche, et avait établi des accords commerciaux avec la Gaule. La cité aurait été fondée afin d'organiser cette activité prospère et Tacite, l'un des plus grands historiens romains, fut le premier écrivain à avoir mentionné Londinium. »

Décidément, il n'était question que de profit, comme si cela suffisait à remplir les vides de toute une vie.

Il se sentait seul. Au bout du compte, il ne l'aimait plus. Il ressentait parfois qu'il n'avait jamais réellement aimé Elena. Cette pensée l'avait effleuré quelques années auparavant déjà, mais il l'avait trouvée quelque peu suspecte, et avait tôt fait de la chasser de son esprit. Cependant depuis qu'ils étaient déracinés, elle resurgissait plus forte que jamais et l'habitait en permanence.

Elle non plus ne l'aimait plus d'ailleurs, du moins plus comme avant. Mais contrairement à lui, elle aurait du mal à vivre sans cet homme qu'elle avait toujours considéré comme l'homme de sa vie, « *mi ombre.* » Habituée à sa présence, aussi invisible fût-elle, elle craignait de faire face à un vide comblé depuis plus de dix ans. Lui, non. D'ailleurs, s'il avait pu trouver une issue à sa vie routinière, il se serait échappé dès qu'il aurait pu. La petite, et même Sofia, aurait été dévastée.

Tous deux s'accordaient à accepter que leur amour avait été tellement intense à leurs débuts qu'ils l'avaient probablement consommé trop rapidement. Le seul exutoire au marasme quotidien et leur unique expérience d'une existence heureuse et sans craintes de déchanter avait été leur amour naissant, eux la *génération* Alfonsín et Menem. Ils avaient passé toutes les moindres minutes qu'ils avaient eues de libre dans les bras l'un de l'autre durant les années *ciclo orientado*. *Mamma e papà* ne s'en étaient guère souciés. Au contraire, ils étaient heureux que leur fils appréciât les plaisirs simples de la vie - même s'il avait été gay, clamaient-ils haut et fort à qui voulait l'entendre. Quant aux parents d'Elena, en particulier sa *mamacita* - son *papito* ne cillait guère face à sa femme -, ils voyaient d'un très mauvais œil qu'ils passassent autant de temps ensemble. Non seulement cet enchaînement constant l'un à l'autre ne leur permettait pas de se concentrer sur leurs études, mais aussi il allait tuer leur relation tout juste commencée, les avait avertis sa mère. Peut-être était-ce la seule remarque qui s'était avérée correcte, concédait-il.

« Mais arrêtez voyons ! Vous allez finir par le tuer cet amour ! » leur avait-elle lancé, lors d'un repas dominical avec les deux familles.

Sa *mamma* à lui n'avait pas caché sa désapprobation en levant les yeux au plafond et en secouant la tête, face à ce qui ressemblait à un mauvais sort qu'elle venait juste de jeter. Son *papá*, quant à lui, en avait simplement ri.

Elena avait aussi admis que ses parents, en bons croyants quelque peu conservateurs, ne voulaient aucun rapport sexuel avant de possibles fiançailles ; ce qui ne les empêchèrent pas de savourer les plaisirs de la chair secrètement. Bien qu'elle eût ressenti une certaine culpabilité au fond d'elle-même, elle ne le regrettait point. Ce péché avait eu la vertu de rendre leur relation encore plus forte, plus solide, se rassurait-elle.

Il s'était menti trop longtemps. Le poids de cette tromperie commençait à peser trop lourd dans sa tête. Ce fardeau l'entraînait vers un vide qu'il n'arrivait pas à définir, dont la bouche béante et impénétrable l'aspirait vers le bas, comme voulant lui ôter son existence. Londres l'avait égaré un peu plus, contre toute attente.

Sa femme lui semblait souvent étrangère à présent. Il ne pouvait plus lui offrir cet amour qu'elle admirait dans ces *telenovelas*. Il sentait constamment un fossé entre eux, un fossé entre leur vie commune et sa propre histoire intérieure. Il s'élargissait au fur et à mesure que le temps passait.

« Elena, désolé. »

Il se sentait à part. Il ne ressentait plus le besoin de fréquenter des gens, contrairement à sa nature passée. Londres n'avait fait qu'aggraver ce sentiment d'insatisfaction et d'isolement qui s'était déjà révélé, mais de manière plus ténue, juste avant de quitter Buenos Aires.

Cela soulageait Elena quelque peu, elle qui s'était régulièrement plainte de le voir rentrer à des heures tardives à *BA* ! se souvint-il. Même si se retrouver constamment nez-à-nez à présent asphyxiait encore un peu plus cette relation en déliquescence. Les regards, les paroles et les gestes qu'ils échangeaient étaient mécaniques, hésitants et désynchronisés. Ils étaient tels des acteurs de leur vie répétant des scènes et des dialogues faussement appris par cœur, mal assimilés avec le temps.

Il n'appartenait pas à ce monde, mais plutôt à un autre dont il avait une vague idée. Il n'était pas très sûr de la manière dont il devait se le représenter. Il se demandait s'il devait être construit à partir des objets qui lui étaient déjà familiers mais qu'il aurait bien aseptisés des odeurs, bruits et couleurs auxquels il était habitué, ou bien s'il devait créer un autre ailleurs ex nihilo, sortant de son imaginaire.

Il avait toujours fui la réalité au moyen d'échappatoires faits d'idées et de pensées qui composaient son univers quotidien. Il désirait de la passion éternelle. Comme il ne l'avait jamais vécue, il ne faisait que la deviner, l'imaginer. Peut-être que cela n'était pas plus mal, du moment que ces moments d'errance le rendaient heureux. Il pourrait être déçu de faire l'expérience de la vraie passion, pensait-il. Aussi se contentait-il de remodeler réalité en rêves et n'en faire qu'un seul et unique monde. Son monde.

Il s'était toujours demandé si ce monde fait de pensées, mémoires et émotions, comme le monde réel, n'appartenait pas à son subconscient. C'était comme une sorte de catharsis au travers de laquelle s'échappait tout ce qu'il ne pouvait exprimer ou tout ce qui était enfoui depuis des lustres. Provenait-elle d'événements refoulés ou était-ce de réelles traces d'un monde auquel il aspirait et qui l'attendait ? Peut-être qu'il n'avait pas encore atteint tout son potentiel, comme si sa personnalité s'était arrêtée de grandir depuis fort longtemps.

Il sentait souvent comme un remous au fond de lui-même, comme si ses subconscient, inconscient et conscient se livraient à un jeu de cache-cache dont il n'était qu'un spectateur, passif. L'un essayait d'imposer à l'autre l'individu qu'il proclamait être, le réel « lui. » Et chacun faisait cela à tour de rôle, comme si un accord tacite avait été conclu entre eux, afin de maintenir un statu quo éternel. Cette auto-conceptualisation et cet idéal de soi étaient certes bien distincts. Malheureusement, ils semblaient être impliqués dans une bataille qui n'allait jamais finir. Par où commencer, et surtout, où terminer ?

Le spot publicitaire, au son bien plus fort que le documentaire sur Londres, le remonta instantanément à la surface. Il releva la tête, laissant ces réflexions perdues dans le faux parquet, et regarda en direction de la grande baie vitrée. Celle-ci prenait toute la longueur du salon et laissait les rayons du soleil d'hiver envahir toute la pièce, rendant les lieux éclairés et chaleureux. Dans cette quasi-serre, ils avaient même presque réussi à reproduire l'atmosphère de leur appartement de La Boca, où une multitude de plantes vertes s'étaient épanouies. Ils n'avaient pas à allumer le chauffage durant les journées comme celle d'aujourd'hui. L'été, la pièce se transformait régulièrement en fournaise.

Il se dirigea vers la cuisine américaine donnant sur le salon. Une porte coulissante qui n'avait que très peu glissé depuis qu'ils avaient emménagé pouvait séparer les deux pièces. Il ouvrit le frigidaire et en sortit un carton de lait demi-écrémé. Il fit ensuite deux pas en direction de l'évier, ouvrit l'unité murale au-dessus pour attraper l'un des gobelets en plastique. Il opta pour le bleu ciel, son fétiche, qu'il remplit du breuvage. Il remit le carton de lait à sa place - au moins, sa tâche n'était que de contenir du lait, ironisa-t-il.

Il saisit ensuite le cendrier, le briquet et le paquet de Marlboro près du grille-pain. Les cigarettes étaient directement importées d'Amérique du Sud, trois à quatre fois moins chères et vendues au travers de connaissances. La première année, les cartouches étaient directement reçues dans des colis postaux des plus banals, puis plus rien. Les services des douanes britanniques avaient fini par démasquer la combine. Il se les faisait désormais livrer en mains propres.

Il agita le paquet énergétiquement et fit une grimace : il n'y en aurait pas assez pour tenir jusqu'au soir. Il devrait sûrement en demander à sa femme. Il sortit de l'étroite cuisine, marcha nonchalamment à l'autre bout du salon et s'affala sur le sofa, le verre de lait dans une main, le briquet, le cendrier et le paquet de cigarettes dans l'autre. C'était l'un des meilleurs moments de la journée.

Il prit une gorgée et posa le gobelet prudemment au sol, s'assurant qu'il occupait le centre d'un carré, puis pinça du mieux qu'il pût une des cigarettes restantes du bout de son large pouce et de son index pour l'extraire.

Il allait essayer de faire durer ce plaisir qui ne demandait guère d'effort tant qu'il le pourrait aujourd'hui encore, laissant le reste de la matinée se consumer dans une discrète fumée. Celle-ci finissait par se faire invisible mais son odeur laissait deviner sa présence. Il dirigea la cigarette coincée entre ses deux doigts vers sa bouche. Au moment où il allait agripper le bout du filtre de ses deux lèvres fines, il remarqua que le poste de télévision était toujours allumé. Il fixa l'écran. Le programme d'histoire avait été interrompu par l'annonce d'une émission à venir. Il pouvait deviner une présentatrice avec des acheteurs potentiels visitant des maisons à vendre quelque part au Portugal ou en Espagne. Pourquoi allaient-ils essayer de vivre si loin de leurs racines ? Il y avait toujours un *happy ending* dans ce programme, ce qu'il affectionnait. Ils finissaient toujours par trouver un endroit où se poser et qu'ils aimaient.

Il reprit son geste, coinça la cigarette dans sa bouche et l'alluma. Il laissa échapper une longue bouffée de tabac en exhalant la fumée du côté droit de sa bouche, la cigarette entre l'index et le majeur. Il reprit le gobelet, s'adossa confortablement au sofa quasi neuf, acheté en ligne, croisa une jambe sur l'autre, laissant légèrement dandiner son pied droit suspendu en l'air. Alors que l'écran continuait à déverser ses réclames, il s'immergea à nouveau dans ses élucubrations.

Comme tous les week-ends, il ne mettrait guère le nez dehors. D'ici peu, il allait s'attabler à son ordinateur. Il se mit à fixer l'horizon, lequel commençait lentement à tourner au gris dans ses changements d'humeur immuables. Il pouvait le scruter sans peine de la baie vitrée. Ses idées épousèrent instantanément les parties encore bleues du ciel de janvier. Il cherchait désespérément cette passion, éternelle ou pas désormais. L'avait-il déjà vécue avec Elena ? Elle n'aurait été qu'éphémère si c'était le cas. Il plongea davantage son regard dans les cieux pour y déceler le moindre indice qui aurait pu le guider dans cette quête. Ils n'avaient pas fait l'amour depuis six mois maintenant.

Ses pensées s'agitaient un peu partout. Cette passion était-elle bien réelle ou simplement le pur fruit de ses égarements ? Il lui arrivait même de penser qu'elle avait été instillée par la ferveur religieuse de sa femme et de sa belle-mère. Il savait qu'il en rêvait depuis quelques années déjà ; depuis qu'il s'était rendu compte de la cassure avec Elena probablement. À Buenos Aires, au moins, il profitait du quotidien. Sa seule consolation ici était son travail de coursier aux horaires discontinus. Il éprouvait un sentiment de liberté lorsqu'il circulait au travers des tentacules de la métropole ; un sentiment qu'il n'avait trouvé nulle part ailleurs. Peut-être que cela pouvait être un premier pas vers une libération, espérait-il.

« Pourquoi aller plus loin dans ces subterfuges ? »

Tous deux étaient parfaitement conscients de cet artifice - lui plus qu'elle - qui prit place juste après la naissance de Sofia. Un enfant non voulu. Un accident. Tous deux le savaient. S'installer à Londres avait été synonyme de table rase, le début d'une relation toute fraîche. Une sorte de *reboot*.

Les passeports italiens en poche obtenus grâce à son ascendance, ils faisaient déjà de grands projets pour leur avenir. Une dynamique s'était installée depuis Buenos Aires, et tous deux sentaient qu'ils allaient échapper à la faillite argentine - oui ! La plupart des hommes au pouvoir avaient déçu les électeurs ! -, mais aussi à leur propre marasme. Eux, ils s'étaient déçus - lui plus qu'elle également. La langue ne serait pas un problème rassurait-on Elena. Cette ville offrait de nombreuses opportunités à qui savait les saisir et leur permettrait de prendre un nouveau souffle. Londres était la New York de l'Europe. Lui aussi pourrait faire partie de ce *rêve londonien*, où chacun y trouvait son compte.

Quatre ans déjà, et il n'y croyait plus. Tout ce qui lui importait à présent était d'amasser le plus d'argent possible du petit salaire qu'il gagnait comme coursier. Il fallait dire que la parité peso/livre sterling leur était plutôt favorable. Au bout de deux ans et demi, ils avaient même fini par acheter un modeste appartement à La Boca, avec l'aide logistique et financière de la belle-mère. Peut-être qu'un jour ils repartiraient, il ne savait trop.

Bien qu'utile et serviable par moments, il trouvait la belle-mère trop envahissante, trop encombrante. Elle s'intéressait trop à leur vie de couple, donnait sans cesse des conseils, et au demeurant, en appelait toujours à *Santa Maria de Buenos Aires*.

« Telle mère ! Telle fille ! maugréait-il, parfois. »

Sa femme, fille unique, était en partie responsable, estimait-il. Elle n'avait que sa mère en tête et la poussait à agir de la sorte. Après avoir quitté Palermo, ils avaient vécu sous le même toit que ses beaux-parents, dans le quartier Retiro, juste avant que Sofia ne fût née. Et le printemps dernier, « *la madrastra* » était venue passée quelques semaines chez eux. L'ambiance s'était tellement dégradée durant son séjour qu'il l'évita autant qu'il pût durant les six derniers jours. Il avait essayé de l'accepter telle quelle, mais se retenir de réagir face à ses ingérences n'avait pas été la bonne stratégie. Il l'imagina même une fois, la nuit, alors qu'Elena et lui dormaient profondément, en train de les guetter derrière la porte entrouverte de leur chambre, laissée ainsi au cas où la petite se serait réveillée, afin de prévenir toute pensée interlope s'échapper dans son sommeil.

« Une vraie vipère ! se plaignait-il. »

Il en était à ces réflexions lorsque, jaillissant du téléviseur, de la musique saturée de guitares électriques interrompit ses égarements. C'était pour une boisson énergisante. Il figea son regard sur l'écran en fronçant les sourcils, désapprouvant cette intrusion dans son intimité. La publicité disparut soudainement. Puis la voix-off resurgit, accompagnée d'un mouvement travelling aux plans variés, essayant de synthétiser les différentes formes d'architecture de la ville :

« Le développement mixte, initié par Abercrombie dans le but de diminuer la densité de population et favoriser une certaine variété dans la construction de logements sociaux, fut fidèlement suivi par les municipalités londoniennes, lesquelles construisaient à un rythme soutenu afin de parer au manque de logements des années 1950-60. »

À écouter cette voix, tout semblait si incohérent et non-planifié, et avait un goût d'inachevé. Personne n'avait encore trouvé de solution.

« Comme dans beaucoup d'autres capitales européennes, la construction en hauteur à Londres a toujours engendré l'utilisation de dérobades architecturales des plus horribles. Ce genre de 'ghetto' a été vivement dénoncé, tout comme les grands ensembles des années 60 et 70 chez notre voisin français. »

Il sonda l'écran l'air désabusé. Tout était à construire.

Il écrasa la cigarette toute consumée mais encore fumante dans le cendrier - un souvenir ramené d'Italie - qui reposait sur l'accoudoir du sofa beige en faux-cuir. Il se leva tout en mettant l'écran en mode veille et jeta son dévolu sur la chaîne hi-fi posée sur une étagère au-dessus du meuble de télévision. Les baffles se mirent à jouer un air d'un cédé de tango et valse - son style préféré, plus fluide que les autres - qu'il avait mis hier soir juste avant de se coucher. Apaisé par les rythmes à trois temps, il tourna à nouveau son regard, encore imprégné de ces spéculations qui lui passèrent par la tête, vers le ciel changeant. Il essaya à nouveau de trouver toute trace de cette passion. Il resta immobile, les mains sur ses hanches, les yeux fixés au-delà de la baie, cherchant désespérément un bout d'horizon limpide entre les nuages gris qui s'amoncelaient avec hâte à présent et cette architecture urbaine anarchique - elle lui rappelait étrangement la juxtaposition de différents styles urbains à Buenos Aires, la plus européenne des villes d'Amérique, paraissait-il. Il était vrai qu'elle lui rappelait un peu l'Italie et Oxford Street. On disait même qu'elle avait un air de Paris du fait de ses larges avenues et galeries marchandes dans la rue Florida. Il se demanda qui était responsable de cette *olla-podrida* architecturale. Quelle était leur motivation à ces migrants ou investisseurs venus d'ailleurs ? Étaient-ils nostalgiques de leurs racines ? Désiraient-ils créer une extension de leur culture et en imprégner les nouveaux lieux de leurs marques, tels des monarques, des rois ; ou étaient-ils simplement des promoteurs immobiliers qui n'avaient d'autres soucis que l'appât du gain facile et sans sueur ? Dans tous les cas, la culture locale s'était réduite comme une peau de chagrin à cause de ces imposteurs. Le soleil, à son zénith, venait à peine de commencer sa course vers l'ouest. Elena et les enfants étaient sûrement en train de faire du shopping.

Quel rêve poursuivre et le rendre réalité ? Est-ce que tous ces gens qui avaient abandonné leurs villes, leurs villages, leur histoire, afin de trouver de nouvelles pâtures, avaient été satisfaits de leur quête ? Ou avaient-ils simplement engendré de nouveaux maux pour remplacer les anciens. *Mamma e papà* avaient vu la nostalgie de la Calabre et des environs de Catanzaro resurgir avec le temps, telle une racine que l'on coupait aussi profondément que possible, afin de la dissimuler, mais qui finissait toujours par repousser. *Papà*, usé par l'adversité de sa vie et sentant le poids de l'âge entraver des gestes quotidiens autrefois agiles, ne jurait que par une future douce retraite à l'ombre de la cuisine calabraise et de la musique du dialecte napolitain. Buenos Aires avait inopinément créé des plaies qui, estimait-il, avaient besoin d'un changement radical afin qu'il les pansât. Les souvenirs l'avaient hanté plus fréquemment et intensément, au point qu'il avait même souhaité être atteint d'une forme de démence, avait-il fait savoir en plaisantant, afin de réduire ses facultés cognitives et ne plus se rappeler le passé.

La quête semblait vaine. Les affres de la vie s'avéraient insondables. Autant passer à autre chose. Il tourna soudainement la tête vers la chaîne, augmenta le son, puis retourna près du sofa et saisit le briquet, les cigarettes, le cendrier et le gobelet presqu'à moitié vide. Il se dirigea vers la cuisine. Une fois dans la petite pièce, il termina le fond du verre d'un trait, tenant le cendrier dans l'autre main qu'il vida presque simultanément dans un sac plastique servant de poubelle et accroché à un clou près de la porte. Il les posa dans l'évier, remit les cigarettes et le briquet à leur place et s'éclipsa.

Il se frotta les mains dans le couloir, afin de se débarrasser de ces pensées infécondes et s'imprégner d'un certain contentement à l'idée de dénicher de bonnes affaires en ligne sur l'ordinateur d'occasion. Il l'avait récemment acheté très bon marché ; celui-ci l'avait lâché à deux reprises mais il avait toujours fini par en venir à bout en changeant les pièces défaillantes.

Alors qu'il se penchait pour allumer la machine, il entendit des échos dans le hall de l'ascenseur. On inséra une clef dans le verrou. La porte s'ouvrit, laissant s'infiltrer des chuchotements, tel un reste de prières. Le trio revenait de ses confessions dominicales.

Parfum pour hommes

"Welcome to the lone-star state!"

Pourquoi une étoile toute seule, s'interrogea-t-elle en survolant la première page. Elle referma la brochure et la garda dans sa main, l'air pensif. *Texas* voulait dire *amitié* en caddo mais sa signification semblait loin de vraiment refléter l'idée qu'elle s'en était faite. Hollywood ne l'avait jamais décrit de la sorte. Au contraire, il représentait souvent cet état immense, vide, aride et inhospitalier. Elle aussi l'imaginait tel quel et le considérait comme une pâle copie de la Californie.

Elle remit l'imprimé dans la pochette devant elle, toujours peu convaincue de ce qu'elle venait de lire, et jeta son dévolu sur ce qui se passait dehors. Le ciel était d'un bleu limpide.

« Au moins, c'est déjà ça… soupira-t-elle. » Elle colla son nez contre la vitre. Elle pouvait remarquer, de sa position dominante, de petites tâches turquoise sur toute l'étendue qui se présentait devant elle. La scène qu'elle admirait semblait sortir d'un monde imaginaire. Le blanc des nuages gargantuesques, l'azur du ciel cristallin, les points bleus éparpillés tous azimuts et le vert éclatant des étendues au sol paraissaient avoir été sélectionnés pour se marier parfaitement ensemble. La lumière abondante du soleil mettait une touche finale en y ajoutant un zeste de passion.

Elle n'avait pas réussi à dormir cette nuit-là. Elle n'y arrivait tout bonnement pas en de pareilles occasions. Elle était enthousiasmée à l'idée de se retrouver dans cet ailleurs. Elle en avait bien rêvé de ce moment-là. Voilà qu'il était enfin arrivé. Elle avait tout mis en œuvre pour se sortir de la routine dans laquelle elle s'était trouvée. Mais elle ne voulait plus penser à ce passé, si proche fût-il. Elle le laissait derrière elle pour se fondre dans un nouvel univers.

Le soleil qui pénétrait par le hublot la rendait beaucoup plus poreuse au microcosme dans lequel elle évoluait depuis bientôt onze heures. Malgré le manque de sommeil que l'on pouvait lire sur son visage, elle sentait qu'elle était débordante d'énergie. Une nouvelle existence l'attendait sur ces terres du Nouveau Monde, loin de cet homme devenu presque un inconnu.

Il n'était plus le même. Depuis qu'ils s'étaient mariés voilà trois ans, il avait changé de fond en comble. Il se laissait aller. Il la laissait aller. Ces petites phrases quotidiennes qu'il avait l'habitude de lui chuchoter à l'oreille ou de les lui clamer haut et fort d'une pièce à l'autre de l'appartement, ou bien même lorsqu'il était sous la douche et chantait sa joie de vivre avec elle, avaient disparu sans laisser aucune trace. Leur belle histoire semblait s'être évaporée dans les airs avec le temps. La passion s'était consumée et l'amour qui l'enveloppait s'était dissipé. Ce constat sans appel qu'elle faisait sur leur vie de couple en banlieue sud de Paris s'était imposé tout doucement. Cet homme méridional avait fait d'elle une femme épanouie dans ces terres regorgeant d'histoire, jusqu'à ce que l'ennui la reprît et qu'elle lui proposât de rentrer.

Malheureusement, en migrant vers les cieux septentrionaux avec elle, il était devenu une personne tout autre, qu'elle ne reconnaissait plus. Elle essaya à maintes reprises d'y trouver une explication, mais sans aucun résultat. La seule qui lui semblât possible était le manque de vie en lui sur ce sol étranger, ainsi que sa passivité dans leur vie commune devenue trop routinière. Dans le Levant, elle pensait qu'elle avait enfin trouvé cette étincelle qui avait fait tant défaut avec tous les hommes jusqu'à présent. Il n'en était rien. Soan n'était pas à sa place. Elle non plus finalement. Elle aborda le sujet plusieurs fois avec lui afin de trouver une solution à cette impasse. Mais cela n'aboutissait, à chaque fois, qu'à une seule et simple réponse :

« Mais voyons chérie ! Tu dis n'importe quoi ! » Il lui disait qu'il s'y plaisait en France, que Paris était une ville magnifique où il faisait bon vivre et que les gens ici étaient très ouverts. Elle savait que ce n'était pas vrai. Tout en abhorrant ces nouveaux cieux, il en profitait en même temps, ironisait-elle, en entendant certains commentaires peu conformes à l'homme qu'elle avait connu à Damas, et en le voyant savourer cette liberté quotidienne d'agir et de penser. Là-bas, bien qu'il eût fait partie de la jeunesse dorée damascène, il ne pouvait avoir accès à ce *privilège*. À cela s'ajoutait le poids des traditions encore bien ancrées chez sa belle-famille, comme c'était le cas pour beaucoup de Syriens, toutes catégories sociales confondues. Cette jeunesse dorée, ils en avaient tellement profité - lui y avait baigné depuis sa naissance - qu'ils en avaient fait le tour et ne savaient plus quoi en faire. Ils finirent par s'y ennuyer, elle plus que lui. Elle se souvint des veillées tardives jusqu'au petit matin passées à danser, jouer aux cartes, boire et fumer parce qu'on était jeune, appartenait à une classe sociale privilégiée et ne craignait guère le lendemain. Elle y mena un train de vie des plus fastes dans le district du Mezzé. Donnant des cours de langue au Lycée français Charles-de-Gaulle, elle gagnait cinq fois le salaire de base de beaucoup de Damascènes, et avec un emploi du temps des plus allégés. De là, elle put rejoindre cette jeunesse insouciante qui pouvait se permettre d'assister à ses onéreuses leçons de français. Elle y rencontrerait son futur mari. Imprégnée d'une sorte d'immunité matérielle depuis son enfance, elle n'aurait pu espérer mieux.

Mais voilà, un beau jour elle finit par se lasser de cet environnement levantin, et sur un coup de tête, lui suggéra de tenter l'aventure à Paris. Tel un enfant gâté, elle obtenait quasiment tout ce qu'elle désirait. Une fois qu'elle le possédait et en profitait, elle finissait par l'abandonner au bout d'un certain temps. C'était un caprice qui la suivait depuis sa jeunesse. La faute à des parents aisés pour qui le couple était parti à la dérive et qui avaient décidé de consacrer leur argent et énergie, plus que leur amour, à leur fille unique. En effet, elle ne manqua de rien. La seule ombre au tableau, pensait-elle, avait été d'avoir eu un père et une mère qui firent semblant d'avoir une vie normale de couple du matin au soir. Vraiment, ils auraient dû mettre un terme à cette mascarade dès qu'ils constatèrent que leur mariage avait échoué.

« Ah ! Non maman ! Pourquoi cette éducation chrétienne est si imprégnée en toi ! » avait-elle dit à sa mère une fois, lui reprochant de ne pas avoir pris d'initiatives avant sa majorité.

Pour se prémunir de ces déboires familiaux dont elle avait fini par vraiment prendre conscience à sa puberté, elle mit les voiles dès ses dix-huit ans, après avoir obtenu son bac en lettres et sciences. Continuer ses études ne l'intéressait pas, au grand désaveu de ses parents. Plus encore, elle ne voulait pas de rapports amoureux profonds, craignant de tomber dans ce cycle *amour-mariage-désamour-séparation* et reproduire le modèle de papa et maman. Aussi s'était-elle mise d'accord avec elle-même qu'elle n'aurait que des relations légères et passagères afin de satisfaire non seulement ses besoins de base, mais aussi combler cet effacement paternel qui lui avait fait tant défaut jusqu'alors. En effet, elle ne choisissait souvent que des hommes mûrs. Certains y trouvèrent leur compte dans ce papillonnement, d'autres tombèrent amoureux - avec ceux-là elle coupa net tout contact. D'autres encore lui avouèrent que sa personne était trop étouffante et qu'elle tendait à devenir trop envahissante vis-à-vis de leur propre existence. Une fois, Vincent, avec qui elle était restée un peu plus de dix-huit mois, lui avait sorti une petite plaisanterie :

« Tu sais quoi ! Si on continue ainsi, mon nombril va finir par devenir ton nombril, et donc… ! Il ne restera plus qu'un seul nombril ! »

Elle lui donna la réplique :

« Tu sais quoi ! On ne peut pas plaire à tout le monde ! » et le quitta du jour au lendemain, sans avertir.

Avec Soan, cela avait été très différent. Il était un peu plus jeune que les précédentes conquêtes et l'avait acceptée comme elle était, sans rechigner. En plus, une réelle étincelle s'était produite dans ce décor exotique, malgré sa stratégie à éviter les écueils de l'amour.

Elle n'appréciait guère la défiance. C'était une qualité qu'elle avait acquise de son père, soulignait-elle parfois avec une certaine fierté, aussi absent fût-il durant l'adolescence. Son père, elle le respectait mais n'aimait guère une partie de sa personnalité, celle du *mari-menteur, mari-trompeur*. Elle ne lui pardonnerait jamais, il avait fait trop mal à sa tendre maman.

Elle avait beau chercher en ces individus mâles une réponse à sa quête de reconnaissance de femme forte et invulnérable, presque virile. En vain. Tous avaient appréhendé cet ego sans demi-mesure du sexe faible. D'ailleurs, elle exécrait cette expression.

« Au nom de quoi serions-nous faibles et eux forts ? se révoltait-elle. » Elle était attachée à ce trait singulier de sa personne. Si bien qu'elle tenait tête à tout ombrage masculin. Elle aimait les hommes, mais à sa façon. Elle les voulait disponibles. Elle ne les appréciait que lorsqu'ils portaient constamment leur attention sur elle, la femme au caractère. Le pivot de la relation devait être elle, et elle seule. Elle ne souhaitait en aucun cas dépendre d'un homme sur le plan affectif et émotionnel. Elle avait une peur profonde d'une implication trop poussée qui aurait pu miner son soi et l'affaiblir psychologiquement. En y pensant, peut-être que le problème avec son futur ex-mari venait de là. La question allait au-delà du fait d'être acceptée pour ce qu'elle était. Non, il fallait qu'on l'aimât pour ce qu'elle aurait pu être sur le moment. Elle n'était pas un caméléon, insistait-elle. Elle possédait seulement une forte personnalité qui pouvait être changeante et avec laquelle il fallait vivre. C'était quelqu'un de très juste et très honnête vis-à-vis d'autrui au demeurant. Mais dès que la question impliquait son intrinsèque, ce petit faible pour soi l'emportait sans concession. Elle formait instantanément un cocon autour d'elle pour ne penser qu'à son ego. Elle estimait que la meilleure personne qui pût l'aimer et la respecter, c'était elle-même. Et elle faisait de cette pensée un réel acte de foi, au point de poser sur les murs de chaque endroit qu'elle avait pu habiter ses propres portraits. Elle ne supportait pas les échecs. Aussi, lorsqu'elle sentit que sa vie à Paris ne menait nulle part, elle décida de changer de cap tout court.

La voilà qui s'envola pour la Syrie. Personne n'avait jamais su pourquoi ce choix. Ses proches et ses amis furent surpris par sa décision de s'installer dans ce pays pour quelques années, sa mère et sa tante les premières. Mais personne, au fond, ne fut étonné d'un tel bouleversement, la connaissant pour son côté impulsif et aventurier. Elles avaient été encore plus interloquées lorsqu'elle leur annonça qu'elle allait se marier à Damas.

Sa maman pensa qu'elle s'était peut-être enfin assagie avec l'âge. Selon sa fille adorée, ce séjour dans cet ailleurs lui avait fait beaucoup de bien. Il lui avait apporté clarté et sérénité. Elle disait qu'elle avait énormément médité dans le désert syrien, aux environs de Qala'at Ibn Maan, au point qu'il lui restait encore du sable dans son cerveau, plaisantait-elle.

Las ! Après quelques années de relatif calme, essayant de

construire un couple avec Soan, et même si elle était revenue à Paris avec lui, la démangeaison la prit à nouveau. Ce besoin de changement était un trait de sa nature, se défendait-elle lorsqu'on lui reprochait d'être trop impatiente et anxieuse vis-à-vis de la vie. Une opportunité se présentant après l'autre, elle saisit cette chance de s'extirper de cette routine qui s'était installée avec un mari méconnaissable. Cela ne fit que renforcer sa conviction : le mariage n'était décidément pas pour elle.

La voix d'une des hôtesses de l'air qui provenait des enceintes au-dessus d'elle annonça l'atterrissage prochain de l'appareil. Elle la ramena instantanément à son microcosme. Elle retira ses genoux du dossier devant elle, remit ses chaussures, releva son siège et mit un peu d'ordre dans sa position avachie. Une certaine atmosphère d'euphorie régnait en cabine à présent. Le vol avait été long et sans fin. Tout le monde, elle la première, semblait soulagé que cela se terminât. Au fur et à mesure que l'avion descendait, les petites tâches bleues qu'elle avaient remarquées plus tôt s'agrandissaient, livrant un bleu encore bien plus turquoise qu'auparavant. Presque toutes les maisons et ensembles de bâtisses semblaient posséder une piscine. Ces couleurs crues et vives à l'extérieur réveillaient son imaginaire et la transportaient tout droit au temps où elle avait pu se délecter d'expériences nouvelles à ses débuts en Syrie. Elle fixa les gros nuages blancs du regard.

« Que c'est bon de revivre tout ça ! » Ces sensations retrouvées rallumèrent du même coup son envie de fumer, chose qu'elle n'avait pas pu faire depuis plus de onze heures. Elle n'avait qu'une chose en tête maintenant : passer la police des frontières pour s'en allumer une. L'odeur du tabac, l'arabesque de la fumée et le toucher de la cigarette entre ses doigts l'envahirent soudainement. Son esprit et ses sens se focalisèrent sur le tabac à partir de ce moment. La sensation de manque la submergea. Elle se mit tout d'un coup à compter les secondes qui passaient, comme si elle entendait le tic-tac d'une montre dans sa tête. La descente semblait interminable. Elle lui paraissait encore plus longue que le temps écoulé depuis l'envol.

À présent, le monde au-dessous d'elle se présentait avec une plus nette définition, laissant percevoir une certaine uniformité dans la construction et l'architecture des maisons, ainsi qu'une simplicité dans l'aménagement des voies et jonctions. Comme les nuages, celles-ci semblaient surdimensionnées. Le paysage urbain s'étalait à perte de vue. C'était normal, il y avait de la place, pensait-elle. Il paraissait avoir été construit à partir d'une grille avec des cases indéfiniment déclinables. C'était comme si l'on avait opté pour un aménagement simpliste mais pratique, sans se soucier d'esthétisme, de raffinement ou de fantaisie. Il fallait s'approprier le territoire le plus rapidement possible. La plupart des demeures, construites en bois et sur le même modèle, dégageaient une impression de fragilité, au point qu'elles pouvaient être arrachées au moindre ouragan. Si certaines, faites de briques et sortant du lot, paraissaient plus imposantes, confortables et personnalisées, la plupart avaient une couleur entre le marron et le gris, dont le seul attrait était de contraster convenablement avec la verdure alentour en ce mois de février. Routes et artères laissaient apparaître, vues d'en haut, une activité foisonnante, semblable à une fourmilière. Elle pouvait remarquer la course effrénée des voitures et poids lourds, se doublant les uns les autres de tous côtés.

L'odeur et le goût du tabac étaient toujours présents dans sa tête. À peine l'indicateur de ceinture de sécurité s'éteignit que les gens bondirent de leur siège pour prendre leurs effets personnels dans les compartiments à bagages. Ils commencèrent à former une file indienne dans l'allée, attendant avec impatience que la porte s'ouvrît pour les libérer de leur long périple.

Elle paraissait moins anxieuse à présent qu'elle eût passé la douane. Elle alla récupérer ses huit valises : où qu'elle fût, elle devait se sentir chez elle.

Elle finit par se retrouver à pousser deux chariots dans lesquels étaient amassés ses bagages. Les piles étaient aussi hautes qu'elle qu'on pouvait à peine la distinguer lorsqu'elle se courbait. Elle finit par opter pour une solution plus simple. Elle en poussait d'abord un sur environ dix mètres tout en gardant un œil sur l'autre laissé derrière, puis laissait le premier et allait récupérer le second. Trouvant cette tâche également trop pénible, elle décida de les laisser à un endroit où ils seraient suffisamment visibles sans être trop exposés. Elle les entreposa à l'extrémité d'un bar, dans un petit espace coincé entre la barrière délimitant la terrasse, où quelques personnes étaient attablées, et une gigantesque plante touffue permettant un peu d'intimité. Elle allait enfin se concentrer sur la prochaine étape : trouver son hôte.

Il devait l'attendre juste à la sortie de la zone douanière, les trois lettres È-*V*-*E* devant figurer sur un écriteau. Elle le reconnaîtrait facilement. Aucun des individus qui essayaient de mettre un nom sur la tête des voyageurs, lesquels sortaient les uns après les autres, ne tenait une pancarte avec son prénom. Elle décida de se concentrer sur les petites, sur lesquelles figuraient des noms d'un peu partout dans le monde, au feutre et de couleurs variées. Cependant, elle ne prêtait aucune attention aux visages des personnes qui les tenaient. Houston était décidément très cosmopolite, constata-t-elle. Son nom n'était inscrit sur aucun écriteau. Elle commença à s'inquiéter.

« M'aurait-il oubliée ? » Cette interrogation mélangée à de l'effervescence fit soudainement resurgir l'envie d'une cigarette laquelle, chose curieuse, avait disparu jusqu'alors. Que devait-elle faire à présent ? Sortir juste à l'entrée des arrivées pour s'en allumer une, ou bien attendre jusqu'à ce qu'elle rencontrât son hôte ? Après plus de douze heures d'abstinence, elle ne pouvait plus se retenir dans ces conditions. Elle se décida enfin à prendre l'air. Elle saisit son sac à main et se dirigea vers la sortie principale, se retournant à deux reprises afin de s'assurer que ses bagages n'avaient pas disparu.

« Que c'est bon ! » se dit-elle, savourant à nouveau ce plaisir. Elle pouvait sentir la fumée envahir ses poumons - elle ne crapotait pas -, offrant à son corps et à ses sens toute la quintessence réconfortante de l'odeur et du goût du tabac. Tout en essayant de faire durer cette sensation retrouvée par de longues expirations et inspirations, un bras au-dessous de sa poitrine afin de laisser reposer l'autre qui tenait la cigarette fumante, le nez en l'air et les yeux fixant l'horizon texan, bleu et immense, elle jetait par intermittence un regard furtif sur ses chariots visibles de sa position.

Les véhicules défilaient devant elle. La plupart qui s'arrêtaient étaient des taxis qui ne se souciaient que de leurs clients. Ils ne faisaient que transiter : ils se garaient quelques instants, le temps de déposer ou prendre des passagers, puis redémarraient aussitôt pour se fondre dans la circulation. Une voiture gris foncé se gara sur le dépose-minute le plus proche. Son regard s'arrêta sur le véhicule haut-de-gamme, mais avec des pensées toujours ailleurs. Elle détacha inconsciemment son attention de l'engin, son esprit reprenant sa course dans ses rêveries. Deux personnes se trouvaient à bord de la Mercedes. Elles restèrent un instant à l'intérieur, puis le chauffeur sortit, tenant dans sa main un semblant de pancarte en carton. L'homme s'engouffra à l'intérieur de l'aéroport, tenant l'écriteau à la bonne hauteur, comme voulant déjà informer l'arrivant qu'il était là.

En écrasant le mégot de son pied droit, son regard tomba sur le rectangle marron sur lequel était soigneusement inscrit son prénom en lettres capitales rose fluorescent. Ses yeux s'écarquillèrent, comme s'ils voulaient sortir de leurs orbites pour aller s'agglutiner sur la pancarte et s'assurer de ce qu'ils venaient de lire. À peine avait-elle eu le temps de reconnaître son nom que l'individu se fondit dans la masse. Elle n'avait pu distinguer son visage, mais sa silhouette semblait ressembler à celle de son futur hôte. Avec toute cette correspondance des six derniers mois, elle semblait déjà le connaître. Les bienfaits de la technologie moderne lui avaient donné la chance de changer d'air. Un nouveau cadre de vie, un nouveau travail, sûrement de nouveaux amis et peut-être une nouvelle liaison. Et elle ne dirait pas non à une nouvelle étincelle tant qu'il n'y avait aucune contrainte.

Carlos était arrivé à point, juste lorsqu'elle réalisa qu'elle avait perdu Soan dans le XXe. Ce dernier travaillait à la brocante porte de Montreuil. Elle avait donc pu y côtoyer tout ce que les banlieues des grandes métropoles comme Paris renfermaient en détresse et espoir, en échecs et réussites. Les puces étaient plutôt un milieu d'hommes, où tout le monde marchait au système *D*. Cet environnement mâle et parfois macho, avait tout de même su préserver et respecter une présence féminine en son sein, avait-elle pu constater lorsqu'elle lui rendait visite en semaine après le travail parfois, ou les weekends. Conscients de la vulnérabilité que ce soi-disant sexe faible pouvait exposer face à cet univers souvent viril et bourré de testostérone, les hommes couvaient les collègues du sexe opposé, lesquelles étaient mises sur un piédestal. Les pitbulls également : considérés comme une sorte de signe extérieur de noblesse, ils étaient devenus un élément naturel de l'univers des quartiers de la Petite Couronne.

Elle se rua à l'intérieur, ayant retrouvé ses esprits après avoir assouvi son envie de nicotine. Elle se fondit à son tour dans la cohue - il y avait décidément foule à l'aéroport George Bush Intercontinental. Elle essaya de deviner la direction qu'il avait prise, mais les gens autour brouillaient sa piste. Elle posa son regard sur ses bagages dans sa quête frénétique. Elle les avait complètement oubliés. Ils n'avaient pas bougé. Elle resta quelques minutes à le chercher. Elle ne le voyait pas. Ses recherches se soldant par un échec, elle décida de retourner à l'extérieur, au cas où il serait revenu sur ses pas. Alors qu'elle approchait de la porte de sortie, elle le vit défiler devant elle, tenant toujours la pancarte dans sa main. C'était lui, le responsable de recrutement.

« *Ello ! Ello !* » héla-t-elle, d'une voix empreinte de soulagement et de crainte à la fois, rassurée de l'avoir trouvé mais redoutant qu'il ne lui échappât à nouveau. Les gens alentour regardèrent dans sa direction, se demandant qui pouvait crier, de la sorte avec un accent qui omettait les 'h'. Il se retourna, également surpris par cette interpellation.

« Ève ! »

Bien que soulagée de l'avoir enfin trouvé, son instinct naturel la poussa à vérifier son identité. C'était lui en effet, et pour de vrai. Cela allait faire la deuxième fois qu'ils se rencontraient face à face. Ils s'approchèrent, et une fois à environ trente centimètres l'un de l'autre, se fixèrent des yeux, comme cherchant davantage d'information sur chacun, puis se serrèrent la main. Tout ce qu'ils avaient pu se raconter dans leurs longues conversations en ligne et téléphoniques refit surface dans ce court moment, pour se métamorphoser en une relation bien ancrée dans le temps. C'était comme s'ils se connaissaient depuis toujours. Les regards qu'ils échangeaient leur semblaient si familiers, qu'ils n'avaient aucune appréhension, laissant leurs gestes et pensées évolués avec aise et assurance.

« Bienvenue au Texas ! » dit-il, d'une voix suave et attentionnée tout à la fois, coupant court à cet échange silencieux.

« Merci… ! Enchantée d'être là ! » Son large sourire laissait entrevoir une satisfaction recherchée depuis longtemps, presque de la béatitude. On ne savait plus si c'était la rencontre ou le *jet lag* qui lui donnait cet effet. Peut-être les deux.

« Je suis désolé, mais j'ai été retardé par la circulation… Il y avait un accident sur la *FM 1960* et cela a créé des bouchons. » Il semblait presque regretter de ne pas être sorti plus tôt afin d'éviter ce retard.

« Non, ce n'est pas grave voyons ! Le temps de sortir de la zone douanière et de récupérer mes bagages… Ensuite je n'ai pas attendu très longtemps. » Elle voulait paraître toute rassurante et conciliante.

« Non ! Non ! Je suis vraiment navré de ne pas avoir été là à temps pour pouvoir t'accueillir ! insista-t-il.

— Mais tu es là et tu m'as accueillie ! » Elle était tout émoustillée. Ils se mirent à rire avec entrain, amusés par ce dialogue en boucle.

« J'ai ma voiture garée là-bas et Feriel nous attend ! » Une légère ombre plana au-dessus d'elle le temps de quelques secondes. Elle fit mine d'être ravie. Le charme de leur second face-à-face avait été quelque peu écorné. Elle avait eu le loisir de rencontrer sa femme lors d'un dîner au restaurant à Paris, lorsque Carlos était venu pour une conférence annuelle. Elle l'avait accompagné afin d'y passer quelques semaines et y refaire l'expérience de la douceur de vivre hexagonale. Selon ses dires, elle avait le mal du pays au bout d'un certain temps. Bien qu'elle appréciât les séjours en France, il n'en restait pas moins qu'elle y trouvait de nombreux défauts, ne s'interdisant aucune critique haut et fort. Tout était réduit à son minimum, se lamentait-elle. Les rues, les habitations, les voitures. Elle trouvait tout cela si exigu qu'elle aurait fini par suffoquer si elle y était restée plus longtemps.

Elle n'avait pas beaucoup sympathisé avec la femme de son futur employeur durant le dîner dans un restaurant libanais, dans la rue des Acacias, dans le XVIIe arrondissement. Les mets avaient été délicieux au demeurant. Quelque chose dans le regard ne semblait pas coller. Les yeux et les gestes trahissaient cette conformité qu'elle voulait se donner. Elle ne réussit pas à la convaincre de sa sincérité. Malgré la présence de Feriel, elle avait tout de même profité pleinement de cette soirée. Durant le dîner, elle laissa même dégager du bien-être et du bonheur sur son visage. Elle fit aussi passer un message clair et net à Feriel : elles n'allaient pas devenir amies, mais de simples connaissances. Lorsque leurs regards se croisaient par hasard, on pouvait y entrevoir une certaine méfiance instinctive, voire de la défiance respective.

Lorsqu'ils arrivèrent à la voiture et que ses yeux tombèrent à nouveau sur les siens, elle pouvait encore y déceler cette réserve. Feriel fit l'effort de sortir du véhicule pour l'accueillir mais resta plantée à sa place, attendant qu'elle fît le tour.

« Bonjour Feriel ! Comment vas-tu ? lui demanda-elle, de son sourire de façade.

— Bienvenue au Texas ! » dit-elle l'air songeur, comme essayant de deviner ce qui l'intriguait en elle. Elles se serrèrent la main sans grand enthousiasme.

« Merci, répondit Ève, d'un ton des plus formels.

— Comment a été le voyage ? s'enquit-elle. »
Elle savait que Feriel n'avait rien à dire, et par conséquent,

allait commencer à parler de la pluie et du beau temps. Elle avait deviné sa nature assez possessive et jalouse. Peut-être cela expliquerait-il la méfiance qu'elle laissait dégager. Qu'elle fût craintive et jalouse, cela se comprenait. Après tout, elle était humaine et, en sus, une femme.

« Bon ! Si on y allait, les enfants nous attendent mon chéri ! » s'empressa d'ajouter Feriel, coupant court à ces retrouvailles presque non-voulues et usant d'un ton des plus affables qui fût à l'encontre de ses deux interlocuteurs. C'était son chéri.

Lui n'avait trop participé à ce dialogue invisible entre les deux femmes, trop occupé à vérifier ses messages sur son téléphone portable.

« En effet… Où sont tes bagages ?

— Mes bagages ! »

Elle posa la main sur le cœur. La crainte sur son visage, accompagnée par sa gestualité, braqua les deux regards sur elle. Elle les avait complètement oubliés.

« Que se passe-t-il ? s'enquit-il, inquiet.

— Je les ai laissés à l'intérieur !

— En as-tu beaucoup ? » l'interrogea Feriel, faisant mine de s'intéresser à elle.

« En effet combien en as-tu ? »

Il était debout, la portière déjà entrouverte. Ève scruta la voiture pendant quelques secondes.

« Un peu plus que la moyenne je dirais… »

Elle figea un sourire gênant, les regardant furtivement à tour de rôle, voulant transmettre un message.

« Je ne pense pas qu'on puisse tous les mettre dans la voiture…

— Bon… Allons d'abord les chercher et l'on avisera ensuite.

— Je vous attends dans la voiture, allez-y maintenant, dit sa
femme. »

Ils retournèrent à l'intérieur, marchant la tête basse, comme
gênés. Feriel les observait s'éloigner. Comment se faisait-il qu'il
eût choisi une aussi belle femme pour venir faire des tâches administratives et de la prospection avec le Canada ? N'aurait-il pas
pu trouver quelqu'un des États-Unis ou du Canada même ?

Elle l'aimait encore comme elle l'avait toujours aimé. De son
côté, il lui disait la même chose, mais au fond, elle savait que ce
n'était plus vrai. Les remous dans leur couple avaient commencé,
et ce bien avant qu'ils ne se mariassent, lorsqu'ils étaient encore
en Algérie dans la fleur de l'âge. Ils s'étaient empirés depuis qu'elle
avait touché le fond, juste après la naissance de leur premier enfant. Elle ne voulait pas user du mot *dépression* pour décrire son
état.

Alger. Ce mot résonnait dans sa tête, tel un lieu qui fut sien,
où elle avait pu goûter à la saveur de l'amour. Un amour roma-
nesque dont elle était si friande dans ses rêves, mais qui était à
présent enfoui quelque part dans ses souvenirs. Elle avait encore
espoir que les choses redevinssent comme à leurs premiers jours,
qu'ils pussent retrouver ce bouillonnement de sentiments, ces
conversations intimes sur les hauteurs de Notre-Dame d'Afrique
et au milieu du jardin d'Essai. Elle aurait tant aimé figer cette

partie de sa vie révolue, tel un Renoir ou Aubry, pour l'immortaliser. Alger, naguère la blanche, avait pris un visage bien sombre et grisâtre, avec l'exode rural, la circulation infernale et l'échec des autorités à la préserver et y mettre de l'ordre.

Il aimait les femmes. Il lui avait confessé qu'il avait également essayé avec des hommes mais sans beaucoup de satisfaction. C'était un homme, se rassurait-elle, afin de relativiser cette impasse dans laquelle ils avaient fini par être pris au piège. Elle ne lui en voulait pas, elle l'aimait toujours autant, même si elle n'arrivait pas à avoir de réponses, que ce fût de sa part ou de la vie. Elle s'acharnait sur le sort, passant des heures durant à tenter désespérément de le conjurer, afin qu'il l'épargnât de cette malédiction que beaucoup de femmes - et certains hommes d'ailleurs, à leurs façons - redoutaient. Aussi, comme ne voulant pas avouer cet échec, elle faisait semblant de n'y voir que du feu, donnant peu d'importance au quotidien, pour se laisser retenir dans ce qui fut. Au travers de ce prisme, elle ne voyait que lui, ne ressentait que cet amour qu'elle avait connu.

Elle les vit revenir de loin, chacun poussant un chariot, plein d'entrain. Voilà qu'elle les enviait en les observant. Puis elle eut peur tout d'un coup. Et non, elle n'avait pas besoin de voir un psy comme certaines de ses amies lui avait conseillé. Elle se soignait elle-même. Ces changements d'humeur, elle les gérait très bien.

Leur enthousiasme s'estompa quelque peu lorsqu'ils s'approchèrent de la voiture, mais tous deux dissimulaient mal cet instant de bonheur. Feriel avait les yeux rivés sur elle. Il était vrai qu'elle était attirante, à mi-chemin entre l'Orient et l'Occident, comme elle. Mais que pouvait-elle avoir de plus qu'elle ?

« Feriel, on va devoir appeler un taxi… Ève a beaucoup de bagages comme tu le vois. »

Depuis longtemps, il n'usait plus de termes comme *chérie* ou *mon amour*, comme à leurs débuts. Il l'appelait seulement par son prénom, c'était plus commode, plus neutre, moins personnel.

« Tu veux que j'aille chercher un taxi, chéri ? Il y en a quelques-uns garés là-bas ! » Elle pointa du doigt l'emplacement de véhi-cules jaunes bariolés d'annonces publicitaires. Son ton amène penchait presque vers de la révérence. Elle remit ses lunettes de soleil qu'elle tenait encore dans sa main droite, non pas à cause des rayons de soleil qui éclaboussaient le lieu de leur éclat, mais de peur que le désarroi dont elle fut prise à leur retour ne se lût sur son visage. Elle cachait mal ses sentiments.

« On va y aller ensemble, Feriel, d'accord ? » Ève décida de dissiper tout *malentendu* ; non pas qu'elle fût gênée par la scène mais elle n'était pas venue pour voler son jules - malgré des sen-timents naissants.

Il dirigea ses yeux vers le trottoir, par gêne et indécision face à ce dialogue à trois. Il scruta le sol, comme cherchant une porte de sortie, de peur de croiser le regard de l'une comme de l'autre. Il se reprit et fit mine de prendre un air naturel. Il était presque en extase qu'Ève fût enfin devant lui en chair et en os, mais la présence de Feriel troublait cet état de bien-être.

Que s'était-il passé avec sa femme ? Elle ne lui apportait plus ce qu'il recherchait. Il avait laissé tant d'énergie dans ses caprices, qu'il était à présent inerte face à ses crises et humeurs – lui non plus n'aimait pas employer le terme *dépression*, il le trouvait déprimant. Il avait consumé tout ce qu'il avait pu donner en amour à une femme. Il ne savait que faire à présent. Il était vide. Mais en dépit de cet enfer qu'elle lui faisait souvent vivre, il avait du mal à la quitter. Une habitude ? Resteraient-ils ensemble ? Il ne savait trop, elle était comme une lueur constante dans son existence. Il ne l'aimait plus mais l'aimait bien. Il jeta un regard à la dérobée de chaque côté, comme pour s'assurer qu'il pouvait encore les fixer droit dans les yeux, sans avoir à être gêné de quoi que ce fût. Après tout, il en avait eu des aventures. Elle passait d'hystérie en pleurs à longueur de journée lorsqu'elle pensait avoir découvert ou deviné quelque chose, puis s'en remettait au bout de quelques jours ou d'une semaine.

« D'accord… Allez-y toutes les deux ! Moi je reste là à surveiller les bagages. » Il brisa un silence qui commençait à peser au-dessus d'eux.

« D'accord mon amour ! » Feriel ne voulait en aucun cas le décevoir, et d'ailleurs il n'y avait pas lieu de paniquer. Il était son amour de toujours.

« Allons-y Feriel ! » Ève semblait vouloir la rassurer, comme si elles allaient devenir amies maintenant. Était-ce l'effet que le mot *Texas* avait sur les gens ? Peut-être momentanément pour la nouvelle arrivante. Toutes deux se mirent à marcher en direction des taxis d'un pas quasi synchronisé, comme si elles étaient au diapason l'une avec l'autre.

Il se mit à les observer marcher ensemble, presqu'en harmonie, telles deux femmes qui se complétaient. Vue de loin, la scène semblait idéale à ses yeux et était révélatrice d'une constante chez lui. Les parfums de cette existence passée avec Feriel étaient ressuscités lorsqu'il pensait à Ève - ce qu'il faisait depuis des mois. Chose frappante, elle laissait deviner des expressions dans son regard, des allures et des manières que sa femme avait elle-même affichées longtemps auparavant. Il allait jusqu'à penser qu'elle était la réincarnation même de cette Feriel quinze ans plus tôt. Belle, épanouie et pleine de vie, elle lui avait offert un amour entier, sans remise en question. À présent, elle était devenue une femme tout autre, toujours à lui demander des comptes quant à ses réelles intentions et aspirations. Il la sentait comme réfugiée dans une attente routinière, où tout était sclérosé dans un idéal qui l'obsédait et qui finissait par la rendre fade et usée. Pour autant, il reconnaissait qu'elle portait toujours en elle des réminiscences de leur glorieux passé. Elle n'avait pas tout perdu de sa jeunesse à vrai dire. Mais, avec le temps et les enfants, elle n'était plus la même.

Saurait-il vivre sans elle ? Elle était un repère dans sa vie, où aucune autre continuité n'avait réellement perduré. Il souhaitait que leur couple évoluât vers plus de compromis, d'accords tacites, où chacun, sachant ce qu'il attendait de l'autre et étant conscient de ses limites, pût se sentir à nouveau confiant vis-à-vis de l'autre. Peut-être cet ajustement pourrait sauver le peu d'amour qui lui restait. Elle ne voulait pas de ces arrangements qui ne laisseraient pas de place à ses caprices.

Elle le voulait tout attentionné du matin au soir. Elle désirait qu'il partageât ses moindres pensées, ses moindres faits et gestes. Elle lui pardonnait ses égarements : elle préférait user de cet euphémisme afin d'essayer de leur prêter peu d'importance. Elle ne supportait pas l'échec. Elle s'était résignée à accepter cette ombre dans leur couple, du moment qu'il lui donnait de l'affection et lui faisait l'amour avec un grand *A* !

Ce n'était plus le cas. Les rares occasions d'étreintes ressemblaient plus à un devoir ou un besoin de satisfaire une pulsion de base plutôt qu'à un hymne à l'amour - lui qui avait si bien fait l'amour auparavant. Non seulement il s'aventurait avec des femmes de façon régulière, mais aussi il était presque arrivé à lui tourner le dos. Elle considérait qu'il voulait dorénavant la confiner à un rôle de figurine, une présence féminine à la maison, pour les enfants, les invités, l'image qu'il devait projeter au-dehors et pour lui-même. Après-tout, il provenait d'une famille traditionnelle arabe syrienne où les valeurs patriarcales étaient fondamentales. Et on ne divorçait pas chez lui. Chez elle non plus.

Il lui avait apporté une partie de ces délices d'Orient, elle l'Algéroise, dont le père était originaire de Petite Kabylie. Elle n'avait été nourrie qu'aux cultures kabyle, française, et dans une moindre mesure arabe, avant qu'elle ne le rencontrât à l'université d'Alger. Son père, *moudjahid* de la guerre d'indépendance et haut fonctionnaire dans la capitale, avait été très insatisfait de la politique d'arabisation à marche forcée dans les années Boumediene, aux dépends de la culture berbère. Il inscrit ses deux filles et son fils dans une école privée jusqu'au baccalauréat. Il avait visé juste, ses enfants maîtrisaient le français pour continuer dans le supérieur. Mais le malheureux ne s'en était presque jamais remis lorsque sa dernière leur annonça qu'elle allait se marier avec un Syrien, un non-Berbère. Certes, il avait un niveau convenable en français, mais il était arabophone avant tout. Même s'il ne lui avait pas entièrement pardonné, il en avait fait quelque peu fait le deuil une fois que les petits-enfants étaient arrivés.

Elle les avait prévenus qu'il représentait tout à ses yeux et qu'il n'y aurait personne d'autre que lui. Elle lui trouvait toutes les qualités du monde. Notamment, il savait comment exprimer son amour dans ses actes, dans son regard. C'était son homme, le sien, et elle l'aimait tel qu'il était ; avec toutes ses qualités, mais également tous ses défauts.

Bien que l'idée et le mot même gênassent quelque peu sa pudeur, Carlos pensait que ce papillonnage était une forme de polygamie des temps modernes. Il considérait qu'une vie sexuelle très libérale permettait de se débarrasser des pressions au sein d'un couple, pour l'homme comme pour la femme. Mais cette fois-ci, l'étrange attirance envers Ève, qu'il sentait s'installer en lui, laissait présager bien plus que de l'éphémère et du charnel. Il y voyait une sorte de contentement permanent, un équilibre qu'il avait connu durant les premières années de leur mariage. Il semblait enfin retrouvé la connectivité qu'il avait perdue avec Feriel.

Il leva la tête. Un taxi vint se garer derrière la berline. La vitre côté passager s'abaissa.

« Bonjour, c'est ici pour les nombreux bagages ? »

La voix du chauffeur, nonchalante et atone, révélait une certaine monotonie dans son travail. Son regard se posa sur cette tête ronde inconnue.

« Pardon ? demanda Carlos, surpris.

— Les bagages ! C'est vous ? » La clientèle ne manquait pas.

« Deux jeunes dames m'ont demandé de venir prendre des bagages comme clients ! C'est ici ? » Il semblait s'impatienter, comme s'il ne voulait pas perdre son temps.

« Euh... Oui, en effet ! » confirma-t-il avec énergie, de peur qu'il ne décidât de s'occuper d'autres clients. Il regarda ensuite vers l'autre bout du parking. Il n'apercevait ni Feriel ni Ève. Il jeta un bref coup d'œil tout autour de lui, toujours rien. Il se tourna vers le chauffeur.

« Savez-vous où elles sont ?

— Aucune idée mon cher Monsieur. Elles m'ont simplement demandé de venir ici pour des bagages, et me voilà ! »

Il ne serait d'aucune aide. Il scruta à nouveau les alentours. Il fronça les sourcils qui se joignirent, au point de ne faire presque qu'un seul, sondant à nouveau là où il les avait vues pour la dernière fois. Il se demanda où elles avaient bien pu passer. Le mieux serait de s'occuper des bagages en attendant qu'elles revinssent. Il tourna la tête et prêta à nouveau attention au taxi. Le chauffeur était calé contre son siège sur lequel était posé un épais coussin. Ce dernier avait fini par prendre la forme de son corps. Il attendait patiemment, laissant flâner son regard ici et là, en écoutant une des stations radios locales à peine perceptible de dehors.

« Si on commençait à mettre les bagages dans la voiture ? » lui demanda-il d'une voix engageante, tentant d'établir un lien avec l'individu. Ce dernier n'avait montré aucune envie de dialoguer jusqu'à présent.

« C'est comme vous voulez mon cher Monsieur... »
Il semblait toujours peu touché par l'intérêt qu'il lui portait.

Dans sa cinquantaine, ses traits mulâtres, ni trop blancs ni trop noirs, reflétaient de manière unique ce que le sud de l'Amérique avait pu enfanter par suite des innombrables migrations, le *cajun*. La portière s'ouvrit machinalement, comme s'il n'avait eu à faire aucun geste, et sortit de son siège presque sans effort. Il semblait absent.

« On ne pourra pas tout mettre...

— Vous pensez ?

— Puisque je vous le dis ! »

Il était toujours décidé à ne laisser paraître aucun sentiment amical et imposait une distance entre son client et lui.

« Bon, ça ne fait rien, on mettra le reste dans ma voiture... »

L'homme ouvrit le coffre à l'aide du bouton sur sa clef. Carlos se tenait debout, prêt à lui tendre le premier bagage, ses larges mains velues posées sur une valise quelque peu surdimensionnée par rapport à la taille d'Ève. Il se demanda comment elle avait réussi à la poser sur le chariot.

« Non ! Non ! Celle-ci est trop grande... ! Nous la laisserons pour le siège arrière ! » Agitant sa main de droite à gauche, il refusait tout compromis.

« Très bien... »

Il mit l'énorme valise de côté et s'apprêtait à en choisir une moins volumineuse lorsqu'il aperçut Ève et Feriel revenir, chacune avec un sac, discutant allègrement et exhibant un visage décontracté.

« Ça va chéri ?

— Oui... Nous sommes juste en train de mettre les bagages

d'Ève dans les voitures... Et vous ?

— J'en ai profité pour acheter deux ou trois magazines, et par la même occasion, Ève en a fait de même !

— En effet ! J'ai un besoin de m'immerger dans ce nouveau territoire, alors j'ai pensé que, pour commencer, il serait judicieux de lire quelques revues... » Elle laissa échapper un sourire complice à Feriel.

« Pour les potins principalement ! »

Son large sourire s'étala à nouveau sur son visage, laissant entrevoir une dentition un peu ternie par la cigarette, mais parfaitement alignée. Ses joues avaient pris une couleur rougeâtre. Une chose était sûre, elle n'avait pas besoin de maquillage. On ne savait trop si elle était quelque peu gênée de cet aveu ou plutôt ravie de partager qu'elle aimait la futilité. Tous trois laissèrent échapper un rire de concert, oubliant les petites tensions d'auparavant.

Le chauffeur, dans un esprit inquisitif, avait suivi la conversation depuis le début mais n'avait compris que quelques mots. Il connaissait un peu le français cadien du côté maternel - il le parlait même un peu étant enfant. Il se décontracta quelque peu. Ils étaient donc étrangers. Des Français ou des Québécois.

Bien qu'il travaillât régulièrement à l'aéroport, il n'avait que rarement eu de francophones comme clients. Il avait eu l'occasion de tomber sur des Européens, des Moyen-Orientaux et des voyageurs du Sud-Est asiatique, et il en avait gardé de bons souvenirs en général. Sinon, il avait affaire à ses concitoyens, des gens absents et silencieux, se lamentait-il, avec lesquels il était impossible d'aller dans le fond des choses. Il pensait que Carlos, quant à lui, était trop américanisé.

« Bien, si on y allait ?

— En effet mon amour ! En plus la nounou ne peut rester au-delà de dix-huit heures trente… Elle ne sera pas contente si on arrive en retard… » Elle souhaitait à tout prix épouser les pensées de son mari.

Comme beaucoup d'états des Etats-Unis, le Texas n'avait pas d'âge minimum pour laisser ses enfants à la maison. Cependant, Feriel, tout comme lui, faisait en sorte qu'il y eût quelqu'un pour surveiller les deux marmots et s'occuper d'eux en leur absence. Cette nouvelle nounou, Carla, étudiante à l'université, était une perle et ils ne voulaient pas la perdre. D'ascendance mexicaine, elle leur enseignait même l'espagnol.

Le soleil avait déjà bien entamé sa descente vers l'ouest, les sentiments s'étaient apaisés. Le ciel, encore bleu au-dessus de leur tête, laissait traverser une ligne ocre rouge à l'horizon, qui passait graduellement du clair au foncé. Elle s'étirait presque tout le long de l'horizon qu'offrait le vaste espace. La nuit n'allait pas tarder à envelopper cette ville tentaculaire de l'imprégnabilité de sa couleur.

Ils s'étaient engagés sur l'autoroute à six voies, le taxi les suivant juste derrière quand il le put. Peu importait, il avait leur adresse. Ce qu'elle avait observé d'en-haut, elle le vivait à présent. C'était beaucoup mieux à vingt mille pieds d'altitude, pensa-t-elle.

Voitures, camions, poids lourds et, parfois, motos se dépassaient les uns les autres inlassablement. On ne savait jamais de quel côté ils allaient surgir. Il ne semblait n'y avoir qu'un code de la route à minima. À chaque fois qu'ils doublaient un véhicule, ou vice-versa, cela laissait échapper un bruit court et grave. Au début, elle était quelque peu médusée, se demandant d'où pouvait provenir ce bruit. En y prêtant plus attention, elle nota que les innombrables voies de l'autoroute étaient séparées par de petits dômes métalliques alignés en guise de marquage. Les abords des voies étaient illuminés de panneaux publicitaires près des immeubles ou sur leurs toits, ou simplement plantées en bord de route. C'était cela le *rêve américain* : plein la vue, plein la tête.

Personne n'avait encore prononcé un seul mot, chacun plongé dans ses pensées, essayant plus ou moins d'anticiper la suite des événements. Alors que Feriel et Ève portaient leur regard sur ce qui défilait à l'extérieur, Carlos se concentrait sur la route, jetant de temps en temps un œil au rétroviseur extérieur, essayant d'apercevoir le chauffeur. Il avait décidé d'essayer de ne pas laisser échapper la moindre parole durant le trajet jusqu'à la maison, même s'il sentait le besoin de parler, de lui parler. Il n'avait pas eu cette sensation de légèreté depuis des années. Il se sentait transporté par un nouvel élan. L'amour renaissait-il en lui ?

« Alors, Ève, qu'en penses-tu ? lui demanda-t-il. » Après quelques minutes, il n'avait pu résister.

« Intéressant…

— Ah oui ? » Bien qu'happée par ce qui se passait au-dehors, Feriel prêta son oreille à la conversation.

« Eh bien… Tout semble surdimensionné, en tout cas, les routes, les immeubles, les voitures, les lumières… Le temps.

— Le temps ? lui demanda-t-il surpris.

— Oui, tout semble aller vite ici ! D'une manière grandiloquente…

— En effet, tu as raison Ève… Ici tout le monde est pressé, et la plupart du temps, ils ne pensent qu'à l'argent.

— Un dollar est un dollar… En même temps, ils sont plus honnêtes vis-à-vis de leur rapport à la richesse, je pense. Il y a beaucoup moins d'hypocrisie, ajouta Feriel, prise à son tour par le sujet de la conversation.

— Oui c'est vrai… Il faut se lever tôt pour le gagner, ce dollar, dit Carlos. » Il jeta un œil dans le rétroviseur arrière tout en prêtant son oreille, penchant la tête légèrement en arrière.

« D'accord… Après tout, on est là pour cette raison ! » La remarque d'Ève laissait suggérer qu'elle s'adapterait assez facilement à ce nouvel état d'esprit.

« Oui ! C'est vrai, mais au bout de quelques années, tu as vraiment besoin de voir autre chose ! Surtout nous, les Européens…

— Exact ! » Feriel s'était légèrement retournée afin de faire face aux deux autres passagers.

« En même temps, revivre à Paris pour de bon… Tout semble si miniaturisé et le temps laisse toujours à désirer… Je ne pense pas que je puisse m'y habituer si je retournais là-bas. » Elle s'ouvrait et révélait une partie de ses sentiments, uniquement ceux qui étaient futiles.

« Oui, ajouta Carlos. Nous sommes habitués à du soleil presque tout au long de l'année maintenant… »

Les deux voitures s'étaient à présent engagées sur une bretelle de sortie. Ils se retrouvèrent sur une route à deux voies, beaucoup plus calme et moins illuminée. Les panneaux publicitaires revenaient toujours, mais plus sporadiquement, défilant devant eux dans une monotonie ininterrompue.

« Ève, les bureaux se trouvent dans l'immeuble que tu vois là-bas, » pointant le doigt alors qu'ils roulaient près d'un bâtiment vitré.

« D'accord ! » Ève scruta l'endroit de toutes parts pour mieux l'assimiler.

« Le taxi nous suit toujours chéri ?

— Oui ! Oui ! C'est bon… » confirma-t-il, d'un ton presque vide de sentiments.

La nuit était à présent tombée, dévoilant un ciel tout étoilé. Les deux véhicules joignirent une file pour tourner à droite. Les feux, suspendus en l'air par des fils qui traversaient la voie perpendiculairement, étaient passés au rouge. Ils se balançaient régulièrement au gré du vent.

« Ça souffle un peu, tu ne trouves pas chéri ?

— Oui, un peu…Tu as entendu les infos ce matin, ils ont annoncé de l'agitation sur les côtes qui pourrait nous affecter.

— Ce n'est pas un ouragan, hein mon bébé ?

— Non d'après ce qu'ils ont dit, mais ils sont quand même restés assez prudents là-dessus… Tu les connais Feriel, ils ne veulent jamais s'avancer complètement. » En l'écoutant, elle avait soudainement envie qu'il lui fît l'amour ce soir – même avec un petit « a », cela suffirait. Peut-être que l'alcool aidera.

« En effet chéri… On n'a pas à sortir ce soir, j'ai invité Nicole et Arnauld à se joindre à nous !

— D'accord… Il y aura simplement du mouvement dans l'air… »

Ève essayait de discerner le monde extérieur dans le noir de la nuit, tout en essayant de suivre ce qu'ils disaient. La route sur laquelle ils roulaient à présent était peu éclairée. Ils étaient arrivés au quartier résidentiel qu'ils habitaient. Tout était calme, constata Ève. Elle les avait écoutés parler, tels des époux banals qui prétendaient que tout allait bien, comme papa et maman. En les observant cette journée, elle avait pu dresser un petit tableau du couple. Qu'importait pour elle, cela ne la regardait pas après tout. Ce qui comptait était qu'elle se refît une vie.

La Mercedes s'arrêta le long d'une avenue plantée d'arbres, devant une grande demeure. Le taxi se gara juste derrière. La plupart des pièces étaient éclairées.

« Regarde chéri ! Ils ont encore allumé toute la maison ! Pourtant, combien de fois je leur ai rappelé d'éteindre la pièce une fois qu'ils en sortent… Rien à faire, et rebelote ! » se lamenta-t-elle, l'air déçu alors qu'elle descendait du véhicule.

Bien qu'il ouvrît sa portière, il demeura à l'intérieur, s'assurant qu'il prenait tout ce dont il pourrait avoir besoin.

« Tu les connais Feriel… » Il était devenu presque insensible à ses remarques.

Le chauffeur avait déjà commencé à sortir les bagages de son véhicule. Ève s'affairait déjà à les rassembler comme elle le pouvait. Alors qu'elle déposait une petite valise sur l'asphalte, elle remarqua une forme noire et blanche surgir des buissons alentour et déambuler devant l'entrée de la maison, le nez au sol. Elle se demanda ce que cela pouvait bien être et regarda la chose plus longuement. Elle finit par deviner l'animal, incrédule.

« Oh ! Un putois ! » lança-t-elle, tout émerveillée.

La demande en mariage

Le 34 approchait. Il essaya de deviner leur présence à l'intérieur avant de grimper, comme d'habitude. Il crut reconnaître deux individus portant une casquette noire. Il ne prendrait pas celui-là. Il ne fit pas signe au chauffeur. Le bus s'arrêta tout de même. Des passagers descendirent, les deux contrôleurs également. Il fit mine de les ignorer. Il se demanda s'ils étaient descendus parce qu'ils avaient simplement fini leur service, ou bien s'ils allaient monter dans un autre bus. Encore heureux qu'il avait le choix entre le 16, le 26 et le 34 à cet endroit-là. Depuis qu'il était ici, il s'était familiarisé avec les contrôles dans les transports publics lyonnais. Il s'était fait attraper trois fois. À chaque fois, il s'était résigné à payer l'amende sur place, afin de ne pas avoir à présenter de pièce d'identité et continuer à rester invisible aux yeux des autorités. Il devait gagner du temps en vue d'obtenir sa régularisation, se rappelait-il, l'air déterminé.

Il les observait tout en scrutant le bout de la route pour voir si un bus arrivait. Les deux contrôleurs semblaient complètement insouciants et étrangers à sa condition. Lui aussi avait connu cette insouciance. Le 26 s'arrêta devant eux. Le grincement des freins le ramena à la réalité, oubliant, en une fraction de seconde, l'univers heureux et paisible dans lequel il commençait à se plonger. Personne ne descendit. Le bus s'éloigna, emportant avec lui les deux agents. Il était seul à présent. En voilà deux qu'il avait dû laisser passer. Il aurait mieux fait de marcher jusqu'au domicile. Cela allait bientôt faire une demi-heure qu'il était en train d'attendre. Il ne faisait qu'attendre depuis qu'il était arrivé dans ce pays.

Et maintenant, il était passé d'une bourgade coincée entre des montagnes à cette grande métropole quelques mois seulement après avoir fraîchement débarqué. Il s'estimait heureux d'avoir pu trouver un point de chute ici grâce à une connaissance qui, comme lui auparavant, n'avait jamais eu l'idée de tenter l'aventure vers d'autres cieux. Il était bien là où il était. Sa vie antérieure avait été bien huilée dans une routine qui lui avait permis de vivre au jour le jour, sans se soucier du lendemain. Mais maintenant, ce mariage avorté l'avait entraîné dans cette situation d'impasse dans laquelle il ne pouvait ni reculer ni avancer.

Il décida de marcher. Il ôta les mains de ses poches, serrant les cigarettes dans l'une d'elles. Il préférait les acheter par dix, cela le dissuadait de trop fumer. De ce côté-ci de la Méditerranée, le prix du tabac était exorbitant, bien que de meilleure qualité. Mais cela le rassurait de posséder un petit paquet. Bien qu'il allât s'en procurer un autre une fois qu'il l'eut terminé, il s'imaginait qu'il dépensait moins.

Il s'arrêta quelques secondes, le temps d'allumer la cigarette.

Il y avait une légère brise. Le ciel était dégagé en ce mois de mai. Il faisait bon. Il forma un demi-cercle autour avec sa main, afin de protéger la flamme du vent. Il tira une longue bouffée et reprit sa route. À présent, il paraissait plus apaisé et observait la vie sur le boulevard des États-Unis de manière plus naturelle, plus réaliste. Il était en symbiose avec son environnement.

Bab Boujloud. Fès l'avait vu naître et grandir, et lui avait pourvu de tout ce dont il avait eu besoin.

« Ton charme, discret et raffiné, n'a d'égal que notre cité, la belle médiévale… » ne cessait-il de répéter à Kenza.

Alors qu'il marchait l'air détaché, tout lui revint. Notamment, le marché. Il avait réussi à établir un petit stand où il vendait fruits et légumes quotidiennement à des clients, pour la plupart des gens du quartier qu'il connaissait depuis son enfance, mais également à des occasionnels qui venaient se promener ou faire des emplettes au Mellah, à Fès Jdid ou à la Médina. Loin du conformisme monotone et de l'ennui des grands boulevards de l'ère coloniale, la vieille ville, où seuls piétons, deux-roues, ânes et mulets pouvaient circuler dans les ruelles étroites et sinueuses, était comme un anachronisme que l'histoire n'avait pas réussi à enrayer face au monde contemporain. Dans l'une des principales artères, *Al-habta-wa-at-talaa*, il y avait un tel monde parfois, qu'on avait du mal à passer. En revanche, durant les jours de fermeture, seuls de rares passants, des deux-roues, des chats, des chiens errants et les appels des *muezzins* - lesquels s'élevaient dans les airs et se faisaient l'écho des uns et des autres - animaient les lieux.

Cette existence qui avait été baignée dans une totale quiétude et sérénité avait laissé place à une sorte de décomposition depuis sa décision d'accepter la proposition de sa mère. Pourquoi chercher l'ailleurs ? C'était une question qu'il lui avait posée directement.

« Mais pourquoi veux-tu que je parte ? Je suis très bien ici, je me contente de peu et j'en suis très satisfait... En plus je suis là où la terre m'a vu naître.

— Mais *waldi*, tu sembles tourner en rond. Si seulement tu te réinscrivais à l'université...

— *Mwé*, tourner en rond ne me dérange pas, la terre tourne en rond. Les saisons viennent, partent, reviennent et repartent. Où est le problème ?

— Et ne penses-tu pas à te marier ?

— Je suis bien comme je suis. Au moins je n'ai de compte à rendre à personne.

— Je te demande simplement d'essayer... »

Son entêtement et sa complaisance dans sa routine avaient fini par exaspérer tout son entourage. Le père, à la retraite depuis presque dix-ans, avait baissé les bras et ne voulait plus s'en mêler à cause de sa tension artérielle. Son frère et sa sœur avaient leurs propres préoccupations. Sa mère, quant à elle, était désespérée et n'avait qu'une chose en tête, le caser.

Aussi, après quelques hésitations, avait-elle décidé de donner un coup de pouce à son destin et prit l'initiative de contacter des membres éloignés de la famille installés dans les environs d'Albertville depuis les Trente Glorieuses. Ces membres en question étaient très proches d'une autre famille issue de la même région d'origine. Les femmes avaient rejoint leur mari respectif dans les années 70 et avaient toutes deux eu trois filles. Toutes les descendantes de cette famille que les membres connaissaient avaient réussi à se marier. Toutes, sauf une.

En effet, celle-ci était malheureusement loin de pouvoir prétendre aux charmes de ses aînées. À défaut de pouvoir lui trouver quelqu'un en France même qui aurait pu répondre à leurs critères, fiable et convenable, on avait fait appel à la terre natale, la province de Taounate. Les liens de parenté, même éloignés, ou le même sol d'attache, étaient souvent considérés comme une source d'investissement sûre. Aussi, lorsque la famille de la jeune fille encore célibataire effectua son rituel annuel dans les hauteurs du Moyen-Atlas cet été-là, elle fit un petit détour par Fès, afin d'officialiser la demande en mariage de cet homme presque étranger. Cela avait bien sûr été préparé à l'avance, à coup d'appels téléphoniques tout au long de l'année et demie écoulées. La jeune fille, très peu exigeante et consciente de son horloge biologique, avait été consentante. Ils ne s'étaient vus qu'une fois de loin auparavant, lors d'un événement exceptionnel dans les hauteurs atlassiennes. Si lui était de la ville, la jeune célibataire, quant à elle, était passée de l'un des douars de la commune rurale d'El-Bibane, accroché au flanc du domaine atlassien, à sa communauté d'agglomération Arlysère à l'âge de trois ans. Les deux lieux étaient quasi similaires dans leur fond. L'appel du Sud semblait comme une brise que le destin insufflait à ces semi-déracinés, laquelle les ramenait irrésistiblement à cette source qu'ils avaient quittée pour une terre promise plus au nord. C'était comme s'ils n'avaient jamais fait le deuil de cet exil.

Ayant grandi dans l'Hexagone, elle s'évertuait à se mettre au diapason avec la société dans laquelle elle vivait, mais l'influence omniprésente de la communauté en général, et des parents en particulier, rendait ses tentatives quelque peu infructueuses. Elle faisait souvent face à des contradictions dans les valeurs qu'elle voulait marier.

Lui, citadin dans l'âme, connaissait les moindres arcanes de la cité médiévale et s'était imbibé de la fierté de ses habitants. Il avait par ailleurs réussi à rester jusqu'en première année universitaire tout en combinant son travail au marché et ses études. La *promise*, quant à elle, était passée de ses études secondaires à l'usine où travaillait la plupart des gens qu'elle avait côtoyés depuis son enfance. Elle s'était accommodée de la trajectoire de sa destinée, n'y trouvant rien à redire. En dépit de mondes différents qui les séparaient et qui n'auraient jamais pu leur permettre de se rencontrer sans le contexte familial, il s'était résigné à la prendre pour épouse et elle l'avait accepté par défaut.

Il refit surface. Il était arrivé à la station de métro, le terminus des autobus. Il ne pouvait attendre de rentrer dans ce nouveau chez-soi. Il se sentait humilié. Pourquoi avait-il accepté de s'embarquer dans cette galère, fulminait-il. Il se complaisait fort agréablement dans son quotidien fassi. Là-bas au moins, il vivait d'amour et d'eau fraîche, un temps oisif passé entre ses fruits et légumes, les *siestas* à n'en plus finir et l'amour de sa vie, Kenza.

La fille aux yeux d'or, aimait-il l'appeler.

Il aurait tout fait pour sa protégée. Elle, certainement pas. Il le savait mais s'en moquait. Il avait entre autres accepté ce mariage pour elle. Cette dernière avait fini par le convaincre de prendre pour épouse *cette sorte de cousine*. Elle n'avait cessé de lui répéter que c'était une opportunité inouïe qui se présentait à point pour leur amour et leur futur. Une fois bien installé à l'étranger, il n'aurait qu'à la divorcer au bout de quelques années et se marierait enfin avec son véritable amour.

La véritable promise avait réussi ce que sa famille n'avait pu faire, le faire changer d'avis, au bout de quelques tête-à-tête et conversations intimes. D'ailleurs, son entourage avait été quelque peu incrédule de le voir revenir sur une décision en un quart de tour. Décision qu'il avait affirmée, haut et fort, comme finale. Ils avaient été si étonnés de son nouveau choix qu'ils lui demandèrent à plusieurs reprises, dans la semaine qui suivit, s'il était réellement sûr de ce qu'il voulait faire. Ils doutèrent tellement de sa volte-face qu'il se mit à douter lui-même à un certain moment. Mais Kenza était là et veillait sur lui. Au demeurant, sa mère, sa sœur et son frère savaient qu'il fréquentait une jeune fille depuis sa première année au lycée, mais ils ne s'étaient jamais rendu compte à quel point leur relation était sérieuse à ses yeux. Ils ne voyaient en elle qu'une fille frivole.

Kenza, elle l'aimait bien. Il s'occupait bien d'elle et lui rendait bien des services à la fac. Notamment, il lui photocopiait les cours auxquels elle n'avait pas assisté, l'invitait toujours à déjeuner ou à prendre un café. La plupart des sorties qu'elle effectuait avec l'association des étudiants en lettres étaient entièrement à ses frais. Il était toujours là quand il fallait. Pour lui, cela était assez normal de la part d'un homme d'entretenir sa promise, *la vraie* cette fois-ci. De son côté à elle, faute de n'avoir pu trouver mieux, elle s'était résignée à rester avec lui et apprendre à l'*aimer*. Elle était consciente qu'il l'aimait éperdument et usait, parfois un peu trop, de cet avantage, afin de faire passer ses caprices. S'il travaillait six jours sur sept, c'était pour elle. Elle l'avait même menacé de le quitter s'il n'acceptait pas ce contrat de mariage, lequel pourrait leur ouvrir les portes de l'Eldorado. Elle le prévint qu'elle était prête à aller vers le Nord en devenant une de ces *harragas* et traverserait le bras de mer à la nage s'il le fallait. Voyant que les études ne menaient à rien et qu'aucun homme qui pût la rendre heureuse ne se pointait à l'horizon, l'une de ses amies avait payé une petite fortune à des passeurs en s'endettant auprès de sa famille. Sa *patera* avait coulé, et elle et son rêve avaient malheureusement sombré dans les eaux troubles et implacables du Détroit. La dette, quant à elle, était toujours redevable auprès de la banque. Il avait pris peur.

Aussi l'avait-il fait pour elle. Rien qu'à l'idée de se séparer d'elle, ne fût-ce que pour une semaine, allait le rendre malheureux, tel un chien qui aurait perdu son maître. Depuis qu'il ne la voyait plus, il vivait dans le brouillard. La vie n'était plus la même désormais, sans cette lueur qui l'avait suivi de partout auparavant.

Une sorte de confusion régnait dans ses idées à présent. Il avait perdu la notion du temps, quelque part entre son existence passée et sa vie actuelle. En arrivant ici, il ne s'était jamais imaginé qu'il allait échouer de la sorte, entre quatre murs d'un studio dans un foyer pour réfugiés, qu'il sous-louait dans le VIIIe arrondissement lyonnais.

Ils l'avaient jeté, tel un linge sale. Autant il avait eu un accueil digne d'une personnalité royale à son arrivée, autant il avait eu la maladresse de ne pas remercier les maîtres de maison. Son épouse avait pris tous les plus grands soins afin de satisfaire son mari fraîchement débarqué du pays. Elle avait loué l'appartement et l'avait meublé elle-même, de ses propres deniers, ses économies. Elle comptait même commencer à lui faire passer le permis de conduire dès son arrivée et s'était engagée auprès d'une des écoles de conduite des environs. Elle avait tout mis en œuvre pour en faire un mari, son *mari*, heureux. Malgré l'indifférence dont il avait fait montre depuis le début, elle persistait à vouloir lui plaire. Elle y croyait et s'était sérieusement engagée dans cette union. Ses intentions étaient simples et sincères. Son père, le premier, avait noté cette ingratitude, voire un certain mépris, de sa part. Et il en avait eu mot avec sa fille. Cette dernière avait refusé de voir la vérité en face et avait balayé les remarques de l'autorité parentale d'un revers de la main. Elle voulait y croire.

Elle le rebutait à un tel point qu'il ne dormait même pas dans la même pièce qu'elle. Il ne l'avait pas encore touchée et ne désirait en aucun cas le faire. Il lui adressait à peine la parole et ne la regardait que lorsque leurs yeux se croisaient par hasard. Elle, elle avait toujours été aux aguets, prête à saisir la moindre opportunité. Elle faisait en sorte de se trouver à une distance raisonnable de lui, ne le dérangeant point, mais demeurant disponible au cas où. Au moins, Kenza avait du caractère, et en plus de ses *yeux d'or*, c'était ce qu'il aimait en elle.

Au fil des mois, la jeune mariée avait fini par se languir d'attendre cet homme qui ne venait pas à elle. À la fin de l'hiver, elle commença à perdre patience. Elle se mit à écouter ses proches et à leur prêter une oreille plus attentive. Au début, bien sûr, elle n'avait rien dit de leur rapport. Elle leur avait menti, connaissant leurs pensées à son sujet. Elle leur avait fait croire qu'ils avaient bel et bien une relation d'un jeune couple fraîchement marié. Mais chose bizarre, personne ne les voyait ensemble. Le père et la mère savaient pertinemment qu'il y avait quelque chose de louche. Leur gendre ne les visitait jamais, hormis au tout début, et leur parlait à peine lorsqu'il les croisait dans la rue. Le chef de famille était d'autant plus contrarié qu'il ne l'avait jamais aperçu au local du quartier qui faisait office de mosquée, que ce fût le vendredi ou les autres jours de la semaine. Le détail pour lui tenait plus au *qu'en dira-t-on* au sein de la communauté qu'à son assiduité religieuse. Il finit par être agacé par cette indifférence qu'il manifestait à leur égard.

Un vendredi de cette fin d'hiver, il l'aperçut marcher tranquillement les mains dans les poches, se dirigeant vers le café du coin. Il lui fit signe de la main alors qu'il sortait de la mosquée. Ayoub l'observa pendant quelques secondes, se demandant ce que le beau-père pouvait bien vouloir de lui, puis se décida à le rejoindre, l'air perplexe. L'entrée de la mosquée grouillait de fidèles, lesquels jaillissaient du local les uns après les autres. Le beau-père l'observait venir lentement, comme traînant des pieds.

« Oui... ? » lui demanda-t-il, sur un ton qui ne signifiait rien d'autre que « Qu'est-ce que tu veux de moi ? »

« Je souhaiterais te parler... » lui répondit-il, fixant son gendre droit dans les yeux, comme pour essayer de déceler un indice qui aurait pu donner des réponses à ses questionnements et soupçons.

« Bien... Vas-y, je t'écoute...

— Voilà ton comportement vis-à-vis de ma fille ne me plait guère… » lui dit-il directement, déterminé à en découdre avec son gendre.

« Qu'est-ce qui ne va pas avec ta fille ? » demanda Ayoub, d'un ton empreint de provocation.

L'autre, voyant que le mari de sa fille gonflait encore plus le torse, réalisa qu'il devait se préparer à une conversation plus cruciale et difficile que prévu. Il raidit davantage ses muscles.

« Tu n'es pas l'homme qu'il lui faut, » lui dit-il calmement et sans ambages. Son interlocuteur, pris quelque peu de court par le franc-parler de son beau-père, pencha davantage son corps vers son adversaire.

« Tu sais quoi ! Ta fille aussi ne me convient pas ! D'ailleurs, si je me suis marié avec elle, c'est uniquement pour les Papiers ! » répliqua-t-il, en accompagnant sa réponse d'un geste désinvolte de la main. Sa voix était suffisamment claire et élevée afin que toute la place de la mosquée, encore fourmillante de fidèles, pût l'entendre.

Presque tous les yeux se dirigèrent vers eux. Réalisant la situation dans laquelle il s'était mis, le beau-père devint rouge d'un coup. Il essaya à la fois de dissimuler son désarroi face aux gens autour et de contenir sa colère vis-à-vis du gendre. Ils restèrent sans rien dire pendant quelques secondes, se lançant des regards de glace.

« Allons bon… Ça suffit… Rentrez chez vous et parlez tranquillement ! entendit-on parmi la foule. » Les paroles détendirent quelque peu l'atmosphère. Ne souhaitant pas davantage étaler ses déconvenues sur la place publique, le beau-père préféra clore la discussion.

« Je te verrai ce soir, chez ma fille, lui dit-il posément. » Sa voix semblait raisonner comme un verdict. En prononçant ces mots, il n'avait fait que confirmer une décision qu'il avait prise il y a quelques semaines déjà. Il quitta le lieu d'un pas ferme et décidé.

Ayoub le regarda s'éloigner, toujours avec défi. Il ressentait une certaine satisfaction. Il lui avait tenu tête, et ce en public. Cela lui servirait de leçon, se réjouissait-il. Du moment que sa fierté était sortie intacte de l'altercation, la chose était réglée à ses yeux. Il continua son chemin et se dirigea vers son café habituel, ignorant les quelques regards qui le fixaient encore. Là, il retrouvait un parfum qu'il avait laissé sur l'autre rive. Il pourrait enfin sentir et apprécier l'air du temps paisiblement, entre un café et une cigarette, sans se soucier de tous ces tracas de la vie quotidienne auxquels les gens donnaient trop d'importance à ses yeux.

En rentrant chez lui, il passa près de la petite gargote turque, la seule dans les parages, et acheta son kebab habituel. Il avait eu un blocage sur la nourriture de sa belle-famille, et en particulier celle préparée par sa femme. De mauvais souvenirs lui étaient en effet restés en travers de la gorge. La première fois, il était malencontreusement tombé sur un cheveu chez sa belle-mère. La deuxième fois, sa femme, essayant de le satisfaire à tout prix, lui prépara un déjeuner des plus copieux qui fût. Malgré son indifférence envers elle, il s'y était attablé avec entrain. Il fallait dire qu'il avait un bon coup de fourchette. Alors qu'il mâchait la chair du poulet rôti avec délectation, il sentit à nouveau un filament dans sa bouche. Il hésita un moment, puis la sensation de mastiquer un cheveu gras lui ôta tout d'un coup l'appétit. Il se leva d'un trait et se dirigea précipitamment vers la salle de bain pour cracher le tout dans l'évier. Depuis ces deux incidents, il s'était juré de ne plus toucher à leur nourriture. À chaque fois qu'elle préparait le repas, elle était déçue de constater, lorsqu'elle revenait du travail, qu'il n'avait pas été entamé. Au bout d'un certain temps, réalisant qu'il était inutile de s'activer chaque soir dans la cuisine pour satisfaire son mari, elle cessa de cuisiner. Comme lui, elle se mit à acheter des sandwiches ou à les préparer elle-même. Elle lui demanda même à plusieurs reprises les raisons pour lesquelles il ne touchait pas ses plats, elle eut comme seule réponse :

« Je n'ai pas faim. » La conversation était close.

Elle abandonna l'idée de lui faire plaisir tout court. Après des mois d'effort, elle était lassée et à bout de patience. Son rêve s'était volatilisé dans ce court lapse de temps. N'ayant jamais voulu parler de la situation à quiconque, même pas à ses sœurs avec qui elle était très proche, elle ne pouvait plus garder ces mensonges pour elle-même. Elle finit par craquer, et coïncidence, accourut chez ses parents, en larmes, le jour de la dispute entre son père et son mari. Son entourage n'avait pas l'air du tout surpris. Ils lui reprochèrent simplement de ne s'être manifestée qu'un peu tardivement. Les confessions qu'elle partagea ce soir-là n'avaient fait que confirmer leurs soupçons et renforcer leur opinion. La belle-mère, malgré quelle initiât cette union avec la mère du beau-fils, rageait de voir sa fille être si maltraitée. Comme le père, pour qui sa décision venait d'être scellée avec les aveux du mari et de la femme, elle ne souhaitait qu'une chose à présent : le renvoyer d'où il venait.

La clef ne rentrait pas dans la serrure. Il essaya vainement d'ouvrir la porte de leur appartement, tenant la clef d'une main et le sandwich de l'autre. Après quelques tentatives sans résultat, il releva la tête et regarda autour de lui pour s'assurer qu'il ne s'était pas trompé d'étage. Il sonna à la porte, mais rien. Il sonna une seconde fois mais plus longuement, toujours rien. Préférant satisfaire son appétit avant tout, il s'assit près du seuil de la porte et se mit à avaler son sandwich.

Qui avait bien pu faire cela ?

Sa femme ? Elle tenait trop à le garder. Pourquoi l'aurait-elle exclu de leur domicile conjugal ? Il était déjà quinze heures et il semblait n'y avoir personne. Aucun bruit ne filtrait de l'intérieur. En principe, elle terminait chaque vendredi à midi et rentrait chez eux. Mais aujourd'hui, elle semblait ne pas être encore revenue. Il semblait avoir pris l'habitude de sa présence à des moments réguliers de la journée, il fallait dire que son seul et unique point de repère était finalement cette femme tant décriée.

La discussion avec le père lui revint soudainement en mémoire, et il se souvint des dernières paroles qu'il prononça :

« Je te verrai ce soir, chez ma fille. » Il demeura pensif quelques instants puis, jugeant que la suite des événements n'aurait pas lieu avant le début de soirée, décida d'aller à nouveau prendre l'air.

Marchant d'un pas nonchalant, une cigarette fumante à la main, il s'interrogeait sur de possibles scénario. Certes, il avait ces Papiers temporaires et un peu d'argent sur lui, mais qu'en était-il de ses autres effets personnels ? Il ne pouvait accéder à leur domicile conjugal. Elle était encore *sa femme*. Mais il était hors de question qu'il cédât : plutôt dormir dehors que de se soumettre à sa volonté, plutôt tout perdre que de se soumettre à leur décision.

« Tiens je vais appeler le Maroc ! se dit-il. »

Peut-être qu'ils en savaient un peu plus. Il lui restait suffisamment d'unités sur la carte téléphonique. Il pressa le pas afin d'atteindre la cabine téléphonique du parc aussitôt que possible. Sa mère était régulièrement en contact avec sa belle-mère. Connaissant bien son fils, elle craignait qu'il eût pu être maladroit. Bien qu'elle eût beaucoup hésité avant de l'engager dans cette aventure maritale, elle s'était convaincue, dans un élan de dernier espoir, que ce changement d'environnement le ferait réfléchir.

« Allo ! *Mwé* ?

— Oui... C'est toi ? » La voix de la mère semblait remplie des plus vives inquiétudes qu'une mère pût avoir à l'encontre de son enfant.

« Mais où es-tu Ayoub ? » lui demanda-t-elle, comme lui reprochant de ne pas l'avoir appelée plus tôt.

« Je suis dehors. » Son ton était ironique. Il jouait sur les mots.

« T'ont-ils déjà mis à la porte ? » Elle était comme surprise par la rapidité des événements.

« Ils viennent de changer la serrure de la porte et il n'y a personne à présent, » s'efforça-t-il de lui expliquer d'un ton qui voulait presque la rendre coupable de ses adversités.

« Qu'as-tu fait et qu'as-tu dis ?

— Rien du tout, ils ne méritent même pas que je leur adresse la parole pour te dire ! » Son ego avait pris le dessus. Elle le savait.

« Pourquoi n'as-tu pas retenu ta langue ? Juste le temps que les choses se mettent en place ! »

Son imploration s'apparentait à une prière, comme pour conjurer ses mauvais actes. Il savait qu'elle avait raison, mais il restait positionné dans son entêtement. Et elle savait qu'elle ne réussirait pas à changer le cours des événements.

« Tiens-toi prêt et retiens ta langue, ton beau-père viendra te voir ce soir ! » l'avertit-elle, comme pour clore la conversation avec son fils.

« Comment ? s'enquit-il d'une voix surprise. » La communication se coupa. Les unités étaient épuisées.

En se remémorant cet intermède d'homme marié, dans ce passé proche mais révolu, il conclut qu'il n'avait jamais eu de réels espoirs, ni même de réelle volonté, que ce fût pour sa femme, sa mère ou même Kenza. À présent, il laisserait Lyon le guider dans cette quête qui, à ses yeux, n'avait que peu de sens.

Il était arrivé au jardin du Combattant d'Indochine, à quelques encablures du nouveau domicile avenue Général Frère. Il n'allait pas tarder à fermer. Il décida de se poser et de s'allumer une dernière cigarette avant de rentrer. Il choisit un banc au hasard. Assis dans un noir presque total, uniquement perturbé par l'incandescence silencieuse de la cigarette fumante, il observait le ciel recouvert de nuages épais qui défilaient à vive allure. Il se remémorait l'année écoulée où les événements s'entrechoquaient. Kenza était absente.

L'obtention des Documents finaux lui revinrent à l'esprit. Tout était compromis. Il y parviendrait, se rassurait-il, s'il arrivait à garder ce travail de plongeur, d'homme à tout-faire, dans ce restaurant. Dans tous les cas, sa femme - oui, elle était encore *sa femme* essayait-il de se convaincre - ne parviendrait pas à divorcer de lui aussi facilement. Au pire, il trouverait un autre moyen. Ils verraient tous qu'il n'avait pas besoin d'eux afin d'obtenir les Papiers. Il fallait absolument qu'il demeurât invisible pour le moment.

La cigarette était consumée, il tira une dernière bouffée, puis avec l'aide de son index, la propulsa le plus loin possible. Il laissa échapper la fumée de sa bouche lentement, étendit ses bras et ses jambes aussi loin que possible, comme pour faire abstraction de toutes ces pensées et réminiscences qui obstruaient son esprit. Après quelques minutes d'inertie, il se leva.

Il sortit la clef de la chambre d'un autre ressortissant marocain, lequel comme lui avait échoué ici et avec qui il avait sympathisé. Le lieu était vide. Son colocataire travaillait de nuit ce soir. Ses affaires étaient éparpillées un peu partout dans le 20 m². Il retira ses chaussures, s'affala sur ce qui faisait office de lit et qui lui était réservé. Il se retourna sur son dos et croisa ses mains au-dessous de sa tête. Il observa la fenêtre dont les rideaux, tirés de chaque côté, laissaient passer la clarté de la pleine lune. Les quelques nuages restants s'éloignaient rapidement. Il fixa le ciel étoilé qui commençait à s'imposer. Toutes ces minuscules lumières qu'il pouvait à peine distinguer étaient comme des morceaux de sa vie, éparpillés là-haut.

« Oh Kenza, » soupira-t-il, puis il ferma les yeux.

Négoce

Un camion de livraison bloquait la voie, comme toujours. Malgré les discours officiels sur l'urgence de préserver l'environnement depuis des années, les véhicules motorisés n'avaient cure des quelques pistes cyclables installées au compte-gouttes dans la capitale. Ils les envahissaient sans scrupules. Il décida de rouler sur le trottoir, en dépit de l'affluence aux heures de pointe. Il n'en aurait pas pour très longtemps avant de quitter Edgware Road et se retrouver sur Marylebone Road, plus aérée. C'était l'itinéraire le plus court pour se rendre de Chelsea à son quartier, Camden. Du moins, c'était celui qu'il pensait être le plus rapide. Cette soirée-là, il avait dû se rendre à Kings Road pour un dîner avec des amis, dans un petit restaurant tenu par une famille italienne, le Chelsea Kitchen.

La circulation était particulièrement mauvaise ce vendredi soir. Il avait plu toute la nuit dernière et presque toute la journée. Londres semblait vraiment être sensible aux caprices du temps, et lorsqu'il pleuvait, se retrouvait congestionnée très rapidement.

Il se résolut à descendre de son vélo, non seulement par crainte de heurter un piéton, mais aussi au cas où il apercevrait un agent de l'ordre. Avec les nouvelles directives d'*Operation Safeway*, il ne voulait point qu'on lui infligeât une amende de £50.

Il pouvait remarquer la composition de la population dans cette partie de Londres. Alors qu'il se trouvait dans une Chelsea plutôt blanche et bourgeoise vingt minutes auparavant, le voilà qu'il était immergé dans un quartier aux couleurs plus nuancées et diverses. Ici, races et routes en tous genres semblaient se croiser. Il était en train d'évoluer au milieu de toutes ces différentes origines ethniques, lesquelles étaient l'incarnation même du cosmopolitisme londonien. Londres, l'héritière d'un empire déchu où le soleil ne s'était jamais couché. Tout en zigzagant entre les passants avec circonspection, il essayait de deviner leur provenance et leur parcours. Le melting-pot de la capitale lui rappelait régulièrement que ses racines étaient perdues entre le sud et le nord. Son nom commençait par *Mac*, une peau blanche, trop fade à son goût, et des traits « blancs » un peu ennuyeux pour lui. Cependant, yeux et cheveux étaient noirs. Il s'était amusé à établir l'arbre généalogique familial et avait réussi à remonter jusqu'au douzième siècle. Il y avait une longue continuité d'ancêtres écossais, irlandais et anglais sur plusieurs siècles. Mais à un moment donné, vers la fin du seizième siècle, des ramifications provenant du sud, au-delà de la Manche, avaient pris pied à la suite d'un divorce à l'amiable. Au début, il pensait que c'était une anomalie et vérifia certains embranchements de son ascendance à plusieurs reprises. Mais rien n'y fit, il revenait toujours aux mêmes sources. L'une d'entre elles prenait racine en dehors des îles Britanniques, quelque part entre la péninsule Ibérique, les côtes italiennes et l'Afrique du Nord. Cette découverte l'avait rendu quelque peu fier d'avoir du sang méridional qui coulait dans ses veines et de se dire que, quelque part, il pouvait se considérer en partie méditerranéen - lui qui était né à Grimsby et y avait passé toute sa jeunesse.

Marylebone Road. Les pistes cyclables étaient enfin libres de tout obstacle. Il s'y réengagea. Il s'arrêta au feu rouge, non loin de Baker Street, toujours plongé dans sa quête. Il aurait pensé que ses ascendants se seraient limités, dans leurs migrations, à la région côtière proche de la frontière écossaise, ou à certaines villes comme Manchester ou Sheffield. Le voilà qu'il longeait Regent's Park sans trop se presser, se laissant dépasser par d'autres cyclistes beaucoup plus diligents. Les rois de la mer du seizième siècle, qu'ils fussent chrétiens ou musulmans, avaient osé s'aventurer bien au-delà de la Méditerranée. Et d'après ses recherches, Grimsby avait été le théâtre d'un naufrage de corsaires par une nuit de forte tempête. La sonnerie de son portable interrompit ses pérégrinations dans l'histoire. Son histoire.

« Allo? » Le kit infrarouge à son oreille, il essayait de parler plus fort que le bruit dans la rue.

« Chérie, comment vas-tu... ? Je suis près de Regent's Park ! » Il continua à prêter attention au monde autour de lui tout en poursuivant sa conversation.

« Je pense être à la maison d'ici vingt minutes environ… Du lait et deux citrons... ? D'accord, je m'arrêterai au magasin du coin. Que comptes-tu faire avec les deux citrons ? » Il semblait plongé dans un monologue, en pleine rue.

« La vinaigrette pour la salade de demain... ? Mais n'en avais-je pas préparé en début de semaine... ? Ah ! Ce ne sera pas suffisant... Ok chérie... ! Et le petit, il dort... ? D'accord, embrasse-le pour moi... Bisous, à toute ! » Ce pseudo-aparté se referma aussitôt.

La circulation s'amenuisait au fur et à mesure qu'il s'éloignait des grandes artères. Il sentait qu'il respirait beaucoup mieux. Il était arrivé au carrefour entre Lisson Grove et Seymour Street. À chaque fois qu'il traversait cette jonction, il pouvait remarquer des mouettes survoler les environs. Il se demandait bien comment elles pouvaient se trouver en plein cœur de Londres, alors que, à part le canal de Regent's Park, il n'y avait pas un seul point d'eau qui pût les attirer. C'était encore une des excentricités de Londres à ses yeux.

Anomalie ou pas, les laridés lui rappelaient de manière insolite son Grimsby natal. La ville aurait été fondée par un pêcheur danois. Il pouvait écouter, quel que fût l'heure de la journée, leurs chants aigus dédiés à la gloire des mers et des océans, telle une musique de fond. Ici, l'odeur marine était absente. Là-bas, les moindres mouvements marins pouvaient se faire entendre et sentir depuis les maisons. Ces miettes de son passé agrémentaient régulièrement sa mémoire, probablement pour le prémunir d'une sorte d'oubli. Alors de temps en temps, il y plongeait, la laissait le submerger et le transporter à des milliers de kilomètres de sa localisation présente. Ce jeu, à la fois spatial et temporel, lui permettait de renouer avec les plaisirs du large, et avait pris racine une fois arrivé à Londres. Peut-être qu'un jour il réussirait à convaincre sa compagne d'habiter en bord de mer, dans le

Lincolnshire, pourquoi pas. Il pourrait ainsi se reconnecter avec l'endroit qui l'avait vu naître.

Le voilà à présent près de la gare d'Euston. C'était durant sa deuxième année de master à Birbeck College qu'il avait décidé de s'inscrire à la School of Oriental and African Studies, afin de s'initier à l'arabe et au turc, d'en découvrir davantage sur l'Orient et essayer d'en savoir un peu plus sur ce probable ancêtre méditerranéen venu de la haute mer.

Dans ses moments d'errance, il trouvait un certain confort en pensant à la mer, la devinant et la sentant. Celle-ci, par ses flux et reflux, ses hauts et ses bas et le brassage des eaux, lui offrait la possibilité de s'échapper vers l'ailleurs. Il s'ingéniait à lire son histoire, plus précisément à trouver la pièce manquante au puzzle de ses aïeux. Grimsby et son lien ancestral avec le monde marin avait été une fenêtre sur l'extérieur. Il savait que son sang s'était mêlé quelque part après les chutes de Grenade et de Constantinople, l'avènement de l'empire ottoman et l'émergence des principautés et royaumes occidentaux. La rive Sud de la Méditerranée, déjà renommée pour être le repaire de corsaires et pirates, était devenue le point de départ de ce voyage à travers l'espace et le temps. Motivés par la prise de butins mais aussi par la ferveur religieuse, pirates et corsaires turcs, albanais et berbères osaient s'aventurer jusqu'aux extrémités du pays chrétien, jusqu'en Mer du Nord.

D'après ce qu'il avait lu dans les archives du North East Lincolnshire, une tempête d'une force inouïe avait fait rage par une nuit de 1590 et avait duré jusqu'à l'aube. Il s'était alors demandé si elle n'avait eu de liens avec ses ancêtres. En effet, au petit matin, les pêcheurs grimsbiens furent éberlués du spectacle qui s'était présenté devant leurs yeux. Une quinzaine de galères s'étaient échouées sur le rivage, certaines ayant leur mât brisé en plusieurs morceaux, d'autres la coque fendue. D'autres encore n'étaient qu'un amas de bois. L'expédition n'avait pu faire face au déchaînement de mère Nature. Les pavillons qu'ils battaient étaient inconnus des gens de la région. Mais comme ils portaient des inscriptions en forme d'arabesques, certains marins chrétiens eurent tôt fait d'associer ce petit cimetière qui s'était créé au milieu de la nuit aux Turcs. Ils étaient tellement nombreux, dispersés sur plusieurs kilomètres, qu'ils ne pouvaient les compter. Les débris s'étalaient au-delà de l'entrée du port même. Les corps épars gisaient immobiles et sans vie, entre sable et eau. La plupart étaient de solides gaillards, d'allure martiale, portant cimeterres et autres armes. Ils étaient vêtus de tenues étrangères aux gens d'ici. Leurs habits barbaresques rendaient le lieu, lequel n'avait guère subi de transformations depuis au moins un demi-siècle, quelque peu exotique.

Les Grimsbiens furent frappés de stupeur face à ces hommes d'un monde qu'ils n'avaient jamais vu mais dont ils avaient simplement entendu parler. Dans les annales de la ville, on disait que les pêcheurs qui les avaient découverts n'avaient osé s'approcher au début, croyant que c'était une malédiction de la mer en colère. Une fois qu'une autorité du village arriva, on décida enfin à y regarder de plus près. Une bonne partie de la population de Grimsby était déjà arrivée aux abords de la scène et s'était agglutinée aux premiers arrivants.

Alors qu'il attendait à un feu rouge, il s'immergea un peu plus dans les annales de la ville afin d'essayer de deviner un peu plus cette *histoire*.

Equipés de bâton, de lances, de chiffons jusqu'au niveau des yeux et de fusils, un groupe d'hommes avançaient prudemment, en rangs serrés, guettant les corps gisant dans l'eau ou sur le sable. Dès qu'un corps se mouvait au rythme du flux et reflux, le groupe prenait garde de concert. Tous ces corps inertes semblaient avoir laissé leurs âmes dans les profondeurs sombres et glaciales de la Mer du Nord.

Alors que le juge passait en revue les corps immobiles éparpillés, il aperçut tout d'un coup un bras s'élever légèrement. Il pensait que les vagues ne faisaient que balancer le corps du défunt pour aider son âme à s'extirper du cadavre. Cependant, le bras continuait à se mouvoir entre sable et air lorsque la mer se retirait. Ses yeux s'écarquillèrent. Son corps se raidit. Il pouvait distinguer des gémissements entre le roulement des vagues. Il se rapprocha avec circonspection, plus près du corps qui, par à-coups, se soulevait légèrement au-dessus du sable. Il se trouvait à présent près de l'individu.

Il comprit que les geignements s'apparentaient à des mots. Il parlait une langue qu'il avait pu entendre quelques fois, lors de ses périples. Cependant, cela lui semblait si étrange d'écouter ce langage en ce lieu qu'il se demanda si c'était un idiome humain ou des onomatopées prononcées par un quelconque démon sorti du fond des mers. Le survivant continuait à essayer de maintenir son bras au-dessus des eaux. Le corps solide et saillant, il avait une longue chevelure sombre et abondante flottant au gré des vagues. Les traits du visage, bien que déformés par la douleur, gardaient encore une allure digne. Sa barbe, majestueuse et d'un noir luisant, n'avait dû être taillée que la veille ou que quelques jours plus tôt tellement elle était parfaite. Le juge se rapprocha davantage, au point de se trouver à moins d'un mètre. La crainte avait laissé place à de la curiosité à présent. Il s'inclina, intrigué. Le naufragé ne l'avait pas remarqué. Ses yeux étaient clos, mais il semblait quelque peu conscient du monde autour de lui, ou peut-être de sa condition. Il ne cessait de répéter le même mot entre sa lourde et lente respiration :

« *Yardim ! Yardim !* »

Il finit par laisser tomber son bras sur sa poitrine qui se dila-tait et se contractait régulièrement. Sa tête, jusque-là inclinée sur le côté, se tourna vers la grisaille du ciel. Le côté gauche de son visage était couvert d'une fine couche de sable. Il fixa les cieux, le regard hagard. Ses yeux noirs laissaient encore entrevoir de la vie. Ils brillaient, contrastant avec la monotonie du temps. Il chuchota quelque chose, l'index dressé, puis perdit connaissance. Le juge devina que cela devait être une prière. Il demeura penché quelques instants, l'observant.

Il posa un genou sur le sable humide, puis hésitant pendant quelques secondes, mit sa main sur son front. Il était brûlant. L'homme, respirant encore, était toujours inconscient et insen-sible à son toucher. Il avait oublié toutes ses appréhensions face à l'étranger. Il n'était finalement qu'un homme, tout comme lui.

« À l'aide ! À l'aide ! Un homme est vivant ! »

Les autres éclaireurs entendirent la voix grave et porteuse essayer de briser le bruit ininterrompu de la mer. Le juge se releva et agita frénétiquement ses bras dans l'atmosphère encore brumeux, afin qu'ils le repérassent. Les spectateurs, toujours loin de la scène, se mirent à guetter ses moindres mouvements. On s'exclama et on s'interrogea à haute voix. Rumeurs et superstitions commençaient à aller bon train. Les habitudes des autochtones avaient été chamboulées ce matin-là. On commençait même à parler de signe prémonitoire, un mauvais présage pour l'avenir du village. On croyait au profane comme on croyait au sacré.

« Seigneur Dieu ! imploraient certains. »

« Mon Dieu, protégez-nous ! murmuraient d'autres. » Un peu partout, on commençait déjà à faire appel au ciel afin qu'on les épargnât. D'autres encore craignirent même que le temps du Jugement Dernier fût venu.

Les gens se faisaient l'écho de ce qu'ils venaient d'entendre et le répétaient non-seulement à son voisin mais aussi à eux-mêmes. Si certains attendaient la suite avec impatience, d'autres, l'esprit un peu plus inquiet, appréhendaient le pire et continuaient leurs prières. Comment une âme aurait-elle pu survivre à une telle tempête ? Cette rédemption n'aurait pu avoir eu lieu sans l'aide d'une divinité. Ou d'un démon.

Le groupe d'hommes qui s'étaient initialement engagés se trouvaient à présent autour du rescapé. Ils restaient debout, les pieds et chevilles mouillés par le va-et-vient de la mer, laissant au juge le soin de continuer l'investigation. Le survivant était toujours semi-inconscient. Il continuait à prononcer les mêmes mots que personne ne comprenait :

« *Yardim ! Yardim… !* »

Ils se regardèrent, s'interrogeant les uns les autres. Le juge posa une nouvelle fois sa main sur son front.

« Il est très chaud ! Il a sûrement dû se casser quelque chose ou heurter brutalement un objet… ! Nous ferions mieux de le transporter en lieu sûr et plus confortable, et le soigner !

— Le transporter et le soigner ? Comment ça ? » Un des éclaireurs qui venait juste de descendre n'hésita pas à exprimer son désarroi face à la peur de l'inconnu.

« Vous n'allez tout de même pas le rapprocher de nos foyers ! » Son visage devint davantage empli de crainte, comme si le rescapé abritait le mal en lui.

« Cet homme a besoin d'aide Malcolm ! Il est souffrant ! » dit le juge d'une voix assurée. Il fixa le contestataire d'un regard de défi.

« Et si vous étiez en train de vous occuper du diable ou de Gyests en personne ? Comme si on n'avait pas déjà assez de malédictions, avec le fleuve Haven qui se remplit de sédiments et la peste aux alentours ! Voulez-vous un autre châtiment de Dieu ? » Le malheureux ne reçut que peu de soutien autour de lui.

« Ce que nous pourrions faire, c'est appeler le ministère de Saint Mary afin qu'il nous conseille sur quoi faire ! » suggéra l'un d'eux, tiraillé entre la volonté de suivre la décision du juge et les craintes soulevées par son compagnon.

« Oui ! Tout à fait… Et déshabillons-le pour s'assurer que c'est bien un homme et non une créature de Satan !

— Oui ! Dévêtons-le ! » La crainte gagnait peu à peu les esprits si peu habitués à voir des hommes d'au-delà des mers. Le juge se rendit compte qu'il allait devoir se résoudre à se plier à certaines de leurs demandes afin de sauver cet homme.

« On aura des hommes armés jusqu'aux dents pour le surveiller nuit et jour ! » Un groupe de veilleurs, se tenant debout non loin du juge et sentant eux aussi que la petite foule commençait à se laisser emporter par une hystérie collective, tenta de les rassurer. Malgré ce léger trouble, le juge continuait à observer le rescapé avec intérêt. Il avait deviné qu'il souffrait silencieusement.

« Armés jusqu'aux dents ? Vous pensez que le diable tremble face à vos hommes armés ? Il n'en ferait qu'une bouchée ! » Le protestataire était connu pour ses superstitions démesurées. Malgré ses gesticulations, on apporta un brancard sur lequel on déposa le survivant avec soin. On le couvrit d'une couverture en laine. La brume commençait à se dissiper.

« Vous voyez bien que les pavillons sont d'une autre contrée… Ils proviennent des pays barbares ! Des pays des infidèles ! continua le réticent. » Tous l'observèrent d'un regard silencieux.

« Très bien ! Vous deux, ramenez l'homme en lieu sûr chez moi… Et toi fais venir le prêtre !

— Entendu… »

L'un des porteurs exprima son incertitude. Son regard égaré parcourut la foule de droite à gauche, comme cherchant une réponse au doute dans l'air ambiant.

« Mais ne pensez-vous pas qu'il serait plus sûr de détacher un groupe d'hommes armés avec nous, au cas où… » À peine avait-il eut le temps de terminer son propos que le juge leva la main et baissa la tête en signe de désaccord.

« Il n'y a pas de « au cas où » Steve ! Cette créature de Dieu a besoin d'aide… Maintenant, si vous avez des doutes sur vos croyances envers cet individu, je comprends parfaitement… ! Vous pouvez laisser votre place à quelqu'un d'autre si vous n'êtes pas sûrs, mais vous pouvez toujours emmener des hommes armés si cela vous rassure ! » Le juge s'était retenu de s'exprimer ouvertement jusqu'à présent, afin de ne pas bousculer certains esprits encore secoués par l'événement. Les deux porteurs se regardèrent dans les yeux, l'air hésitant. Celui qui avait osé parler prit conscience du monde autour d'eux. Il décida de chasser le doute qui planait sur lui quelques instants plus tôt.

« D'accord, nous irons avec deux hommes armés, dit-il d'une voix posée et sûre de soi.

— Très bien Steve… ! Le reste des hommes viendront avec nous afin d'essayer de trouver d'éventuels autres rescapés. Il faut nous ramener quelques chariots afin de recueillir les morts et de possibles marchandises… Je crains que l'accalmie ne soit qu'éphémère, la tempête peut à nouveau se lever à tout instant. » Il n'avait pas fait face à autant d'hésitation qu'au début et en était soulagé. Il observa les quatre hommes s'éloigner avec le survivant. Il l'intriguait profondément.

Il pouvait sentir des fragrances familières en émaner. Des senteurs d'un autre monde resurgissaient pour lui rappeler les aventures qu'il avait vécues avant la coupure. Lui, l'un des meilleurs marins des environs avant de réduire ses sorties en mer et se reconvertir au négoce, avait défié eaux déchaînées en tous lieux et en toutes saisons, dans le but de pêcher les trésors de la Mer du

Nord, de l'Atlantique, et même de la Méditerranée, aux côtés de pêcheurs normands et bretons - même portugais et espagnols -, et les troquer contre les produits des terres du Lincolnshire et des régions avoisinantes. Il avait failli y laisser sa vie à plusieurs reprises lors de tempêtes ou durant les expéditions pour défendre le pays contre l'Armada.

Même si plus espacées par la suite, ses longues et régulières absences finirent par rendre sa femme veuve. Bien qu'il fût conscient de cet éloignement qui s'imposait à eux, il considérait qu'il était avant tout fait pour le grand large et qu'il essayait d'oublier cette absence de descendance dans les profondeurs des eaux hauturières.

Son épouse, fille de l'intérieur des terres, n'avait jamais réussi à apprivoiser la mer et l'abhorrait un peu plus à chaque absence. Telle une maîtresse qui ne se montrait pas mais qu'on sentait et devinait, elle lui avait dérobé son homme sans scrupules. Sa femme avait beau espérer qu'il revînt rester près d'elle pour une plus longue période avant qu'il ne repartît vers sa *maîtresse*, en vain. L'appel du large semblait comme une constance chez son mari. Il avait été présenté à elle et ses parents au travers de connaissances dans l'une des nombreuses corporations de métiers. Il l'avait aimée passionnément à leur début, mais elle n'avait pu lui donner d'enfants. Du moins, ils n'avaient pu en avoir. Elle pouvait encore lire ce désir sur ses traits chaque fois qu'il revenait de ses longues échappées, aussi fatigué fût-il. La mer lui rappelait que cet homme qui s'absentait si souvent était aussi le sien. Le large avait fini par devenir omniprésent et envahir les moindres recoins de l'existence de cette femme d'un pêcheur toujours en haute mer. Réalisant, au fil des années, que son homme allait toujours être en voyage vers d'autres cieux, elle s'était laissé enfermer dans une réclusion latente.

Par cette nuit de forte tempête, alors que les eaux avaient été très agitées et furieuses depuis quelques jours, elle prit conscience qu'elle n'avait plus la force de résister face à cette *maîtresse* implacable. Bien que la maison fût close de toutes parts, elle pouvait sentir la mer se délecter de la présence de son mari en son giron et essayer de le retenir par tous les moyens. La concubine s'occupait de lui cette nuit-là. Elle jouait le rôle de femme, de confidente. Elle le maternait et lui faisait l'amour en ce moment-même.

Cette *maîtresse* l'avait tellement harcelée cette nuit-là, au point de la pousser dans une quasi-folie. Au crépuscule, le désespoir finit par l'envahir. Elle n'en pouvait plus. Sa rivale était trop forte. Elle se sentit vaincue et se résigna à se retirer. Alors, Les rugissements dans sa tête se dissipèrent pour laisser place à une sérénité qu'elle n'avait pas ressentie depuis fort longtemps.

Connaissant suffisamment les habitudes de son mari, soit il était sur le chemin du retour ou venant juste de débarquer, ayant attrapé suffisamment de prises ou empli les cales et le pont du bateau de marchandises, et enfin s'offrir un peu de repos, soit il continuait sa quête vers l'ailleurs, à la recherche d'autres richesses. Elle considérait que, dorénavant, il pouvait prendre son temps et naviguer au gré de sa concubine. Lorsqu'il rentrerait de ses aventures, il ne serait pas surpris de ne point la trouver. Tous deux savaient l'issue de leur mariage.

Elle rassembla ses principaux effets personnels au petit jour.

Elle retournerait chez ses parents et les aideraient dans leur négoce de diligence et de chevaux, comme elle l'avait fait avant son
mariage. Cette demeure n'était plus aussi accueillante. Elle devait
s'en aller le plus tôt possible. Il y avait le rescapé de la tempête
dans l'autre chambre, emmené au petit matin. Elle irait à nouveau le voir avant de commencer son voyage.

Les deux hommes qui le gardaient s'étaient assoupis sur leur
chaise. Bien qu'ils eussent alterné la garde toute la nuit durant, ils
n'avaient pu résister au sommeil au petit matin, exténués par les
remous des derniers jours. Elle avait quand même trouvé la force
de s'occuper du survivant durant cette nuit très agitée. Alors
qu'elle lui rafraîchissait le front pour une dernière fois, il toucha
sa main pendant quelques secondes, comme essayant de deviner
ce qui lui arrivait. Même s'il semblait un peu plus conscient, il
était encore pris dans ses délires. Elle lui apporta de l'eau à sa
bouche. Ses lèvres s'accrochèrent à la cruche avec une force fé-
brile pour n'engloutir que deux petites gorgées. Il était encore
faible. Cependant, il ouvrit les yeux un moment. Durant cet infime lapse de temps, elle put y déceler tout un monde, autre que
celui qu'elle avait connu jusqu'à présent. Certes, il sentait la mer,
cette concubine, tout comme son mari. Néanmoins, ses yeux,
scintillants, racontaient des histoires différentes de celles qu'elle
avait connues depuis la coupure.

« D'où pouvait venir cet homme ? » se demanda-t-elle, tout
en examinant son visage aux traits marqués par un long périple.
Des traits qui lui étaient si familiers.

Elle avait senti dans ce bref regard entrevu tout un univers
dans lequel elle aurait souhaité être immergée, où l'amour, la

terre, la mer et l'homme n'étaient qu'un. Ses yeux avaient un reflet similaire à ceux des hommes de son arrière-pays, ceux qui travaillaient la terre plutôt. Mais comment était-il arrivé jusqu'ici et avait failli se noyer ? Il éveilla son intérêt. La présence de la mer s'imposa une nouvelle fois à elle lorsqu'il referma les yeux. Au-dehors, le vent se leva à nouveau, bien que plus faible.

Le tumulte marin recommença dans sa tête. Malgré qu'elle fût encore tourmentée par la nuit de tempête, elle avait trouvé un certain réconfort dans les yeux du rescapé. Le monde qu'elle avait aperçu dans son regard était un havre de paix face aux affres des étendues marines. Elle aurait souhaité l'avoir croisé il y a fort longtemps. Elle jeta un dernier regard sur le visage assoupi. Il dégageait une telle sérénité.

Elle se leva rapidement du bord du lit, posa la serviette encore imbibée d'eau dans la petite bassine posée sur la table de chevet, sortit de la chambre d'hôtes et se dirigea vers un coin de la grande pièce. Ses effets personnels qu'elle avait hâtivement rassemblés l'attendaient. Elle s'éclipsa d'un pas feutré, de peur de réveiller les deux hommes assoupis.

L'aube approchait. La servante ne serait pas ici avant au moins une heure. Le vent soufflait encore un peu mais la tempête s'était retirée. Son mari était sûrement sur la terre ferme, ici ou ailleurs. Elle pressa le pas. Elle souhaitait atteindre l'artère principale du village et rejoindre l'auberge d'où elle pourrait sauter dans la première voiture en direction de Glanford Brigg. Elle retournerait vers l'arrière-pays. C'était le meilleur refuge.

L'auberge semblait déjà pleine de vie. L'éclairage s'exhibait chaleureusement sur les carreaux des vitraux, comme pour réconforter les voyageurs qui se préparaient à un périple au milieu d'une nuit peinant à se dissiper. Elle pouvait entendre des chevaux hennir face au vent. Elle ouvrit la porte. Une chaleur et des chuchotements l'enveloppèrent. L'ambiance qu'elle observa contrastait abruptement avec l'inhospitalité qu'elle avait ressentie dans les moindres recoins de sa demeure. Seule la chambre où le rescapé se trouvait avait été un lieu sûr et tranquille. Le regard de cet inconnu l'habitait encore. Elle ne pouvait oublier la vie que ses yeux renfermaient.

Le feu crépitait allègrement dans la cheminée. Elle se dirigea vers des tables encore libres, laissa tomber son sac à terre et s'assit près d'une fenêtre. La nuit n'avait toujours pas laissé place au jour, comme si la mer lui interdisait de s'éclipser pour le moment.

La sérénité qui régnait dans la pièce commençait à l'habiter lentement et nourrir ses sens. Ses pensées s'apaisaient peu à peu. Elles renfermaient encore le scintillement des yeux de cet étranger. Son souvenir était la seule trace qui lui restait de cette nuit agitée, comme s'il avait éclipsé toutes les années à attendre. Elle garda sa cape. Alors qu'elle fixait le vitrail, comme essayant de se souvenir de ces yeux, une jeune femme et son enfant vinrent s'asseoir à sa table.

« Bonjour Madame !

— Bonjour… »

Sa réponse à demi-étouffée trahissait une certaine absence du monde qui l'entourait. Une fois qu'elle eût terminé d'ôter le par-dessus de l'enfant et le sien, la jeune femme sortit une serviette nouée de son sac en cuir. Elle la posa sur la table, défit le nœud, et délicatement, étendit les quatre coins. À la vue de la nourriture, l'enfant écarquilla ses yeux dans l'aube qui peinait toujours à s'imposer. Il tendit son bras pour essayer de l'atteindre, mais la table rustique était décidément trop grande pour lui. Malgré l'obstacle, il fit plusieurs tentatives. La femme du marin l'observait avec intérêt alors que sa mère lui nouait fermement un chiffon autour du cou. Le petit éveillait en elle des sentiments dont elle n'avait jamais fait l'expérience. Elle enviait la femme. Elle voulait s'immiscer dans cette relation *mère-enfant* pour s'imprégner de sensations maternelles qu'elle n'avait jamais connues. L'enfant prit deux morceaux dans ses deux petites mains tout en scrutant le monde autour de lui d'un regard satisfait.

«Voulez-vous un morceau ? » La jeune femme l'avait remarquée.

« Non merci, vous êtes bien aimable ma très chère dame ! » Sa voix trahissait l'aveu d'un regret d'un souhait non-réalisé.

« Je vous en prie Madame ! » La jeune femme lui sourit. Le cliquetis des sabots sur le pavé retint soudainement leur attention.

« La voiture pour Brigg vient d'arriver ! cria l'aubergiste de l'autre côté de la pièce. »

Les chevaux s'arrêtèrent juste à côté de leur fenêtre. La jeune femme replaça la serviette dans le sac et remit sa cape. Elle revêtit son enfant, lequel tenait toujours un morceau de pain dans la main, et se dirigea vers la sortie, tirant sa progéniture délicatement.

« Au revoir Madame !

— Au revoir… » Elle les observa monter dans la voiture. Elle ne bougea point.

Deux policiers à cheval s'arrêtèrent juste devant les feux passés au rouge sur Euston Road. Le hennissement des chevaux le remonta à la surface et lui fit oublier son plongeon dans son histoire. Une histoire qu'il ne pourrait probablement jamais élucider, uniquement la deviner.

La circulation était à nouveau très dense du côté de King's Cross. Il était redescendu de son vélo juste avant d'atteindre le British Library. Les forces de l'ordre patrouillaient fréquemment dans ce quartier qu'on essayait de régénérer. Les gares de Saint-Pancras et de King's Cross étaient en plein chambardement. On allait faire venir l'Eurostar jusqu'ici, afin de décongestionner Waterloo, et en même temps, redorer le blason du nord de la capitale. King's Cross demeurait encore un lieu de rencontre pour de nombreux démunis, drogués et autres laissés-pour-compte de la *Cool Britannia*. Elle n'était pas si cool pour tout le monde, pensait-il. Ici, comme à Edgware Road, le cosmopolitisme de la cité battait son plein. Des visages et des yeux de tous horizons, des formes et des physionomies du monde entier se croisaient et se frôlaient, sans jamais réellement se toucher ou se parler. Comme dans toutes les grandes villes du monde.

Tenant son vélo d'une main, il se faufilait sans trop de mal au travers de cette marée humaine. Il continuerait quelques mètres encore pour se retrouver sur Caledonian Road. De là-bas, il n'aurait que quelques minutes à rouler pour rejoindre sa femme et son fils. Il ne devrait pas oublier d'acheter le lait ainsi que les deux citrons. Il allait s'arrêter au magasin du coin. Il était un habitué des heures tardives, le propriétaire le connaissait bien. C'était un homme charmant d'origine pakistanaise, avec cet accent unique des gens du sous-continent indien. Lui aussi avait dû passer au travers des méandres de la vie et devait avoir une histoire unique à raconter.

L'agneau

Il fixa le compteur de vitesse de ses yeux encore emplis du manque de sommeil de la nuit dernière. L'aiguille était encore bloquée. Il frappa le tableau de bord d'un coup sec, de ses grosses mains velues. L'aiguille sursauta et se remit à indiquer la vitesse qu'il fallait. De temps en temps, il lui arrivait de s'immobiliser sans raison apparente. Étrange, les modèles Astra étaient pourtant bien cotés.

Il jeta un œil au-dehors. Il ventait encore. Le weekend avait été très mouvementé. Les enfants étaient venus, amenant avec eux tous leurs soucis : Deniz, sa voiture qui flanchait, Yildiz, les préparatifs de son mariage. Et la tempête, tant annoncée comme celle du siècle, avait bien eu lieu, déracinant au passage un conifère dans le parc adjacent à la maison. Encore heureux qu'il fût tombé de l'autre côté, il n'aurait pas à contacter l'assurance et déclarer des dégâts. Pour une fois, les météorologistes ne s'étaient pas trompés.

Le trafic était fluide ce matin. Il était sorti un peu plus tôt que d'habitude, il avait une réunion à huit heures et demie. Dans tous les cas, il préférait partir au travail de bonne heure. Il disait que le monde appartenait à ceux qui se levaient tôt, mais que c'était aussi et surtout pour éviter les embouteillages. La route qui traversait une partie du parc de Greenwich n'était pourvue que d'une voie dans chaque sens. La circulation était telle que l'endroit devenait presque paralysé à certaines heures de la journée. L'or noir était à son apogée, mais il espérait voir son déclin de son vivant. D'ailleurs, son épouse et lui étaient quelque peu gênés lorsque quelqu'un abordait le sujet de la pollution, l'exacerbation des transports et l'engorgement des routes. Ils avaient chacun leur voiture. Il avait essayé de trouver une parade à cette situation de privilégiés. Se mettre aux biocarburants ? Il avait lu qu'ils n'étaient pas si sains. Opter pour l'électrique ? Seuls les riches pouvaient se l'offrir pour le moment et leurs batteries, pas si vertes, laissaient à désirer. Se remettre au vélo ? Il n'était plus en âge de le faire et la distance entre son nouveau domicile et son lieu de travail, le Greenwich Community College, était beaucoup plus longue. Ils avaient déménagé de leurs trois-pièces voilà presque onze ans. L'ancienne demeure, certes plus exiguë, était beaucoup plus proche de la station de métro de North Greenwich, du marché presque quotidien et des principales infrastructures et services. Sa femme et lui avaient souhaité non seulement plus d'espace et de chambres afin d'accueillir les visiteurs réguliers, mais également un environnement moins urbanisé, plus vert, *plus proche de la nature*, comme disait son épouse.

Une nature qu'il avait si assidûment fréquentée jusqu'à son départ pour la capitale de ce qui fut un empire en déclin. À peine avait-il foulé le sol britannique de ses premiers pas qu'il fut captivé par l'atmosphère de bourdonnement qui régnait à Heathrow. Aussitôt débarqué, Londres le happa dans sa cadence sans perdre de temps et le retint entre ses tentacules pour toujours. Il ne reviendrait plus vers ces terres où il avait été le témoin des déchirures humaines. Il y retournerait seulement par intermittence, sûrement jusqu'à son dernier souffle, afin de satisfaire les appels des démons du passé. Il n'avait su les apprivoiser autant qu'il l'aurait souhaité. Cette nouvelle vie était le résultat d'un exode, quelque peu forcé, loin de l'existence passée, regrettait-il. Une chose était sûre, ce sentiment d'abandon des siens, de ses collines, de sa ferme et de son histoire le hanterait aussi longtemps qu'il pourrait s'en souvenir. La culpabilité aurait raison de lui dès lors qu'il essaierait de se détacher de ses remords, se désespérait-il.

Il avait quitté leur île au beau milieu de la Méditerranée orientale sur les instructions de son père, pensant que cette sortie allait être temporaire. Des décennies plus tard, il ne s'était jamais pardonné de ne pas être revenu vers les siens - surtout les autorités paternelles et maternelles, lesquelles étaient dorénavant enfouies sous terre. Durant les années noires où d'innombrables vies furent gâchées, anéanties ou amputées, la seule solution pour son fils, pensa alors le père, était de l'envoyer hors de l'île et étudier, malgré son jeune âge. Son oncle le prendrait en charge.

Lui, encore jeune adolescent, avait promis à Halil Effendi, comme était dénommé son *baba* au village, qu'il ne faillirait pas à son devoir. À aucun moment, il n'avait voulu se soustraire à sa mission, fuir les responsabilités que l'autorité paternelle lui avait confiées. Il le considérait comme un héritage avant l'heure qu'il avait reçu de lui et de sa mère avant son départ. Ne pas le préserver aurait été un déshonneur, un sacrilège. Il était un homme de principes comme feu son père, lequel s'était taillé une solide réputation au sein de la communauté. Faute de ne pas revenir vers eux, il s'était juré de respecter leurs souhaits, coûte que coûte.

Le voilà, plus de quarante ans après, quelque peu usé par le temps et les événements, mais ayant encore assez de vitalité pour se remémorer ses premières années. Des années de détresse, mais aussi d'espoir et d'amour, entre ombre et lumière. Le littoral, la ferme, les champs, le village, la ville la plus proche, les gens, le père toujours présent et la mère au regard réconfortant à chaque instant. Il se penchait sur ces échos d'un passé encore vivace au fond de son âme, et cela sentait bon la sérénité. Il s'était nourri de ce paradis perdu à satiété, jusqu'à sa dixième année, lorsqu'il se rendit compte du schisme dans l'île, comme il préférait le nommer.

Le grand marché, bouillonnant de vie et par lequel il devait passer pour rejoindre la partie grecque de Paphos, semblait toujours aussi vivant dans sa mémoire. Il le traversait chaque matin et chaque après-midi, en compagnie de sa sœur Shereen, pour se rendre à l'école ou en revenir. La grande place était particulièrement bondée les samedis. Les gens des villages avoisinants venaient vendre leurs fruits et légumes de saison. Chargés sur le dos de leurs ânes, mules et mulets, tomates, persil, coriandre, pommes de terre, céleris, okras, taros, grenades, olives, oranges et citrons iraient fraîchement garnir les emplacements avant l'arrivée des ménagères à partir de sept heures trente. Aussi, beaucoup de commerçants installaient leurs stands presque à l'aube, dans l'espoir de s'approprier les meilleures places. À l'heure du remballage, les femmes, grecques et turques, allaient chercher leurs montures laissées devant l'une des auberges, à l'autre bout de la vaste place qui trônait au milieu de la ville, les tirant par leurs licols en poussant de grands cris d'encouragement, afin de se frayer un passage au milieu d'une confusion de voitures, de camions et de piétons. Tout le monde essayait de se faufiler dans ce tumulte fait d'êtres vivants, d'automobiles, de deux-roues, d'attelages, d'avertisseurs, d'appels, de cris et de braillements.

La traversée du marché était un passage nécessaire pour quiconque vivait dans la partie turque de Paphos et voulait se rendre dans les quartiers grecs, ou vice-versa. Haider et sa sœur l'empruntaient quotidiennement et s'assuraient toujours qu'ils marchaient la tête haute, prenant des airs d'adultes dont l'expérience de la vie ne saurait être remise en question.

Un jour, alors que le marché était plein et que le soleil était au plus haut de sa course, Haider traversa soudainement l'une des rues jouxtant le marché. Endossant son rôle d'homme avec zèle, il se faufila entre deux voitures. Alors qu'il était sur le point d'atteindre le trottoir opposé, un camion chargé de fruits et légumes, et qui roulait à vive allure, surgit de nulle part. Shereen, suivant son aîné de deux ans et prête à traverser l'autre moitié de la voie, s'arrêta net au milieu de la route et observa son frère rejoindre l'autre côté de la chaussée, en se mordant la lèvre inférieure et écarquillant ses grands yeux verts. Le camion s'immobilisa subitement, émettant un grincement de freins qui fit tourner toutes les têtes alentour. Les cagettes, bien attachées, sursautèrent comme si le véhicule avait été secoué par un léger tremblement de terre. Voyant que la voie était libre, Shereen se décida à finir la traversée, déterminée à rejoindre son frère. Haider s'arrêta et se retourna en attendant le bruit strident du véhicule. Le chauffeur, quadragénaire, sortit la tête du camion et se mit à vociférer injures et remontrances. Il était Grec. Le jeune homme, offusqué par ces insultes, lui répliqua, en grec également. Shereen, venant juste de passer devant le camion, regarda le chauffeur d'un air de défi. Ce dernier jura à nouveau derrière ses longues moustaches. Haider, du haut de sa stature d'enfant-homme, fit de même en fixant l'homme droit dans les yeux. Le chauffeur ouvrit la portière, bondit de son siège, quelque peu agacé par cette bravade imprévue, et se dirigea vers le garçon, l'air menaçant. Quelque peu intimidée à l'approche de l'individu, dont le marcel immaculé laissait toute sa virilité s'exprimer dans ses muscles saillants, et son torse velu et bombé, Shereen se cacha derrière son frère. Haider, observant la masse s'approcher avec insistance, devint perplexe face à l'évolution de l'incident. L'expression de son visage, assurée et emplie de défiance quelques instants plus tôt, se mua en inquiétude. Même Shereen avait remarqué ce changement dans l'attitude de son aîné. Elle s'enfonça un peu plus derrière lui, ne laissant entrevoir que ses grands yeux effarouchés, telle une brebis qui trouvait refuge dans la chaleur du corps de sa mère. L'homme, le corps arc-bouté et ses bras de maçon posés sur ses hanches comme s'il s'apprêtait à se quereller, s'arrêta à quelques pas de Haider. Le trottoir sur lequel ils se tenaient debout sur la défensive avait stoppé sa volonté de s'approcher plus près vers les deux petits êtres. Le bloc les dominait par sa taille, au point de leur faire de l'ombre. L'activité autour d'eux continuait à être en effervescence, sans se soucier de ce petit incident, tel un épiphénomène n'ayant aucune réelle répercussion sur le déroulement de la vie du moment.

Le cœur de Haider se mit à battre de plus belle. Il pouvait sentir la sueur faire surface à la racine de ses cheveux. Shereen était tétanisée. Le cœur de la petite fille, tel un moteur qui tournait à plein régime, s'était emballé.

« Qu'as-tu dit mon garçon ? » Sa voix était profonde, grave et sérieuse.

« Rien... Je n'ai rien dit ! » Haider peina à bégayer ces quelques mots. La colère du chauffeur, laquelle s'exprimait désormais pleinement sur son visage, fit palpiter le cœur du petit. Shereen, quant à elle, n'existait plus. Le Grec croisa son regard terrorisé, le temps d'une seconde. Son visage se décrispa lentement afin de laisser paraître des sentiments moins hostiles. Il s'était rendu compte de sa réaction excessive.

« Prends garde, jeune homme... ! Prends garde ! » ajouta-t-il d'un ton presque paternaliste. Il revint calmement sur ses pas en direction du camion dont le moteur était encore en marche. Ses gestes s'étaient adoucis et devinrent moins brusques. Le camion laissa échapper un puissant vrombissement et un panache de fumée noire. Il roula lentement, en essayant de se frayer un chemin dans le tohu-bohu du marché.

Haider et Shereen l'observaient s'éloigner sans broncher, comme si le chauffeur était encore devant eux. Ils voulaient s'assurer qu'il était bien parti avant de prendre l'initiative d'oser prononcer la moindre parole ou esquisser le moindre geste. Une fois le véhicule hors de portée de vue, Haider exécra toute la peur qu'il avait retenue en lui dans un long soupir de soulagement. Shereen, comprenant que le danger s'était éloigné, se décontracta et se redressa derrière son frère. Tous deux continuaient à regarder en direction du camion, jusqu'à ce que celui-ci se fondît dans la circulation. L'uniforme scolaire les avait trahis.

Il prit la main de sa sœur et ils se mirent à marcher d'un pas soutenu. Cet incident ne se serait jamais produit il y a quelques années de cela. L'homme aurait simplement brandi son bras hors de la fenêtre pour le mettre en garde, sans même prendre la peine de descendre. L'ambiance avait changé à présent. Les uns se méfiaient des autres. Shereen scruta le visage de son frère et comprit instantanément les pensées qui lui traversaient l'esprit. Ils hâtèrent davantage le pas. Bientôt, ils seraient dans la partie sûre de Paphos.

Alors qu'ils se retiraient peu à peu de l'agitation du marché, les souvenirs d'un passé pas si lointain vinrent soudainement à lui. Leur père les emmenait au marché du samedi. Haider appréciait particulièrement ces moments, car son *baba* entretenait un cercle de connaissances assez important, lesquelles ne cessaient de se confier à lui. Il aimait écouter toutes ces histoires intimes et personnelles, aussi différentes les unes que les autres. Ces plongées dans l'univers de ces relations grecques et turques, dont il faisait régulièrement l'expérience, lui permettaient de créer des personnages dans sa tête et d'imaginer des scénarios sans limites. Il adorait le théâtre et considérait que l'existence était du pur théâtre. Elle était devenue pure tragédie.

Une délicate tape derrière la tête ou une légère caresse sur ses cheveux noirs abondants étaient de mise. À l'un des cafés qui longeait la grande place et où le chef de famille avait l'habitude de se rendre, le propriétaire, une connaissance de longue date, offrait un café noir à son père, et à lui, des pâtisseries orientales.

« C'est de la part de cet homme assis à la table là-bas… ! » Ces saveurs étaient également offertes par d'autres accointances qui fréquentaient régulièrement les lieux. Haider demandait à son *baba* la permission, d'un regard interrogateur, avant d'accepter les présents d'un large sourire de remerciement. Le monde était alors comme un cocon, où les deux communautés cohabitaient en parfaite harmonie et partageaient un socle commun. Puis un beau jour, un gros bruit retentit à l'extérieur.

Il se souvint de la première bombe. Elle avait explosé un début de soirée. Le retentissement emplit l'atmosphère de la maison. Ils avaient à peine fini de dîner. Habituellement, ils mangeaient plus tôt. Cependant, le père revenait souvent des champs un peu plus tard. Il s'arrêtait même au petit café du village parfois. Alors que sa sœur et lui étaient sur le point de se lever de table après s'être régalés d'une deuxième portion de *halloumi*, frit et parsemé de miel, ils entendirent et sentirent la déflagration – bien qu'ils fussent éloignés du centre-ville. Tout le monde resta figé dans son geste et dans sa pensée, comme frappé par la foudre, les yeux grands ouverts. Chacun essaya de trouver une réponse rationnelle à ce bruit assourdissant, lequel brisa l'atmosphère sereine du dîner. Halil Effendi, qui s'était rendu à l'étable afin de s'assurer que les animaux eussent suffisamment de nourriture, surgit à l'entrée en forme d'arcade qui donnait sur la pièce principale, le regard inquiet. Les bêtes, également prises de court par la détonation, devinrent agitées.

« Tout le monde va bien ? » Ses yeux inspectèrent les enfants et sa femme à tour de rôle.

« Oui… ! Mais qu'est-ce que c'est ? demanda sa femme. » Sa voix était la métaphore même d'une bête effarouchée qui se demandait d'où provenait le danger.

« Je ne sais pas ! Je me rends au magasin pour savoir ce qu'il se passe !

— Où sont Asif et Anwer ?

— Ils m'ont dit qu'ils allaient s'attarder un peu plus longtemps au café.

— S'il te plaît, assure-toi qu'ils sont sains et saufs !

— Oui, c'est la première chose que je ferai.

— *Baba* ! Puis-je venir avec toi ? » Haider considérait qu'il pouvait accompagner son père, comme au marché.

« Non ! Reste avec *anne*, c'est beaucoup plus sûr. » Haider baissa la tête.

« *Anne* ! J'ai peur ! » Le regard à nouveau hagard et la voix tremblante, Shereen cherchait refuge et réconfort auprès de sa mère. Elle pressentait un nouveau danger imminent.

« Ne t'inquiète pas *canim*, ce n'est rien de très sérieux. » La voix maternelle tentait de masquer toute sa frayeur, d'un ton confiant et serein, du mieux qu'elle pût. Malgré les paroles rassurantes de ses parents, les yeux de Shereen exprimaient de l'agitation. Sa mère s'approcha d'elle et posa sa main sur son épaule, la massant légèrement afin de la réconforter. Haider s'assit sur l'une des chaises artisanales faites à la main - elles avaient toutes une taille et une forme différentes les unes des autres -, scrutant les visages dans leur dialogue silencieux. Le père se dirigea vers la porte principale et sortit, le trio observant sa silhouette disparaître peu à peu dans la pâle clarté du coucher de soleil. Le garçon pouvait entendre brebis et agneaux bêler, vaches meugler et chevaux hennir plus que d'habitude.

C'était comme s'ils dialoguaient entre eux, s'amusait-il à croire. Souvent, lorsqu'il écoutait les caprinés bêler, il pensait qu'ils avaient une réelle conversation, comme entre amis. Il s'imaginait qu'ils parlaient de l'école, des projets futurs, du travail à la ferme, de la situation sociale et même des filles parfois. Il affectionnait particulièrement un des agneaux, celui tout blanc avec une tâche noire tout autour de la bouche et au milieu du front entre les yeux. Il paraissait plus fragile et plus sensible que les autres, et à la différence de ses congénères, était peu bavard. Il pouvait reconnaître son bêlement les yeux fermés. Il pouvait l'entendre, à cet instant même, s'agiter également. Bien que moins évident que les autres, lui aussi manifestait ses craintes. Le tumulte que la déflagration créa au-dehors rendit les bêtes encore plus nerveuses. En principe, chaque fois qu'il sentait qu'il était tendu et agité, il le sortait de son habitacle et l'emmenait avec lui partout où il allait, le portant à bout de bras.

Il était souvent près de lui lorsqu'il jouait au jeu de la chance avec ses voisins grecs. Le jeu consistait à revendiquer les véhicules qui passaient et à leur attribuer des points selon leur nature.

Les voitures, camions et motos rapportaient le plus de points, suivis par les bicyclettes et chevaux. Les ânes, mules et mulets étaient une disgrâce. Il se rappela une partie qu'ils avaient faite il y a quelques semaines de cela. C'était autour de Haider de réclamer le prochain véhicule. Alors qu'il surveillait, avec toute son attention, la longue route droite dans l'espoir qu'un véhicule à moteur surgît au bout de la voie, voilà qu'il reconnut l'allure de Rosanna, la fille de la voisine, sur sa bicyclette. Il était très déçu. Certes, c'était un gain, mais un petit, rouspétait-il, à la hauteur de la taille de la petite voisine. Les deux autres compères, un sourire sournois aux lèvres, étaient ravis du modeste butin qu'il allait acquérir. Ils ne cessaient d'alterner leur regard entre Rosanna et Haider, ne voulant pas manquer l'instant où les deux allaient se croiser. Bien que sentant un peu d'animation autour de lui, l'agneau ne bougea pas et demeura assis sur l'herbe, près de Haider. Ce dernier se demandait comment il allait pouvoir éviter cet écueil. Elle se dirigeait vers eux et n'allait pas tarder à franchir la ligne d'arrivée. Il fallait absolument qu'il réagît rapidement. La ligne imaginaire se trouvait à hauteur où l'agneau était accroupi. Rien à faire, se désespérait-il, aucun autre véhicule ne paraissait émerger à l'horizon. Soudain, une idée qui allait sûrement lui sauver la mise lui vint à l'esprit.

« Rosanna ! Rosanna ! Peux-tu passer par la porte arrière s'il-te-plaît ! C'est très important ! » Il cria aussi fort qu'il put. Ses cordes, suppliantes, étaient tendues à leur maximum afin qu'elle pût l'entendre. Toutes les maisons possédaient une entrée à l'arrière afin que les bêtes n'eussent pas à passer par la cour principale.

Rosanna l'observa pendant quelques instants avec un large sourire, comme à son habitude, tout en continuant à pédaler allègrement. Arrivée à hauteur du petit chemin qui menait derrière les maisons, elle tourna la tête d'un coup puis prit à gauche vers les étables. Haider poussa un grand « *ouf !* » de soulagement, posant délicatement sa main droite sur son torse, comme pour calmer les battements de son cœur. Le répit ne dura que quelques instants.

Tout d'un coup, Nana, la mère de Rosanna, surgit du petit chemin, le regard peu conciliant. Tous l'observèrent l'air surpris, voire incrédule, y compris l'agneau. Alors qu'ils scrutaient les moindres expressions sur son visage et essayaient de deviner la raison de sa venue, voilà qu'ils virent émerger du bout de la route qui menait à Paphos un minuscule point noir. Il s'agrandissait au fur et à mesure que Nana approchait d'eux d'un pas décidé, jusqu'à ce qu'il se fît plus précis, dévoilant un âne et un cavalier. La silhouette devint plus distincte. C'était une femme grecque qui, vêtue de noir, ne faisait presque qu'un avec sa monture aux couleurs foncées. Le calvaire de Haider ne faisait que commencer. Les deux autres compagnons se réjouissaient déjà à l'idée de cette nouvelle malchance qui était en route.

Le visage de Haider se noya dans une expression figée entre désespoir et dégoût. L'agneau, quant à lui, était toujours impassible. Il semblait ne pas vouloir choisir de camp dans cette partie ludique. L'approche de la femme grecque sur son âne éclipsa quelque peu la présence de Nana, laquelle passa hâtivement le petit groupe, jetant au passage un regard réprobateur en direction de Haider. Celui-ci ne s'en rendit pas compte, plus préoccupé par son gain. Elle disparut dans l'entrée principale de l'une des maisons. L'âne s'approchait de la ligne d'arrivée imaginaire très lentement, freiné par le poids de sa charge. Il fallait dire que la pauvre cavalière n'était pas des plus fines. Les deux autres joueurs, témoins de sa mésaventure, ne cachaient pas leur joie et riaient à pleines dents, poussant des cris d'encouragement afin que l'animal avançât plus vite. Sachant que rien n'était gagné d'avance, ils craignaient qu'un véhicule motorisé ne surgît soudainement et ne dépassât l'équidé. Et c'était ce que Haider espérait à cet instant même. Alors qu'il guettait le bout de la route entre espoir et désespoir, un désespoir qui se confirmait au fur et à mesure que son maigre gain se faisait plus proche, il entendit la voix de sa mère. Elle lui demandait de rentrer.

« Oui ! J'arrive ! » Sa réponse était automatique et d'une voix presque absente. Son attention était fixée sur le bout de la route. Il finit par céder à l'insistance des appels maternels et abandonna sa position haut perchée sur le muret. Il se dirigea vers l'entrée de la demeure en pierre nonchalamment, laissant derrière lui ses deux rivaux, la femme grecque et sa monture, la ligne imaginaire et l'agneau.

Sa mère, exprimant d'habitude douceur et affection, laissa paraître un visage sérieux cette fois-ci. Elle mit les mains sur ses hanches et regarda en direction de Nana. Il avait compris. Elle n'avait pas à parler. Il essaya vainement de s'expliquer mais Nana ne voulait rien entendre. Elle était persuadée que le petit groupe avait jeté des bouts de verre devant la porte de derrière et avait sciemment demandé à Rosanna de passer par là-bas afin de lui crever les pneus. Très contrarié qu'on l'accusât à tort, Haider protesta de plus belle. Rien n'y fit. Il tenta même d'expliquer les règles du jeu en grec, en vain. Ses balbutiements et tâtonnements afin qu'elles comprissent la situation, passant d'une langue à l'autre, ne firent que renforcer l'incrédulité de Nana, laquelle était convaincue qu'il inventait tout de A à Z. Voyant qu'il n'avait aucune chance de lui faire changer d'avis, il décida de ne plus rien dire d'autre.

« D'accord ! Crois ce que tu veux… ! Notre jeu peut paraître ridicule à tes yeux, mais nous ! Nous nous amusions bien jusqu'à ce que tu interfères ! se dit-il, déçu et vexé. »

L'image d'une femme potelée qu'il avait toujours eue d'elle refit surface dans sa tête, lorsqu'il remarqua ses bras tombant de chaque côté de son corps debout. Il avait toujours éprouvé certaines réticences envers Nana. Elle enfermait des porcins dans la cour arrière, et il n'appréciait guère les conditions auxquelles ils étaient assujettis. Pour chaque Noël, elle en sacrifiait deux. On pouvait les entendre agoniser. Cela ne la dérangeait guère. Il avait l'impression qu'il était l'un d'eux en ce moment. Il essayait de lui échapper dans la cour boueuse sur ses petites pattes, courant dans tous les sens, afin de vainement trouver une issue de secours. C'était peine perdue, les grandes enjambées de Nana le rattrapaient aussitôt. Alors, elle le faisait trébucher avec un léger croche-pied, et il s'affalait dans la gadoue. Il ferma les yeux afin de dissiper ce mauvais scénario avant qu'elle ne lui assénât un coup sur la tête. Il abandonna Nana et sa mère à leur conversation de voisinage, le regard désabusé.

Haider retourna à la ligne imaginaire. La femme grecque et son âne ne l'avaient pas encore franchie. Il s'assit à nouveau sur le muret en pierre et en terre, se remettant à peine de cette conversation stérile. L'agneau, qui s'était levé et déambulait le long de la petite muraille, revint tout près de la ligne imaginaire et s'assit aux pieds de son protecteur. La monture, quant à elle, montrait des signes de fatigue, comme si elle arrivait au bout de ses forces. Malgré les efforts de la vieille dame qui lui donnait des petits coups de bâton à intervalles réguliers pour lui rappeler ce à quoi il était utile, l'âne ralentit son allure. Haider se sentait désolé pour l'animal. Décidément, ils seraient toujours aussi maltraités.

Soudainement, une voiture surgit de nulle part. De couleur jaune et flambant neuve, elle passa la ligne imaginaire en rugissant, laissant loin derrière elle l'équidé et sa cavalière se démener pour franchir la ligne d'arrivée. L'âne se mit à braire et se retira de la voie principale, effrayé par le vrombissement inopiné du véhicule. L'agneau se leva d'un trait, troublé par le bruit sourd et la couleur de l'auto. Il s'agita dans tous les sens, pris de panique, puis lorsque l'engin s'éloigna, retrouva lentement son calme. Il s'accroupit de nouveau à sa place, et comme voulant reprendre l'exacte posture qu'il avait quelques instants plus tôt, renifla l'endroit ici et là autour de lui. Les deux compagnons poussèrent des cris de protestation à son passage, refusant presque d'accepter la bonne fortune de Haider.

Ce dernier ne montra aucun signe de joie que tout vainqueur exalterait habituellement. Cela lui était égal à présent. Ce jeu avait cessé d'avoir un sens à partir du moment où Nana s'était résolue à ne pas le croire. Il avait abandonné la partie à ce moment-là. Il sauta du haut de sa place, le regard absent, et sans dire un mot, prit l'agneau à bras-le-corps et fit route vers l'intérieur.

« Haider, tu ne joues plus ?

— Non… Je rentre. »

Il laissa ses deux camarades toujours aussi pris par le jeu. Nana réapparut à la porte d'entrée au même moment. Leurs regards se croisèrent. L'un avait l'air d'un chien abattu, l'autre était contrariée d'avoir été défiée dans ses propos. Elle poussa un léger bruit de condescendance en passant, comme à son habitude. Il comprit qu'elle ne changerait jamais son opinion à leur égard. Elle était grecque, il était turc. Elle était orthodoxe, il était sunnite. La seule chose qu'elle savait d'eux était que beaucoup ne mangeaient pas de porc et que certains priaient cinq fois par jour.

À ses yeux, ces incidents allaient devenir la quintessence de la scission qui semblait s'installer pour toujours au sein de la population de l'île au fil des années. Elle était devenue plus vivace que jamais, quarante-cinq ans plus tard. Ces ombres du passé resurgissaient fréquemment à tout moment de la journée, en pleine lumière de son quotidien. Des spectres faits de bien et de mal, le bien n'arrivant pas à adoucir le mal. Ce dernier résonnait souvent très fort, tels les coups de feu et les bombes dont il avait été témoin avant de partir. Une mémoire meurtrie par sa terre spoliée, par son histoire non réconciliée et par les siens disséminés un par un. Il avait beau essayer, sans succès. Il n'arrivait pas à taire les voix discordantes de son vécu, lesquelles semblaient lui demander des comptes. Elles étaient là, faisaient partie de son décor, dans beaucoup de nuits tumultueuses, dans les moindres actes de tous les jours. Il ne pouvait compter le nombre de fois où il criait et se débattait en plein sommeil, puis se réveillait à bout de souffle, au point d'effrayer sa femme. Il les passait en revue continuellement, comme s'il cherchait ces petits bouts qui manquaient dans le déroulement naturel de son existence. En vain.

À vrai dire, ils ne manquaient pas, reconnaissait-il, mais certains maillons ne correspondaient pas à l'ensemble de la chaîne. C'était comme si elles s'étaient infiltrées pernicieusement à des moments variés de sa vie.

Il s'interrogeait parfois si intensément sur leur origine que cela devenait une obsession qui l'habitait profondément. Quelque chose n'avait pas dû tourner rond quelque part. Sûrement, c'était lui qui ne devait pas tourner rond du tout. Il avait fini par s'habituer à cette sorte d'angoisse qui se nourrissait de son quotidien. Étrangement, il en avait besoin comme d'un bol d'air dans les moments de plongée introspective où il essayait de se soustraire aux méandres de sa vie. Cela l'aidait-il à purger le poids du présent engourdi par ces relents du passé.

Les deux entités grecques et turques tentaient, pour une énième fois, de rétablir des débuts de négociations.

« Pourquoi faire ? rageait-il au fond de lui-même. » Cela ne lui rendrait pas son paradis perdu.

« Oh ! Paph… ! se lamentait-t-il, comment te retrouver telle que tu étais quand je t'ai quittée voilà plus de quarante ans ? »

Il l'aimait comme elle était jadis. Tout était à sa place, en particulier cet équilibre, certes biaisé, mais assumant encore une certaine paix entre les deux communautés. La bonne odeur des champs de blé, dont la vue ne distinguait pas les limites, la récolte des olives, la transhumance des troupeaux de vaches, de chèvres et de brebis, la présence des ânes qui faisaient partie du décor quotidien. La vie à la ferme était active, principalement les weekends et les vacances scolaires. Autrement, ses frères et sœurs passaient la semaine à Paphos. D'ailleurs, le père les avait pourvus d'une vache comme source de revenu, qu'ils trayaient à tour de rôle afin de pouvoir vendre le lait au marché chaque matin. Ils en gardaient une partie pour eux-mêmes.

Puis les événements surgirent presque de nulle part, très vite, les uns à la suite des autres : la revendication de l'Énosis et le coup d'état, l'arrivée de l'armée turque, et dans la foulée, les premiers émigrés du continent. Tout cela s'était terminé par l'érection de la fameuse ligne verte et la scission du pays en deux. Ces dérives de l'histoire, comme il les nommait pour mieux en rire, avaient été des événements qu'il avait suivis de loin tout comme beaucoup d'habitants d'alors, au travers des médias ou relatés par les gens autour. Il se souvenait encore du moment lorsqu'il apprit les dernières nouvelles, une fois hors de l'île. Il venait juste d'obtenir la liste des étudiants qui avaient réussi aux examens de fin d'année. Il se trouvait chez sa sœur, laquelle habitait East Dullwich à cette époque, cherchant désespérément son nom parmi la longue liste, lorsque les informations à la radio annoncèrent de nouveaux affrontements.

Son nom figurait bel et bien parmi les lauréats mais, soudainement, cela n'avait plus aucune signification. Ce jour-là, il sécha les cours et resta cloué devant le poste de télévision ou l'oreille collée à la radio plus de vingt-quatre heures, absorbant les moindres détails de la guerre civile. Sa sœur avait beau essayer de le dissuader de se morfondre avec ces mauvaises nouvelles, c'était peine perdue.

Ce sentiment de n'avoir été qu'un simple spectateur loin de

sa terre, et non un acteur, l'avait affecté d'autant plus qu'il avait été incapable d'apporter un quelconque soutien à ses proches durant ce moment de crise. Il avait énormément culpabilisé, même si cette culpabilisation était fatiguée aujourd'hui, avec le temps.

Et le temps n'attendait pas. Il s'était éclipsé en un clin d'œil, songeait-il, et l'avait laissé égaré, à cet instant même. Il souhaitait rattraper ces moments qu'il n'avait vécus qu'au travers des gens, de la radio et de la télévision. Il n'avait pu y goûter, aussi amer fussent-ils, et partager les souffrances des siens. Il n'avait jamais pu se faire à l'idée de rester indifférent aux difficultés de ses proches, même si cela lui aurait permis de mieux se concentrer sur sa propre famille, et d'ignorer leur moindre appel à l'aide. Il leur avait donné énormément en dévotion, mais il estimait que cela n'était pas assez pour compenser l'absence de sa présence, dans ces moments qui avaient marqué le devenir de leur terre, et le sort de certains membres de sa famille. Quel que fût le contexte et les circonstances, il tenait à ces principes que Halil Effendi lui avait inculqués dès son plus jeune âge. Y déroger aurait été un déshonneur, non pour lui-même, mais pour la mémoire de feu son père. Des principes faits de respect, de confiance, d'entraide, de miséricorde, de tolérance, de compréhension et de pardon. Les bases mêmes de l'islam, résumait-il. Son islam. Contrairement à son père, sa mère faisait fi de la religion, hormis les fêtes régulières et officielles, telle que Bayram.

D'ailleurs, il se demandait si cet honneur et cette fierté que *baba* avait portés en lui ne provenaient pas de ce sang arabe qui coulait dans ses veines. Il avait toujours cette photo en noir et blanc de son grand-père, sur son cheval blanc assis les jambes croisées en amazone, fier comme un bédouin. Chose surprenante, il ne ressemblait à son père qu'au niveau des pommettes et du menton, mais n'avait guère hérité de la taille svelte, fine et orgueilleuse des bédouins. Il était plutôt trapu, un vrai Turc. Ses aïeux avaient apparemment émigré d'Egypte vers l'île au dix-neuvième siècle, alors encore sous tutelle ottomane, et avaient quand même réussi à laisser une petite mémoire des leurs dans cette terre d'accueil. Le sang de la lignée avait tôt fait de se turquiser, ou plutôt de se chypriotiser, pour ne laisser que quelques traits ici et là du témoignage de sang étranger.

Il pensait, avec un humour léger, que cette migration d'une terre à l'autre, à la recherche d'un certain bonheur, était également bien ancrée dans ses veines. Il semblait suivre le destin de ses ancêtres. Le départ pour Londres avait été une aubaine pour le jeune homme en devenir, avide de découvertes et d'aventures. À présent, il se demandait pourquoi tant d'engouement.

Ces adversités avaient également créé une peur qui l'envahissait régulièrement, tel un vide sans fond. Elle était endormie en lui et se réveillait par moments, comme pour se nourrir de sa mémoire. Il lui arrivait d'avoir des sueurs froides lorsqu'elle était là, le regardant, le scrutant dans toute son intimité. Il l'avait sentie la première fois alors qu'il était un jeune homme, regorgeant d'énergie et d'ambition. Certes, elle ne s'était que très peu manifestée durant ces années. Puis au fur et à mesure qu'il prenait de l'âge et qu'il s'enracinait dans cette nouvelle terre, elle se mit à surgir plus souvent, plus régulièrement. Au début, il ne savait trop comment l'expliquer. Puis il finit par comprendre. Désormais, il l'attendait à tout moment de la journée ou de la nuit. Elle faisait partie intégrante de son psychisme. Elle ramenait constamment sa vie d'antan à la quête de ce paradis de l'autre côté de ses rêves, essayant de conjurer la réalité à tout prix.

Il repassait tous ces symboles d'une vie révolue dans sa tête, les aseptisait contre les agressions du présent, afin de les vivre dans sa mémoire tels qu'il les avait laissés voilà presque quatre décennies.

Ces jours-ci, cet agneau qu'il avait tant chéri resurgissait régulièrement. Il pensait le ressusciter. L'idée d'en posséder un à nouveau avait commencé à germer dans sa tête. Le jardin était suffisamment grand pour lui procurer de l'espace et se mouvoir. Il y avait pas mal de fermes aux alentours afin d'en acheter un. Sa femme ne s'y opposerait pas, sans aucun doute. Mais les autorités locales ainsi que les voisins ne verraient pas cette initiative d'un bon œil. À coup sûr, l'agneau l'aiderait à panser toutes ces blessures dans sa mémoire.

Jeu de miroir

Dès que la bouilloire s'éteignit, il versa l'eau encore frémissante dans son mug. La fumée s'élançait au-dessus de sa tête en formant des arabesques. Cela lui donnait chaud au cœur de l'observer émerger de la surface du café avec élégance. Il prit la tasse encore brûlante, la tenant par l'anse d'une main et l'entourant de l'autre, la rapprocha de sa bouche et de son nez, et pouvait enfin sentir la chaleur de la boisson l'envelopper de son doux réconfort. Elle heurtait son visage avec délicatesse. Elle se déposait sur ses lèvres et le bord de ses narines, et laissait une fine couche d'humidité chaude, à peine perceptible, sur un cercle qui comprenait son nez et sa bouche. Il en avait fait l'expérience presque quotidiennement depuis son adolescence, depuis qu'il avait commencé à boire du café au lait. Ses parents, en particulier sa mère, estimaient que l'on ne devait pas spolier les enfants, autrement ils finiraient difficiles et grincheux. Il fallait dire qu'elle-même, fille de paysans dans les environs de Cracovie, avait fait l'expérience d'une existence particulièrement rugueuse et ardue. Aussi les avait-elle mis, sa sœur et lui, au café le matin dès leur plus jeune âge, malgré les réticences du père. Eux ne s'en étaient guère plaints. Au contraire, ils voyaient dans cette décision une sorte de promotion au monde des adultes. Ils l'avaient embrassée avec enthousiasme.

Cela faisait du bien. Cela lui rappelait également tous les bons moments qu'il avait pu passer dans sa vie jusqu'alors : de son enfance en Pologne, à la rencontre avec sa femme, en passant par la naissance de leur fils. Ses meilleures années.

Mais quels avaient été ses échecs ? Il avait tout pour être heureux. Une famille, un travail, des passions. Qu'espérait-il et qu'attendait-il encore ? Voilà pratiquement dix ans qu'il avait tenté l'aventure hors de son pays, et il n'était toujours pas résolu à demeurer ici à tout jamais. Bien sûr, le continent n'était pas si loin, mais il n'avait jamais réussi à apprivoiser cet autre monde. Il le comprenait, en percevait les moindres nuances, mais ne pouvait se faire à l'idée de l'accepter comme une partie intrinsèque de lui-même. Peut-être qu'il aurait dû changer de cap il y a quelques années, lorsqu'il le pouvait encore. Mais maintenant qu'il avait un pied bien engagé, il lui était difficile de s'en extraire. Sa femme et lui avaient pensé à migrer vers de nouveaux cieux, plus radieux, plus bleus et moins coûteux. Mais il s'agissait de tout préparer avant de faire le grand saut. En plus, ce projet s'était un peu plus compliqué maintenant que leur fils était arrivé, avec tout le bonheur et tous les tracas qui accompagnaient ces moments-là. Ils étaient arrivés au début de leur trentaine et pensaient qu'il était temps qu'ils eussent un bébé, bien qu'ils appréciassent énormément la vie de couple sans enfants.

Cette aventure londonienne avait été étrange à bien des

égards, pensait-il souvent. Alors qu'il avait déjà une vie bien rangée dans sa ville natale, voilà qu'un beau jour il décida, avec un ami, de tenter la vie ailleurs. Il considérait même parfois que cette époque, enveloppée d'insouciance et d'une légèreté impalpable, était son âge d'or. Étrangement, il n'avait pas eu trop de difficultés à commencer sa nouvelle vie. Son ami Aleks n'avait même pas pu poser un pied sur le sol britannique. Était-ce une prédestinée, était-ce une fatalité ? Aleks ne s'en portait pas plus mal, au contraire.

Il éprouvait tout de même un certain bonheur et une certaine satisfaction à avoir passé presque dix ans dans cette métropole où il avait pu, par étapes successives, s'enrichir de nouvelles idées et rencontres. Infailliblement, il avait complètement changé. Et ce long séjour, comme il aimait surnommer son déracinement, avait grandement bouleversé la perception qu'il avait du monde. À présent, il se demandait si c'était un autre monde qu'il avait connu. Il se le remémorait comme une terre intemporelle, avec ses paysages, son histoire, ses habitudes et ses gens. Un univers inaltérable qui faisait partie de son imaginaire. Ce qu'il connaissait naguère semblait prendre les formes et les couleurs d'un temps révolu redécouvert et perçu sous de nouvelles lumières. Quelque part, il aurait souhaité revisiter ce lieu. Certes, sa mémoire le lui permettait régulièrement, mais il aurait voulu des visites plus tangibles, loin des aléas des rêves. Chaque fois qu'il appelait ses parents, des amis, ou qu'il lisait un article écrit par un Polonais qui n'avait jamais vécu ailleurs que dans son pays, il lui était difficile de retrouver ses pas, de percevoir à nouveau cet univers qu'il avait connu. Il se disait souvent que ces gens, ce pays, n'avaient guère évolué, et de là, comparait toujours ses idées, sa vie, avec les leurs. Lui avait certainement changé au fil des ans, mais eux, étaient-ils restés les mêmes ? Si oui, pourquoi alors chercher tant à retourner vers ce vestige du passé qui semblait à présent le confronter ? Il aurait, semblait-il, connu une terre qui était, à l'époque, encore vierge de toute intrusion d'idées étrangères, vierge de tout événement insolite et n'ayant jamais été le témoin des horreurs de la nature humaine. Une fois qu'il avait franchi la frontière, ce paradis encore immaculé s'était volatilisé.

C'était étrange, il n'avait jamais eu le courage d'écrire un article sur Auschwitz-Birkenau. Il avait du mal à décrire ces heures sombres du passé polonais. C'était une sorte d'erreur au regard de la longue histoire du pays, comme si on leur avait imposé ce drame de l'extérieur. Il se souvint qu'il était passé en voiture près du site et avait été choqué par la grandeur de celui-ci et les énormes parkings pour visiteurs. Cette fuite en avant, l'aidant à refouler cette histoire, revenait régulièrement à lui, comme pour lui rappeler qu'il ne lui avait toujours pas fait face réellement. Était-il similaire à certains Polonais d'avant 1989 qui n'osaient en discuter, comme si c'était un sujet tabou ? Il savait pertinemment qu'il avait, qu'ils avaient tous un devoir de mémoire vis-à-vis de ces atrocités envers ces gens venus de toute l'Europe. Ces derniers avaient eu la malchance d'être un peu différents de la majorité. D'ailleurs, la majorité polonaise, catholique, connaissait peu de leurs compatriotes, de leurs voisins, de l'autre composante non catholique. Du moins ce qu'il en était resté. Il se souvint également qu'à l'école, on avait à peine commencé à mentionner l'Holocauste dans les livres d'histoire, mais rien sur le rôle de ces compatriotes dans la vie culturelle et économique dans la

Pologne d'avant-guerre. Son ignorance avait été l'égale de celle de ses amis ou camarades de l'université Jagellon, reconnaissait-il maintenant.

Lorsqu'ils passaient devant les synagogues dans le quartier nord du district de Kazimierz, ils pouvaient les remarquer et les considéraient comme partie intégrante du paysage historique de la ville, comme le reste des bâtiments chrétiens. Pas plus. Le fait qu'ils fissent partie de l'héritage culturel et qu'ils jouassent un rôle actif dans l'histoire ne lui avait guère effleuré l'esprit. À cette époque, on n'en parlait guère. Les signes et symboles qui les ornaient leur étaient inconnus, comme si leur témoignage dans l'héritage culturel polonais n'avait jamais existé.

Désormais, il se défendait de penser de la sorte : il régresserait dans ses idées et y perdrait une certaine intégrité. Londres lui avait ouvert les yeux. Et en bon pourfendeur du rôle oppressant de la religion dans la vie polonaise, il n'hésitait plus à accuser ouvertement l'église d'antisémitisme et de racisme. Elle était en train de faire de même avec les réfugiés et migrants fuyant guerres et misères du monde. Décidément, qu'ils fussent juifs ou arabes, cette enclave catholique en terre slave avait un problème avec les sémites. Et voilà qu'ils frôlaient même la paranoïa et le ridicule en créant des points de récitation du rosaire, aussi nombreux que possible, sur les 3511 km exactement des frontières avec l'Allemagne, la République tchèque, la Slovaquie, l'Ukraine, la Biélorussie, la Lituanie, la Russie et même la mer Baltique. Ils voulaient contrer une soi-disant islamisation de la Pologne, et même de l'Europe. Comme si l'ennemi ottoman était toujours aux portes de Vienne et que la bataille de 1571 n'avait jamais eu l'effet escompté. Pauvres musulmans polonais, aussi marginaux fussent-ils, on leur donnait plus d'importance qu'ils n'en avaient, et ce, avec la bénédiction de l'église et des partis.

Son portable se mit à sonner. Il posa son mug sur la table du salon et prit son téléphone posé juste à côté. Le numéro affiché sur l'écran venait justement de Pologne. Il croyait reconnaître celui du nouveau rédacteur en chef adjoint d'un des journaux. Il n'avait pas encore sauvegardé son numéro.

« Allo ?

— Allo, Piotr ?

— Lui-même !

— Bonjour c'est Andrzej !

— Bonjour Andrzej, comment ça va ?

— Bien, bien merci ! Dites-moi Piotr très vite ! Où en êtes-vous avec votre article sur le trader ?

— Eh bien, comme prévu, je le vois lundi prochain pour l'interviewer…

— Comment ça que lundi ? Vous savez qu'il nous le faut pondu pour mardi matin !

— Mardi matin ? Mais enfin nous avions convenu pour vendredi !

— Oui, je le sais Piotr, mais nous avons dû revoir nos priorités au vu de l'actualité, et il nous le faut absolument pour mardi après-midi dernier carat…

— Voyons Andrzej ! J'ai à peine commencé à rassembler mes

idées pour cet article !

« — Je sais, je sais Piotr… Je suis désolé : mardi 16 heures, dernier délai. Votre sujet sera pertinent dans le contexte actuel…

— Andrzej ! À chaque fois vous me faites le coup !

— À mardi, bye !

— Andr… » À peine avait-il commencé sa phrase que le rédacteur en chef adjoint raccrocha et avait sûrement dû passer à autre chose d'aussi pressant.

Il aurait souhaité être comme lui, faire les choses à mille à l'heure, la tête toujours pleine d'adrénaline. Lui qui peinait à rationaliser ses idées dans ces moments d'égarements. Ces temps-ci, il semblait les traîner dans d'interminables monologues entre souvenirs et vie présente. Il y avait un mouvement incessant de va-et-vient entre ces deux mondes, tentant désespérément un jeu d'équilibriste. Il souhaitait que la vie fût atemporelle. Il pourrait basculer inlassablement d'un bout à l'autre de son existence, sans rendre de comptes à qui que ce fût.

Il n'avait pas peur de vieillir, mais il ressentait qu'un bout de jardin manquait depuis quelques années ; comme quelqu'un qui avait fait ses bagages avant d'arriver ici mais avait oublié d'y inclure le reste de sa vie. Il n'avait pas pu ou, du moins, n'avait pas su comment retirer à son passé ces moments de plaisir et de bonheur pour les insérer dans sa vie présente. Une négligence de sa part, se répétait-il. Il avait pensé que le nouveau départ allait lui offrir les mêmes saveurs que ce qu'il avait connu jusqu'alors, et par conséquent, avait décidé de ne rien garder du passé. Il avait été tellement sûr de ce qui allait lui arriver qu'il s'en remit à son destin. À présent, il se sentait comme amputé d'une partie de son identité.

Il était porté quotidiennement par cette quête intarissable de ce remède qui pourrait le guérir de cette absence inexplicable. Un bout manquait quelque part, en effet. Plus précisément, un lien entre son passé et sa vie présente. C'était comme s'il n'y avait eu aucune transition. Peut-être qu'au fond, la transition à laquelle il faisait constamment allusion, il était en train de la vivre.

Pourquoi remettait-il tout en cause aujourd'hui ? Cette question le taraudait particulièrement ce matin. Deux jours auparavant, Gemma et lui avaient pourtant passé une agréable soirée. Ils avaient été invités chez des amis que sa femme connaissait de longue date. Elle faisait partie de ce petit cercle d'amis, lecteurs du *Guardian*, s'amusaient-ils à souligner. Ils s'appelaient même la *gauche caviar* parfois, pour rire d'eux-mêmes. Tout le monde semblait bien dans ses baskets, frais et dispos. Du moins en apparence. Le dîner, très bio et végétarien, avait été arrosé de bouteilles de vin rouge et blanc. Lui s'était abstenu. Il conduisait ce soir-là, chose assez rare de sa part. En principe, Gemma tendait à tenir ce rôle de sobriété. Bien qu'elle eût affectionné la bonne table arrosée de vin blanc, il lui était cependant assez facile de s'en priver s'il le fallait. Son allure, très frêle, renfermait un caractère féminin fort et déterminé. Il admettait qu'il avait été chanceux, elle était facile à vivre et avait toujours apporté son soutien jusqu'à maintenant. C'était elle qui faisait vivre la famille. Lui, en tant que pigiste, surtout pour des journaux et médias polonais et russes, obtenait du travail de manière beaucoup plus erratique. Gemma travaillait également à son compte en tant que free-lance dans la publication mais, contrairement à lui, était submergée par les demandes continues de ses clients, anciens ou nouveaux. Il lui arrivait souvent de travailler tard dans la soirée ou le week-end. Aussi s'étaient-ils mis d'accord qu'il s'occuperait principalement de Kevin en journée et dans la soirée s'il venait à se réveiller. Il était fier, au demeurant, d'être aussi libéral quand il se comparait à ses amis restés en Pologne. Ils étaient toujours aussi conservateurs bien que la plupart se fussent éloignés de la religion dans la pratique. Ils ne le comprenaient pas comment il avait accepté, sans aucune difficulté, *de rester à la maison* comme ils disaient. Certes Igor, Marek et Aleksander étaient très ouverts, comme la plupart des générations post-Solidarnosc, mais pas suffisamment pour accepter sa situation presque matriarcale à leurs yeux. Il les avait raillés à plusieurs reprises en les accusant d'hypocrisie.

« Peut-être que vous vous considérez comme la tête mais c'est le cou qui fait tourner cette tête ! Vos femmes portent la culotte, soyez honnête ! »

Quant à ses parents et sa sœur - cette dernière était mariée avec trois enfants -, Ils se rendaient assidûment à l'église et s'étaient plus préoccupés des convictions religieuses de Gemma et de sa nature trop libérale. Cela avait même un côté libertaire à leur goût. Du fait de la barrière de la langue, elles n'avaient pu apprendre à se connaître durant les courts séjours, lors d'événements importants, tels leur mariage, qui avait eu lieu dans un village pittoresque non loin de Cracovie, et la naissance de leur fils au University College Hospital. Les rapports avaient été extrêmement chaleureux avec sa belle-sœur, Agnieszka, et sa belle-mère durant la cérémonie de mariage. Il fallait dire que Gemma s'était pliée, sans rechigne ni polémiquer, aux souhaits de sa belle-famille de célébrer un mariage religieux. Ils avaient dû requérir une dispense du diocèse étant donné qu'elle n'était pas baptisée et n'était pas considérée comme chrétienne. Elles avaient espéré, qu'un jour ou l'autre, elle allait rentrer dans le rang et que ce n'était qu'un début. Malheureusement, leur espoir s'était vite dissipé après la naissance de Kevin. Il avait trois ans et demi maintenant et il n'était toujours pas baptisé, quel sacrilège ! Leur opinion, ou plutôt leurs doutes comme elles les appelaient, sur sa femme s'étaient renforcés. Un jour, sa *mama* lui dit :

« Mais même les protestants pratiquent le baptême, non ?

— *Mama*, Gemma et sa famille ne sont jamais allées à l'église et aucun d'eux n'a été baptisé. » Il savait qu'ils étaient obtus et ne verraient au-delà de leur croyance.

« *Mama*… Beaucoup de protestants ne pratiquent pas le pédobaptisme, qu'ils soient de l'église Reformée ou Baptiste, dans tous les cas… C'est un peu compliqué à expliquer, *Mama*… »

Ne comprenant pas trop ce dont il parlait et obnubilée par le désir de voir son petit-fils baptisé, elle essaya de contrer son argument et de le persuader de passer à l'acte dans une ultime tentative.

« *On ne naît pas chrétien, mais on le devient, Mój drogi synu !* » ajouta-t-elle fermement, quelque peu offusquée face à ses réticences. Cette discussion avait fini par jeter une ombre sur la moindre petite lueur d'espoir qui lui restait et l'éteindre à tout jamais.

Cela avait été un sujet de frictions entre sa famille et lui de nombreuses fois. Sa mère n'avait cessé de le questionner jusqu'au premier anniversaire de son petit-fils. Il lui répondait très vaguement par des « Je ne sais pas encore *mama* ! » ou des « on va y penser *mama*... »

Elle avait arrêté de le lui rappeler lorsqu'une fois, il avait prétendu que l'appel avait été déconnecté et qu'il n'avait pas donné de nouvelles durant presque deux semaines. Elle avait compris. Aussi envoya-t-elle son mari, bien que ce dernier fût peu bavard et évitant toute polémique, afin d'essayer de les persuader de le baptiser le plus rapidement possible.

« *Tati* ! Nous n'allons pas le baptiser, on décidera s'il-te plaît, » lui avait-il répondu ouvertement, afin d'essayer de clore le sujet. Son père, surpris et déçu de sa réponse peu porteuse d'espoir, avait terminé la conversation par un :

« D'accord mon fils, à bientôt... » et raccrocha. Ce jour-là, ils avaient conclu qu'ils avaient perdu leur fils et que c'était la faute de Londres, une ville perverse, peu à leur goût.

Quant à lui, bien que prenant des nouvelles d'eux et leur envoyant des photos de leur petit-fils via *Nasza-Klasa* régulièrement, il avait décidé de prendre un peu de distance afin de ne pas impliquer Gemma dans ces gesticulations familiales. Elle s'était aperçue que quelque chose ne tournait pas rond, et en bonne diplomate, attendait qu'il en discutât. Mais il ne voulait pas en parler, il trouvait ce sujet si futile et déconnecté de son propre contexte. Elle n'avait pas été surprise que sa belle-famille décidât d'être moins proche. Elle avait senti un changement de comportement lorsqu'ils avaient fait le voyage juste après la naissance de Kevin. Ils étaient devenus plus réservés et ne montraient plus la même affection comme lors du mariage trois ans auparavant.

Bien qu'ils l'embrassassent tous trois fois sur les joues, les petits gestes comme le toucher du bras, de l'épaule ou de la main lors des conversations avaient disparu. Et la relation ne s'était pas arrangée avec le choix du nom de leur fils. Ils avaient souhaité un prénom beaucoup plus polonais, comme Kacper ou Zarek.

« Pourquoi Kevin ? avait demandé sa sœur au téléphone. » C'était trop éloigné de leurs racines. Il savait qu'ils voulaient un nom beaucoup plus chrétien, plus enfoui dans les racines de la Pologne. Lui, l'église, il n'y avait pas mis les pieds depuis l'université à Cracovie, hormis lorsqu'il retournait parfois chez eux. Il leur avait menti en leur affirmant qu'il s'y rendait presque chaque dimanche par peur de les décevoir, ou lors de visites de monuments religieux au Royaume-Uni.

« Tant pis ! » se dit Gemma une fois, elle n'allait pas s'entendre avec sa belle-famille, et c'était tant mieux s'ils vivaient dans un autre pays.

Il préférait que ce fût également ainsi, estimait-il. Les avoir à distance était beaucoup plus préférable et moins oppressant. Cela valait également pour sa belle-famille à lui. Ils étaient corrects, sans plus. Ils n'avaient jamais montré beaucoup d'enthousiasme à son égard. Même la venue de leur petit-fils ne semblait pas avoir éveillé beaucoup d'engouement. On disait que les Anglais étaient quelque peu frileux quand il s'agissait d'exprimer leurs émotions, ou plutôt, préféraient les garder dans la sphère privée autant que possible. Une chose était sûre, ils étaient plus discrets. Il y avait peut-être un peu de vrai dans ces dires. Les Polonais n'étaient pas les Italiens ou Espagnols, mais ne ressemblaient en rien aux habitants de ce royaume insulaire. Ce manque de symbiose entre les deux familles, il s'en accommodait complètement. Il pouvait toujours inculquer un peu de sa culture et de sa langue à son fils, sans l'inconvénient du poids des traditions de ses parents. Et ils pouvaient l'élever sans la présence constante de sa belle-mère. Il y avait eu peu d'entrain des deux côtés. Elle avait vu d'un mauvais œil quesa fille unique se mariât avec un *étranger*. Son beau-père avait été également réticent au début, mais au moins, l'avait caché beaucoup mieux et avait fini par l'accepter. Quant à ses parents à lui, le seul gros souci qui leur avait trotté dans la tête avait été de savoir si Gemma allait devenir catholique.

Gemma, elle était l'incarnation même de ce flegme anglais qui lui donnait cette sorte d'insouciance face aux adversités de la vie et la rendait comme détachée du monde alentour. Lui, contrairement à elle, avait beaucoup de mal à résister aux tentations culinaires, surtout si cela était accompagné de bon vin. Son embonpoint trahissait cette faiblesse. En fin connaisseur, il adorait s'attarder sur la qualité et le goût des alcools, des vins et des spiritueux, du Nouveau Monde en particulier. En Pologne, le vin tenait une place de premier choix lors des repas chez sa famille. En mettant le pied à Londres pour la première fois, il avait ingurgité une demi-bouteille de Vodka, cette eau-de-vie sans odeur, avant son passage à la douane. Il tenait tellement bien l'alcool que les douaniers n'avaient rien remarqué.

Il avait décidé de ne pas prendre une seule goutte la soirée d'hier afin de permettre à sa femme de jouir pleinement du moment. Il se rappela soudainement que, au beau milieu des rires et conversations, il eut un *déclic*. D'acteur, il était passé à observateur. Même sa femme, qu'il connaissait tant et qu'il aimait encore autant, avait commencé à devenir sujet d'interrogation sur sa présence dans sa vie.

Alors qu'il était en train de passer de la cuisine au salon tout En se remémorant la récente soirée et ce *déclic*, il aperçut son reflet dans le miroir du couloir. Il s'immobilisa pour le fixer. Pendant quelques secondes, il ne se reconnut pas. Puis en se concentrant un peu plus, il distingua ses traits, au fur et à mesure, au travers de la lumière quelque peu tamisée. Il avait beaucoup changé, se dit-il. Le temps et les épreuves semblaient avoir érodé ces traits qu'il reconnaissait à peine dans ce reflet. Peut-être qu'il avait pris de l'âge et du poids. Dans tous les cas, sa physionomie paraissait s'être métamorphosée d'une manière qu'il ne pouvait saisir. Il était persuadé, par le biais de ce miroir et la faible lueur de la lumière, qu'elle avait pris le parcours d'un autre homme ; un individu tout autre se serait glissé dans sa peau. Ou peut-être que lui se serait glissé dans sa peau. Il alla même jusqu'à penser que son reflet et lui jouaient le rôle de leur personnalité réciproque.

Bien qu'il se trouvât tout près du miroir, il sentait une distance indéfinissable entre son reflet et lui-même. Cette pâle copie d'une allure qui se voulait quelque peu *British le* rendait un peu nerveux et inconfortable. Et comment définit-il cette *Britishness* ? Une allégeance à la reine ou un simple mode de vie et de pensée qui n'avait cessé d'évoluer au fur et à mesure des influences extérieures ? Comment avait-il pu se métamorphoser aussi complètement en si peu de temps ? Il sentit son pouls et son cœur commencer à battre plus vite. Une certaine blessure avait jailli de l'individu en face de lui et s'était projetée au beau milieu de ses réflexions. Un sentiment de trahison finit par l'envahir. Non seulement il se sentait trompé par les événements de la vie, mais aussi il avait découvert avec désolation qu'il avait trahi les siens. Il avait l'impression qu'on lui avait imposé de délaisser sa tenue originelle au profit de celle du pays hôte. Pourtant ce qu'il appréciait par-dessus tout, à Londres, c'était ce melting-pot où l'on pouvait croiser des gens d'horizons différents. Même s'ils ne se mêlaient pas nécessairement, ils se frôlaient quand même. Avoir eu la possibilité d'accéder à tant de cultures, de gens et d'histoires diverses avait été tellement libérateur. Certes, elle le privait de ce bout de jardin ou tout avait été planté et poussait selon ce qu'il devait vivre. Avec cette réflexion en face de lui, il se sentait amputé d'une part essentielle à sa survie. La négation de son passé lui faisait perdre son identité tout entière, ressentait-il. Ce nihilisme de son existence antérieure par sa vie présente lui donnait l'impression de devenir orphelin de son propre monde. Il se sentait perdu. L'expérience de ce temps d'antan semblait disparue pour de bon, sans jamais que personne ne l'eût connue, hormis luimême.

Il détourna subitement son regard du miroir, sentant une anxiété, inconnue jusqu'à présent, l'envahir complètement. Ses yeux tombèrent sur la photographie d'un paysage d'Asie du Sud-Est. Il dilata spontanément ses pupilles. Il se remémora leurs années en Malaisie. Que c'était bon cette insouciance dans laquelle ils avaient baigné durant cette période. Ces remembrances le réconfortèrent quelque peu. Mais, tout comme ses autres vieux souvenirs, cette expérience remontait à plus de trois ans et appartenait désormais à un autre monde. Il plongea son regard sur le parquet durant quelques secondes. Le miroir l'interpella à nouveau.

Il releva la tête et vit à nouveau l'*Anglais* qui le scrutait et le diagnostiquait de fond en comble. Il entendit comme un écho qui provenait de sa réflexion et lui disait :

« Eh oui ! Tu es fait… ! » Cette phrase résonna dans sa tête comme une fatalité à laquelle il ne pourrait plus jamais échapper.

Il vit une ombre se mouvoir sur le mur. Celle-ci finit par englober la totalité de la scène d'Asie, au point de perdre sa propre trace sur le mur de couleur ocre. La silhouette, qui semblait se déplacer sereinement, lui était familière. Il entendit des pas furtifs. Il sentit une présence. Il la reconnut. Lorsque l'ombre s'immobilisa en s'imposant sur une bonne partie du mur, il fit volte-face. Tout d'un coup, il eut une poussée d'adrénaline et sentit du sang chaud lui monter à la tête. De la sueur apparut sur son front. Il se sentit comme pris la main dans le sac, en train de converser avec ses fantasmes.

« Chéri ! Chéri ! dit Gemma. » Elle venait juste de rentrer. Elle se mit à l'observer avec son air toujours aussi avenant. Elle semblait deviner quelque chose de différent en lui.

« Chéri, tu vas bien ? lui demanda-t-elle, l'air inquiet.

— Ah ! Mon amour… Oui, oui, ça va, lui répondit-il. » En prononçant ces mots, il regarda à nouveau dans le miroir et vit la silhouette de l'*Anglais* s'évanouir subitement, laquelle laissa place à son propre reflet.

« Qu'est-ce que tu fais ici ? s'enquit-elle.

— Tu vois cette photo chérie, elle me rappelle tant ! » s'empressa-t-il de lui faire remarquer, comme pour occulter toute interrogation de sa part qui le mettrait mal à l'aise. Elle posa un regard sur la photo pendant quelques secondes.

« Oui, en effet… C'était une époque magnifique, tu te souviens !

— Comme si c'était hier…

— Humm… Cet endroit que nous avions visité dans les environs de Kuala Lumpur près du fleuve Kelang était merveilleux, n'est-ce pas ?

— En effet ! répondit-il avec entrain. » Elle passa alternativement de son mari à la photo en noir et blanc à plusieurs reprises, puis s'arrêta net sur son visage, remarquant ses traits quelque peu tirés.

« Tu as l'air fatigué, tu es sûr que ça va chéri ?

— Oui, un peu fatigué en effet… Tu sais bien la veille au soir, j'ai travaillé très tard sur l'article de la communauté polonaise du Hertfordshire… Il devait être trois ou quatre heures lorsque je suis allé me coucher. Un petit coup de barre seulement… » Il estima que cela pouvait aisément expliquer le visage sombre du moment.

« Et toi ? Comment ça s'est passé ? » demanda-t-il hâtivement, essayant de couper court à ses inquiétudes.

« Un très bon moment ! C'était très sympa de retrouver Clare et Ansha, toutes les trois réunies cette après-midi… On a rattrapé le temps perdu… Il y avait également beaucoup de gens qu'on avait l'habitude de voir… David, Joseph… »

Il l'écoutait d'une oreille à présent : *On a rattrapé le temps perdu.*

Cette phrase avait résonné au fond de lui tel un signal de

détresse. Avait-il manqué des parties de sa vie ? Il n'était plus possible de rattraper ce temps déchu. Maintenant qu'il s'en était rendu compte, il était trop tard. Ces moments épars semblaient ne s'être jamais connectés au reste de son existence, pour former un lien naturel. Plus il y pensait, plus il ressentait comme un sentiment d'abandon mêlé à une certaine culpabilité, celle de ne pas avoir été capable d'agir au bon moment.

« Au fait, tu sais Charlie, il serait très intéressé de faire un reportage sur la diaspora polonaise au Royaume-Uni. » La petite tape qu'elle lui donna sur l'épaule alors qu'elle était appuyée contre son dos le ramena encore plus à la réalité du moment.

« Ah oui ?

— Tout à fait, c'est génial, non ? Il m'a dit que cela allait prendre plusieurs mois… Cela serait bien sur ton CV. Je sais que tu as déjà écrit ou as été impliqué dans des reportages en anglais, mais celui-là semble de grande envergure… Qu'en penses-tu ?

— Ça a l'air super chérie… Mais je n'aimerais pas me focaliser sur la récente vague d'immigration uniquement, mais aussi celles passées, afin d'avoir une plus grande vue d'ensemble. L'immigration n'est pas spécifique à nos jours, à l'Europe de maintenant.

— Oh ! C'est une très bonne idée. Je suis sûre qu'il trouvera cela plus pertinent, parle-lui-en dès que tu le vois !

— Et même faire référence au gouvernement polonais en exil durant la guerre, les troupes qui ont combattu auprès de l'armée britannique et le *Polish Resettlement Act* de 1948… Oh ! J'ai hâte de commencer !

— C'est génial chéri ! Tu peux lui envoyer un texto, aujourd'hui même. » Elle mit les deux bras autour de lui et le serra très fort, posant sa tête contre son épaule. Elle avait ressenti un ravivement d'une flamme de vie dans sa voix, dans sa gestuelle. Elle était contente pour lui. Alors qu'il avait sa large main posée sur son dos, il se retourna subitement et la prit tendrement par la taille, l'embrassa furtivement sur sa bouche avec ses lèvres charnues.

« Tu sais ce dont j'ai envie en ce moment-même ?

— Quoi... ?

— Humm… » Il fit courir ses doigts le long de son bas-dos et les fit descendre lentement pour atteindre le haut de ses fesses. Il y mit un peu de pression.

« Oh ! Piotr ! Ça c'est mon coquin de mari qui parle… Je ne pense pas qu'on puisse avoir le temps mon amour, j'ai un rendez-vous d'ici quarante-cinq minutes…

— Je sais, ça aurait été bien… Une autre fois ma chérie. En plus, Kevin va bientôt se réveiller. » Il la serra très fort dans ses bras et l'embrassa à pleine bouche. Puis il se dirigea vers les chambres avec elle, oubliant le miroir. La présence de Gemma avait fini par effacer toute trace de cet inconnu dans son reflet.

Sa femme avait toujours su le tirer d'affaire, le faire remonter à la surface, durant ses moments de *trou d'air* comme il les appelait.

Il se demanda à quoi avait servi le dîner lorsqu'il s'était mis à décortiquer minutieusement de similaires pensées à celles de cette après-midi, afin d'y trouver des indices à ses questionnements. Il avait le sentiment que le travail effectué deux jours auparavant avait été englouti dès la seconde même où son cerveau se remit à les disséquer presque toutes en même temps, comme si elles se bousculaient pour passer en premier.

Alors qu'ils s'approchaient de la chambre du petit, enlacés l'un dans l'autre et d'un pas calfeutré, l'image de l'*Anglais* lui revint à l'esprit, un sourire narquois au visage.

« Tu resteras ce que tu as toujours été, même pas la peine d'essayer ! » Il s'interrogea sur le sens de cette remarque, puis au fond de lui-même, se dit :

« Peu importe… »

Gemma le fixa tendrement du regard, comme si elle avait senti son âme mouvementée en son for intérieur. Il la serra un peu plus par la taille afin de lui signifier que tout allait bien. Elle posa sa tête à nouveau sur son épaule. Elle avait cette sorte de sixième sens qui la prédisposait à deviner les choses, pensait-il avec admiration, comme beaucoup de femmes d'ailleurs. Elle pouvait discerner sentiments et émotions spontanément, et sur-le-champ, tout en percevant les moindres nuances. Le concernant, elle ne s'était jamais trompée sur le sentiment qui émanait de lui. Contrairement à Magda qui elle, non seulement s'était régulièrement trompée, mais aussi avait essayé de les utiliser à mauvais escient. Il avait été heureux de s'être échappé de ses griffes, il y aurait certainement laissé toutes ses plumes. Gemma avait toujours été discrète et effacée, et n'avait jamais tenté d'interférer avec ses sentiments.

Ces pensées et le souvenir de Magda l'effleurèrent alors qu'ils arrivaient vers la chambre du petit. La porte était un peu entrouverte et laissait deviner un peu de clarté.

Gemma passa devant lui et enfonça sa tête dans la pièce.

« Il est encore profondément endormi, chuchota-t-elle, de peur de le réveiller.

— Chérie, on devrait le laisser dormir encore un peu, non ?

— D'accord... »

Tous deux rebroussèrent chemin d'un pas aussi léger que possible, lui derrière elle, comme deux félins qui s'étaient introduits dans un lieu non-familier. Il n'avait pas eu le temps de jeter un œil à sa descendance. Il espérait qu'il serait un peu de son papa, un peu de sa maman, mais aussi, et surtout, beaucoup de lui-même.

Les oiseaux

L'heure de la prière du *zuhr* avait pointé son nez. Les chants des haut-parleurs l'extirpèrent délicatement de son sommeil, lequel n'avait le goût ni d'un rêve ni d'un cauchemar, mais à mi-chemin entre les deux. Un peu partout dans les alentours, les muezzins s'évertuaient à charmer les fidèles en prenant une voix aussi mélodieuse que possible. Ses yeux étaient rivés sur la fenêtre en face de lui. Il examina le ciel. Il avait une couleur bien pâle aujourd'hui et ne savait, du bleu ou du gris, lequel choisir.

« *Allah Akbar...* » murmura-t-il, en parcourant les cieux hivernaux de son regard encore alangui par la sieste. Seules ses pupilles s'animaient. Son corps camouflé dans son burnous, à l'abri du froid, était recroquevillé sur lui-même, prenant presque la forme d'un fœtus qui voulait se protéger contre l'hostilité extérieure. Ses yeux sillonnaient la partie de la pièce opposée à présent. Il commençait son petit rituel à chaque fois qu'il se réveillait à cette heure-ci de l'après-midi, en scrutant, un par un, chaque coussin du salon marocain pour en compter les assortiments de fleurs jaunes, blanches et vertes sur fond bleu marine. Étonnement, il comptait les motifs floraux de chaque oreiller séparément, puis faisait le total des vingt-cinq coussins. Leur nombre était toujours le même. Il n'en manquait jamais une. Et elles ne se fanaient pas, ces fleurs. Même en hiver, elles respiraient la vie et la fraîcheur. Il les humait chaque jour durant ses heures de sieste, avant de s'endormir et après qu'il s'était réveillé. Leurs parfums, qu'il pouvait sentir au travers de leurs couleurs et formes, lui rappelaient le goût des rêves dans lesquels il aimait se perdre.

L'océan d'un côté, le désert de l'autre. Le voilà qu'il marchait d'un pas feutré et paisible entre les deux, là où le temps le mènerait. Lorsque son sommeil n'était pas troublé par les ombres de son passé, ce songe dans lequel il se déplaçait, parfois même au-dessus du sol tout en laissant l'empreinte de ses pas sur le sable chaud, s'installait régulièrement dans son repos. Autrement, il lui arrivait de se retrouver dans la peau de ce berger dans laquelle il avait passé la plus claire partie de sa jeunesse. Adossé à un olivier, une canne posée à ses côtés, il laissait son regard embrasser la vallée dans les hauteurs du Rif ou du Moyen-Atlas, donnant libre cours à des pensées qui seraient considérées taboues, voire profanes, si elles étaient partagées. Alors que le troupeau de brebis paissaient ici et là, il profitait de ce décor champêtre qui lui autorisait un peu d'intimité pour se laisser emporter dans sa quête de cet amour qu'il pouvait entendre dans les récits et chansons.

Sa bien-aimée, sa promise, était quelque part dans ses rêves, assise à l'attendre sous un cèdre millénaire. Elle était fraîche et sentait bon comme une fleur récemment éclose, comme celles des oreillers. À chaque fois qu'il rêvait d'elle, sa longue chevelure châtain clair flottait légèrement au gré de la brise de printemps. Elle ne cessait de lui parler d'une voix tendre et gracieuse.

« M'emmèneras-tu un jour là-bas ? » pouvait-il parfois entendre dans son sommeil, avec une articulation toute particulière sur *là-bas*.

« Bien sûr ma belle ! On partira quand tu voudras… »

S'il devait à nouveau s'en aller, ce ne serait pas sans elle, se rassurait-il, en laissant ce projet se montrer dans la clarté du jour. Il était convaincu que sa bien-aimée l'attendait quelque part dans la Kétama. Dans tous les cas, elle ne se trouvait pas au Sud, sous un quelconque arganier. La vie y serait trop aride pour sa délicate personne. L'empreinte de ses pas sur le sable brûlant refirent surface et effacèrent instantanément le cadre bucolique dans lequel il se prélassait.

Le Sud. Il lui avait donné tant d'années de sa vie. Supposée être fraîche et flamboyante d'espoir, cette piste verte n'avait pas tenu ses promesses et s'était peu à peu désertifiée. À la place, bruits de bottes, soleil accablant et vents brûlants ou glaciaux avaient été le décor de ces interminables décennies.

« Ma gazelle ! » Il scruta le ciel encore voilé comme pour y déceler une quelconque réminiscence de cette vie qui n'avait jamais eu lieu. Là-bas, il avait trop attendu et y avait laissé une partie de son existence.

Le voilà qu'il était à l'aube de sa quarante-cinquième année, et il n'était toujours pas sûr de son destin. Un destin qu'il avait cherché à connaître lorsqu'il quitta le Moyen-Atlas. Une anomalie de l'histoire, pensait-il. Il jugeait sa vie souvent à l'aune des rêves qui l'avaient porté avant son exil vers le Sud et les songes qui l'avaient hanté peu après son arrivée à Dakhla. Ils avaient été ravagés au fur et à mesure du temps passé dans cette terre faite de pierre et de dunes, au soleil caniculaire, au sable ardent, envahissant et aveuglant, à l'eau rare et à l'air nocturne parfois extrême. Les nuits et les journées passées à scruter l'horizon avaient souvent été monotones, tout comme ce territoire. Parfois, ces longues expéditions aux confins des ergs lui permettaient quand même de s'oublier dans l'immensité du désert, sur les pistes au tracé parfait menant vers l'infini, et le long de la N1 qui flirtait avec l'océan. L'Atlantique venait se briser contre les falaises abruptes de Guerguerat, comme pour stopper la course immuable du désert.

Un sentiment ambivalent alors l'envahissait. Il avait appris à aimer cette contrée, lui l'homme du nord, tout en l'abhorrant simultanément. Il avait été dans l'expectative et dans un alanguissement à l'autre bout du royaume trop longtemps, lequel, avec la sécheresse persistante, s'était également transformé en un quasi désert à bien des endroits. Il s'était trouvé un coup sur les rives de l'Atlantique, un coup aux frontières avec le frère de sang, guettant l'ennemi le long de la chenille de sable. Si ces grands espaces sans presque aucune vie vous donnaient une sensation de liberté, ils finissaient également par effacer tout désir de rêves.

Le sceau d'une vie agonisante était imprégné dans chaque dune qui surgissait, sur chaque piste qu'il empruntait, dans chaque vague qui jaillissait, dans chaque air qu'il respirait. Il les ressentait. Chaque nouvelle journée qu'il entamait était comme un nouveau pas franchi loin de ses rêves. Il s'était battu pour du sable, quelle tragédie ! Et on avait tiré sur sa jambe, quelle incurie ! La détonation du coup de fusil qui brisa le silence continu du désert balayé par le sirocco résonnait encore dans sa tête bien des nuits, comme un écho assourdissant et oppressant d'un passé tout récent.

Zag, ville maudite pour lui et ses frères d'armes tombés en plein désert. Les renforts des colonnes d'Ohoud et de Zellaka étaient arrivés trop tard, et l'adversaire avait temporairement réussi à briser la ceinture de pierres et de sable. Elle n'avait pu stopper la nouvelle trajectoire du destin. Dunes, grains et ergs n'avaient jamais été de réels alliés dans cette guérilla des sables.

Le soleil finit par s'imposer dans le jeu de cache-cache avec les nuages et brillait désormais de tout son éclat. Il emplit le salon, et son intensité était assez forte pour le faire cligner des yeux. Le passé resurgit de plus belle. Des traces de ces journées sous le soleil saharien, en plein midi, traînaient ici et là entre deux rayons de soleil. Cette vie antérieure le suivait où qu'il fût. C'était une nouvelle bataille, faite de traces du passé et d'une vie écoulée. Pourquoi encore la guerre ?

L'avertisseur sonore d'une voiture dans la rue, autrement très calme, le fit soudainement basculer vers la réalité. Comme à l'accoutumé, il prit la théière et versa le fond encore tiède dans son verre, ceci tout en gardant la même position allongée sur son dos. Une main et un bras lui suffisaient. Il remit la théière exactement dans la même position, plaçant son profil en pleine clarté hivernale. Il prit le verre et l'éleva prudemment dans les airs, afin d'éviter de faire tanguer le liquide encore tiède et le renverser sur le salon marocain flambant neuf. Il ne voulait surtout pas fâcher sa femme, elle qui, chose inhabituelle, avait tant insisté pour l'acheter. La lumière traversait le verre dont le contenu avait pris une couleur orangée. On pouvait y percevoir d'infimes particules de thé qui se baladaient un peu partout, comme si elles étaient en apesanteur, au gré des mouvements. Il les considérait souvent comme des fragments de sa vie à la dérive. Il l'approcha tout près de ses lèvres et sirota le liquide doucement, avec ce léger bruit que l'on fait normalement lorsqu'il est brûlant. Il savourait les moindres secondes de ces petites et simples jouissances qu'il se permettait dans ses après-midi.

Là-bas, les plaisirs avaient été limités et rares. Hormis les rencontres à la va-vite avec une des prostituées du coin ou un temps fou à tenter de tuer heures et minutes devant un poste de télévision, ses seules délectations étaient durant les ratissages du territoire, en particulier lorsqu'il avait été affecté ailleurs qu'à Dakhla. Durant ces missions de reconnaissance, il s'arrêtait aux mêmes endroits façonnés par la nature. Lorsqu'il se trouvait plus au nord, non loin de Laâyoune, la lagune de Naïla était le lieu qu'il affectionnait particulièrement. Coincée entre dunes, falaises et océan, ce paradis saharien accueillait des milliers d'oiseaux migrateurs transitant inlassablement entre l'Afrique et l'Europe au rythme des saisons. Lorsqu'un bruit sourd se faisait entendre, il se retrouvait presque en transe quand ils s'envolaient de concert pour se disperser aux quatre coins cardinaux, dans un bruit de battements d'ailes et de cris amplifiés par leur nombre. Il les apercevait régulièrement dans les cieux, durant les périodes migratoires, et passait son temps à observer leurs itinéraires, soit vers le sud, soit vers le nord. Il aurait pu en faire partie, et comme eux, être un élidé. Même avec une jambe, il aurait pu se mouvoir aisément. Pour le moment, il était toujours dans la dépendance de sa femme et dans l'attente de ce membre artificiel. Ce dernier allait-il faire la différence ?

Des battements d'ailes dispersèrent ses pensées. Les colombes du voisin commençaient leur danse aérienne. Il dirigea à nouveau son regard vers la fenêtre en face de lui. Il les aperçut voler dans le ciel et eut un léger sourire. La nuée passait et repassait par intervalles réguliers, rasant presque les façades des maisons en terrasse. Cela ressemblait à un rituel, comme si elles célébraient un événement important qui n'était que le leur. Pourtant, nous n'étions qu'en février. Probablement, elles se réjouissaient à l'idée de l'approche du printemps dans cette ville coincée entre le Moyen-Atlas et le massif du Rif. La cité médiévale se transformait en fournaise l'été et vous frigorifiait l'hiver, surtout à l'intérieur des maisons.

A l'instar de beaucoup d'oiseaux, certaines colombes passaient toute leur vie à migrer d'un hémisphère à l'autre, cherchant une terre propice comme leur ultime raison d'être. Leur existence semblait rythmée et régulière. La sienne avait pris une tournure quelque peu sporadique au sortir de l'adolescence. Tout avait basculé très vite, trop vite. Puis plus rien. Maintenant, il attendait à l'ombre de son passé. Il aurait souhaité le rattraper, le réactiver, loin des échos de tirs de balles, de bruits de canons, de mines qui sautaient, de passages assourdissants de Mirages F1 et Northrop F-5, de flashbacks de corps qui tombaient, et à l'abri d'une mort invisible qui ne cessait de vous guetter. En dépit de toutes ces années passées et en dépit de tous les services psychiatriques de l'hôpital militaire de Laâyoune, de l'hôpital d'instruction Mohamed V de Rabat, et maintenant, d'Ibn Al Hasan à Meknès, ce passé était encore vif. Malgré toutes ces séances de psychothérapie à essayer de faire le tri et mettre un peu d'ordre dans sa tête, à apprendre à désamorcer les pires cauchemars, à tenter de vivre avec et reprendre une vie normale, il revenait au même état, telle une mauvaise herbe qu'on n'avait cessé de couper mais qui repoussait toujours. Il ne serait jamais à nouveau normal. Son passé se battait encore contre lui. Une guerre larvée, comme celle qui avait duré si longtemps dans le Sud. Il n'avait toujours pas résolu les termes et conditions de son destin. Les réponses tardaient à venir. Seul le vide était présent avec pour seul écho les résonances sourdes de sa mémoire. Dans son quotidien, il s'évertuait à les amadouer par tous les moyens qu'il pût trouver.

Son implication dans la vie de famille se limitait à un rôle patriarcal presque caricatural, où être le chef de famille n'était finalement qu'un titre. Sa femme, toujours en vadrouille, n'avait d'autres soucis que de s'occuper de sa rente militaire, de très près. Ses filles et son fils, bien qu'ils eussent obéi encore à l'autorité paternelle, écoutaient leur mère en dernière instance. Aussi s'était-il résigné à s'accommoder de cette place mineure, pourvoyeur de fonds uniquement. Pour oublier sa condition humaine, il se réfugiait dans ce rêve récurrent, le revoyant en boucle, mais sous différents angles. Sa gazelle était toujours présente, au milieu de montagnes et vallées vertes. Son regard profond persistait dans son sommeil. Elle avait fini par le hanter la journée même. Il l'imaginait venir à lui et s'entretenir de tout et de rien avec son bien-aimé. Dans leur rapport, tout était allusions et séduction, sans jamais trop s'aventurer au-delà. Ce n'était pas le cas de sa femme.

Son épouse s'était assurée de sceller leur union au plus vite entre quelques jours de perm, au travers des fiançailles et du mariage, et de la consolider à la naissance des enfants. Elle assumait fort bien son rôle de mère au foyer marocaine et le remplissait à la perfection. Toujours aussi émancipée dans ses initiatives, elle avait tout de même décidé de porter le voile à l'extérieur une fois les enfants nés. C'était bien moins par conviction religieuse que par souci de harcèlement dans la rue. Elle avait encore la fraîcheur de sa jeunesse. Bien qu'elle s'occupât de lui et montrât un certain intérêt à l'avenir de sa santé, elle ne lui portait plus autant d'attention que par le passé. Il savait qu'elle le faisait plus par devoir que par amour.

« Je n'ai pas besoin de ta miséricorde, tu sais…

— *Na'al as-Shaitan* ! Pourquoi dis-tu cela ?

— Je peux me débrouiller seul !

— Mais voyons, tu sais très bien qu'il t'est difficile de te déplacer et que sans…

— Ça suffit s'il te plaît ! »

C'était un mot de trop qu'elle allait dire à nouveau. Elle incarnait tout le contraire de la dulcinée de ses rêves, malgré certaines ressemblances. Bien que manquant d'élégance comme lorsqu'ils étaient jeunes mariés, elle était toujours attirante pour beaucoup d'hommes, surtout le fond de ses yeux vert-noisette. Cependant, elle ne faisait aucun effort pour séduire, du moins pour le séduire. Il avait remarqué qu'elle avait pris un peu de poids avec les années, mais dans tous les cas, ses coquetteries de jeune fille ne semblaient plus être ses priorités. Hormis l'attention toute particulière au choix des plus beaux tissus pour ses djellabas et kaftans, elle prêtait peu d'intérêt à ce qu'elle appelait du superflu.

Elle avait usé de mille et un charmes pour lui plaire avant le mariage et durant les premières années de leur vie commune. Dès qu'elle eut la mainmise sur les décisions du couple et qu'elle eut endossé le rôle officieux de chef de famille, elle eut tôt fait de se lasser des prérogatives qu'elle lui avait accordées à leurs débuts. Le regard indifférent, le choix des mots et le ton, quelque peu hautain parfois, finirent par devenir la seule forme de communication avec lui. Après qu'il partit pour le Sud, elle avait déjà commencé à prendre une certaine distance. Elle était libre d'agir à sa guise avec, en sus, un accès à un pécule conséquent. Il essaya de faire son possible pour retrouver le peu d'autorité qu'il avait pu exercer sur elle au tout début de leur vie conjugale, en vain. Après tout, lorsqu'il la choisit, il savait inconsciemment à quoi s'attendre avec une femme dont le premier mari n'avait plus voulu après à peine trois mois de vie commune. S'il n'était pas parti sur le front, il aurait fini par la stopper ou demander le divorce tout simplement, tout comme son premier époux. Lui au moins avait vite réagi. Mais voilà, une fois éloigné du foyer pour de longues périodes, il lui donna le temps de lui usurper son rôle presque complètement.

À présent il n'avait plus la force et l'envie de le reprendre. Il faisait face à un combat bien plus féroce. Il ne voulait pas renoncer et rendre toutes les armes face au Sud. Cela signifierait sa perte inéluctable. Quant à elle, elle n'avait certes pas entièrement gagné la bataille puisqu'elle devait encore faire face à ses soubre-sauts. Aussi affaibli fût-il, il persistait à la défier au travers de gué-rillas par-ci par-là. Il savait pertinemment qu'il ne reprendrait ja-mais le dessus, mais il s'enorgueillissait de lui réfuter une victoire totale. Elle, de son côté, se moquait éperdument de cette domi-nation absolue, c'était l'expression d'une virilité ratée à ses yeux. Du moment qu'elle pouvait jouir d'un train de vie qu'elle avait toujours souhaité et qu'il ne lui demandait aucun compte. Une chose était sûre, elle lui était reconnaissante du *klam al-bidhane* et de la culture hassanie dont il avait hérité du Sud, et qu'il avait su si bien partager. Comme sa pension d'invalide.

Les colombes n'en finissaient pas de fêter leur contentement par des volées incessantes, formant des files dans les cieux. Leur nombre s'était accru. Elles profitaient du doux soleil d'hiver qui, à cette heure-ci de la journée, offraient ses derniers rayons avant qu'il s'en fût vers d'autres nues et cédât sa place à la nuit.

Il posa délicatement le verre à moitié vide sur la table, comme s'il craignait qu'il ne se cassât, et fit pivoter sa jambe avec agilité, afin de se retrouver soudainement en position assise. Il fixa de nouveau la fenêtre. Les oiseaux étaient toujours là. Avaient-ils été dans le Sud eux-aussi ? Il se décida à aller les observer sur la terrasse, il aurait une meilleure vue. Il reprit le verre, but le restant du thé d'un trait et le déposa avec un petit entrechoque-ment contre la table basse en bois verni, comme pour écraser les mauvaises pensées. Il attrapa ses béquilles posées à même le sol et se leva d'un trait. Il balaya la pièce et l'endroit où il était allongé quelques secondes plus tôt d'un regard rapide, afin de s'assurer qu'il n'avait rien oublié. Il se dirigea lentement vers la porte d'entrée, essayant, du mieux que possible, de donner à sa démarche une allure normale. Il maniait ses béquilles avec aise, tel un prolongement naturel de son corps se mariant parfaitement avec le reste des membres. Elles semblaient usées comme les traits de son visage. Comme lui, elles avaient subi les avaries du temps et des événements. Sa fatigue et lassitude se lisaient dans leurs formes et couleurs. Mais comme lui, elles tenaient encore debout.

Il monta les larges marches de marbre qui menaient à la terrasse. La lumière jaillissait de la fenêtre flanquée au mur, laquelle laissait également entrer un peu de chaleur.

« *Astaghfer Allah…* » laissa-t-il échapper de soulagement, une fois qu'il eut atteint la porte en fer noire. Les marches étaient hautes et son corps s'était à peine éveillé de sa sieste quotidienne. L'encadrement de la porte laissait passer la luminosité des derniers rayons de soleil par tous les côtés. Il laissa à nouveau exhaler une longue expiration de satisfaction. Il les avait observées depuis son réveil, par intermittence et de loin. À présent, il allait enfin les admirer de plus près.

Leur présence le réconfortait et distrayait son obnubilation face à ce Sud qui renfermait toutes ses contradictions, entre agonie et renaissance. Parfois, il se comparait à elles et se disait qu'il leur avait ressemblé par ses migrations dans ces étendues d'ergs, de dunes, d'oueds éphémères et de roches et graviers ; même si cette aventure lui avait coûté un membre et l'avait davantage enlisé dans une vie qu'il n'avait jamais réellement choisie.

Le verrou était mal emboîté. Il le fit glisser par petits quarts de tour, produisant des grincements amplifiés par l'écho dans l'escalier. Il tira la lourde porte doucement. Puis voyant que celle-ci était impassible, il mit presque toute son énergie dans son bras, s'assurant de garder l'équilibre sur un pied et l'une des béquilles. Elle finit par céder, dans un bruit assourdissant qui résonna dans l'escalier. La porte, succombant à sa force, se projeta soudainement vers lui. Il l'arrêta avec son bras, provoquant davantage d'écho dans l'entrechoquement avec l'une des béquilles. Une lumière pâle mais réconfortante le submergea. Il cligna un peu des yeux. La clarté hivernale envahit les lieux et éclaira le devant de son corps, l'autre partie arrière faisant face à la pénombre. L'ombre de son corps et de ses béquilles s'étendaient jusqu'aux premières marches. Un sentiment de bien-être le submergea soudainement. La température au-dehors était plus élevée qu'à l'intérieur. Il n'aurait pas besoin de son burnous. Il scruta le ciel désormais bleu azur. Il s'aventura sur la terrasse. Elles étaient tout autour, à célébrer la fin de l'hiver méridional. Par petites nuées, elles passaient d'un coin à l'autre du ciel, créant une vague à chaque changement de direction et de cadence. Étrange danse païenne, se dit-il. Il pouvait observer le même rituel au printemps ou à l'approche de l'été avec les hirondelles. La seule différence était qu'elles étaient bien plus nombreuses et bien plus bruyantes.

Il fit encore quelques pas et se retrouva au centre de la terrasse. Il souhaitait les admirer à trois cent soixante degrés. Afin de suivre leur moindre mouvement dans le ciel, il s'amusa à tourner sur lui-même en pivotant sur une béquille et se servant de l'autre comme support. Même si elles n'étaient pas aussi bruyantes que les hirondelles, leurs légers battements d'ailes se faisaient tout de même entendre. C'était un bruit délicat qui, à chaque frémissement, soulageait des plaies qui ne voulaient pas se refermer. Il éprouvait la même sensation avec les cigognes et les hirondelles. Son visage laissait exprimer du bonheur, voire de l'extase. Il en profiterait jusqu'à la tombée de la nuit, lorsqu'elles s'en iraient comme de coutume. Si sa femme et ses enfants, une fois rentrés, le cherchaient, ils sauraient où le trouver. Ils étaient conscients de cette fascination pour les oiseaux. Les petits trouvaient cette passion originale. Une fois, la petite dernière avait même suggéré qu'ils commençassent à élever des colombes eux aussi.

« *Baba* ! On pourrait nous aussi les mettre sur la terrasse ! Hein ?

— Peut-être… » Il savait pertinemment que sa mère s'y opposerait catégoriquement.

Cette dernière ne tarda pas à exprimer sa désapprobation en secouant la tête avec insistance.

« Hm ! Hm ! Hm ! Nadia, il ne faut pas oublier que nous partageons la terrasse avec les deux autres appartements… »

Voyant le peu d'entrain du père comme de la mère, elle abandonna l'idée d'acquérir un quelconque animal tout court.

Sa femme pensait que c'était un syndrome du Sud. Elle lui avait d'ailleurs suggéré, d'un ton ironique et sarcastique, qu'il aurait mieux fait de s'arrêter quelque temps à Marrakech et aller se faire soigner par les âmes des nombreux saints qui rôdaient encore aux quatre coins de la cité, avant de revenir à Fès. Elle lui faisait des remarques régulièrement, comme pour le lui rappeler. Bien qu'il s'en fût accommodé, il ne les trouvait guère de bon goût, ne sachant comment les interpréter. Faisait-elle allusion à son intérêt pour les *djedj*, comme elle s'amusait à catégoriser tout ce qui volait, ou bien ironisait-elle sur son invalidité ? Il ne lui avait jamais ouvertement posé la question. Il s'était habitué à son côté cynique et moqueur, et au verbe souvent acéré. D'ailleurs, il pensait qu'elle avait une imagination débordante, mais qu'elle ne s'en servait pas à bon escient. Il était également ébahi par sa culture orale, dans laquelle elle puisait dires et dictons qu'il n'avait jamais entendus auparavant. Elle les tenait de sa mère, affirmait-elle, laquelle les tenait de sa mère, et ainsi de suite. Cependant, si elle les utilisait, c'était souvent dans le but de dénigrer, rarement pour louer. Il lui demanda une fois d'arrêter de se moquer des gens systématiquement. Elle lui rétorqua d'une voix calme et toute sereine :

« Qu'ils se tiennent à carreau… »

Une chose était sûre, se rassurait-il, elle s'occupait de la progéniture de très près et était dévouée aux enfants corps et âme. Il la comparait, avec amusement, à une poule dédiée à ses poussins.

Il avait fini par se rapprocher du bord de la terrasse à force de trop vouloir être le plus proche possible des oiseaux. Leur nombre avait diminué mais le peu qui restait continuait le rituel aérien.

Le ciel projetait désormais ses déclinaisons de couleurs rouges et oranges à l'horizon. Bientôt les dernières colombes s'en iraient elles aussi, quelque part, au détour d'une terrasse ou d'un patio, et après un dernier vol, laisseraient leurs ailes se reposer pour aujourd'hui. Il aurait à nouveau essayé d'exorciser le passé. Comme elles, il s'éclipserait.

Le Sud lui vint à nouveau à l'esprit. Là-bas, ils faisaient exactement la même chose. Les espèces qu'il avait observées à l'autre bout du royaume étaient beaucoup plus nombreuses et variées que celles qu'il pouvait admirer ici même. Mais beaucoup d'entre elles exécutaient les mêmes rituels. La grâce qu'elles exprimaient dans leurs mouvements apaisait les remous de sa mémoire. Leur présence tout autour de lui était un réel réconfort. Il s'en servait comme d'un baume afin de cicatriser ses blessures.

La nuit, imposant ombre et silence, l'avait surpris. À présent que le soleil s'était totalement éclipsé, la fraîcheur nocturne s'insinuait où elle pouvait. Il scruta les cieux tout autour de lui. Les oiseaux n'étaient plus là, mais il sentait encore leur présence. Leur mémoire persistait.

Il se retourna tout d'un coup et se dirigea vers la porte en fer. Son ombre ne faisait plus qu'une avec l'obscurité de la nuit. Il s'approcha lentement des premières marches. Une lumière, artificielle cette fois-ci, jaillissait tout en bas de l'escalier et des voix inaudibles témoignaient d'une présence humaine. Sa femme et ses enfants, ou peut-être l'un des deux autres résidents, venaient sûrement d'arriver.

L'architecte

« Quels sont ces choix que les hommes peuvent s'offrir sans pour autant être le sujet des destinées qui semblent leur être imposées ? »

Alors qu'il maintenait la tomate délicatement entre les doigts de sa main gauche dans l'assiette, dont les motifs floraux bleus et abricot semblaient usés par les repas servis de manière ininterrompue au fil des années, cette question lui traversa l'esprit. Il ne s'arrêta point dans son mouvement. Il allait quand même lui faire subir l'assaut du couteau qu'il tenait de sa main droite. Le geste feutré et subtil de ses va-et-vient masquait savamment le sacrifice du fruit offert aux dieux du goût et des saveurs.

Il découpa de fines tranches qu'il tenait habilement entre ses doigts proéminents et velus. Le contact du couteau avec l'assiette laissait échapper un crissement à peine audible. La demi-tomate semblait encore entière. Il travaillait minutieusement et accomplissait toujours ses moindres tâches, même les plus banales, consciencieusement. Une fois qu'il vida l'assiette en mettant la première moitié dans le saladier en verre bleu posé juste à côté, il fit de même avec la seconde moitié, avec une même dévotion et sensibilité. Il s'appliquait à chaque obligation sans perdre une seconde. Il consacrait à chacune d'elles un temps déterminé, lequel était précieux. Cela était devenu une sorte de rituel où chaque chose avait sa place dans l'instant et dans l'espace.

Il lava rapidement les petits oignons blancs et s'attacha à les débarrasser des tiges qui avaient commencé à se faner. Contrairement à sa femme, il commettait régulièrement la même erreur de les acheter le weekend et de ne les préparer qu'en fin de semaine suivante. Il avait également pris de mauvaises habitudes avec les années, se reprochait-il. Ses yeux, immergés dans un moment entrelacé entre passé, présent et ce qui était à venir, semblaient observer parallèlement le monde en arrière-plan qui le suivait constamment et les nécessités de l'instant. Tout en étant absent, son regard se mariait parfaitement à ses gestes quotidiens répétés année après année et désormais anticipés. Il ressentait une impression d'être dans une vie atemporelle, inconsciente des événements qui avaient lieu. Son existence devenait alors une longue ligne continue et immuable. Tout s'effaçait : son passé toujours vivace et douloureux, son présent souvent pénible et sans logique, et ce futur incertain. Durant ces moments-là, il éprouvait comme un sentiment de délectation, aussi éphémère fût-il. Il était déchargé de toute responsabilité et ressentait une sorte de légèreté, comme si les pensées s'étaient quelque peu émoussées. Il n'éprouvait plus cette anxiété qui se faisait insidieusement sentir au fond de son cœur jour et nuit. Une fois plongé dans cet autre regard, sa destinée et celle de ses proches devenaient bien plus différentes de celles qu'ils avaient connues.

Et souvent, entre ces deux vies superposées, qui parfois se confondaient l'une avec l'autre dans un entrelacs de sentiments doux et amers, d'accords et de désaccords, de douloureuses mémoires arrivaient quand même à s'infiltrer silencieusement. Alors, la réalité venait le rattraper, et il se rendait compte que les deux mondes étaient bel et bien séparés, finalement. Il ne faisait que d'incessantes allées et venues entre les deux univers.

Pourquoi ne pouvait-il pas se replier sur un monde nouveau et mettre un terme à ces alternances continuelles ? Ne plus se souvenir, ne plus faire ressurgir ces moments lourds de culpabilité, de remords et de peine. Cet état voulait faire perdurer la douleur. Il aurait tant souhaité que cette dernière s'atténuât avec l'âge, au point de lui être complètement étrangère. Il avait tenté de l'apprivoiser, de la comprendre et de l'écouter afin qu'elle lui devînt familière, c'était peine perdue. Il y avait eu un semblant de léger effacement lorsque les enfants avaient été en bas âge mais, une fois qu'ils grandirent, elle s'imposa à nouveau à lui. Il ne voulait point renier et effacer ce passé, mais plutôt l'assainir de ses erreurs et de ses égarements.

En fait, il aurait aimé ne conserver que ce dont il estimait être le sien et rien d'autre. Ces moments et ces croisements, ces rencontres, ces petites vies dont il fut l'architecte et lui seul, qu'ils fussent bons ou mauvais. Il y avait contribué de fond en comble et savait exactement pourquoi il les avait vécus. C'était une trace de lui dans ces vies qu'il avait vu défiler et dont il avait fait l'expérience. Il ne voulait pas de cette fatalité. Il s'était longtemps révolté contre la soumission aux hommes, les contraintes temporelles et spatiales. Il faisait tout afin que ces moments non voulus se transformassent en actes appréciés. Et c'était là où il butait maladroitement face aux moments du passé. Même s'ils faisaient partie des vestiges de son histoire, ils ne changeraient nullement leurs formes et leur fond, figés.

Aussi avait-il essayé de s'en accommoder au fil des années. Peut-être n'arrivait-il pas à, ou même ne voulait-il pas, les voir sous une lumière différente de celle sous laquelle il les avait connus dans sa jeunesse. Il n'en était pas très loin de sa soixante-dixième année et les événements semblaient intacts, comme il les avait connus au premier jour, au travers des journaux grecs et turcs, des radios grecques et turques, de sa famille et des connaissances, soit grecques soit turques. À Paphos, il avait été le témoin forcé des actions de ses concitoyens d'alors.

Il posa les mains recroquevillées contre le plan de travail, de chaque côté du saladier transparent bleu, coloré par le rouge des tomates, le blanc des petits oignons et le vert du concombre, afin d'éviter de maculer la surface grise usée. Il s'attachait à préparer un déjeuner léger qu'il s'était rigoureusement imposé depuis quelques semaines. Il voulait perdre un peu de poids. Les doigts repliés contre ses paumes afin de retenir ce qui restait du jus de la grosse tomate qui avait laissé couler le sang de la terre de ses entrailles, il fixa la scène devant lui, la tête penchée et le regard absorbé. L'odeur encore fraîche des petits oignons et du persil qu'il pouvait sentir ne le perturba point.

Il s'aventurait encore dans les méandres des souvenirs de sa ville natale. Le front de mer, les bains romains, la vieille ville, les mosquées, qui pour certaines d'entre elles avaient été converties en églises après la scission, la route vers le village de ses aïeux et l'arrière-pays avec ses humbles champs agricoles. Tout semblait si bien préservé dans sa mémoire, comme si leur remembrance avait été momifiée.

Il essayait de revivre les émotions du passé comme pour leur donner plus de sens dans son présent. Il prenait le plus grand soin à se mémoriser la vie à Paphos. Chose étrange, malgré les vicissitudes de l'époque et ses douloureux épisodes, la vie semblait bien plus innocente et plus pure que maintenant. Était-ce dû à l'âge ? On pouvait souvent entendre qu'on naissait bébé et, également, qu'on mourait bébé. Mais avec l'innocence en moins pour la fin de vie, ironisait-il. Il soupira.

Il était conscient du doux ronronnement du four électrique. Le poulet bien macéré la veille, les pommes de terre coupées en parts presque égales et les morceaux d'oignons dispersés ici et là pour relever le goût et donner plus d'arôme y rôtissaient lentement, afin d'obtenir un résultat quasi parfait.

Il releva légèrement la tête sans pour autant abandonner ce regard pénétrant dans l'inconnu. Comment les événements avaient-ils pu commencer ? Il ne s'en souvenait guère et n'était même plus sûr maintenant, si ce qu'il avait entendu était avéré. Il n'avait jamais eu le temps d'en vérifier l'origine et leur authenticité. Il n'avait pas eu le courage de le faire une fois qu'il avait quitté l'île pour la métropole.

À peine avait-il posé les pieds sur le nouveau sol que Londres l'engloutit d'un trait dans les remous du quotidien. Souvent long et sinueux au début, ils ne lui laissèrent guère le temps de s'attarder sur ce qui se passait à des milliers de kilomètres de lui. Cette impossibilité d'agir face à sa patrie d'origine lui avait fait mal et le rongeait encore d'indignation, de frustration et de douleur.

Eymen, le personnage de ses écrits, pourrait peut-être l'aider dans cette quête de conciliation. À ses yeux, il était ce jeune garçon qui représentait la figure du drame qui l'avait frappé, qui les avait frappés : Turcs, Grecs, Chypriotes. Le nationalisme était à son apogée. Bien qu'il eût mis du temps à émerger et à apparaître au grand jour, il avait déjà fini par s'imposer dans les esprits.

Il fixa soudainement le calendrier accroché au mur donnant sur le jardin, encombré d'annotations en turc et en anglais, comme pour se concentrer davantage et ordonner ses idées, puis replongea son regard sur le plan de travail fatigué.

En y pensant, la situation sur l'île avait paru comme des réminiscences vécues à la veille de la Seconde Guerre mondiale. Tout passait par la race, la langue, l'ethnie et la religion. Eymen, encore dans une adolescence en pleine ébullition, s'était opposé à cette nouvelle forme de patriotisme naissante avec véhémence pour un garçon de son âge. Comment les gens de la communauté qu'il avait fréquentés depuis qu'il était enfant - voisins, marchands, fermiers, administrateurs - s'affrontaient-ils soudainement ? Le nationalisme l'avait vu grandir. Il façonna sa perception du monde à la lumière de sa propre expérience et des preuves irréfutables. Cette période trouble de l'histoire moderne de l'île avait complètement bousculé une existence jusqu'alors paisible. Un vivant qu'il avait pleinement apprécié jusqu'aux dernières années de son adolescence s'était peu à peu dissipé. Bien qu'il fût latent tout au long de la domination britannique, le lent réveil du communautarisme avait fini par affecter le quotidien des gens, au point que les moindres us et pratiques, à la ville comme à la campagne, étaient devenus sources de dissension, voire une bonne excuse pour appeler aux armes et à la vengeance.

Les fourneaux avaient toujours été publics. Lentement, il avait observé ce ciment qui liait les deux communautés s'effriter peu à peu. Au travers d'Eymen, il se remémorait le four communal. D'incarnation d'une symbiose au sein de la nation, il devint pomme de discorde entre les deux fractions. Un par un, tous ces symboles d'un quotidien commun et normal s'étaient peu à peu mués en cibles contre la partie adverse. La terre qui l'avait enfanté était devenue le témoin de cette guerre fratricide, impuissante. Vivant dans une relative acceptance mutuelle auparavant, ils étaient devenus frères ennemis à jamais.

Eymen, lui, était poussé par un nationalisme tout autre. Incrédule face à ce qui se passait autour de lui, il était déterminé à promouvoir la société qu'il avait connue naguère. Une communauté unie par la terre et l'histoire. C'était leur terre, leur histoire. Grecs et Turcs, orthodoxes et sunnites, vivaient en quasi harmonie depuis des lustres. Il y avait eu, certes les épisodes crus de l'histoire, mais ils avaient fini par les surmonter et les assimiler à leur propre histoire. La population chrétienne avait vu la conquête ottomane comme une sorte de libération face au système féodal vénitien. Par la suite, Grecs et Turcs avaient été unis contre la corruption endémique et les lourdes taxations provenant de l'Église comme des représentants du Sultan. Au fil des siècles, les arrangements entre les deux communautés avaient permis une certaine paix, pourquoi ce statu quo avait-il été bousculé ? Eymen se ressaisit

Jusqu'à la présence de la nouvelle puissance européenne, rares furent les antagonismes entre Turcs et Grecs. Avaient-ils réussi juste à refouler tout sentiment belliqueux entre eux sans vraiment régler les questions fondamentales de représentativité et d'égalité devant la loi, devant l'histoire. Les Britanniques étaient partis comme ils étaient venus. Quels legs avaient-ils finalement laissé durant leur occupation pendant plus d'un siècle ? Des bases militaires qu'ils contrôlaient toujours et d'où ils n'étaient jamais réellement partis, un mode de vie fait de voitures, de slips de bain, de bikinis, de bains de soleil à longueur de journée - au point de rendre leur peau toute rouge -, de la musique sauvage qui rugissait des transistors, une technologie qui envahissait peu à peu les foyers pour le confort de tout le monde, y compris les locaux, des codes et des lois, des routes asphaltées et, bien sûr, la conduite à gauche.

Tout ça avait du bon, mais ils avaient été incapables de mettre les différends à plat ou de contrer un nationalisme grandissant. Ou plutôt, ils ne s'en étaient guère souciés du moment qu'ils ne remettaient en question leurs desseins. Ils en avaient même usé : *diviser pour mieux régner*. Dans tous les cas, ils n'étaient pas venus pour cela lorsque les Ottomans scellèrent le destin de l'île en 1878.

Pas la peine de revenir sur les Britanniques, ils étaient partis et avaient laissé un vestige à leur tour. Ils lui avaient laissé un goût amer mais ce qui l'attristait le plus était ce schisme qu'il observait au sein de son peuple même, jusqu'à maintenant. L'entrée dans l'Union européenne qui, pour lui, avait été une grave erreur, le tourisme qui s'était développé frénétiquement au point de presque faire couler l'île sous le poids du ciment, l'arrivée massive d'émigrés des campagnes turques, la prolifération de casinos et l'octroi des passeports dorés n'avaient fait qu'occulter les questions de fond. Avec le temps, les gens avaient changé, ce qui avait fini par renforcer sa déception de la société chypriote et de l'avenir qui l'attendait. Lui qui avait mis tant d'espoir et d'énergie à devenir un acteur majeur au sein des gens qu'il aimait, pour la terre qu'il chérissait, le voilà qu'il était simple spectateur.

Eymen partageait son temps entre une vie citadine pleine de découvertes, ouverte sur un monde en ébullition, et une existence champêtre organisée autour de la nature. Il était inscrit au lycée à Paphos, où il résidait avec certains de ses frères et sœurs le plus clair de son temps, puis revenait au domaine de campagne de ses parents en fin de semaine et durant les vacances scolaires. La vie à Paphos était très enrichissante, se réjouissait-il, mais était devenue de plus en plus agitée au fil des années. Yeroskipos, quant à lui, était réglé au rythme des saisons. La ferme, bâtie au pied de la colline alentour, s'étendait sur de nombreux hectares et requérait beaucoup de main-d'œuvre, particulièrement de mars à novembre.

Il appréciait ces alternances entre l'environnement citadin et le milieu campagnard, entre la littérature et la nature. Il y trouvait son compte, un équilibre parfait. À Paphos, il dévorait livres et journaux, et assistait aux quelques pièces de théâtre quand il le pouvait, turques ou grecques d'ailleurs. Au village, il s'enivrait de l'odeur des bêtes et du fourrage, et du labeur de la terre. Il y avait comme une sorte de besoin réciproque nécessaire entre les deux univers, qu'il considérait indispensable afin de se ressourcer et de se renouveler constamment, tel un processus éternel.

Le travail de la terre, il le connaissait par cœur. Il avait hérité de cette manière de faire traditionnelle de son père Ali Effendi, lequel n'avait nullement voulu recourir à des méthodes importées de contrées qu'il ne connaissait pas. Ses aïeux avaient toujours respecté et chéri la terre laquelle, en retour, leur procurait des récoltes en abondance si les pluies étaient venues. Il estimait que les nouvelles techniques et équipements modernes souillaient la terre, la rendait inepte à des récoltes de qualité et allait finir par la rendre stérile.

Son frère aîné, quant à lui, refusait de suivre la voie paternelle. Il se moquait de son approche *archaïque* et ne jurait que par les techniques les plus avancées, les dernières innovations. D'ailleurs, il espérait hériter de façon naturelle de la propriété familiale, non seulement parce qu'il était l'aîné et qu'il y vivait encore, mais aussi parce qu'il n'était guère intéressé par l'école.

Après plusieurs désaccords avec son père, il décida de ne plus s'impliquer dans la ferme, quelle que fût l'activité, et le fit largement savoir avec ostentation. Aussi passait-il le plus clair de son temps assis à la terrasse de l'unique café du village à se plaindre de la façon dont la propriété était gérée à qui voulait l'entendre.

Son indécence était parvenue jusqu'aux oreilles du chef de famille, lequel n'avait pas hésité à vouloir l'expulser du domaine familial, définitivement. Cependant, sa femme s'y était catégoriquement opposée. Bien qu'elle n'approuvât pas du tout son manque de respect, elle n'aurait pu survivre à l'idée de voir partir Sadik. Il ne serait jamais revenu, elle en était certaine. Ayant déjà perdu deux enfants en bas âge, ce départ aurait ajouté une troisième tragédie.

Du coup, il n'y avait plus de communication entre le père et le fils aîné. Ils vivaient sous un même toit et caressaient un même rêve, mais appartenaient à deux mondes différents. Les seuls liens qui les unissaient étaient l'amour pour la terre et pour la famille.

Par nuits de pleine lune, lorsque tout le monde dormait, Sadik se promenait sur les terres ancestrales pour davantage s'imprégner de cette nature et nourrir son rêve. Il pouvait passer des heures à imaginer comment la ferme et ses hectares pouvaient être gérés s'il devenait maître de ces lieux, quelles cultures privilégier afin d'augmenter les rendements, quels engrais organiques et inorganiques utiliser afin d'améliorer la productivité, et comment faire venir l'eau des puits au travers des champs afin qu'elle coulât continuellement, sans avoir à dépendre des caprices du climat. L'île pouvait être très aride et sèche certaines années. Une fois, la pluviométrie avait été catastrophique durant trois années consécutives. Les châteaux d'eau avaient fini par presque se vider.

Il connaissait de meilleures cultures pour transformer l'immense domaine en agrobusiness, comme beaucoup l'avait fait, principalement des agriculteurs grecs. Deux individus de la communauté turque avaient alors commencé à avoir recours à ce système de gérance. Le district de Paphos avait foré, avec l'aval de l'Autorité centrale, jusque dans l'aquifère afin de faire remonter une eau pure et vierge de toute intrusion, endormie depuis des millénaires. Comme beaucoup de régions au climat méditerranéen, le pays avait eu recours au système d'irrigation à grande échelle, non seulement pour nourrir mais aussi s'enrichir : vider la terre de son essence, de son sang, pour l'exporter vers l'ailleurs, dans les fruits et légumes.

Sadik n'était pas d'accord. La nature se recyclait indéfiniment, pensait-il. On ne faisait que prendre ce qu'elle donnait, pour le rendre aussitôt. Dans tous les cas, l'eau s'évaporerait dans les airs et s'envolerait vers cet ailleurs ; alors autant la capter à la source. Et il approuvait totalement l'initiative des autorités locales dans leur gestion de l'eau.

Le puits de son père, géré coopérativement avec son oncle maternel, avait vu le niveau de ses eaux baisser considérablement. Cependant, il pensait que c'était un tout petit mal pour un bien beaucoup plus grand, et pour le bénéfice de tout le monde.

Sa famille perdait son temps à utiliser ces méthodes primitives, ruminait-il. S'ils désiraient plus de rendement, plus de récoltes dans la partie basse de l'exploitation, ils devaient se convertir à l'irrigation moderne. Les hautes terres n'étaient pas concernées pour le moment, les nouvelles techniques, bien que performantes, n'avaient pas encore envahi ces hauts domaines, faute de rentabilité. Elles étaient encore dépendantes des aléas de la pluviométrie et le resteraient pour longtemps encore.

Lui, il lorgnait sur ces basses terres à perte de vue, ces plaines qui s'étendaient jusque vers les communautés à forte densité grecque, comme Anarita. Il observait, avec grand regret et une profonde peine, l'irresponsable gâchis, au nom de la tradition et d'une soi-disant préservation de la terre. Des hectares de terre !

Il n'hésitait pas à user de sarcasme vis-à-vis de son père et de son oncle. Ils étaient l'ombre de l'un et de l'autre, résumait-il en se moquant de leur relation. Il ne pouvait attendre de voir ce rêve se réaliser, le jour où il deviendrait le principal successeur. Il était persuadé qu'il en hériterait lui seul et que, même si son oncle Osman allait faire partie des héritiers, il n'en recevrait que le tiers. Le reste irait à sa mère, à son frère et à ses sœurs, c'était la loi. Il ne doutait point que ces derniers renonçassent à leurs parts, aucun ne semblait intéressé et ils étaient presque tous à Paphos. Sa chère maman n'aurait pas l'énergie et la capacité de s'en occuper ; tout comme ses sœurs, trop absorbées par leurs maris ou futurs époux. Osman, quant à lui, devrait tenir compte de son opinion, de ses projets. Au pire, il lui achèterait sa part.

Il ne craignait guère qu'Eymen vînt déranger ses plans. Il espérait qu'il resterait enivré dans ses livres et histoires à dormir debout. Bien qu'il aidât Ali Effendi aussi bien aux champs, aux étables que dans les tâches administratives et les liaisons avec les autorités, il en semblait détaché. Il l'imaginait sur un nuage. Il était comme ces brebis qui ne se souciaient de vivre que de pâture.

Un bruit furtif et à peine distinct se fit entendre à l'entrée de la porte, ce qui perturba, le temps de quelques secondes, le silence impénétrable qui régnait depuis le matin. Il sursauta, telle une bête effarouchée qui se retourna subitement pour voir ce qui se passait autour d'elle. Il revint à l'instant présent. Le facteur venait de passer. Étrange, pensait-il, ces matinées n'étaient plus rythmées, comme auparavant, par la réception régulière du courrier depuis la privatisation des services postaux. Les livraisons arrivaient à des heures irrégulières chaque jour. Ce changement était devenu comme une sorte d'incidence, une conséquence naturelle du désordre dans sa vie.

Les bras toujours écartés, et tendus contre le plan de travail, un genou légèrement replié pour pouvoir prendre un appui confortable face à un mal de dos qui était latent, il jeta un œil désintéressé aux enveloppes au pied de la porte, puis tourna sa tête de l'autre côté, vers le jardin.

L'automne s'était bien installé. Les feuilles aux couleurs jaunâtres, rougeâtres et brunâtres recouvraient le tiers du jardin où les conifères, taillés en début de saison, offraient une réclusion ininterrompue. Il appréciait cet isolement, elle lui offrait un peu de répit et d'oubli. Cependant, il aurait souhaité vendre la demeure. Elle avait toujours été trop grande pour Aiche et lui. Maintenant qu'Enver et Selma étaient partis, c'était pire. Parfois, il pouvait y entendre un silence d'outre-tombe avec pour échos des rires, chamailleries et pleurs d'enfants, ses enfants. Drôle de sensation. Cela lui donnait des frissons dans le dos. Un vide se faisait sentir. Ce temps révolu était, comme tant d'autres, souvent un poids difficile à supporter dans sa mémoire. Aiche n'avait aucune intention de vendre.

« J'apprécie cet endroit comme au premier jour, pourquoi voudrais-tu que je bouge ? dit sa femme une fois. » Elle s'y sentait bien et y avait beaucoup de souvenirs, insista-t-elle, en examinant lentement la pièce où ils se trouvaient d'un regard satisfait. Elle était étonnée à chaque fois qu'il se lamentait de la superficie de la maison et s'aventurait à mentionner l'idée de déménager. Elle finit même par le taquiner sur le sujet.

« Tu sembles avoir bien pris racine dans la culture anglaise, *canim !* Tu ne fais que scruter le ciel pour savoir le temps qu'il va faire et ne cesse de parler d'immobilier ! »

Aussi évitait-il d'aborder le sujet, même insinuer ou sous-entendre une quelconque vente, au risque de froisser celle qui restait un solide pilier dans sa vie. Elle l'avait suivi partout et l'avait supporté en tous lieux et en tout temps, sans rechigner.

Bien que son corps et sa beauté eussent été altérés avec le lent mais irrévocable passage du temps, sa personnalité était restée une constante face à l'adversité de leur vie commune, s'étonnait-il. Il la désirait encore parfois, lui plus qu'elle. C'était une chose masculine, pensait-il, même si elle n'avait jamais été emballée par les plaisirs charnels. Ils leur arrivaient de s'adonner à de petits ébats amoureux, quand leur énergie et leur humeur convergeaient pour créer cette étincelle. Il se souvenait encore de cette beauté fraîche et radiante qu'elle avait affichée durant leur mariage à Lefkosa, après la scission. Il avait pris des congés et s'était envolé pour l'île en début de printemps, spécialement pour cet effet.

Il avait aussi supporté ses frivolités, surtout lorsqu'il s'agissait de sa famille à elle, afin d'arriver à un certain équilibre entre elle et lui. Elle, de son côté, n'avait cessé de répéter qu'elle ne pouvait vivre sans lui, surtout depuis que les enfants s'en étaient allés vers d'autres cieux : Enver entre les flammes de la Californie pour essayer de percer dans la Silicon Valley, et Selma à Glasgow, beaucoup plus sereine que les tentacules londoniens, mais au climat beaucoup plus hostile. Curieux choix que ces deux-là.

Bien qu'il n'osât s'exprimer aussi ouvertement qu'elle, il n'en avait pas moins le même attachement. Que ferait-il, que deviendrait-il sans elle ? Cet amour des premières heures avait certes changé, mais son essence était restée inchangée. Après plus de trente ans, leur union avait résisté à maintes crises. C'était une complicité inconsciente, subtile et inavouée qu'ils avaient bâtie au travers des dédales du temps passé ensemble.

Ce statu quo dans son couple, au moins, s'était concrétisé et n'avait aucunement subjugué et anéanti l'une des entités, ironisait-il. Il avait quelque peu perdu le grec qu'il avait appris dans sa jeunesse, indispensable à la vie quotidienne dans la Chypre encore unie. *Énosis, Taksim.* Ces mots avaient un tel poids dans sa mémoire qu'il lui était impossible d'en oublier toute la teneur. Ils résonnaient dans sa tête comme un tumulte lent et insaisissable. La douleur s'était peut-être atténuée, mais elle n'avait nullement disparu.

Il observa le gazon. Il n'avait pas encore eu le temps de l'aérer pour l'hiver. Cependant, l'herbe était en pleine santé, arborant un vert profond et chatoyant pour cette saison. Il se remémora les vertes plaines et collines des environs de Yeroskipos. Après d'abondantes et généreuses pluies, vaches, brebis et moutons paissaient paisiblement sans se soucier des fractures des hommes.

Il revint à son personnage. Eymen était trop conscient des projets de son grand frère. Les égarements de Sadik arrivaient vraiment à un moment inopportun. Tout le monde était préoccupé par les tensions grandissantes. Lui, le jeune homme en devenir, n'était obsédé que par les deux revendications qui résonnaient quotidiennement : *Énosis, Taksim.* Ces deux mots avaient plombé sa jeunesse, ses espoirs. Ces deux mondes étaient si proches et si éloignés tout à la fois, un décalage dans l'histoire. Une minorité qui préférait la scission, quitte à former de petites poches isolées les unes des autres, au sein d'une majorité qui aspirait à rallier leur soi-disant mère patrie. Il avait perdu tout espoir d'un retour à la situation d'antan.

Son père et sa mère avaient remarqué son peu d'entrain, qui s'apparentait à une forme de mal de vivre mais qu'ils ne savaient définir, et ils s'en inquiétèrent. Il était retranché dans ses livres et devoirs, s'activait peu aux besognes dans la ferme et parlait peu.

« Comment vas-tu *canim* ? » Sa mère l'interrogeait de loin, lorsqu'il n'y avait personne d'autre dans la pièce, la voix attendrie, le regard tout attentif. Il la regardait pendant quelques secondes, puis retournait à sa tâche.

« Tout va bien *anne* ! » Il s'assurait qu'il y mettait le ton nécessaire afin de la rassurer.

Non, il n'allait pas du tout bien. Sa vie était devenue un véritable chaos.

Conscient de la crise grave et irréversible que le pays était en train de traverser, et préoccupé par la dégradation de sa santé, Ali Effendi prit l'initiative, certes avec beaucoup de réticence, d'émettre l'idée de l'envoyer auprès de sa cousine installée à Londres depuis bientôt huit ans. Sa mère reçut un choc en entendant la proposition, un autre de ses bébés allait se retrouver loin d'elle. Puis après quelque temps, comme son mari, elle se convainquit que cette option était la meilleure. Elle connaissait bien sa nièce Cihan, elle s'occuperait bien de lui. Son mari était honnête et travailleur. Ils n'avaient pas encore eu d'enfants et une présence comme Eymen serait la bienvenue. Lui adorait Cihan.

« Combien m'aimes-tu Eymen ?

— Comme ça !

— Combien comme ça ?

— Grand comme ça !

— Combien grand comme ça ?

— Comme ça ! Grand comme le monde Cihan *Abla* !

— Ah ! Je suis ravie ! »

Elle se souvint de leur conversation lorsqu'elle vint pour les vacances voilà cinq années de cela. Bien que son mari gagnât bien sa vie, les billets d'avion étaient extrêmement onéreux à cette époque. Donc, ils avaient décidé d'essayer de venir visiter l'île tous les trois ou cinq ans.

Il avait aussi été question d'Istanbul, plus proche et plus abordable, où un oncle, dont on ne connaissait pas grand-chose, résidait. Cependant, Eymen n'aurait pas eu la même attention qu'à Londres. En même temps, elle souhaitait que Cihan eût un peu de soutien. Elle avait perdu son père et sa mère, l'un après l'autre.

Comme sa mère, il avait été pris au dépourvu face à une telle décision lorsqu'ils la lui annoncèrent. Elle était hâtive et ils n'avaient même pas pris la peine de le consulter. Mais elle venait des parents.

Laisser sa terre natale derrière lui, surtout en ces périodes troubles, était une pure lâcheté, se lamentait-il. Comment pouvait-il jouer un rôle dans le destin de son pays s'il le fuyait ? Il n'était en aucun cas un réfugié politique et ne voulait pas le devenir. Étrange raisonnement pour un patriote comme l'était son père. Eymen avait commencé à avoir des doutes. Autant Ali Effendi était viscéralement attaché à la terre de ses ancêtres, autant il n'avait montré guère le même dévouement envers lui. La ferme passait avant tout, se lamenta-il.

« Non ! Non ! se rassurait-il, dans son isolement. » Il balayait ces mauvaises idées en secouant rapidement sa tête et en fermant les yeux, afin de faire disparaître ce doute qui s'était immiscé en lui. Il savait que, bien qu'il ne leur exprimât de l'affection pas aussi souvent que leur mère, il les aimait tous, y compris Sadik.

Il se résigna face à la décision de ses parents, comme si la lutte à laquelle il s'était préparé dans les années à venir avait été subitement avortée. Ce changement brusque dans sa destinée avait quelque chose de certain et le rendit à l'évidence : il ne saurait jamais le déroulement et la fin de son histoire sur cette terre.

Il en avait été à présent convaincu. Poursuivant plusieurs rêves, lié à plusieurs vies, il éprouvait comme une saveur constante, immuable, d'inaccompli. Ce désir avant de tourner une page pour en commencer une nouvelle se faisait ressentir à chaque instant, comme si les structures qu'il avait construites ne s'encastraient pas les unes dans les autres. Il revoyait les plans, imaginait à nouveau d'autres schémas, afin de pouvoir finaliser les travaux. En vain. L'architecture de ses édifices était posée, mais manquait toujours d'une touche finale qui la rendrait stable et intemporelle.

Le bip de la minuterie du four s'enclencha. Il ne sursauta point cette fois-ci. Il était plus conscient de ce moment présent et habitué à ce son régulier. Il ressentait cet apaisement mêlé à une tension diminuante à cet instant même, que l'on éprouvait après une soudaine et intense émotion. Les pommes de terre et le poulet rôtis devaient être prêts. Comme Eymen, il se ressaisit. Aiche allait rentrer d'ici peu. Il fallait préparer la vinaigrette qui allait accompagner la salade.

Parfum pour femmes

Il se dirigea vers le parking sous un soleil de plomb. Il venait juste de déposer Chanez et les petits à l'aéroport, et les avait laissés à l'entrée de la zone de contrôle de sûreté. Il sentait qu'une ombre légère et presque impalpable planait au-dessus de lui depuis ce matin. Il avait du mal à saisir la sensation qu'elle lui faisait éprouver, un étrange mélange fait de soulagement et d'inconfort en même temps. Il ne savait trop si c'était dû à la canicule, au départ des enfants et de sa femme, ou simplement au temps qui passait.

La dernière fois qu'il avait eu le loisir de les accompagner en France, c'était lorsqu'il était parti pour rencontrer des clients. Il passa les deux premières semaines avec sa famille chez sa belle-sœur avant de prendre le vol retour tout seul. Les enfants et sa femme étaient restés ensuite deux semaines supplémentaires afin d'apprécier un peu plus la *douceur de vivre* hexagonale, et de permettre à Linda et Adel de s'imbiber davantage de la culture française, comme disait Chanez. Puis ils finirent leur séjour en

Norvège, chez les parents de sa femme. Elle n'attachait pas autant d'importance à l'idée que les deux bambins connussent bien la culture scandinave, héritée de leur grand-mère. Chose étrange, pensait-il.

Au bout d'un certain temps, Chanez s'ennuyait à Paris. Il en était conscient. C'était pire dans la banlieue d'Oslo. Même si elle adorait sa sœur Dalila, la commune d'Ivry et sa proximité avec le XIIIe arrondissement - elle aimait flâner aux alentours de la Bibliothèque nationale de France -, elle y étouffait au bout de quelques semaines.

Coïncidence fortuite, alors qu'elle et les enfants étaient déjà bien installés dans l'avion, Chanez s'était plongée dans des souvenirs similaires à ceux que son mari se remémorait en ce moment même. Certes, elle les abordait sous une tout autre lumière. Lors du dernier séjour, et comme à l'accoutumée, sa sœur avait réservé une table dans un restaurant rue du Chevaleret. Elle avait opté pour la cuisine thaïlandaise et avait invité quelques connaissances, dont sa meilleure amie, Jade. Cette dernière s'était enquise à propos de leur couple, et sans aucune gêne.

« Mais pourquoi Amir ne reste-il pas plus longtemps avec vous ?

— Il a trop à faire… Tu sais, gérer sa propre boîte n'est pas une mince affaire… » Chanez fut irritée par cette intrusion si brusque. Elle connaissait Jade, laquelle avait, par le passé, essayé de lui *tirer les vers du nez*.

Elle remarqua qu'elle regardait régulièrement dans leur direction tout en conversant avec Dalila. Elle devait sûrement s'enquérir à leur propos. Quelque chose dans ce comportement inquisiteur ne semblait pas coller. Le regard et les gestes trahissaient le naturel que Jade voulait se donner. Chanez n'était pas convaincue de sa sincérité. Une appréhension s'empara alors d'elle. Elle pouvait sentir que toute la carapace faite de non-dits, de dissimulations et de conformisme, qu'elle avait construite depuis que leur mariage avait commencé à battre de l'aile, se fissurait. Combien de temps allait-elle être capable de faire semblant ? Elle le gérait parfaitement bien, tant que cela restait dans le cercle de leur couple. Car oui, ils étaient encore en couple, malgré presque deux vies parallèles. La présence de Jade lui fit prendre conscience de la vulnérabilité de cette armure et de l'hostilité du monde extérieur, que ce fût sa sœur adorée ou sa meilleure amie, responsable des ressources humaines dans un cabinet d'avocats. Cette soirée-là, elle sentit son intérieur s'animer comme elle ne l'avait jamais senti auparavant. Une agitation au plus profond d'elle-même commençait à se manifester. Il fallait absolument qu'elle protégeât cette fausse vie, cette décomposition de ce paradis dont elle avait pu jouir.

Elle croisa à nouveau le regard de Jade, laquelle lui fit un sourire empathique, à peine voilé de commisération. Chanez la fixa droit dans les yeux en signe de défiance, elle ne comprenait pas cette empathie qu'elle lui exprima soudainement. Et pourquoi au juste ? Elle pouvait encore déceler cet examen dans ses yeux. Elle ne savait rien mais tentait d'en savoir plus. Elle n'avait rien à dire, tout allait bien dans son ménage.

Alors que les enfants avaient le nez collé à leur écran, occupés à essayer de rendre le long vol pour l'Europe aussi agréable et court que possible, les réminiscences d'autres vacances revinrent également à elle dans cette interminable rétrospection. Elle se rappela lorsqu'ils étaient venus passer deux semaines en France afin d'échapper à la canicule et à l'humidité de Houston il y a quelques années de cela, sa sœur chérie avait, de même, organisé une sortie dans un restaurant, italien cette fois-ci, dans le XVIIe arrondissement, tout près de son lieu de travail. Elle aimait s'y rendre car elle adorait la cuisine italienne, plus accessible et abordable que la française, laquelle était trop élitiste à son goût. Les vagues successives d'émigration italienne, au fil du temps, en avaient fait la cuisine la plus visible et la plus populaire au monde, disait-on. Jade était également de la partie. Amir, qui les avait aussi accompagnés cette année-là, plus pour échapper à la fournaise de la mégalopole texane que pour son travail, ne supportait guère l'été houstonien. Bien que travaillant directement avec des clients et fournisseurs issus tout droit du secteur gazier et pétrolier pour la plupart, il n'hésitait pas à les accuser de polluer et dégrader l'environnement, et estimait qu'ils n'avaient pas pris leurs responsabilités face au dérèglement climatique. Ils se cachaient derrière de beaux discours, de beaux mécénats, de belles publicités et brochures marketing dignes de se trouver dans des catalogues d'agences de voyage. Cependant, ils en disaient très peu sur la réelle nature de leurs activités. Il s'avouait qu'il en profitait et en était complice.

Dans ces évocations, elle se souvint qu'elle avait deviné une certaine insistance dans les regards entre Jade et son mari. Chanez l'avait dévisagée d'un regard qui la sommait de ne pas s'égarer dans ces terres, les siennes. Elle connaissait son homme et elle n'avait aucun doute qu'il aurait succombé à son charme. Jade était belle et pulpeuse. Cette dernière, remarquant la posture protectrice d'une femme envers son mari, lui fit un large sourire qui semblait vouloir lui dire combien elle appréciait Amir. Chanez trouvait tout à fait normal qu'elle fût craintive et appréhensive au moindre signe de concurrence. C'était toujours son chéri, à elle seule, et il fallait absolument qu'il évitât Jade.

Cette dernière bougea de sa place pour s'approcher de Chanez et d'Amir.

« Alors, vous passez un peu de temps avec nous, hein ? C'est ce que Dalila m'a dit…

— En effet, nous venons nous ressourcer. Au bout d'un certain temps, le mal du pays te prend, tu sais…

— J'imagine !

— Mais Amir ne reste que quelques jours de plus. » Elle s'assura de lui faire comprendre qu'elle n'avait aucune chance.

« Oh ! D'accord, c'est dommage, il ne pourra pas profiter pleinement de Paris, l'été y est tellement bien !

— Ça aurait été bien, mais il est occupé.

— D'accord… Et vous relocaliser ici, non ? J'avais cru comprendre que cela faisait partie de vos plans il y a quelques années, non ?

— En effet, Jade, mais nous l'avons abandonné. » Elle fixa Amir en guise de soutien. Celui-ci sourit en les observant toutes les deux.

« Tu sais, revenir à Paris pour de bon… Tout semble si aseptisé maintenant, elle n'a plus le charme qu'elle avait il y a des années

de cela. J'ai l'impression que les bobos et les touristes ont mono-
polisé, voire phagocyté, les lieux… Et le temps laisse toujours à
désirer… Je ne pense pas que je puisse m'y faire si je revenais ici.

— Oui, nous sommes habitués à du soleil presque tout le
long de l'année maintenant, » ajouta Amir en fixant Chanez, faisant semblant de chercher une certaine connivence.

« Je n'en doute pas, on en manque tant ici… Bon, je suis sûre
que nous aurons l'occasion de nous revoir devant un café avant
que tu ne t'envoles vers le Nouveau Monde. On se voit régulièrement avec ta sœur.

— Mais bien sûr !

— Bon je vais retourner m'asseoir. Ça fait plaisir de vous
revoir tous les deux… À plus tard !

— Le plaisir est pour nous !

— À tout à l'heure ! »

Elle retourna à sa place. Chanez fut soulagée. Elle scruta
Amir comme pour essayer de deviner ce qu'il ressentait sur le
moment. Il était opaque comme un bloc de glace.

Dans ces moments de crise qu'elle avait, elle se laissait habiter
par un doute, lequel alors s'installait et la harcelait. Doute face à
son réel amour pour elle, doute face à l'authenticité de leur vie
passée. Un sentiment d'échec alors l'envahissait. Elle avait fait l'expérience d'une intimité émotionnelle et de désir intense uniques
avec Amir, et cela lui manquait. Ils n'avaient formé qu'un il fut
un temps. Elle remettait tout en question et ne pensait même pas
qu'ils eussent bel et bien existé. Ces années n'avaient été qu'illu-

sion. Elle finissait par ne plus croire en la vie. Elle qui ne croyait guère au bon Dieu, tout comme ses parents. Son père, issu de la petite Kabylie dans un village dans la corniche kabyle, était un laïque endurci et sa mère, professeur de langues étrangères dans un collège d'Alger et immigrée nordique tombée amoureuse de cette terre aux racines multiples, ne jurait que par les grandes figures historiques d'ascendance berbère : qu'ils fussent puniques, romains, arabo-islamiques ou français et qu'ils provinssent d'Algérie, du Maroc, de Tunisie ou de Libye, elle était en extase. Leur paradis berbère s'était effondré avec la victoire des islamistes et la guerre civile. Ils firent leurs valises pour la Scandinavie. Malgré tout, elle n'hésitait pas à définir cet amour comme divin.

Au début, elle estimait que voir un psy, ou un médecin comme ils disaient par euphémisme, n'était pas nécessaire, malgré les conseils de certaines amies. Elle s'accompagnait psychologiquement elle-même. Pourquoi ne faisaient-ils pas tous comme sa maman chérie, ne point la juger et la percevoir au travers de leurs pensées, mais la soutenir et la laisser faire comme il lui convenait ? Dans tous les cas, elle faisait des introspections, combattait ses démons toute seule, se faisait une *désintox* une fois qu'elle refaisait surface et rejoignait le cours normal de la vie. Si seulement Amir pouvait l'épauler, cela la sauverait complètement.

Puis voyant qu'elle ne pouvait gérer le stress que cela engendrait, elle se résolut à prendre un rendez-vous avec un thérapeute. Ne sachant pas où commencer, elle se décida à consulter un thérapeute de couple, un conseiller conjugal et un sexothérapeute, peut-être qu'ils auraient sûrement besoin des trois. Elle n'avait pas de doute qu'il ne refuserait pas de prendre part à cette initiative pour préserver leur couple. Dans tous les cas, ils se devaient de renouer une communication comme par le passé. Commencer par des mots si simples qui montreraient un peu d'attention envers elle pourrait déjà aider. Des mots si banals et naturels pour beaucoup de couples, mais si étranges à leurs yeux, si faux lorsqu'ils sortaient de leur bouche.

Amir n'avait jamais caché son penchant pour les plaisirs de la chair. Il l'avait tant aimée, par le passé. Probablement, il l'aimait encore, mais sous un angle différent. Elle avait été tentée de tout plaquer à plusieurs reprises, au moindre signe d'une possible aventure passagère, mais y avait toujours résisté. Il savait qu'elle était trop attachée à lui et ne voulait en aucun cas lui faire du mal. Il n'avait ni infirmé ni confirmé les petits flirts comme ils les appelait quand un message, un emploi du temps anormal, une absence mal justifiée ou une expression corporelle mal dissimulée, éveillaient des soupçons. Il s'en défendait avec énergie, clamait que cela n'était que de purs concours de circonstances. Il la rassurait que cela ne changeait rien à ce qu'il ressentait pour elle, et que ce qui les liait était fort.

Durant le trajet vers l'aéroport aujourd'hui, comme elle, il avait senti une certaine légèreté dans les esprits. Il était des plus bavards avec Linda et Adel. Elle intervint plusieurs fois dans les discussions, il n'en fut aucunement indifférent. Tous deux semblaient mal maîtriser ce moment de bonheur imprévu, et leur enthousiasme s'arrêta net lorsqu'ils sortirent de la voiture. Lui essaya de reprendre son air sérieux, ainsi que les gestes et le regard distant qui vont avec, jusqu'à ce qu'il l'embrassât machinalement et les laissa à la zone de contrôle. En l'écoutant durant cet intermède, il avait soudainement envie qu'ils eussent un moment intime avant qu'ils ne s'envolassent. Voilà qu'il la désirait subitement. Cette attirance, inanimée depuis si longtemps, se réveilla tout d'un coup en lui. Il avait été pris de court et ne savait qu'en faire. Il en était même craintif. Même s'il en avait fait l'expérience, il ne la connaissait plus autant qu'avant. À coup sûr, il aurait besoin de plus de temps afin de la ré-apprivoiser.

Quant à elle, elle dissimula mal cet instant de bonheur, car elle n'y avait senti que du bonheur. Aussi avait-elle remis ses lunettes de soleil qu'elle tenait encore dans sa main droite ; non pas à cause des rayons de soleil qui éclaboussaient l'intérieur de la voiture de leur intensité, mais de peur que la satisfaction qu'elle avait ressentie durant ce lapse de temps ne fût trahie par une soudaine crise de désarroi, et que tout se lût sur son visage. Elle cachait mal ses sentiments. Elle avait toujours essayé de dissimuler ses crises à sa progéniture, sans grand succès. À chaque fois, Adel l'ignorait et allait s'enfermer dans sa chambre, et Linda trouvait refuge dans les bras de son père s'il était présent, ou s'accrochait à sa maman en pleines convulsions, laquelle n'arrivaient pas à verser de larmes même si elle avait les yeux tout rouges. Elle finissait par poser sa tête contre elle et se laissait bercer par ses soubresauts.

Il la remarqua tout de même derrière son camouflage et avait compris cette gêne inopinée. Il regarda droit devant lui, scrutant l'horizon comme cherchant une issue face à cette anomalie. Il fit mine de n'y voir que du feu et continua son air sérieux. C'était étrange que la présence de Chanez le troublât toujours autant. Il essayait de trouver une réponse à leur dérive. Toutes ces années passées et il ne semblait en prendre réellement conscience que maintenant. Avait-il raté quelque chose ou s'était-il trop occupé de lui-même au point d'ignorer ceux qui l'entouraient, en particulier Chanez ? Il s'était bâti tout seul, à force de persévérance, de ténacité et de travail. Il n'avait pas eu le temps de laisser de la place à une quelconque faiblesse. Dans ses moments de doutes, il ne s'en remettait qu'à lui-même afin d'y remédier, de se soigner, contrairement à elle. Et il s'en portait bien. Il préférait user des expressions comme *sauts d'humeur*, *moments d'égarement*, quand il voulait décrire l'état de sa femme. Il les avait vus naître, se manifester, se développer, évoluer, et enfin, s'enraciner et perdurer. Il avait été le témoin de tous ces différents stades. Lorsque Leib, l'une de ses connaissances travaillant au Kingwood Pines Hospital, avait fait référence à l'un de ses patients durant un déjeuner - sans donner de nom bien sûr- en décrivant laconiquement la dépression bipolaire dans laquelle celui-ci se trouvait, comme lassé de s'en occuper, Amir avait tout de suite reconnu en lui les symptômes de sa femme. Et comme Leib avec son malade, lui non plus ne trouvait pas de solutions face à son état maniaco-dépressif.

Il n'avait pas oublié l'une des rares conversations durant laquelle ils avaient essayé de parler de leur couple. Elle se passa, pour une fois, dans un calme relatif.

« Que veux-tu que je fasse Chanez ?

— Que tu m'aimes !

— Mais je t'aime voyons !

— Non, tu ne m'aimes pas… Tu fais semblant. Je suis juste un objet de décoration dans ta vie ; ta boîte et tes aventures, les autres sont beaucoup plus importantes pour toi !

— Mais enfin qu'est-ce que ça veut dire !

— Tu crois que je suis aveugle, que je suis naïve, stupide… Tu m'ignores… ? À moins que tu aies plusieurs bureaux hein… ? Et puis que veux-tu prouver ? Que tu es un homme ? Si c'est le cas, prouve-le à moi, pas à d'autres !

— Bon là, Chanez tu divagues, ça n'a pas de sens…

— S'il te plaît, arrête de nier et reconnais-le ouvertement… Si au moins tu pouvais m'aimer comme tu l'as fait par le passé. »

Elle secoua la tête, ses cheveux bruns et ondulés coupés au carré se balançant légèrement de droite à gauche, et se caressait doucement les bras. Il se demanda si elle avait froid dans cette atmosphère moite et écrasante de juillet, ou simplement si elle cherchait du réconfort en elle-même. Il avait été tenté de s'approcher d'elle et de la serrer dans ses bras, afin de lui manifester cette forme d'amour qui lui restait pour elle, aussi infime fût-il. Il craignit d'être rejeté et d'aggraver son état. Il avait essayé quelques fois par le passé, elle l'avait repoussé :

« Ne me touche pas ! Tu es souillé ! Tu es souillé ! »

Ce jour-là, il s'abstint et la fixa d'un regard presque abattu, comme s'il était incapable de répondre à ses attentes. Elle ne pouvait le voir. Elle lui tournait le dos, se caressant toujours les bras.

« Nous n'avons plus vingt-ans Chanez… ajouta-t-il. » Elle ne s'exprima point, comme absente de ce monde.

Alors qu'il s'était déjà engagé sur l'*Interstate 69* qui permettait une connexion rapide entre Kingwood, leur quartier résidentiel, son bureau à Humble, et si besoin était, l'aéroport George Bush Intercontinental, il se rappela son inquiétude face à ce calme relatif lors de cette brève discussion ce jour-là. Il avait alors commencé à paniquer et redouta que des envies suicidaires lui eussent à nouveau effleuré l'esprit. Après qu'il fut sorti, il appela Adel, deux ans l'aîné de Linda, pour s'enquérir de la situation à la maison, lui demander de jeter un œil sur sa mère et de lui téléphoner au moindre doute. Il lui téléphona même à quatre reprises et à chaque fois le petit lui répondit :

« Elle dort papa. »

Il reconnaissait que même s'il avait flirté ou eu de légères affaires quelques fois, lorsqu'ils étaient plus jeunes, il l'avait aimée plus passionnément et ouvertement, et cette manifestation plus explicite de son amour avait servi de digues contre les remous de leur relation. Aussi, se sentant quelque peu responsable et même fautif, il avait accepté la proposition qu'elle lui ferait quelques semaines plus tard.

« Je suis allée voir des thérapeutes la semaine dernière.

— Oui, et alors ?

— M'y rendre toute seule ne servira à rien…

— Je suis prêt à venir avec toi si tu penses que ça peut t'aider.

— Nous aider Amir ! Nous aider…

— Bien, je suis d'accord, on y va ensemble alors. En as-tu choisi un ?

— En fait, je souhaiterais que nous voyions deux ou trois

spécialistes en même temps.

— Deux ou trois ? Cela ne fait-il pas beaucoup ? demanda-t-il, perplexe.

— Peut-être, mais je veux absolument que nous prenions notre problème à bras-le-corps…

— À bras-le-corps ? l'interrogea-t-il, cherchant quelques clarifications.

— Oui. Il faut absolument que nous regardions notre problème sous différents angles, c'est la raison pour laquelle je suis allée voir un thérapeute de couple, un conseiller conjugal et un sexothérapeute.

— Un sexothérapeute ?

— Oui, un sexothérapeute… Voyons Amir, il faut reconnaître que notre intimité est au point mort, et toi, tu n'es pas du genre à t'abstenir, non ? » Il scruta le carrelage. Peut-être qu'elle n'avait pas tort sur ce point : que ce fût affectif ou physique, il y avait des dysfonctionnements.

Bien que son amour pour Chanez laissât encore paraître une petite lueur, cette dernière n'était pas assez forte pour raviver cet appétit constant pour elle comme par le passé. Il serait peu probable que cet amour restât dans un état de statu quo ou que la négligence de leur couple pût continuer juste pour un *show* devant les enfants. Ils n'étaient pas bêtes. Tôt ou tard, ils réaliseraient.

« Par où voudrais-tu commencer, Chanez ?

— Peut-être que le conseiller conjugal pourrait essayer de définir les raisons, non ?

— D'accord, mais où en es-tu avec tes séances de

psychothérapie ?

« — Je ne les ai pas commencées, je pensais que ce besoin de soutien psychologique devrait faire partie de notre démarche, non ?

« — D'accord. » Il ne voulait pas poser davantage de questions ou faire de commentaires. Il avait cru qu'elle recevait déjà du soutien.

« Bien, mets-moi au courant de la première séance, » ajouta-t-il et se dirigea vers la porte d'entrée. Il n'était pas sûr de son approche mais voulait bien qu'ils essayassent. Un premier rendez-vous était prévu après leur retour de vacances. Peut-être que lui aussi souffrait d'une dépression après-tout, aussi légère fût-elle, mais ne s'en était pas rendu compte. Peut-être que celle de Chanez avait fini par l'affecter inconsciemment. On disait que les hommes en parlaient très peu ou n'admettaient pas leur état dépressif.

« Ça ne pourra nous faire que du bien, tu sais ! lui dit-elle du haut de l'escalier. » Il se retourna mais ne pouvait la voir. Il ne dit rien. Il fixa le parquet pendant quelques secondes, puis sortit.

Il avait consumé tout l'amour qu'il avait pu avoir pour une femme. Il ne savait que faire à présent. Il était vide. Aussi, en dépit de cet enfer qu'elle lui faisait souvent vivre, avait-il du mal à la quitter. Une habitude ? Il resterait probablement avec elle pour le moment. Il ne l'aimait plus autant, ou plutôt de la même façon, et doutait qu'il pût l'aimer comme il l'avait fait. Il l'aimait bien.

Toujours sur l'*Interstate 69*, il jeta un regard à la dérobée, de chaque côté de la route, comme pour s'assurer qu'il pouvait encore égarer ses yeux ici et là sans avoir à être gêné par ces situations saugrenues. Après tout, il en avait eu des *flirts*. Elle passait d'hystérie à un état léthargique durant toute la journée, lorsqu'elle découvrait ou soupçonnait quelque chose, puis s'en remettait au bout de quelques jours ou d'une semaine. Peut-être que toutes ces anomalies étaient déjà devenues une norme et qu'elles formaient sa vie, leur vie. Hormis les moments de crise, où elle pouvait jusqu'à casser tout ce qui lui passait par les mains, ou même jusqu'à déféquer à même le sol et barbouiller les murs de ses excréments, les enfants semblaient se porter bien dans l'ensemble pour le moment. Du moins, en apparence. Ils étaient brillants à l'école et proches de lui.

Les parfums de cette existence passée avec Chanez avaient été momentanément ressuscités une fois. Alors qu'il attendait que les feux passassent au vert, son regard tomba sur une femme au volant de sa voiture juste à côté de la sienne. Elle lui ressemblait tant de loin, et chose frappante, laissait deviner des expressions, allures et manières que sa femme elle-même avait affichées par le passé, particulièrement lorsqu'elle touchait sescheveux. Il était allé jusqu'à penser qu'elle était la réincarnation même de cette Chanez qu'il avait connue quinze ans auparavant. Belle, épanouie, pleine de vie, elle lui avait offert un amour entier, innocent, sans histoires. À présent, elle était devenue une femme tout autre, toujours à lui demander des comptes. Il la sentait comme réfugiée dans une attente routinière, où tout était sclérosé dans un idéal qui l'obsédait et qui finissait par la rendre fade et usée. Pour autant, il reconnaissait qu'elle portait toujours en elle des réminiscences de leur glorieux passé. Elle n'avait pas tout perdu des atouts de sa jeunesse, à vrai dire. Depuis que les enfants étaient là, elle n'était plus la même. Peut-être qu'elle était devenue jalouse qu'il dirigeât une partie de cet amour vers les petits.

Inconsciemment, il ne voulait pas la perdre. Elle était un repère dans sa vie, où aucune autre continuité n'avait réellement perduré, hormis son travail. Peut-être avait-il peur du vide que son absence pourrait laisser. Il ne savait trop. Une chose était quasi certaine, il souhaitait que leur couple évoluât au moins vers plus de compromis, d'accords tacites, où chacun, sachant ce qu'il attendait de l'autre et étant conscient de ses limites, pût se sentir à nouveau confiant vis-à-vis de l'autre. Surtout après tant d'années. Peut-être que cet ajustement pourrait sauver le peu qu'il restait de leur amour. Elle n'en voulait pas de ces arrangements qui n'auraient pas de place pour ses caprices. Peut-être que ces thérapeutes allaient effectuer leur travail correctement.

Elle le voulait tout attentionné du matin au soir. Elle voulait qu'il partageât ses moindres pensées, ses moindres faits et gestes. Elle lui pardonnait ses *égarements*, usant de ce terme afin de les minimiser. Elle ne supportait pas l'échec. Elle s'était résignée à accepter ces ombres dans leur couple du moment qu'il lui donnait de l'affection et du plaisir émotionnel. Elle disait que cela la faisait jouir et éveillait sa libido. Ce n'était plus le cas. Les rares occasions d'étreintes ressemblaient plus à un devoir ou un besoin de satisfaire une pulsion de base, plutôt qu'à faire l'amour, le vin aidant. Lui qui lui avait fait si bien l'amour auparavant. Non seulement il s'aventurait vers d'autres terres, parfois, mais aussi il était presque arrivé à lui tourner le dos. Pour lui, bien que l'idée et le mot même le gênassent, ce papillonnage était une forme de polygamie des temps modernes, estimait-il. Cela valait-il aussi bien pour les femmes que pour les hommes. Il considérait qu'une vie sexuelle très libérale permettait de se débarrasser des pressions au sein d'un couple, pour les deux sexes.

Chanez, de son côté, considérait qu'il voulait dorénavant la confiner à un rôle de figurine, une présence féminine à la maison, pour les enfants, les invités, l'image qu'il devait se projeter de lui-même. Après-tout, il provenait d'une famille traditionnelle syrienne, où les valeurs patriarcales étaient fondamentales. Et le divorce était encore tabou chez ses parents.

L'ayant rencontré à l'université d'Alger alors qu'ils finissaient leurs études, il lui avait apporté une partie de ces délices d'Orient, elle l'Algéroise aux origines scandinaves et kabyles. Son père, Moudjahid de la guerre d'indépendance et haut fonctionnaire dans la capitale, avait été très insatisfait de la politique d'arabisation à marche forcée dans les années Boumédiene, aux dépens de la culture berbère et du parler local. Aussi inscrit-il ses deux filles et son fils dans une école privée jusqu'au baccalauréat. Il avait visé juste, ses enfants maîtrisaient le français parfaitement pour continuer dans le supérieur. Mais le malheureux ne s'en était presque jamais remis lorsque l'aînée leur annonça qu'elle allait se marier avec un Syrien. Certes, Il se débrouillait bien en français, mais il était arabophone avant tout. Malgré ce choc et sa grande déception, il avait tout de même estimé qu'il était mal placé pour donner des leçons.

Elle l'avait prévenu qu'il représentait tout à ses yeux et qu'il n'y aurait personne d'autre que lui. Elle lui trouvait toutes les qualités du monde. Notamment, il faisait si bien l'amour et savait comment l'exprimer dans ses actes. Il aimait trop cela. C'était un homme, le sien, et elle l'aimait tel qu'il était.

« Bien, si j'y allais… ? se dit-il. » Il était resté à l'intérieur de la voiture une bonne vingtaine de minutes garé sur le parking du supermarché, après quelques courses, continuant à passer en revue cet imbroglio de pensées, de questionnements, de conversations avec Chanez et de souvenirs, lesquels défilaient les uns après les autres, la climatisation bloquant la chaleur et l'humidité du dehors. Son téléphone bipa. La nounou, qui aidait également à garder la maison propre et bien rangée, venait d'arriver. Il avait décidé d'en prendre une afin de remplacer Chanez dans ses moments de crise et de s'assurer que Linda et Adel eussent tout ce dont ils avaient besoin. Chose étrange, Chanez ne s'était pas plainte de cette initiative. Tout au contraire, cette aide avait été la bienvenue.

Cette nouvelle nounou, Alejandra, était étudiante au *college* et était une perle. Ils en avaient essayé quelques-unes avant elle, elles n'avaient pas été fiables : soit elles étaient en retard, soit elles ne venaient pas certains jours comme convenu, soit elles n'effectuaient pas le travail comme il fallait, oubliant la moitié des tâches. Il ne voulait pas la perdre. Chanez en était ravie, et étrangement, n'avait jamais manifesté la moindre jalousie. Alejandra était assez attirante, et comme Jade, pulpeuse.

Le soleil avait à peine entamé sa descente vers l'ouest, toujours aussi haut perché et accablant. Cette ombre qu'il ressentait depuis ce matin s'était à présent atténuée mais resurgirait sûrement plus forte d'ici peu, afin d'occuper son esprit. Maintenant qu'ils étaient partis pour trois semaines, il n'aurait qu'elle et les pensées qu'elle suscitait pour lui tenir compagnie. Chanez, aussi frontale fût-elle, avait empli sa vie, ou plutôt lui avait donné plusieurs vies. La dernière existence approchait-elle de son extinction ? Serait-il être à la hauteur pour la raviver ? Il se demandait également s'il n'essayait pas d'échapper à ses devoirs en refusant d'accepter le déroulement naturel des événements dans leurs vies et le lien indéfectible qui le liait à elle. Pendant un moment, il essaya de faire abstraction de sa présence et s'imagina une existence sans elle. Son ombre s'imposait toujours autant. Il fallait sûrement qu'il apprît à la domestiquer, ce qu'il n'avait probablement pas su faire jusqu'à présent.

Il alluma le lecteur CD et se laissa envahir par la mélodie de jazz. Il l'accompagnait en sifflotant presque silencieusement. Il redevint quelque peu jovial et détendit les muscles de son visage, surtout entre ses gros sourcils. Il devait d'abord passer au bureau récupérer la clef USB qu'il avait oubliée et, ensuite, se dépêcher avant qu'il ne fût bloqué dans les embouteillages du début de weekend. Il ne voulait surtout pas faire attendre la nounou.

Felidae

La carte postale avait été déchirée en plusieurs morceaux. Encore heureux qu'on eût réussi à lire une partie de ce qui semblait être un poème ou de la prose. Qui avait bien pu se débarrasser de ce souvenir de Jbeil ? Dommage, ce début promettait du beau lyrisme, pensa-t-il.

Il l'examina de bout en bout. L'autre, allongé sur le canapé, l'air enivré par la léthargie de l'après-midi et sentant qu'on l'observait, leva légèrement la tête, essayant de prêter attention à son questionnement. Il le fixa d'un regard détaché pendant quelques secondes, comme s'il voulait lui montrer qu'il fournissait un certain effort à se demander ce qu'il voulait. La brise, venue tout droit de la Méditerranée, se mit à souffler de plus belle. Elle le rattrapa en un instant et l'extirpa de ses flâneries. Les portes-fenêtres du balcon, lequel offrait une vue sur presque toute la Corniche, étaient grandes ouvertes et offraient à la bise tout le loisir de faire danser les rideaux tirés dans de rocambolesques envolées aériennes. L'appartement, orienté sud-ouest, laissait encore entrer un soleil éclatant en cette fin d'après-midi de juin.

Situé sur *Jaada Baris*, l'immeuble, où vivaient également une famille musulmane au-dessus et un couple de retraités chrétiens au rez-de-chaussée, avait, chose surprenante, été épargné par les ravages des années de conflit. Une des rares constructions du temps du mandat français à être restée debout presque intacte, le bâtiment avait été rénové récemment et s'imposait avec élégance dans cette partie de Beyrouth Ouest. Malgré tous les efforts afin d'éradiquer toutes traces de guerre à coups d'investissements faramineux, beaucoup de bâtisses et autres infrastructures laissaient encore échapper des relents des animosités d'antan.

« Baalbek ! » L'appel de son nom, telle une voix qui l'interpella au lointain, le réveilla de la torpeur dans laquelle il se plaisait en ce temps estival. Il s'était laissé à moitié immergé sous les journaux posés sur le sofa malgré la chaleur juniale, laissant uniquement deviner, d'un côté sa tête reposant sur ses pattes croisées, les yeux mi-clos et plongés dans le panorama devant lui, et de l'autre sa queue qui se balançait lentement comme pour le bercer. Il pointa soudainement ses oreilles pointues en direction d'où il entendit la voix, puis leva à nouveau la tête.

« Dis-voir ! Qui penses-tu a pu faire cela... ? C'est très étrange que l'on n'ait pas voulu garder un si beau poème... » Baalbek bailla à se décrocher la mâchoire en guise de réponse, laissant apparaître ses dents de félidé bien alignées, tout en s'étirant jusqu'à ramener ses pattes arrière au-dessus de son corps, comme pour se débarrasser de cette apathie. Il chercha de nouvelles marques, puis se replongea aussitôt dans la position dans laquelle il s'était trouvé depuis une bonne heure.

« Hum-hum... Je vois que tu t'en moques... Bon à rien va ! » Lui lança Rabï, d'un ton à mi-chemin entre raillerie et plaisanterie.

« C'est drôle, mais c'est comme si cette écriture me disait quelque chose... » Son regard interrogateur était concentré sur les petits bouts de carte postale qu'il tenait à la main.

« Et puis elle semble avoir été usée par le temps... ajouta-t-il, » déçu de ne pas avoir de réponse ferme. Il continuait son dialogue comme si le chat était intéressé par ce qu'il avait à dire.

« Et d'ailleurs, qui a bien pu la déchirer et la jeter dans ce sac à moitié vide... ? Le contenu semble provenir du fond du placard de la chambre d'amis que presque personne n'ouvre... »

Il semblait quelque peu perplexe, ne trouvant toujours pas d'indice à son énigme. Le félin, quant à lui, était toujours affalé sur le sofa. Il avait fini par fermer les yeux. Rabï ne se sentait jamais en paix lorsqu'il ne trouvait pas de réponse à ses questions. Il aimait l'ordre, la clarté et les choses qui suivaient une certaine logique, comme sa mère. Cette dernière avait mentionné vouloir procéder à un nettoyage de printemps une fois à Beyrouth. À présent, il se demandait si sa maman, qui était descendue de son refuge montagnard quelques jours auparavant, n'était passée par là. Elle était toujours discrète lorsqu'elle s'affairait à ses tâches.

La maison était toujours impeccable, toute chose étant rangée à la place qu'elle était supposée occuper. Il tenait cette obsession de sa mère. Il savait toujours où trouver ce qu'il cherchait. Cette obstination à voir la vie de façon organisée tenait à son éducation jésuite qu'il avait reçue depuis son plus jeune âge jusqu'à sa dernière année à l'université américaine de Beyrouth, pensait-il. Il s'en était quelque peu rebellé.

Il en avait profité certes. Cependant, devenir dentiste comme son père, il ne fallait pas compter dessus. Suivre les parcours sans faute d'avocats d'affaires ou d'entrepreneurs comme ses oncles, sûrement pas. Lui, ce qu'il avait toujours voulu, c'était du rêve, de l'imaginaire allié à de l'authenticité. Il avait au début oscillé entre la littérature et l'archéologie, puis avait fini par opter pour cette dernière, directement en contact avec la terre, estimait-il.

Enfant de la guerre, il avait pu entendre le bruit sourd des bombardements et des fusillades, témoigner du désarroi humain et se frotter à la misère des gens. Bien qu'il eût fait partie des privilégiés et qu'il aurait pu s'isoler dans sa tour d'ivoire, il s'était ouvert aux atrocités des hommes et avait assisté au spectacle apocalyptique de son peuple, en observateur qui prenait en compte tous les détails et les enregistraient dans sa mémoire. À présent, il se rejouait régulièrement la vie beyrouthine d'alors. Plutôt, elle s'invitait de son propre chef. Chose étrange, ces débris de guerre surgissaient de façon éparse dans l'espace et le temps, en plein jour ou au milieu de ses rêves qu'il faisait sur l'histoire ancienne de la région. Dans ces songes, il essayait entre autres de défaire toutes ces couches de civilisations et de religions qui s'étaient empilées afin de tenter de donner une explication logique au temps présent.

Canaan. Il avait fini par devenir fasciné par l'étymologie et le poids de ce mot. Il lui offrait la matière afin de s'imaginer comment la vie avait pu être au temps des premiers royaumes et empires, les peuples qui les avaient composés et les cultures qu'ils avaient laissé s'épanouir et fleurir. Enfermé entre sites archéologiques, centre de recherche, publications et découvertes faites non loin de la Corniche, laquelle était devenue le refuge du Tout-Beyrouth, il avait inconsciemment construit une sorte de citadelle psychologique. Il s'y réfugiait face aux séquelles de l'histoire récente. Il avait fini par réaliser cet autre isolement, celui de nanti. C'était un beau matin d'automne, fin septembre. Il s'en souvenait encore, c'était au plus fort de la *guerre de la montagne*. Il décida alors qu'il ne voulait plus de cette vie privilégiée beyrouthine, complètement décalée par rapport au reste de ses concitoyens. La forteresse qu'il avait réaménagée depuis cette prise de conscience était beaucoup plus perméable au monde proche.

Aussi s'appliquait-il méticuleusement, au travers de ses recherches et travaux, à identifier toute trace de l'âge de bronze que les vestiges du temps auraient laissé endormie, enfouie sous terre. Cela l'aidait également à oublier sa condition. L'origine des Canaanites, le fondement même de ses recherches, lui offrait la possibilité de le transporter de peuples en civilisations, de croyances en cultes.

Adonis. Un autre mot qu'il affectionnait particulièrement. A-do-nis. Il adorait prononcer ces trois syllabes, que ce fût à voix haute ou dans sa tête. Il estimait qu'elles se mariaient si bien ensemble et s'articulaient à merveille. Il avait hésité à appeler son chat du nom de la divinité de la fécondité, mais s'en étaient finalement éloigné au profit de Baalbek, lequel reflétait la personnalité du félin de manière plus pertinente. Celui-ci figeait souvent la pause pendant un long moment, telles ces statues de ces dieux et déesses qui avaient traversé les affres du temps afin de témoigner de leur éternité. À force d'admiration, voire presque de vénération, pour quiconque l'apercevait, le félidé avait fini par prendre des airs d'animal sacré. Son maître, qui l'idolâtrait comme une âme réincarnée dans un corps animal, se demandait d'ailleurs s'il n'était pas la métempsychose d'un quelconque roi mi-homme mi-dieu qui avait dû régner quelques milliers d'années plus tôt. Peut-être qu'un jour, rêvait-il, il lui dévoilerait les secrets de l'apparition du monothéisme. Il se pourrait même que l'âme de l'un de ces rois canaanites d'avant l'avènement du judaïsme reposât en lui. Comme eux, il servirait d'intermédiaire entre les dieux et l'homme, en assurant la fertilité de la terre. Ses travaux au sein du musée archéologique de l'université américaine tentaient en vain d'élucider cette énigme. Canaan, terre des dieux. Canaan, terre des guerres.

« Et mon Baalbek ? » Il prononça cette interrogation haut et fort, comme s'il voulait se faire entendre par tous, y compris des hommes et des dieux d'antan.

« Est-il la réincarnation du dieu du vent, du tonnerre et de la fertilité ? » Il se retourna légèrement afin de tenter de l'apercevoir sous les revues.

« J'aurais dû te nommer Baal-Haddad, ce dieu qui finit par s'imposer à El, le dieu originel ! » Il s'amusait à digresser dans ses pensées et trouvait un plaisir à parfois confondre mythes, histoire et réalité ; au point qu'il prenait ses élucubrations presque au sérieux.

Sa mère avait décidé de se retirer de la vie mondaine et moderne beyrouthine durant l'intensité du conflit. Les empreintes et le bruit de tirs d'armes et d'obus étaient indélébiles dans sa mémoire. À l'époque, les nouvelles quotidiennes de disparus la mettaient dans un piteux état. L'enlisement de la guerre et les traces ineffaçables de feu son époux eurent raison d'elle. Elle pensait que son fils avait parfois un grain, et que, s'il avait tourné ainsi, c'était à cause de ces années de guerre. Il avait pris de mauvaises habitudes. Durant les moments forts des hostilités, il faisait régulièrement des sorties durant la soirée pour *humer* ce que la journée avait apporté de bon ou de mauvais. Il s'y était même aventuré durant les raids israéliens, au plus fort de cet été meurtrier. Ils cherchaient l'O.L.P. Lui savait où la trouver, rien qu'en respirant l'air de la ville. Ces sorties nocturnes qu'il faisait, même durant les bombardements les plus intenses, la rendait hystérique. Perdre sa progéniture sous une bombe ou sous un tir étranger ? Feu son mari avait déjà péri sous l'attaque de mitrailleuses M16, provenant d'un immeuble alentour. Elle avait décidé de vivre recluse depuis que le patriarche s'en était allé. Elle n'aurait pu survivre à une seconde perte. Dans son obsession à vouloir à tout prix protéger son *petit être* comme elle l'appelait, maintes fois lui avait-elle demandé, entre mi-dissuasion et mi-supplice, d'arrêter d'assurer les cours à l'université Saint-Joseph, située sur la ligne verte, au fur et à mesure que le conflit s'embourbait. Traverser la ville d'ouest en est, et refaire le même chemin en sens inverse, était très risqué et trop escarpé d'embûches. Il aurait pu mourir touché par des coups de feu ou une explosion à tout moment. Elle aurait tant souhaité qu'il se limitât à la faculté des arts et des sciences de l'université américaine.

Afin de faire face au conflit interminable, il s'était plongé dans ses recherches avec passion, y trouvant refuge et réclusion afin de se resourcer. Chaque fois qu'elle essayait de le retenir, elle obtenait le résultat contraire. Ils finissaient toujours par se disputer et se crier après, trouvant presque dans cette forme d'expression une soupape qui laissait échapper la pression provenant de leur lot commun. Cependant, il ne se rendait pas à l'université lorsqu'il la voyait dans tous ses états. Il était fort conscient de l'impact des dégâts que ces déchirements de la société avaient eu sur sa très chère maman. Une maman qui ne voulait plus fréquenter le milieu maronite aisé qui, à ses yeux, semblait indifférent aux souffrances de la majorité de la population, tout comme les classes supérieures musulmanes et druzes. Beaucoup s'étaient même enrichis sur le dos des gens et de leurs souffrances. Elle en était révoltée. Elle pensait que Dieu leur avait trop donné et que, avec le temps, ils avaient fini par devenir ingrats et avides.

Dans ces tentatives de le dissuader de poursuivre ses recherches et assurer des séminaires, il la soupçonnait, entre autres, et non sans un regard attendrissant, de voir d'un très mauvais œil le fait qu'il voulût questionner les fondements du christianisme. Elle le guettait, et à la page, dans ses recherches, passant en revue tout ce qu'il pouvait lire ou mettre par écrit ; à tel point qu'il se demandait parfois qui effectuait les recherches. Il l'avait d'ailleurs surprise à fouiner dans son bureau, et ce à plusieurs reprises. Il s'en était quelque peu irrité mais sans outre mesure. Il savait qu'elle n'aimait guère qu'on remît en question l'autorité divine, aussi quelque peu tolérante fût-elle. Mais il la connaissait trop et la voyait vouloir s'ériger contre son ambition de tenter d'élucider l'avènement d'El. Il avait encore en mémoire l'expression figée, la bouche grande ouverte et la voix presque cassée, lorsqu'il lui annonça l'objet de ses recherches.

« Quoi… ? Qu'est-ce que… ? Si je comprends bien… Tu essaies de découvrir l'origine du monothéisme ? » Elle avait toujours eu du mal à dissimuler ses vrais sentiments, et le timbre stupéfait de sa voix trahissait cet air détaché qu'elle essayait de se donner.

« En gros, c'est cela *mama*… » Sa réponse fut spontanée et nonchalante, comme si l'objet de ses travaux n'avait rien d'un acte profanatoire.

« Mais mon très cher fils ! On ne remet pas en question l'origine de Dieu ! s'insurgea-t-elle. C'est un domaine sacré et on ne peut y toucher ! » Sa voix exprimait de l'indignation, ses yeux n'avaient jamais été aussi écarquillés, ses sourcils autant relevés. Elle agita sa main au-dessus de sa tête pour mieux accompagner son opprobre et son opposition.

« *Mama*… Je ne remets aucunement en question l'origine de Dieu ou son existence, juste comment il est arrivé à nous… » insista-t-il d'une voix sereine et posée, non sans un certain agacement en son for intérieur, comme s'il répétait ces propos pour la énième fois.

« Mais pourquoi comparer toutes ces religions avec la nôtre ? »

Elle posa ses mains sur ses hanches, chose qu'elle faisait toujours lorsqu'elle était extrêmement contrariée, attendant une réponse sur le champ face à cette inquisition qu'elle avait entreprise envers les initiatives presque blasphématoires de son fils. Il se retourna afin d'esquisser un léger sourire. Elle l'amusait à chaque fois qu'elle prenait cette posture, lorsqu'elle se fâchait. Il la comparait à un petit démon qui lui faisait la morale sur la différence entre le bien et le mal.

Bien qu'elle se fût résignée à ne plus se rendre aux messes dominicales à la suite de la mort de son mari - elle préférait prier seule désormais -, elle ne supportait pas que l'on pût bafouer la foi, Dieu. Elle attachait énormément d'importance à cette culture cultuelle. C'était un héritage qu'elle ne voulait pas perdre. Elle estimait que druzes et musulmans devaient faire de même. D'ailleurs, elle avait beaucoup de connaissances dans les divers courants religieux de la société libanaise. Elle reconnaissait que cet *al-'aych al mouchtarak* était-ce qui faisait la force et la singularité du Liban, mais aussi sa faiblesse. On ne devait en aucun cas toucher au sacro-saint domaine qu'étaient les Livres. Elle était convaincue que les maux des Libanais provenaient d'eux-mêmes, et seulement d'eux-mêmes. L'expression de ses sentiments sur son visage était à la hauteur de ses convictions.

Il s'amusait à penser qu'elle aurait pu faire une parfaite none, quelque part dans la montagne libanaise, dans un couvent quasi autarcique. Elle y avait songé d'ailleurs, peu après l'assassinat de Tony. Les contradictions de sa mère, songeait-il, se reflétaient dans les siennes.

Elle s'en allait dans leur village pour fuir la haute saison estivale et ne réapparaissait dans la capitale qu'à certaines périodes de l'année, lorsque tout semblait calme, tel un fantôme qui venait hanter un lieu qui fut un temps idéalisé. Elle se plaignait de la vie ostentatoire beyrouthine, ainsi que de la frénésie et du brouhaha qui y régnaient à présent. Les bruits de la ville résonnaient comme les bombes, les balles et les cris de la guerre désormais.

À Beyrouth, durant ses courts séjours, ses journées se déroulaient principalement dans sa chambre d'où elle pouvait, confinée, apercevoir la mer de son large balcon. Elle passait des heures, assise sur son rocking-chair que son frère lui avait acheté lors d'un voyage d'affaires aux Etats-Unis, une couverture en laine posée sur ses genoux pour la protéger de la fraicheur de la soirée, scrutant l'horizon en quête de réponses à ses innombrables questions. Elle perturbait ce rythme uniquement lorsque la nécessité d'aller faire ses besoins la prenait ou lorsque quelqu'un venait frapper à la porte - généralement sa femme de ménage, sa fille ou, occasionnellement, un membre de la famille. Elle reprenait ensuite son rituel de sitôt. Elle n'interrompait jamais Rabï, elle respectait son espace et son temps lorsqu'il était présent et occupé. Durant les années de guerre civile, ses craintes et ses angoisses s'amenuisaient dès qu'il rentrait. La première chose qu'elle faisait était de laisser s'installer un regard attendrissant dans l'expression de son visage. Elle savait que c'était lui. Elle reconnaissait sa présence et son odeur instantanément, telle une louve. Il venait l'embrasser avant même de retirer sa veste ou son manteau. Elle l'accueillait à bras ouverts, lui tenait la tête de ses deux mains ridées et le remplissait de baisers passionnels et bruyants, sur ses joues et cheveux en bataille.

Lui se sentait encore plus proche d'elle dans ces instants-là, dans sa chambre. Il restait debout pendant un certain temps à observer le lointain également, par la grande baie vitrée où des rideaux fins flottaient au gré des oscillations de la brise. Dans ces moments-là, ils étaient ensemble dans ces égarements et questionnements. Ils convergeaient dans la même direction. Après s'être tenu debout près d'elle, il s'asseyait au bord du lit, derrière le rocking-chair, lequel faisait de petites allées et venues dans un léger grincement. Elle restait figée sur sa chaise toujours en mouvement, ne faisant bouger le moindre petit muscle de son corps menu et sec. Contrairement à elle, qui ne laissait échapper le moindre souffle, tel un cadavre assis, ses longues respirations emplissaient la place cédée par le silence de sa mère. Son regard, avide de réponses à ses questionnements, voulait absorber tout ce que la mer avait témoigné au travers de l'histoire des hommes de cette terre. Elle ne lui avait jamais demandé :

« Quand est-ce que tu vas te marier ? »

Il savait qu'elle se doutait. Il n'avait pas voulu la blesser davantage mais en parlerait si elle abordait le sujet à l'avenir. Il n'en était pas embarrassé mais voulait la préserver de davantage de déconvenues.

Elle aussi voulait absorber ce temps jadis et révolu, certes différent du sien, où tout semblait en ordre dans sa vie. Une vie rythmée par son amour envers sa famille et sa dévotion à Dieu. Elle le guettait au fin fond du bleu azur ou du ciel étoilé. Il était composé de toutes les parties de son existence, depuis son enfance insouciante dans les montagnes libanaises jusqu'au début du conflit qui emporta les siens un par un. Lui, il y a longtemps qu'il avait été désabusé.

Aussi différente fût-elle, leur quête respective était la même dans le fond. Toutes deux étaient à la recherche de ce temps enfoui, perdu, dans les entrailles de la guerre, des guerres. Lui s'efforçant de restaurer désespérément la mémoire de cette terre, elle tentant d'attraper des bribes de ce paradis spolié à jamais.

Elle, même si elle s'avouait au fond d'elle-même un côté quelque peu profane de la chose, comme une sorte d'idolâtrie des saints, se réconfortait en se défendant de toute hérésie. Elle n'était en communion qu'avec le Seigneur. Elle exécrait cette vénération de tous ces saints - en particulier Saint Maron, Saint Georges et Al Khodre -, et ce, que ce fût chez les chrétiens, les musulmans ou les druzes. Elle voyait en ces pratiques du pur fétichisme, comme un écho à ces religions d'antan sur lesquelles sa progéniture se plaisait à se pencher dans ses travaux. Pour elle, quiconque demandait de l'aide à tous ces saints était tout bonnement faible et naïf. Juifs, chrétiens, druzes et musulmans, elle les mettait tous dans le même sac.

De son côté à lui, c'était à tous les dieux et déesses qu'il en appelait dans ces moments. Il espérait toujours qu'ils l'entendraient. Ces pérégrinations dans le temps avaient souvent lieu en début de soirée, lorsque le monde extérieur commençait à s'apaiser.

Après avoir passé une bonne heure en sa compagnie, il s'en retournait dans l'une des pièces qui lui faisait office de bureau et se consacrait assidûment à ses recherches. Il y passait alors des heures à lire, décortiquer, analyser, comparer, prendre des notes et tenter de trouver de nouvelles pistes à ses questionnements. Sautant parfois les dîners, il lui arrivait souvent de s'activer jusque tard dans la nuit. Par intermittence, il jetait un coup d'œil à sa *ummi*, laquelle restait encore une ou deux heures à scruter les cieux, la couverture en laine toujours jetée sur ses jambes et un châle couvrant le haut de son corps jusqu'au cou, bien que la nuit fût tombée et que l'air se fût rafraîchi. Il ne s'adonnait à ce rituel que très rarement désormais, sa mère ne descendant à Beyrouth qu'occasionnellement, lorsque la nécessité la poussait des hauteurs de son village près de Qarnat As-Sawda. Même là-bas, elle poursuivait toujours son rituel dans le silence de la montagne.

Il n'avait toujours pas résolu l'énigme de la carte postale. Les souvenirs du temps lorsque sa mère passait encore beaucoup de temps dans la capitale lui avaient traversé l'esprit avec une certaine insistance. Il se demanda à nouveau si, à tout hasard, elle n'était pas déjà passée par là après qu'elle avait séjourné quelques jours chez sa sœur. Elle avait sûrement décidé de faire un petit détour ici et était venue quelques heures, ou simplement avait demandé à la travailleuse domestique de mettre de l'ordre dans cette chambre. Elle s'en était ensuite allée pour fuir l'enfer estival beyrouthin.

Le chat se redressa subitement. Il s'étira de tout son corps, bailla à deux reprises et promena un regard presque amorphe dans la pièce éclairée par trois lampes posées aux coins du salon. La nuit était presque tombée. La brise soufflait toujours. Il tourna la tête, les oreilles dressées en direction des portes-fenêtres du balcon encore grandes ouvertes, dont les rideaux continuaient à se balancer au gré des humeurs du zéphyr, et ce, tout en jetant un œil à son maître. Un bruit d'avertisseur sonore en provenance de la Corniche brisa subitement le silence à l'intérieur, puis se tut. Le félidé sauta du sofa et atterrit sur le tapis persan couleurs rouge-sang et noir, l'air indifférent à ce qui se passait autour de lui. Il avait faim. Il se dirigea lentement, à pas feutrés, vers la cuisine, en lançant des miaulements réguliers à peine audibles.

Il remarqua que Baalbek avait quitté la pièce mais ne réagit pas. Il était encore sous l'emprise de la mer, tout seul dorénavant. Cela faisait presque une demi-heure qu'il était assis à scruter l'horizon et à essayer d'entendre le chant des vagues étouffé par les bruits de la ville. Il attrapa les parties de la carte posées sur le bureau, l'air songeur. La fraîcheur de la nuit commençait à s'infiltrer dans les pièces. Il se demanda encore qui avait bien pu vouloir se débarrasser de la carte. Ce qu'il y avait d'écrit l'intriguait davantage à présent. Ces bribes de poème l'avaient inconsciemment accompagné dans le périple d'aujourd'hui. Comme s'il détenait une réponse clé à ce qu'il cherchait désespérément depuis tant d'années. Il ne pouvait laisser échapper ce mystère, plus déterminé que jamais. Il y avait tant à élucider sur ces terres, se rappela-t-il, fixant d'un regard avide deux dossiers reposant sur l'un des cabinets et renfermant de précieuses informations. Il se leva lentement, prenant appui sur les bras de la chaise en cuir, tout en scrutant la mer. Celle-ci tentait toujours de lui révéler quelques secrets du passé. Il prenait toujours cet air serein lorsqu'il savait que de longues recherches l'attendaient. Cette fois-ci, c'était quelque peu différent. Cette énigme était certes terre-à-terre, plus ancrée dans son quotidien, mais peut-être qu'elle lèverait le voile sur certains aspects de sa vie -comme l'absence du père. Le regard était plongé dans la profondeur de sa contemplation. Malgré les lumières de la ville qui s'étaient imposées, la nuit laissait entrevoir des milliers d'étoiles dans le ciel bleu-noir de juin. Debout face au balcon, l'esprit ailleurs et les yeux absents, il jeta un dernier regard à la mer, au cas où il aurait pu apercevoir quelque chose à la dernière minute dans ce fond noir, puis tourna les talons, tenant les morceaux fermement dans sa main, de peur que le zéphyr ne les emportât.

Alors qu'il se dirigeait vers le couloir afin d'accéder aux escaliers qui menaient à la chambre d'amis, un bruit étrange attira son attention. Il tourna subitement la tête vers l'entrée de la cuisine sur sa droite. Quelqu'un semblait agiter quelque chose comme du plastique. Il chercha de son regard, à nouveau en phase avec la réalité du moment, d'où venait ce froissement, mais peinait à en localiser la provenance. Il décida alors d'entrer dans la pièce afin d'essayer d'en savoir plus. Cela semblait venir de l'espace entre l'évier et le débarras. Le bruit s'amplifiait à mesure qu'il s'approchait du lieu. Il était beaucoup plus distinct à présent et s'apparentait à quelque chose qui s'agitait dans un sac en plastique. Il s'arrêta net dès qu'il aperçut un large sac-poubelle noir remuer. Il s'appuya contre le plan de travail, se demandant ce qui pouvait bien s'y trouver. Il était quelque peu amusé à présent en observant les mouvements irréguliers et sporadiques du sac. L'ombre de celui-ci était projetée contre le mur par les lumières tamisées des placards vitrés de la cuisine. On aurait pu croire à un combat entre deux petites bestioles aux formes inhabituelles ou à des ombres chinoises simulant un combat d'animaux sur lequel on pariait. Il resta dans cette position immobile pendant quelques instants, focalisé sur cette scène, le visage beaucoup moins grave à présent. L'air distrait, il semblait avoir été transporté à mille lieues de ses préoccupations habituelles et profitait de cet intermède ludique pour les oublier. La queue du chat apparut soudainement, s'agitant dans tous les sens comme s'il avait senti la présence du maître.

« Baalbek ! » s'exclama Rabï, feignant d'avoir l'air surpris. En entendant son nom, le chat sortit la tête hors du sac.

« Que cherches-tu là-dedans ? » lui demanda-t-il, faisant toujours semblant d'être aussi ébaubi par sa présence dans ce fourre-tout. Le félidé regarda son maître puis enfuit à nouveau sa tête dans le sac, répétant ce geste à deux reprises, ne sachant que choisir entre son activité ludique et un câlin. Il laissa échapper un miaulement tout en agitant sa tête dans le sac-poubelle, lequel était désormais grand ouvert, palpant articles et morceaux, dans une ultime tentative. Il quitta le sac et sa quête promptement, et d'un petit bond, atterrit sur le carrelage de la cuisine où il commença à tourner en rond, jetant un dernier regard au sac.

« Baalbek… ! Je n'arrive pas à le croire ! » Son semblant de remontrance dissimulait mal l'attendrissement envers l'animal.

« Toi un chat de cette lignée ! Fouiller dans les sacs-poubelle ? » Il affectait un air sérieux afin de demander des explications, toujours aussi amusé. Le chat, de couleur ocre et brun, les oreilles pointues comme un lynx, fit quelques pas, le regard déçu, s'approcha lentement de son maître, se frotta contre l'une de ses chevilles et enlaça celle-ci de sa queue, en quête de réconfort.

« Qu'est-ce que tu cherchais, hein… ? Mon petit roi… »

Sa voix était pleine de cette affabilité qu'elle exprimait souvent lorsqu'il lui parlait. Le chat laissa échapper des miaulements et se frotta à nouveau contre son maître. Rabï, toujours appuyé contre le plan de travail en bois de cèdre, le caressa délicatement du bout de ses talons, lui rendant son affection. Ayant satisfait sa faim quelques instants plus tôt et reçu sa dose de caresses afin de se consoler face à ses recherches stériles, Baalbek prit lentement le chemin du salon d'une allure placide.

Tenant toujours fermement les morceaux de carte dans sa main, Rabï s'approcha du sac-poubelle, tout aussi curieux de savoir ce qui pouvait bien s'y trouver. Il ne se rappelait pas l'avoir remarqué auparavant, ou avoir aperçu Mariam, la travailleuse domestique d'origine éthiopienne qui travaillait pour eux voilà plus de six ans, s'en servir. Mariam, elle ne voulait surtout pas les quitter. Au moins Madame, ainsi que les enfants, était généreuse, la considérait comme partie intégrante de la famille, et contrairement à beaucoup de domestiques de la capitale ou même du pays, n'avait jamais fait l'expérience d'un abus de la *kafala*. Elle était sûrement passée hier pour faire un peu de rangement. Il pouvait distinguer dans cette demi-clarté un amas de papiers pliés, chiffonnés ou découpés en menus morceaux. Cela devait provenir de documents très anciens du fait de leurs couleurs usées et jaunies par le temps. Il se souvint de cette montagne de dossiers dans la chambre d'amis, et une fois, alors qu'il s'était trouvé dans la pièce avec sa mère, cette dernière lui avait rappelé qu'ils appartenaient à feu son père d'une voix emprunte de regrets. L'idée de les consulter, si ce n'était les survoler, ne lui avait jamais effleuré l'esprit. Elle les considérait comme des traces trop vives du passé qui auraient pu rouvrir des blessures peinant encore à guérir complètement. Elle ne pouvait plus supporter de tomber sur ces reliques à chaque fois qu'elle se rendait dans cette chambre. Mariam allait sûrement les ranger dans un endroit hors de vue de sa *mama* après en avoir fait le tri. Il se courba davantage afin d'y voir de plus près, presque plié en deux au-dessus du sac.

« Qu'est-ce que Baalbek pouvait bien essayer d'y découvrir ? » se questionna-t-il à nouveau, fronçant les sourcils dans une expression de totale incompréhension. Il finit par se mettre à genoux, l'envie d'en connaître un peu plus sur ces documents le saisit. Qu'étaient-ils au juste ? Le sac, d'une capacité de soixante ou quatre-vingts litres, avait la gueule grande ouverte. Il n'eut qu'à y enfoncer la main. Il commença à remuer les documents afin de vérifier son fond. Celui-ci n'était empli que de feuilles, notes, articles de journaux et correspondances.

« La présence de Baalbek dans ce tas de papiers demeurera une énigme je crois ! dit-t-il. »

Son avant-bras était enfoncé presque jusqu'au coude à présent. Sa chemise était retroussée et il pouvait sentir le frottement du papier contre sa peau, parfois doux, parfois légèrement irritant. Il n'y avait rien de spécial. Il extirpa son bras lentement afin d'éviter que des bouts tombassent du sac. Malgré son plus grand soin à le retirer délicatement, il n'empêcha points les morceaux du fond de remonter à la surface. Alors que sa main émergea du sac, trois gros fragments firent une petite envolée pour venir atterrir à ses pieds.

Il les ramassa. C'était trois parties d'une carte postale usée, semblables à celles trouvées un peu plus tôt. Elle avait sûrement dû être reçue il y a fort longtemps. Les premiers bouts encore dans sa main gauche, il retourna les trois autres du côté face afin d'essayer d'en savoir plus sur la provenance. Jbeil était écrit en calligraphie arabe fine et élancée, en bas à gauche. La photo montrait une vue aérienne de la cité millénaire. Ce panorama lui était familier. Byblos avait vu naître le patriarche de la famille. Des souvenirs d'enfance surgirent soudainement du fond de sa mémoire.

Il fixa les fragments pendant quelques secondes puis se redressa d'un coup, l'air excité. Il se retourna promptement vers le plan de travail juste derrière lui, anxieux, comme s'il ne pouvait attendre de s'atteler à sa tâche. Il posa soigneusement les trois bouts les uns à côté des autres sur la surface en bois de cèdre, aussi près que possible, afin de reconstituer la carte postale originale. Avec davantage de lumière, elle était maintenant plus claire. Puis tout en posant un regard pesant et profond en même temps, comme s'il leur demandait de ne pas s'envoler par peur qu'il ne les perdît, il fit passer les trois autres morceaux d'une main à l'autre, puis les posa à leur tour d'un geste tout aussi délicat. Il ne rencontra aucune difficulté à reconstituer ce petit puzzle. Les six fragments s'assemblaient parfaitement. Il les rapprocha encore un peu plus les uns des autres, comme pour s'assurer qu'il ne se trompait pas.

La carte était à présent recomposée, se dit-il, satisfait. Il retourna doucement les six parties une par une, telles des reliques anciennes et fragiles qu'il fallait manipuler avec précaution. Il les resserra à nouveau afin de ne laisser presque aucun espace entre les fragments. Ils étaient à présent liés par la couleur marron du plan de travail, laquelle formait une branche dont les feuilles étaient les six morceaux. Maintenant que toutes les parties de la prose étaient réassemblées, elles allaient enfin livrer le secret de cette énigme, se réjouissait-il. Il était sur le point de faire une découverte énorme.

L'écriture en caractère latin était tout aussi raffinée et appliquée que les lettres cunéiformes. Le style lui semblait comme familier. Tout était encore parfaitement lisible, comme si le temps l'avait préservée de ses propres avaries :

Aux abords du jardin des rêves,

De leur rôle spolier nos ascendants ;

À toi l'Ève,

À moi l'Adam ;

De mes reins coulera la sève,

De ton giron viendront nos descendants.

C'était osé mais poétique, pensait-il. Était-ce sa mère qui l'avait déchirée en lisant ce poème peu orthodoxe à ses yeux, reconnaissant l'écriture de feu son père ? Probablement, mais elle la déchira parce qu'elle ne pouvait plus supporter aucun souvenir tangible de son amour.

Il le lit de nouveau, à deux reprises, afin de le mémoriser. Il sentait bon l'histoire, il sentait bon le passé, il sentait la mémoire paternelle.

« Baalbek… ! Peux-tu venir ici ! » dit-t-il d'une voix tout apaisée. Il ne pouvait attendre de lui faire partager cette découverte.

Ceci & cela

Malgré le brouhaha du bus bondé, elle put entendre le double bip dans son sac à main rose bonbon. Elle venait de recevoir un texto. Cette nouvelle *venue du ciel*, bas et morose en ce jour de mars, lui donna une excuse pour se focaliser sur quelque chose qui mettrait un peu d'entrain dans un quotidien en mode veille ces derniers temps.

Elle enfonça furtivement sa main dans les profondeurs de son sac, surfant savamment entre les différents accessoires si chers à la gent féminine. Le portable avait sa place parmi les autres objets, aisé à atteindre. Elle pourrait bien le placer plus proche de son corps, dans l'une des poches de sa veste ou de son pantalon, comme elle l'avait fait par le passé, mais elle était déterminée à se désintoxiquer face à l'addiction aux messages et courriels dans cette vie nomade.

Aussi s'amusait-elle à le *planquer* dans cette cachette ou sciemment le poser quelque part de manière insolite une fois chez elle. Elle sentait que cela marchait et en était très fière. Elle sortit le téléphone sans déformer le sac, comme si les panneaux et les côtés étaient rigides comme du bois. La lumière à diodes flashait par intervalles réguliers, le message venait en effet fraîchement d'être envoyé, se réjouissait-elle.

klh auj & ou ?

C'était bref et concis, mais au moins l'invitation était toujours à l'ordre du jour.

Elle mit le portable en mode silence et le rangea à sa place. Justin ne perdait pas de temps. Elle aimait ça. Son large sourire exhibait des dents éclatantes et saillantes, même si certaines étaient imparfaitement alignées. Elle se sentait encore plus belle lorsqu'elle appliquait un peu de baume hydratant rose pâle sur ses lèvres. Elle trouvait que non seulement il faisait ressortir sa dentition, mais aussi il contrastait avec sa couleur d'ébène. Cette combinaison d'élégance hippie faite de fripes pas chères et d'ascendance africaine lui donnait cette assurance mêlée à de la frivolité.

Elle se mit à ressentir un certain entrain et c'était tant mieux. Elle allait rencontrer Justin. Au moins lui, contrairement à beaucoup d'autres, semblait complètement détaché des soucis de leur génération. Il était comme elle. La grosse moyenne des trentenaires ne pensaient qu'à asseoir leur carrière et à s'embourgeoiser. Eux ils n'en avaient cure. Tout ce qui leur importait c'était de poursuivre ce qu'ils aimaient le plus, quitte à rester dans la même précarité dans laquelle ils se trouvaient depuis plusieurs années. Ils n'avaient guère évolué depuis la fac. Ils ne voulaient pas, se justifiait-elle. Elle l'incluait déjà dans son raisonnement, fit-elle remarquer à elle-même, comme si cette pensée l'embarrassait un peu. Chose rare.

Elle était presque sans limite et n'avait aucune intention de mettre un peu de retenue dans sa façon de percevoir la vie. Les bienséances des relations, ce n'était pas son *truc*. Elle avait bien discerné que le manque de porosité avec tous ces hommes avait été la cause de ses échecs. Mais qu'y faire ? Ils n'avaient qu'à s'adapter ! Justin ne devrait guère y prêter attention et serait assez *homme* pour accepter son défaut. Cet espoir s'était immiscé dans son inconscience.

Les histoires d'amour d'une année ou deux, ou d'un jour, avaient défilé comme des petites lumières qui s'allumaient le long de son parcours existentiel, s'assurant qu'elle avait assez de clarté le long de son chemin. D'ailleurs, elle assumait haut et fort le terme *folâtrer* afin de se définir, comme si elle avait été en quête quotidienne du nectar de fleurs tout au long de sa vie.

« Ah Justin ! » grommela-t-elle, prête à le mordre juste pour s'assurer que la perception qu'elle avait de lui était véritablement réelle et authentique.

Elle voulait faire l'expérience d'un changement constant dans son quotidien, aussi bien les projets, les relations, que la nourriture ou les fripes qu'elle s'achetait. Elle ne voulait pas d'attache, juste être libre.

Mais récemment, il y avait comme des appels lointains et inconscients à vivre dans la durée. Elle estimait qu'elle avait mûri maintenant, que ses ailes, déployées depuis longtemps, avaient bien servi, et qu'il était temps de se poser. Étrange sentiment, s'interrogeait-elle. Était-ce dû à l'âge ? Elle commençait à peine à le percevoir, mais n'avait pas assez de recul pour en saisir tout le sens. Aussi permettait-elle à son esprit d'errer comme à son habitude. Quelle que fût l'aboutissement de sa vie, elle demeurerait un esprit libre, jurait-elle. Une conscience faite dans le moule féminin et féministe.

Elle ne s'en cachait pas, elle croquait les hommes comme dans une pomme. Il n'y avait pas de raison de ne pas prendre leur place. Elle ne voulait surtout pas ressembler à sa tante, laquelle en pensait tout autrement. Pour tata Élise, chaque sexe avait son propre rôle et sa propre place au sein du couple. Non qu'elle fût rétrograde ou conservatrice, bien au contraire, elle était très indépendante. Cependant, elle estimait que si l'on avait donné à l'homme plus de force et de musculature, c'était bien afin qu'il s'en servît dans la société. Quant à la femme, la nature même de sa féminité, sa subtilité même, la prédestinait à user de cette sensibilité dans sa vie. C'était la raison pour laquelle tant d'artistes et de poètes avaient été inspirés par le sexe faible. Et elle ne comprenait pas pourquoi beaucoup de ces féministes désiraient *posséder des testicules tout en préservant leur vagin*, disait-elle si crûment. Peut-être qu'elles voulaient *un vagin en forme de testicules ou l'inverse*, pensa-t-elle en essayant de paraphraser tatie Élise d'un ton quelque peu caustique.

Eh bien, sa très chère tante avait totalement tort, considérait-elle. Elle adorait sa tata pour son indépendance d'esprit, son franc-parler et ses opinions bien enracinées dans sa personnalité. Mais elle était quelque peu interloquée par l'importance qu'elle accordait aux hommes, en leur octroyant une certaine stature et reconnaissance dans cette lutte en faveur de l'égalité des sexes. Il lui paraissait contradictoire que l'on pût combattre les injustices de toutes sortes entre hommes et femmes, depuis la nuit des temps, tout en avançant des justifications dans les actes des responsables que l'on combattait même. Pour elle, et au grand dam de tatie Élise, il n'y avait aucun espace à la négociation ou à l'introspection, tant au-dehors qu'à la maison. Même au lit. D'ailleurs, elle n'hésitait pas à se vanter qu'elle *se faisait* des hommes. C'était normal que les femmes usassent de leurs soi-disant faiblesses pour arriver à leurs fins. Tous les moyens étaient bons et il fallait transformer ces déficiences en force dans leur combat.

Les hommes en général ne la comprenaient pas. Ce qui n'était pas surprenant à ses yeux. Si certains d'entre eux avaient réussi à pénétrer ses idées, c'étaient que soit ils étaient gays, soit ils étaient arrivés jusque-là, avaient été effrayés et n'avaient osé s'aventurer outre mesure. Leurs esprits étaient encastrés dans leurs slips et caleçons ; ils n'étaient guidés que par ce qui leur pendait entre les jambes. Du moins, pour beaucoup.

Elle en avait tant consommé, tantôt en faisant son *p'tit déj*, tantôt son quatre-heures ou encore son encas de la soirée, qu'elle pensait vraiment se mettre à la diète et commencer à en faire usage avec modération. Justin tombait à point. Elle le voyait comme une issue de secours face à son folâtrement addictif. Un jour, prévenait-elle en son âme et conscience, elle allait finir par attraper quelque chose malgré ses précautions. Elle ne leur faisait pas du tout confiance. Justin était différent.

V.I.H., Mathew, Cameroun. Elle ne pouvait disjoindre ces trois éléments les uns des autres. Ils avaient fini par ne former qu'une seule et même entité tellement leurs histoires confluaient dans la même direction. Ils avaient fini par se confondre dans sa tête. Mathew, si talentueux mais si imprudent. Ses ébats amoureux avaient eu raison de son avenir prometteur. Comme lui, elle aimait les plaisirs charnels. Comme lui, elle aimait le sexe.

« Dis-voir, tu veux être mon mentor ?

— Hum-hum... Pour une *black* comme toi, je ne dirais pas non ! »

Elle avait tellement été impressionnée par la maîtrise des mouvements de son corps et de sa symbiose avec la musique qu'elle avait souhaité apprendre d'où il tenait cette inspiration, ce style. Il lui avait souvent dit :

« Il faut laisser la musique te parler ! »

Elle fut son disciple, mais pour une période trop courte, regrettait-elle. Elle avait appris tant de lui dans ce petit laps de temps.

« Oh Mathew... ! Pourquoi t'as pas fait gaffe ! » regrettait-elle souvent.

Tout comme elle, il savait que la communauté gay et bisexuelle était bien plus exposée, surtout à Londres ou Paris, où les M.S.T. couraient librement entre les draps. Elle lui en voulait au fond d'elle-même pour son imprudence, comme si le malheureux était toujours en vie et subissait ses reproches, tête baissée, tout embarrassé. Il avait cessé d'exister voilà presque trois ans. Il était parti trop tôt. À l'heure qu'il était, elle aurait encore pu profiter de lui, de son humour, de ses humeurs, de son talent. Elle l'avait pleuré pendant longtemps. Son oreille attentive et sa sensibilité lui manquaient toujours autant.

Elle au moins, elle s'assurait, autant que possible, que tout le monde était protégé afin de ne fâcher personne et pouvoir s'ébattre en toute sérénité. Peut-être qu'une fois qu'elle aurait trouvé son âme sœur, elle pourrait enfin mettre de côté tous ces moyens de défense, y compris sa personnalité.

Tant pis, le V.I.H. avait été beaucoup plus rusé que lui. Elle avait beaucoup lu à son propos et à sa mutation au fil des siècles. C'était drôle, mais elle liait son apparition au Cameroun. Sûrement cela avait un lien avec leurs lieux de naissances respectifs, en terre d'Afrique. Cameroun, RDC. Les deux pays avaient des ressemblances frappantes : forêt tropicale luxuriante, bêtes sauvages, chimpanzés, *homme blanc*. Elle se sentait en même temps proche et lointaine de cette terre. Autant le virus Ebola était bien éloigné d'elle, autant il s'était intimement lié à sa vie en s'immisçant au plus profond de Mathew.

Pour elle, il était clair qu'elle n'avait plus aucun lien direct avec ce lieu qui l'avait enfantée, hormis la couleur de sa peau et un vestige de culture. Elle comprenait l'ewondo par sa mère et le peul par son père, même si elle les parlait peu. Ils étaient les seuls héritages qui lui étaient restés de ses ascendants, en plus du penchant pour cette vie nomade et de bohème, concluait-elle avec une certaine satisfaction, voire fierté. À ses yeux, ils étaient des trésors bien plus importants qu'une maison ou un plan d'épargne.

Elle se souvenait encore de quelques histoires de vie quotidienne, mêlées à des croyances et mythologies, que feu son grand-père paternel leur avait contées, à sa sœur et elle, lorsqu'il était venu passer quelques mois chez eux durant leur enfance. D'une voix à peine perceptible, mais réconfortante et pondérée, dans un mélange de français parfait et de peul dont l'accent semblait bien plus pur que celui qui sortait de la bouche de son père, il se délectait de ces moments de récits des contes anciens de son peuple. Il s'élançait alors dans de longues explications et de nombreux détails. Bien qu'elle les eût trouvés parfois interminables, elle s'abstenait de le faire savoir, même au travers de l'expression de son visage. Elle avait besoin de ces précisions afin de comprendre le pourquoi du comment. Connaître qu'une partie de ses racines était ancrée dans le nomadisme, bien qu'elle ne s'y intéressât jamais de près, l'avait fait sentir différente. Elle qui voulait se mêler à la masse et fusionner avec elle, elle ressentait tout de même un besoin de se distinguer. Un jour, cet héritage lui serait fort utile, elle en était sûre, bien plus que l'usage dont elle en faisait en ce moment.

«Oublions Mathew & Co et revenons à Justin ! » Ce chuchotement au fond d'elle-même balaya tout cet amalgame de pensées qui essayaient de faire un lien entre elles. À peine s'était-elle débarrassée de ses égarements dans le temps qu'elle réalisa qu'elle n'avait pas répondu à son texte.

Camden pub, tapota-t-elle rapidement.

Elle devrait arriver à destination d'ici vingt à trente minutes. Elle calcula ce temps approximatif en prenant en compte les heures de pointe. La circulation était toujours plus pénible les jours de pluie, se plaignait-elle. S'il y avait un déluge un jour, tous les réseaux et la vie seraient paralysés dans la capitale, imaginait-elle, sa tête appuyée contre la vitre du bus et errant son regard dans la frénésie du dehors.

« Génial ! Comme à l'automne 95 à Paris ! se souvint-elle. »

Certes, avec la neige en moins. Ce serait bien, plus besoin d'entreprendre de démarches administratives. Elle pourrait se justifier.

Le déluge de l'ancien testament et certaines conversations
avec sa maman adorée autour de la religion vinrent soudainement à elle. Elle lui avait suggérée un retour à la vie originelle oui,
mais sans ce péché fait de testostérone et qui leur collait à la peau.

« Comment ? Comment oses-tu toi ma fille ? » Sa mère avait
été outrée que sa fille pût aller aussi loin dans son blasphème.
Elle, elle considérait que ce n'était pas méchant mais simplement
dû à son côté provocateur. Elle s'en amusait encore. S'il fallait
en arriver à ce retour en arrière, nul doute qu'Ève devrait jouer
un rôle totalement différent. Son féminisme devait se révéler au
grand jour et défier non seulement le vieux système patriarcal,
mais aussi ce bon vieux monsieur à la barbe blanche. Si Dieu
existait, pourquoi serait-il un monsieur ? Éradiquer tous les acquis et les lois au fil des millénaires pour atteindre, pendant qu'on
y était, le commencement de l'Histoire. Peut-être que l'Afrique
était un bon endroit pour entamer ce bouleversement. Elle n'avait
guère changé, pensait-elle. Elle lui jetait toujours un regard sans
équivoque et cru, empreint d'un certain soulagement. Pourquoi
devrait-elle changer ? Ou plutôt comment devrait-elle changer ?
Peut-être bien que la lenteur du continent, comme aimait à se
lamenter l'Occident, allait être le processus salvateur.

Elle se remémora à nouveau ces contes et légendes. Ils portaient en eux les graines de la raison et de la connaissance. Dans
de nombreux récits que *maame* Raimi avait l'habitude de leur raconter, l'une des morales insistait sur l'importance de l'obscurité
mentale et de celle du cœur, lesquelles, selon le conteur, étaient

les plus grandes et les plus redoutables des obscurités. Elle réalisa juste maintenant que ce précepte avait quelque part guidé sa vie jusqu'à présent. Paradoxalement, elle s'y retrouvait dans ces mythes et folklore africains. En se reposant sur les récits des fables et morales sortant de la bouche mi-édentée de son *maame*, accompagnés par de légers balancements de bras, de régulières levées d'index et d'un regard empli de bonhomie, elle avait découvert, non sans surprise, que son ascendance avait bel et bien imprimé sa vie, son mode de vie.

Rien n'avait été perdu, bien au contraire. Étrange, elle qui n'avait jamais donné trop d'importance à ce côté du monde, la voilà qui réalisa qu'elle avait inconsciemment été liée à l'Afrique autrement. Elle ne s'en plaignait pas. L'histoire qu'on lui avait enseignée officiellement était bel et bien différente de celle faite, contée et rapportée par les individus qui en étaient les protagonistes mêmes. Les temps modernes, chargés de leur science et technologie, voulaient disséquer, au millimètre près, le déroulement et le dénouement des événements, afin de tout cartographier, catégoriser, répertorier et enregistrer. Vouloir à tout prix connaître les moindres détails faisait perdre toute la signification de l'acte dans son intimité. Il y avait comme un sentiment de voyeurisme, voire d'appropriation et de possession de ce qui aurait dû rester secret. On souhaitait s'accaparer la vie de l'autre, l'histoire de l'autre, violer la chose de l'autre. Avec toutes ces applis qui vous guettaient au bout de vos doigts, cela n'allait pas arranger l'affaire. Sûrement, l'histoire pouvait être contée et transmise différemment. Ils voulaient une réponse sans faute afin de trouver d'éventuelles solutions. Mais qu'avait-on fait avec l'Afrique ? Pas grand-chose.

Peut-être que quelque part l'Afrique se suffisait à elle-même. Plus elle y pensait, plus elle se rendait compte que toutes ces valeurs qu'on revendiquait comme étant siennes et universelles, que l'on s'appropriait pour prétendre à une certaine paternité, furent présentes en terre africaine depuis la nuit des temps. L'Afrique n'était pas si retardée comme ils le prétendaient.

Dans sa forme, les signes extérieurs étaient loin de ressembler à ceux du Nord, quand bien même elle essayait de l'imiter de gré ou de force. Dans le fond, elle n'avait rien à envier aux septentrionaux. Cette limpidité du cœur et de l'esprit était certainement bien présente et n'avait nullement été importée d'ailleurs, du moins certainement pas de l'*homme blanc*. Elle pensait même qu'elle était bien plus présente en Afrique qu'à Londres, Rome, Paris ou New York.

Maame Raimi n'avait jamais réellement compris la frénésie de l'*homme blanc*, de l'occidental. Elle se souvint qu'en bon philosophe des forêts, il disait souvent que la vie ne s'appréciait pas à l'aune de la vitesse ou de la lenteur de l'expérience dont on en faisait, mais bel et bien en fonction de l'habileté avec laquelle on l'abordait. Là était la clef du bonheur, prônait-il. Il pensait même, d'un ton attristé, et parfois effrayé, que le monde moderne ne faisait que consumer lentement, non seulement la nature, mais aussi l'intérieur de l'homme, son spirituel.

Il avait essayé de vivre à Garoua, rien n'y fit. Il avait ressenti bien plus de tensions que de bienfaits de la vie moderne. Les médecins et l'hôpital de la ville avaient pourtant bien pris soin de son corps, mais son âme était devenue malade, se lamentait-il.

Aussi, un beau jour, appela-t-il son fils en région parisienne pour lui annoncer qu'il allait quitter le Nord et la maison qu'il avait achetée avec les économies amassées au fur et à mesure des années de labeur au marché de Rungis. Celui-ci, quelque peu déçu au début, devint agacé à l'idée d'avoir investi cet argent dans une demeure qui allait dorénavant rester vide la plupart du temps. Il ne pouvait même pas la louer : qui allait collecter le loyer et s'occuper de quelconque rénovation ou de possibles arriérés ? Surtout, comment son père allait-il avoir accès à de meilleurs soins ?

Maame Raimi, bien qu'il eût apprécié ce geste de respect et d'amour de la part de son fils cadet, et il en était fier, regrettait d'avoir eu à prendre une telle décision. Sa terre natale lui manquait cruellement. Il s'était senti comme un étranger à Garoua et n'avait pas réussi à rencontrer une seule personne qui parlât le *showa*, ce dialecte dérivé de l'arabe que ses parents et grands-parents avaient acquis de leur province septentrionale, adjacente au voisin tchadien.

Les villes étaient le reflet du mal-vivre, se désolait-il. Il y respirait mal. Il préférait revenir à ses sources et y mourir. Ses aïeux étaient devenus des nomades sédentarisés et cet état entre deux mondes coulait encore dans ses veines. Il préférait retourner sur les bords du Lac Tchad, lui qui avait hérité d'une vie de pêcheur et en appréciait la faune et la flore. Même s'il avait été le témoin de la surexploitation des richesses naturelles de la région et avait même été un acteur, inconsciemment, de cette dégradation, s'affligeait-il, il ne pouvait se passer de l'immense beauté et de la totale sérénité que le lac offrait. Il n'avait plus la force d'exercer la pêche, les années et la raréfaction des poissons avaient eu raison de lui. Il n'avait cure de la menace Boko Haram qui débordait parfois du voisin nigérian ces derniers temps. Il se réjouissait toujours à l'idée de considérer cette région comme un *éden* au cœur de l'Afrique. Il s'amusait même à penser que peut-être tout avait commencé ici. Au moins, il avait réussi à avoir gain de cause face au destin et revenir à sa terre pour y laisser échapper son dernier souffle.

Une fine couche de souvenirs se juxtaposa de manière subtile à celles déjà posées. Elle se remémora le moment de la disparition de *Maame* Raimi. L'appartement de Pantin grouillait de monde : des membres de la famille, proches ou éloignés, et des connaissances que ses parents avaient accumulées au fil des années. Les va-et-vient incessants de sa maman entre la cuisine et le salon afin de s'assurer que les invités ne manquaient de rien et qu'ils étaient servis comme il se devait, les dialogues faits de retrouvailles et de condoléances entre les invités et son père. Ils ressemblaient parfois à des messes basses, comme si l'on souhaitait parler de certaines choses qui n'avaient aucun lien avec la raison de la visite, mais que personne d'autre ne devait entendre. Cela avait duré plus d'une semaine avant que son papa ne s'envolât pour le Cameroun afin d'assister aux funérailles. Tonton Idriss supervisait les préparatifs, donc il n'avait pas eu à se soucier de cet aspect logistique. Il avait seulement apporté le pécule nécessaire à de tels événements de la vie. Même la mort réclamait sa part.

Elle se souvint encore de cet épisode de sa vie. Elle était au premier trimestre de sa troisième et il avait beaucoup neigé en cette fin d'automne, bien avant l'heure. Papa Kubri avait été très inquiet à l'idée que son vol fût annulé à cause du mauvais temps. Elle se souvint également lorsqu'il jouait avec elle, encore petite, à essayer de l'attraper alors qu'elle courait d'un bout à l'autre de sa chambre.

« Tu m'auras pas ! Euh ! Tu m'auras pas ! Euh !

— Tu vas voir ! *Ndjoudjou* va t'attraper et te manger ! » Faisant semblant d'être un monstre, il jouait de sa voix grave du mieux qu'il le pût.

Maman Evenye, en bonne épouse avisée, était au petit soin et le rassurait autant qu'elle le pût. Elle n'avait cessé de lui rappeler qu'il fallait s'en remettre au bon vouloir du ciel. Pour elle, tout était écrit et il n'y avait pas lieu de s'en révolter. C'était ce côté résignation qu'elle reprochait à sa tendre maman. Encore heureux qu'elle n'avait pas hérité de cette faiblesse dans ses gênes. Elle n'acceptait pas l'idée que l'on pût laisser, à une quelconque entité, ce plaisir et ce loisir de guider votre vie. Sa maman chérie était trop gentille et trop sage. Elle ne comprenait pas comment certaines femmes pussent accepter un tel destin simpliste.

Telle mère ! Telle sœur ! Elle pensait que sa tante avait en effet quelques traits qui s'apparentaient à ceux de sa sœur à bien des égards. Certes, lorsqu'elle mettait les deux femmes l'une à côté de l'autre, ces traits de faiblesse étaient fort atténués chez tatie Élise, même à peine percevable, mais ils étaient bel et bien présents. Elle estimait qu'elle avait réussi à s'émanciper à la suite de son divorce. Le fait que toutes deux eurent de telles ressemblances ne pouvait s'expliquer que par l'éducation traditionnelle et chrétienne qu'elles reçurent durant leur enfance.

Ces traces d'une approche autre de la vie, façonnée par des relations traditionnelles entre les sexes et une culture religieuse importée, ne lui convenaient point du tout. Aussi s'en était-elle rebellée et s'était dirigée de façon diamétralement opposée face à ce carcan, un corset qui ne lui aurait pas laissé suffisamment d'espace et de liberté pour se mouvoir dans ce monde trop mâle. Elle haïssait les corsets au demeurant, ils étaient trop sexistes, ils n'étaient bons que pour les travestis.

En outre, cet effort vers des actions, des intentions et des pensées pures, comme le souhaitaient sa tante et sa mère, lui rappelait l'usage d'un français soutenu et structuré ; et ce, sans aucune raison apparente. Cela prêtait souvent à sourire lorsqu'on entendait un Africain parler la langue de Molière. Il semblait complètement décalé face au français hexagonal. Il était bien au-dessus. Il était de plus haut standard. Si un Français s'amusait à converser avec un Africain, ce dernier serait choqué de l'entendre s'exprimer.

Elle évoqua, à ce sujet, les souvenirs de sa prof de français, Madame Ngaham, laquelle avait vécu plus de vingt années à Yaoundé avant de revenir en France après la mort de son mari - un Camerounais avec qui elle avait eu quatre enfants. Elle avait été horrifiée de constater le niveau de français dans les écoles hexagonales, aussi bien en grammaire, en orthographe qu'en littérature. Pourtant, sa banlieue n'avait jamais été classée comme zone d'éducation prioritaire. Ses deux fils étaient de beaux mulâtres au demeurant, se souvint-elle avec envie. Elle en aurait bien fait son midi ou son quatre-heures.

Elle l'avait admirée, non pas pour son métier – jamais, elle n'aurait pu faire prof, elle ne comprenait pas comment des gens pussent supporter d'autres gens à longueur de journée -, mais bien pour son audace face au conservatisme des deux sociétés française et camerounaise de l'époque. C'était non seulement de l'affirmation féministe, mais aussi du mondialisme avant l'heure, des revendications face aux sociétés.

Sa fille qui, à l'époque, avait déjà entamé ses années universitaires, avait décidé de les poursuivre à Londres. En ce temps-là, c'était l'une des rares capitales européennes qui offrait un cursus sur les droits de l'homme. Cela lui avait donné des idées. Non pas qu'elle fût particulièrement intéressée par le sort d'inconnus à travers le monde, mais l'art y était osé et avant-gardiste, pensait-elle. Le gris du ciel recelait une symphonie de couleurs. Même grisâtre, les bords de la Tamise brillaient de mille lumières, telle une ode à la création. Elle s'y sentait bien.

Elle regrettait que Paris fût une ville des élites, où être et paraître différent éveillait des soupçons, voire un rejet. Pour elle, le bourgeois n'avait fait que rebaptiser les privilèges et prérogatives de l'aristocrate déchu.

Ce qu'elle avait réussi à faire à Londres en quelques années, elle ne l'avait pu le faire en Île-de-France en une décennie. Elle avait commencé à écrire poèmes et chansons durant ses années lycées, et Madame Ngaham avait été l'une de ses plus ferventes supportrices. Elle l'avait encouragée dans cette voie. Mais c'était à Londres où son inspiration avait pris de la hauteur, comme elle aimait à le dire. Elle avait enfanté mélodies et textes à profusion et les chouchoutait comme de vrais petits bambins.

Chose étrange, c'était en anglais que toutes ses compositions lui étaient venues depuis ses années à Jussieu. Pourtant, elle avait également composé de nombreux textes dans la langue de Molière, mais elle estimait que le français ne collait pas à son style jazz-blues. Si elle allait les transformer en chansons, elle devait sans aucun doute les chanter dans un tout autre registre. Sa voix était plutôt contralto et elle adorait le jazz. Elle écoutait tous les courants, du *ragtime* en passant par le *smooth*. Ceux qu'elle appréciait le plus étaient le *crossover-jazz* et le jazz-rock ; elle ressentait ce mélange d'improvisation et d'énergie à la fois. Elle éprouvait une telle force l'envahir quand elle les écoutait, les dansait ou les chantait en cours de musique, qu'elle était transportée dans une sorte de transe. Elle aimait comparer le jazz à ces pensées inattendues et à ses propres incertitudes. Des improvisations et directions qui pouvaient mener partout et nulle part en même temps, mais recelaient d'innombrables surprises et offraient d'infinies créations. Comme elle, ses racines étaient en Afrique. Comme elle, la musique jazz avait été influencée par les rythmes africains. Et Justin était un excellent musicien. Aficionado de jazz également, il était amoureux de la musique *black*.

Cela allait être la troisième fois qu'ils allaient se rencontrer afin de partager leur passion, et ils avaient bien sympathisé dès le début en cours de chant. Elle n'avait pas hésité à lui montrer ses écrits, et il avait tout de suite accroché sur les thèmes qu'elle abordait, ainsi que sur ses mélodies. C'était durant leurs jam-sessions, où les deux s'étaient évertués à jouer ses morceaux à la guitare, que cette collaboration prit forme.

Elle devenait pétillante lorsqu'elle se mettait à donner des explications sur le sens de ses écrits. Cette effervescence se laissait transparaître au travers des mots qu'elle usait pour les décrire, mais aussi par la cadence à grande vitesse de ses détails qui jaillissaient de sa bouche et s'enchaînaient les uns à la suite des autres. Elle ne lui laissait guère l'occasion de s'exprimer. Elle en était consciente, mais elle ne pouvait s'empêcher de lever ce voile sur ses plus intimes pensées. Elle lui faisait confiance.

Il s'était rendu compte de cette profusion de sentiments et d'idées qu'il essayait de digérer. Il ne voulait pas l'arrêter, au contraire. Plus elle s'exprimerait, plus il comprendrait la profondeur de ses textes, et plus il serait à même de travailler avec elle de manière plus approfondie. Il devait arriver au stade où il fallait qu'il réussît à s'approprier le sens de ses écrits, comme s'ils étaient les siens, afin de leur donner une dimension et une direction nouvelles. Ses chansons ne devaient pas rester ses chansons à elle seule, mais devenir les leurs. Elle ne s'y opposait pas du tout, bien au contraire.

Elle pensait que c'était drôle, c'était la première fois qu'elle s'abandonnait presque complètement à quelqu'un. Ce sentiment, jamais éprouvé auparavant, la rendait curieuse et appréhensive tout à la fois. Elle souhaitait s'y aventurer davantage, s'engouffrer dans cette porte qui venait à peine de s'entrouvrir. Néanmoins, elle laissait un peu de doute s'installer. Était-ce la peur d'un nouvel échec ? Elle ne pouvait ignorer ces nouvelles émotions.

Elle croyait que, comme de coutume, elle allait se nourrir de ces moments positifs pour aller de l'avant et que, peut-être demain, elle aurait des jours où elle déchanterait. Tant pis, elle était assez forte pour encaisser le coup. Justin semblait très différent.

Elle voulait refléter cette femme résiliente et forte, une qui n'avait pas besoin d'un jules, mais juste d'un peu d'amour autour d'elle afin de pouvoir s'épanouir davantage.

« Bon Dieu ! » s'exclama-t-elle en son for intérieur, voilà qu'elle montrait des signes de faiblesse. Des failles qu'elle n'avait jamais soupçonnées auparavant apparaissaient au grand jour. Comment être une femme, telle qu'elle le souhaitait, sans vraiment tomber dans le cliché du sexe faible. Une femme, une vraie. Ni poupée Barbie jouant un rôle fonctionnel comme on les imaginait, ni féministe à outrance comme on les entendait, juste une dose suffisante de féminité, couplée à une certaine masculinité que l'on attribuait habituellement aux hommes.

Elle était dans cet état de profusion de pensées qui brassaient dans sa tête lorsque l'annonce vocale du 121, féminine et amène, informa les passagers de l'arrêt imminent :

« Prochain arrêt ! Camden Town ! »

Elle était en retard, comme d'habitude. Un défaut féminin que tout homme se devait d'accepter. Ce n'était pas sa faute mais de la circulation. Elle était sûre qu'il n'aurait aucun souci à l'attendre. Une fois sortie du bus, elle plongea à nouveau sa main au fond de son sac tout en marchant vers le pub à vive allure, et en retira son portable. Des messages l'attendaient. Elle avait senti frémir son téléphone par intermittence durant le trajet en bus. En tout cas, elle n'avait pas vérifié son écran durant ce temps. Sa stratégie marchait.

Lapis Lazuli

Les yeux noyés dans le ciel nocturne, lequel était animé par le scintillement inlassable des innombrables étoiles et l'apparition de légères nuances orangées à ses extrémités, il fut subitement rattrapé par la froideur de l'aube. Exposé à une fraîcheur inhabituelle, son coup se couvrit de multiples picotements, comme pour le prévenir du besoin pressant de se couvrir. Il inclina la tête et dirigea son regard encore imbibé des rêves du sommeil de la veille vers la chaussée. À cette heure plus que matinale, il était déjà préoccupé par deux pensées concomitantes : il cherchait les clefs tout au fond de la poche de sa veste tout en se focalisant sur le gris foncé de l'asphalte, le jaune-brun du sable éparpillé de manière anarchique et les rayures blanches et rouges du rebord du trottoir surélevé. C'est alors qu'il aperçut un scarabée déambuler en direction de la route d'une allure insouciante.

Il retira brusquement sa main de sa poche comme pour s'extirper de sa torpeur, fit tourner les clefs autour de son index, fit volte-face et commença à marcher vers le parking. Ayant repris ses habitudes quotidiennes, il se pencha légèrement, gêné par l'obscurité encore persistante, et chercha la serrure. Il réussit à insérer la clef et ouvrit la portière. Il jeta un regard de reconnaissance de chaque côté afin de s'assurer que personne ne l'attendait pour lui tomber dessus.

Hormis les sirènes qu'il pouvait entendre hurler dans le lointain, faisant partie dorénavant de l'ambiance de Bagdad, tout semblait calme à Adhamiyah, pour une fois. Le calme, il le cherchait partout où il pouvait, que ce fût dans ses moments de solitude ou dans le brouhaha de la rue. C'était l'une des raisons de ce réveil si précoce. Cette fois-ci, il ne voulait pas revenir dans ces incessants monologues où il retournait le passé sans dessus-dessous afin d'essayer de jeter une quelconque lumière sur les ombres de son présent. Déterminé à ne point s'y enfoncer de nouveau, il reprit ses esprits en jetant son dévolu sur la rue. Il inspecta à nouveau chaque côté de la route méticuleusement, comme cherchant à percer un certain mystère enfoui dans la pénombre de la nuit, puis démarra le moteur, le cou dissimulé dans le col de sa veste, la main gauche à nouveau recroquevillée dans sa poche et l'autre caressant légèrement le porte-clef qui pendait.

Il était fier de sa Citroën. Elle avait survécu aux soubresauts de la vie quotidienne, aux attentats ainsi qu'au décès de son propriétaire, feu son père. Il n'en n'avait vu que quelques-unes ici à Bagdad, mais aussi lorsqu'il s'était rendu à Damas quelques années auparavant. La C41 démarrait au quart de tour, à n'importe quel moment de l'année, s'enorgueillissait-il. Une fois en marche, le moteur laissait échapper un ronronnement doux et léger.

Il entreprenait de longs trajets presque quotidiennement et

n'utilisait la voiture qu'à cet effet. La faire rouler dans Adhamiyah et ses trois-cent mille résidents, il ne fallait pas y penser. Conduire ce bijou dans la métropole et ses cinq millions d'âmes serait du pur suicide. Son échappée loin du tumulte ne lui était guère difficile, se réjouissait-il. Il trouvait fort pratique qu'il habitât un cul-de-sac adjacent à la rue Shaikh Omar. Dès qu'il s'y trouvait, il n'avait plus qu'à prendre à gauche, au premier carrefour qui donnait sur la rue Tharwa et ensuite se diriger vers les feux afin de s'engager dans l'*express way*. Cette voie, sortie tout droit d'une architecture urbaine des grandes villes américaines, lui permettait de traverser la partie est de Bagdad d'un trait et quitter Adhamiyah. Il habitait non loin d'Antar Square, séparant Adhamiyah du quartier Maghreb. Il ne roulait que sur une petite partie d'Antar Square, puis prenait la première à gauche, laquelle débouchait sur Antar Street qu'il traversait de bout en bout, laissant Adhamiyah derrière lui pour se retrouver en plein quartier Maghreb. Celui-ci le mènerait jusqu'à une autre *express way*. À partir de ce point, la route était libre et aisée à conduire, purgée de feux, piétons fourmillant et véhicules se garant là où bon leur semblait. Il passerait les quartiers de la ville ancienne, Shaikh Omar, Nidal, Wahda et Riyad sur sa droite, et Mustansiriyah, Shehab et Muthanna sur sa gauche, pour enfin déboucher sur Khalidj, situé en plein cœur du nouveau Bagdad. Et tout cela en moins de trente minutes. De là, il bifurquerait vers d'autres voies express sur quelques kilomètres en direction de l'aéroport militaire Ar-Rasheed. Juste avant d'atteindre ce dernier, il prendrait la sortie qui le mènerait vers les villes du sud, Karbala, Hilla et Najaf. A partir de ce point, il ne serait qu'à environ quatre-vingt-dix kilomètres de distance de sa destination finale, Babylone.

Cet itinéraire, il le connaissait par cœur. Les moindres habitations, bâtisses, monuments, enseignes, champs et odeurs qui longeaient ce trajet s'étaient comme greffés dans sa mémoire. Rien qu'en respirant l'air aux alentours de Bagdad Sud, il savait qu'il se trouvait non loin du quartier Riyad juxtaposé à Ad-Dawrah, où était installé un gigantesque complexe pétrochimique. Cette odeur artificielle et dérangeante était d'autant plus accentuée que le vent, venu tout droit des steppes, soufflait régulièrement et diffusait son âpreté. Aussi, lorsqu'il constatait, à sa grande déception, qu'un vent fort s'était levé, s'évertuait-il à retenir sa respiration du mieux qu'il put, essayant de traverser le quartier complètement, le souffle momentanément interrompu. Il inspirait un grand bol d'air juste avant de s'y engager. Malheureusement, il pouvait sentir que l'âpre odeur s'était déjà manifestée bien au-delà de son périmètre. À la différence des résidents du sud de Bagdad, dont beaucoup étaient devenus malades du fait de l'activité industrielle proche, il n'avait qu'à supporter cette odeur temporairement.

Babylone. Des couches d'histoire, de grandeurs et de tragédies reposaient sous terre, jusqu'à vingt mètres de profondeur. Cette pensée alimentait toujours son appétit pour les découvertes et son envie de s'immerger dans ces temps enfouis. Il se réjouissait à l'idée de creuser, brosser et sentir la terre dans ses mains. Elle avait été le témoin de cette histoire. La refouler subtilement loin de ce qu'il recherchait et écouter ce bruit sec, court, à peine distinct, qu'elle faisait lorsqu'elle tombait sur le sol ferme l'enivrait. Sa sonorité discrète accentuait la beauté du silence. Il était alors en extase.

Voilà quelques mois seulement qu'il avait reçu l'autorisation d'entreprendre les excavations dans cette partie encore intacte de Babylone. Un optimisme constant l'habitait depuis lors. Il lui avait été relativement aisé d'obtenir le permis. Non seulement l'administrateur responsable de leur délivrance était originaire d'Adhamiyah, tout comme lui, mais aussi il lui avait fait constater que tout était possible en ces temps de guerre et de chaos. Il était quelque peu embarrassé de profiter de cette sorte de clientélisme ; système qu'il aurait dénoncé dans un autre contexte, mais dont il était reconnaissant dans ces circonstances. Il avait reçu les documents de ses propres mains. Il avait été tout ému, au bord des larmes.

Il avait tout essayé afin d'obtenir ce permis et s'attaquer à la couche inférieure. Il en était envoûté rien qu'à l'idée de la découvrir et la rétablir autant que possible. Cet envoûtement avait encore plus d'emprise sur lui lorsqu'il se mettait à l'ouvrage. Il s'oubliait complètement dès lors qu'il creusait, grattait, balayait délicatement tout excédent de poussière au pinceau, afin d'identifier le moindre indice d'histoire. Ses mains, recouvertes d'une fine couche de poussière, se confondaient entièrement avec le sable, la terre et la roche, comme si elles avaient été pétries à partir de ces éléments et en faisaient partie. Son esprit s'infiltrait au travers d'eux pour les sentir, deviner leur composition et les connaître par cœur. Il voulait tout savoir à leur sujet, afin de pouvoir maîtriser le cours de l'histoire. Cet oubli de soi était un oubli de son ego, de sa destinée. Il n'en voulait plus.

Il était à la recherche d'un autre destin, beaucoup moins tumultueux. Et le cœur serein, il était persuadé qu'il le trouverait dans ces vestiges. Ces longues heures de travail du matin jusque tard dans la nuit, dont il ne ressentait guère la fatigue tellement il était immergé dans sa quête, lui offraient un exutoire face à la violence de la vie d'en haut. Il s'y terrait temporairement à l'abri du soleil d'octobre, lequel pouvait encore être accablant, tel un scarabée attendant que la fournaise de la journée passât et ne surgissant de son repaire qu'au crépuscule.

Il considérait que la tranchée qu'ils avaient creusée était maintenant suffisamment large pour pouvoir laisser entrer assez de lumière naturelle jusqu'à ce que la nuit tombât. Son équipe et lui étaient allés très profond et avaient pu atteindre les couches hellénistiques et néo-babyloniennes. Cependant, il n'était toujours pas satisfait. Il voulait impatiemment atteindre la strate inférieure, celle qui renfermait la ville originelle, la Babylone de Hammurabi.

Il regrettait que des pans d'histoire de cette terre eussent été transférés dans les musées de Berlin, de Paris, de Londres et d'Amérique, tels des trophées qu'on rapportait des colonies et qu'on exhibait en public pour exalter la suprématie sur l'autre. Les Ottomans y étaient pour beaucoup, ils n'ont su gérer leur empire, uniquement lever des taxes. Ce n'était pas leur histoire, c'était la leur, ici. Il avait toujours le cœur lourd en pensant à tous ces trésors enfermés dans des coffres et salles, loin de la Mésopotamie. L'invasion américaine n'avait guère aidé à préserver ce qui restait du patrimoine de cette terre, bien au contraire. Beaucoup avait été consumé par les flammes ou détruit dans des explosions, ou tout simplement pillé par les soldats américains et polonais - ou même par les locaux - afin d'être revendu à l'étranger. On n'avait même pas réussi à récupérer la Porte d'Ishtar. Ramener d'autres petits morceaux était de la pure utopie. Si tout ce qui était exposé dans les musées, en particulier le musée de Bagdad dans la ville ancienne, avait en grande partie été consumé par les flammes ou dérobé, une bonne partie de l'ère de Hammurabi était toujours bien scellée sous ses pieds, sommeillant depuis des millénaires et attendant qu'il vînt vers elle. Les découvertes des périodes néo-babylonienne, spartiate et hellénistique étaient parties dans l'ailleurs, regrettait-il tout de même. Elles auraient pu lui donner davantage d'indices sur leur grande sœur, Babylone. Tout comme Leila était partie ailleurs. Tout comme son père était parti vers l'ailleurs.

« Leila ! Bagdad n'est plus comme avant, » s'apitoyait-il dans ses monologues, une fois remonté à la surface.

Le silence perpétuel au fond de cette cavité, avec pour seule compagnie les vestiges de ces royaumes sous ses pieds et la chaleur du soleil ne lui disaient encore mot sur sa destinée. Cependant, ils lui faisaient revivre ces petits bouts d'insouciance avec sa Leila. Tous deux avaient la même passion, l'histoire. Tous deux avaient été unis par ce même sentiment aussi ancien que le monde, l'amour. Ils s'étaient aimés au point d'être meurtris par ce *'ishq* et adoraient cette contrée, laquelle en retour leur avait rendu leur amour en leur dévoilant petit à petit ces trésors cachés.

Puis elle prit l'avion pour Berlin. Elle était convaincue que la vie serait plus sereine, les conditions meilleures, là-bas, n'avait-elle cessé de répéter. Il se souvenait encore de ces mots comme si elle ne les avait prononcés qu'hier. Certes, les moyens financiers et matériels étaient bien en-deçà de ce que l'on pouvait attendre des autorités ces jours-ci, mais les choses iraient beaucoup mieux, la rassurait-il, en essayant de la persuader de rester à Bagdad.

« Je ne peux pas ! Je n'en peux plus de tout ce bruit en arrière-plan dans notre vie ! » gémissait-elle, lorsque les sirènes hurlantes se faisaient entendre de toutes parts. Le souffle coupé, c'était comme si elle était arrivée au bout d'une longue et sinueuse route. Elle dévoilait dans ces moments-là une âme mourante. Cette langueur mêlée à de soudaines et courtes convulsions dans ses gestes était apparue juste après l'invasion. La présence de soldats étrangers l'avait rendue tellement tendue et stressée au point que le médecin n'avait pas hésité à user du mot *traumatisme* lors de la consultation. Il ajouta que le seul remède à cette commotion serait de quitter Bagdad, voire le pays, juste le temps de se remettre de ce choc. Le docteur, au début de sa carrière, avait fait preuve de peu de tact. Ses recommandations avaient fait l'effet d'une bombe sur lui. Sa bombe.

Leila, loin de lui ?

Un beau jour, il la trouva inconsciente, les lèvres bleuâtres, allongée entre deux rayons de la bibliothèque de l'université de Bagdad. Depuis cet incident, où il se rendit compte que la mort n'était pas si éloignée, il se résolut à arrêter de la dissuader de partir. Au contraire, il allait devenir son premier soutien dans son initiative. Il ne supporterait pas de la perdre à tout jamais. Si cela devait arriver, autant que ce fût momentanément. Leila avait suggéré de s'installer dans la province du nord, semi-autonome, beaucoup plus sereine que le reste du pays. Sulaymaniyah ou Erbil auraient été les plus plausibles, mais leur manque de spécialité aurait signifié une perte de temps pour elle. Les bruits de bottes se faisaient toujours entendre et les soldats étrangers étaient bel et bien présents dans le Kurdistan. Qui plus est, une femme seule en plein Erbil ou Sulaymaniyah aurait pu rencontrer quelques problèmes. On oublia vite cette alternative. Même la Syrie et la Jordanie avaient été à l'ordre du jour, mais qui n'avait pas entendu parler du peu d'accueil réservé aux réfugiés irakiens ?

Il avait avancé tous ces arguments à sa future belle-famille, le faisant toujours de sa voix suave et son regard profond, lequel était orné de longs cils habillant ses yeux bien enfoncés dans ses orbites et surmontés de sourcils fins et longilignes. Restait l'option de lui emboîter le pas, où qu'elle fût allée. Sûrement pas, il lui était nécessaire qu'il demeurât à Bagdad afin d'avoir accès à toutes les archives - du moins ce qu'il en restait – et être sur le terrain.

La seule alternative fut l'Occident. Malgré une hostilité rampante envers l'*étranger*, surtout venu du « sud », c'était un havre de paix comparé à l'enfer du Moyen-Orient. Son oncle Qasim, un dissident de l'ancien régime installé à Berlin depuis plus de vingt ans, l'accueillerait sans aucune hésitation. Et là-bas, elle aurait également la *matière nécessaire*, comme elle aimait appeler les archives historiques à l'Institut de l'Archéologie du Proche-Orient Ancien de la Freie Universität. Tout le monde s'était mis d'accord sur ce choix, y compris lui-même, bien que Qasim eût son statut d'asile politique temporairement révoqué juste après la deuxième guerre du Golfe. On ne savait trop où il en était.

Aussi fut-il soulagé lorsqu'il redécouvrit ce visage radieux qu'il avait l'habitude d'admirer auparavant. Dans ce grand projet qu'elle étalait au grand jour, d'une voix pétillante. Elle ne pouvait attendre qu'il se réalisât. Elle les imaginait tous les deux déambulant dans Mitte, mariés et heureux, loin de l'apocalypse de Bagdad.

Il avait toujours eu des doutes à ce sujet. Chaque fois qu'elle y faisait référence dans leurs interminables discussions, son visage était en extase. Tout sourire, ses fossettes profondément enfoncées dans ses joues rondes, et une main dans ses cheveux essayant de former des boucles avec les pointes raides, elle était plongée dans son jeu de séduction.

« Tu verras *habibi* ! Nous allons être encore plus heureux toi et moi… » Il l'écoutait tout ouï, malgré ses réticences, et acquiesçait d'un léger hochement de tête. Elle parlait bien l'allemand. Il balbutiait quelques mots germaniques.

Il avait essayé de s'imaginer loin de ces deux fleuves. Bien qu'ils commençassent à tarir doucement, à cause du voisin turc, ils irriguaient encore ses veines comme ils avaient nourri les entrailles de l'histoire de cette terre. Son cœur et son visage s'assombrissaient chaque fois que cette idée surgissait.

Il était quasi certain qu'il allait perdre Leila, tout comme Babylone avait perdu la Porte d'Ishtar, laquelle était retenue dans le musée de Pergame. Berlin allait-elle également happer sa *habibiti* ? L'esprit docile, c'était comme s'il se soumettait à un futur prédéterminé. Il ne la rejoindrait pas. Il avait retourné cette question de fond en comble afin d'y percevoir une lueur d'espoir, en vain. L'Occident, malgré ses richesses, sa stabilité et sa liberté, n'était pas pour lui. Tout serait si loin de son identité, si loin de ses repères.

Bien sûr, elle reviendrait de temps en temps afin d'approfondir ses recherches ici même, mais il l'aurait déjà perdue, se désespérait-il, le regard accablé. C'était étrange, mais cette idée qui l'effleurait depuis quelque temps commençait à ne plus soulever d'émotion au fond de lui-même. Il appréhendait ce sentiment nouveau. Les traits du visage figés, il laissait tout son intérieur explorer cette chose inconnue qu'il ressentait envers celle qui avait toujours été sa *moitié de grenade*, comme il l'appelait. Il était soudain pris d'embarras et de culpabilité envers lui-même.

« Cet amour commençait-il à s'éroder ? » chuchotait-il secrètement dans son inconscience quelques fois, afin de n'éveiller le moindre soupçon avec quiconque, y compris lui-même. À l'époque de la décision finale, il arrivait même que Leila s'échappât de sa pensée quelques instants, notait-il avec effroi. Cependant, il ressentait un certain apaisement désormais, comme si un lourd fardeau avait été ôté de ses épaules. La distance qui bientôt allait les séparer physiquement commençait déjà à prendre toute son ampleur émotionnellement.

Ils s'appelaient moins fréquemment et se connectaient moins sur Facebook maintenant. Il n'aimait pas Facebook, mais avait ouvert un compte juste pour elle. Il l'avait d'ailleurs appelé *Leilati*, sa Leila à lui. À plusieurs reprises, il lui téléphona, mais elle ne répondit pas. Elle était très occupée entre études et travail à temps partiel, lui avait-elle dit un jour. Non pas qu'elle eût eu cruellement besoin d'argent, Berlin était beaucoup moins chère que d'autres villes d'Europe ou d'Allemagne, mais ce *job* lui permettait de s'acclimater plus rapidement au nouvel environnement et de s'y fondre.

Il s'imaginait ce petit bout de femme courant d'un quartier à l'autre de Berlin, du matin au soir, pour s'assurer de remplir son agenda. Elle ne supportait pas de remettre à une autre fois ce qu'elle avait planifié pour le jour même. Aussi s'était-il demandé comment elle réussissait à le faire parce qu'elle ne prenait jamais les *S-Bahn* et *U-Bahn* : ces *trous noirs* interminables la suffoquaient, se plaignait-elle. Ils ressuscitaient ces années noires dans la capitale irakienne. Elle ne voyageait qu'en bus, ou à pied parfois si elle sentait qu'elle avait pris un peu de poids. Bagdad n'offrait plus cette vie enracinée dans une histoire sereine, tranquille et immuable à ses yeux. Elle préférait de loin ce doux chaos berlinois aux bombes et mercenaires étrangers. Ce changement avait été comme un salut, un voile sombre qu'on avait subitement ôté de ses yeux. Elle n'allait surtout pas regretter ces scarabées qui proliféraient presque partout dans la capitale.

Au début de son arrivée, elle désirait tant qu'il vînt la rejoindre, qu'il quittât cette ville à feu et à sang. Mais s'il préférait l'anarchie dans sa terre natale à sa compagnie dans un lieu étranger, elle ne pouvait y faire grand-chose. Elle était prise entre un certain désespoir et un défi face à l'adversité de leur destin, où des guerres s'étaient immiscées.

Il avait décidé de rester parmi cet air nauséabond aux effluves de peur et de mort. Elle était bien informée. Il n'avait toujours pas entrepris les démarches auprès de l'ambassade d'Allemagne. Plus ses amis et sa famille lui donnaient des détails sur sa vie à Bagdad, plus elle était convaincue qu'il ne viendrait jamais la rejoindre. Une désillusion s'était lentement installée en elle au fur et à mesure que le temps passait, le visage perdant un peu de sa vivacité, les yeux beaucoup moins pétillants que d'habitude.

Aussi s'occupait-elle l'esprit en se focalisant sur autre chose directement liée à sa vie quotidienne, afin de ne pas sombrer dans une profonde mélancolie ou une forme de dépression. Des nouvelles uniquement sur ses journées entières passées terré dans des tranchées au fin fond de la Babylonie, à essayer de découvrir des restes du temps jadis, elle ne voulait plus les entendre réellement. Depuis un peu plus d'un an maintenant que sa vie avait basculé dans un univers différent qu'elle adopta au fur et mesure que le temps passait, malgré des fossés culturels parfois et des réminiscences récurrentes, dans son sommeil, du bruit des bombes et tirs d'armes violant l'atmosphère de Bagdad, de jour comme de nuit. Elle se faisait une raison, on était tous humains. Elle avait voyagé dans tous les pays de la région, y compris l'Arabie Saoudite, et la convivialité y était la norme. Elle se trouvait désormais dans l'une des grandes capitales d'Europe et l'individualisme était la norme. Il y avait comme des rapports distants entre les gens dont tout le monde s'accommodait, semblait-il. Ayant encore au fond d'elle cette culture moyen-orientale, elle avait en mémoire cette imbrication des vies entre elles, où il était parfois difficile d'avoir un espace privé. Cela ressemblait à une véritable intrusion inconsciente. À Berlin, on n'était pas conscient des rapports individualistes, mais cela n'avait pas d'importance puisqu'elle s'en accommodait également.

Tant pis, elle avait été engloutie par l'Occident et pas sûr qu'elle reverrait Bagdad de sitôt, en déduisait-il, résigné. Un sentiment confus fait de déception, de soulagement et de questionnement guidait ses pensées. Elle avait goûté à ces saveurs de l'Ouest et y avait succombé. Elle lui échappait petit à petit.

Qu'est-ce qu'elle était partie chercher sur Enheduanna, la première femme écrivaine, dans ces terres lointaines qui ne dégageaient aucun de ces parfums babyloniens ? Comment allait-elle retrouver ces traces du passé ? Il savait la réponse. Son amour pour cette terre aride, dont les veines avaient vu couler de l'eau à flots depuis la nuit des temps et qui avait vu naître les premières cités du monde, effaçait tout raisonnement et réponse logique au choix de celle qui fut sa bien-aimée il n'y avait pas si longtemps.

Cette autre guerre était également loin de lui par moments. Elle avait pris des vies qui lui étaient proches et éloignées, certaines dont il ne s'était jamais séparé jusqu'à leur dernier souffle. Il ne s'était jamais réellement défait d'elle, mais elle lui était toujours aussi indifférente d'une certaine façon, faisant partie intégrante du cours de la vie, du destin de tout individu - même si ce dernier se faisait déchiqueter au milieu d'innocents. Était-ce pour cela qu'elle s'acharnait sur lui ? Ces questions à lui-même n'étaient que l'écho du monde extérieur qu'il ressentait au fond de lui-même.

Il devait absolument stopper ces dialogues interminables avec sa conscience, se répétait-il, alors qu'il raclait le sol gracieusement en un endroit précis. Il sentit quelque chose de dur dessous la terre. Il était déjà 16 h 15. Le soleil tapait beaucoup moins fort à présent. L'astre allait se coucher d'ici une heure environ en cette fin octobre. Il s'était activé toute la journée, presque sans interruption, ses seuls moments de répit se limitant à ces soliloques.

Il avait encore fléchi face à eux, dans une énième et vaine tentative d'éviter cet écueil. Cette introspection était devenue comme une nécessité. Elle commençait même à s'affirmer comme une extension naturelle de ses recherches archéologiques et se déroulait parallèlement à ses fouilles quotidiennes. Elle avait même lieu lorsque le reste de l'équipe était présent. D'ailleurs ils ne lui parlaient que lorsqu'il était nécessaire, remarquant son esprit toujours occupé.

Son piochon, dont le son feutré emplissait le silence de la cavité à ciel ouvert en raclant la terre, laissa tout d'un coup échapper un bruit beaucoup plus étouffé. Il avait atteint quelque chose. Cela ne ressemblait guère à un bruit de roche que l'on frappait, sinon le bruit aurait été plus aigu. Celui-ci était trop différent, notait-il les oreilles et les yeux grands ouverts. Il avait comme un écho accompagné d'une note grave. Son regard s'emplit d'excitation. À présent, il prêta toute son attention à ce bruit nouveau, faisant éclater le puzzle de son monologue en un clin d'œil.

« Oubliée, *Leïlati*... Pardonne-moi... »

Il changea la façon dont il avait effleuré la terre depuis le début de l'après-midi. Il savait qu'il pourrait facilement endommager toute trace d'une époque révolue. Il posa le piochon et attrapa la truelle triangulaire. Le mouvement de sa main était encore plus bref et lent, tel un film au ralenti.

Il y avait encore suffisamment de lumière du soleil d'hiver afin de travailler encore une bonne demi-heure. Il la préférait à la lumière artificielle. Il se souvint qu'il avait jeté son dévolu sur la chaîne de tells qui longeait l'ancienne route Bagdad-Hilla, après de longues discussions avec ses pairs. Celle-ci était bien exposée à la lumière en cette période d'année. L'endroit était encore vierge de toutes recherches, se délectait-il. Et désormais, il avait le privilège unique d'entreprendre des fouilles prometteuses, aux dires du milieu professionnel. Il espérait bien qu'elles lui permettraient d'éclairer l'histoire de cette terre d'une lumière nouvelle.

Pourquoi l'avait-elle perdu ? Cette question ne lui avait jamais réellement traversé l'esprit auparavant. Peut-être était-ce un lointain écho des propos que Leila avait tenus une fois :

« Est-ce qu'on se perdra ? »

Pourquoi ce passé enseveli et ce présent apocalyptique ? Il faisait souvent, automatiquement, le lien entre le chaos dans sa propre vie et celui régnant non seulement en Irak, mais aussi chez les voisins.

D'où venait ce déterminisme ? En se posant cette question, alors que le bruit de la truelle triangulaire contre la couche de sable recouverte de minuscules graviers se faisait de plus en plus en plus ferme, il se sentit subitement soulagé de cette pression qui pesait au-dessus de lui. Le regard émerveillé, les traits du visage relâchés, il avait enfin trouvé l'énigme à ce questionnement incessant. Comment pouvait-il croire au déterminisme, alors qu'il essayait de rationaliser sa vie ? Il sectionnait chaque instant, chaque expérience, chaque comportement, et les isolait afin d'y identifier la raison précise de leur existence, de leur événement. S'emboîtaient-ils les uns dans les autres tel un pot-pourri qui suivait une certaine logique ? Ou bien évoluaient-ils dans un total chaos ? Ses fouilles lui donneraient-elles davantage d'indices sur la destinée de la Mésopotamie, ce qui pourrait l'aider à lever un voile, aussi léger fût-il, sur ses interrogations. Il savait ce qu'il cherchait à présent. Il suffisait de le trouver. Comprendre l'itinéraire de sa destinée, de cette contrée et de ses hommes. Le monde moderne et sa rationalisation à outrance était partout présent. Pas un espace, aussi infiniment minuscule fût-il, qui pût échapper à cette *mise en boîte* du pourquoi et du comment.

Il venait de se rendre compte qu'il avait suivi cette voie inconsciemment. L'ombre de l'Ouest planait un peu partout et s'ingérait où elle pouvait. Cette laïcité, l'opium d'un homme en total détachement avec la création. Jusqu'à présent, il avait été persuadé que ses moindres gestes n'étaient qu'une suite logique de l'acte ou de la pensée qu'il avait exécutée ou émise, et que, logiquement, leur déroulement avait un sens.

« Et le hasard alors ? s'interrogea-il au fond de lui-même. Est-ce une pièce parmi d'autres, dans le magma interminable et logique du destin ? »

Cette vie d'antan avec elle lui manquait, soupira-t-il.

Et Leila... Comment avait-elle pu survenir puis s'éclipser soudainement ? Un léger excès de colère se propagea rapidement en lui, puis s'esquiva pour laisser place à cet apaisement dans lequel il s'était trouvé quelques instants plus tôt. Il eut juste le temps d'en être légèrement conscient. Il ne pouvait rien y faire. Il avait accepté ce non-sens malgré cette rationalité dont il venait de prendre conscience. Il ne pouvait s'empêcher de l'aimer dans ses souvenirs, comme s'il poursuivait un rêve qu'il faisait chaque jour et qu'il chérissait tant, loin du monde concret auquel il était accoutumé.

Il allait devoir arrêter ses fouilles d'ici peu, la lumière du jour se faisant de plus en plus rare. Il était tout animé. Il avait réussi à déterrer un coin de ce qui semblait être un coffre. Un tombeau peut-être. Il crut reconnaître du lapis lazuli. Il posa ses outils, s'agenouilla sur la petite couverture posée à même le sable, posa ses mains gantées et poussiéreuses sur ses cuisses en s'adossant contre la roche derrière lui, et leva la tête vers le ciel. Il se laissa caresser par les derniers rayons de soleil.

Il tenta de rassembler ses idées en une seule et unique pensée afin de les exposer aux dernières lueurs de la journée. Il ferma les yeux pour mieux les cerner, les sentir, laissant transparaître un léger sourire. Il semblait y être arrivé, même si certaines d'entre elles s'étaient perdues dans les plis de ses paupières. Il avait envie de les deviner sous une lumière nouvelle, les découvrir sous un autre jour, dans cette voie à mi-chemin entre ce déterminisme et ce pseudo-chaos qu'il venait de réaliser aujourd'hui. C'était encore difficile à achever. Cependant, il pouvait sentir que sa rationalité s'effritait peu à peu, laissant la place à une perception nouvelle. Sa subjectivité vis-à-vis du monde environnant l'inspirait de plus en plus pour diriger ses pensées. Lui, comme observateur regardant le monde se muer autour de lui et interagir avec son existence, la modelant, la façonnant sûrement. Quelle était sa part d'influence dans cette interaction ? Et s'il inversait les rôles, tout surpris d'accepter de ne plus être le centre d'attention ? Le monde l'observant, lui l'acteur.

Les grains de sable, les roches, les vestiges enfouis sous terre le scrutaient et suivaient ses moindres actes. À travers leur conscience, il était l'objet de toutes leurs attentions. Mieux encore, il ne voulait pas devenir le centre d'intérêt et souhaitait ne plus être conscient de sa propre conscience par rapport au reste du monde.

Ce qu'il désirait, c'était faire entièrement partie de ce chaos organisé et évolutif, dans lequel il serait un élément parmi tant d'autres. Il ne voulait plus à avoir à supporter le poids de son existence. Il voulait transférer cette responsabilité au déroulement du monde, s'en remettre au chaos. Peut-être était-ce bien là le destin de la plupart de ses compatriotes. Cette guerre n'était qu'un épiphénomène du chaos après tout. Probablement, quelque chose de nouveau émergerait de cette détresse, de ces ruines.

« Babylone, *la Porte des dieux*, » murmura-t-il, comme pour résumer toute la portée de son optimisme dans ces mots. Tout d'un coup, il aperçut un scarabée déambuler, l'air détaché. Il avait une couleur bleu-noir et avançait lentement, comme traçant l'odeur de quelque chose, inconsciemment. Peut-être cherchait-il le plus court chemin pour accéder à sa destination finale dans ce chaos de sable, de graviers et de roches qu'il avait créé. Peut-être qu'il devait revenir des entrailles de cette terre qui préservait quelque part Hammurabi et son Code. L'original. Voulait-il lui aussi rationaliser le chaos existentiel ? Soudainement, il avait envie de se faire tout petit, devenir un scarabée et arpenter les profondeurs de la Babylonie.

Au nom du père

07 h 40. La tasse de thé encore pleine à la main, elle était sur le point de se pencher sur le dossier lorsque le présentateur radio annonça des retards dans les réseaux ferroviaires nord. Un incident technique était survenu tôt ce matin.

« Oh non, soupira-t-elle, entre deux gorgées. » Tant pis, elle allait sûrement être en retard pour la réunion de 09 h 30. Ce n'était pas grave, le responsable de direction du Grand Londres allait la présider afin d'informer les chefs d'équipe et leur personnel sur les changements à venir. Peu importait, elle en avait vu défiler des changements au fil des années. Et puis c'était un homme.

Il ne comprenait rien à l'enfant. Il n'y avait aucun doute que les impulsions de ces réformes régionales venaient de sa propre initiative.

« Comment bon sang de bon Dieu pouvait-on laisser la charge de se pencher sur l'intérêt de l'enfant à un mâle ! se révoltait-elle. »

Pas étonnant qu'il y eût des réformes en faveur des pères dans les tribunaux des affaires familiales ces dernières années. Ils étaient montés au créneau et avaient obtenu gain de cause, ressassait-elle, indignée. Cependant, ils avaient encore un bon bout de chemin à faire, se réconfortait-elle.

Il y avait tellement de possibilités pour une mère afin de sauvegarder la garde de son enfant lors d'un divorce ou d'une séparation, grâce à d'innombrables déclinaisons de violences domestiques qu'elle pouvait mettre en avant. Dans ces accusations, se consolait-elle, il y avait la plupart du temps une zone grise, où les *victimes* pouvaient naviguer comme bon leur semblait, et où les autorités policières, lorsque alertées, préféraient ne pas prendre de risque et embarquaient le soi-disant agresseur pour l'interroger, à défaut d'avoir des preuves convaincantes, puis le relâcher quelques heures plus tard. Et elle pouvait même impliquer sa progéniture an leur faisant dire de petits mensonges sur leur papa adoré.

Elle se délectait de ces zones d'ombre et du pouvoir qu'avait le sexe faible, comme on appelait les femmes, à se victimiser, à jouer de cette faiblesse même dans les affaires judiciaires sur lesquelles elle donnait avis et recommandations.

La faiblesse de la femme devait devenir sa force. Il fallait bien que ces pauvres bambins eussent quelqu'un qui les défendît, afin qu'on ne les arrachât pas du giron maternel.

La pauvre femme avait déjà trop enduré sous le joug de son mari, ex-mari ou ex-partenaire, et allait continuer à souffrir. Alors, pourquoi rendre cette souffrance encore plus insupportable en lui interdisant de s'occuper exclusivement de son enfant ?

Il ne pouvait y avoir qu'un parent qui eût la garde principale, et cela devrait être celle qui l'avait porté et enfanté. Les hommes allaient-ils se travestir et se comporter comme des femmes ? Il ne manquerait plus que ça ! Le père, lui, n'était que périphérique et devait le rester.

Les trois quarts du temps, il ne savait pas ce qu'il faisait, pensait ou ressentait, lorsqu'un enfant venait bousculer sa vie. Son attachement pour le petit être n'était pas aussi fort et naturel que celui ressenti par la mère. C'était la loi de la nature, c'était la force de la femme. Et elle savait de quoi elle parlait. Son propre père en était l'archétype même.

Il s'était révélé être un monstre pour sa famille, un mari trompeur et indifférent pour sa mère. Comme beaucoup d'hommes, il avait fait montre d'une totale complaisance envers lui-même, comme si ses ébats avec cette servante d'un pub devaient être considérés comme bénins et ne remettaient aucunement en cause son attachement à la famille et son respect envers elle. C'était une erreur de parcours, comme tant d'autres auparavant et à venir. Avec les années, il avait fini par se retirer de sa vie familiale et profiter de ses incartades extra-conjugales. La vermine.

Il avait même osé essayer de lever la main à deux reprises sur sa femme lorsque celle-ci l'avait bousculé. Certes, il n'était jamais passé à l'acte. Sa chère mère avait fini par le quitter. Un beau jour, alors qu'il était au travail à l'une des rares aciéries encore ouvertes, elle se résolut à fuir ce contremaître. Elle prépara leurs valises, prit le nécessaire et s'en alla de Sheffield pour reconstruire une nouvelle vie ailleurs, en compagnie de ses deux filles. Elle avait besoin d'un bouleversement total, avait-elle confié à sa progéniture. Beth se souvenait encore de ce jour ensoleillé et décisif comme si c'était hier. À peine entrée dans l'adolescence, elle avait déjà la même crinière, mais plus claire. Et un peu d'acné.

Une bonne partie de la famille maternelle avait migré dans le Sud-Est durant la première révolution industrielle. Ils étaient très bien implantés Elle s'était déjà plainte à ses proches de sa situation conjugale. Il ignorait sa présence ainsi que celle de ses filles. On avait fait croire qu'il devenait agressif par moments, qu'il ne communiquait guère hormis en haussant le ton, en ayant recours à des termes crus et à des mots durs comme forme de coercition, et qu'il ne se gênait pas d'user de ses larges mains sur leur maman chérie. On leur avait dit qu'il n'avait certes jamais levé la main sur les deux filles mais simplement usé du verbe et de tons humiliants. Beaucoup de cela n'était que fabrications bien sûr, sauf la servante.

Perdue entre les lignes de la page cinq du rapport qu'elle tenait à distance de la main gauche et sirotant son thé encore chaud, elle se rappela que sa maman lui avait tenu tête et n'avait pas hésité à lui donner la réplique à plusieurs reprises. Elle était même arrivée à le mettre sur la défensive.

Elle n'avait pas eu une lueur de regret sur son papa ou le moindre brin de compassion envers lui après qu'elles le quit-tèrent. Elle l'avait résumé ainsi : un caractère de cochon. Comme beaucoup d'hommes. La condition de la femme allait devenir son combat principal. Elle s'était jurée de se vouer corps et âme à cette cause.

Il fallait absolument venir à bout de la société patriarcale. Elle espérait, de son vivant, voir l'oppression de la femme être brisée et atteindre cette parité avec les hommes. Un idéal, soupirait-elle, à peine consciente qu'elle lisait les lignes de la notice sans vraiment y prêter attention. Elle reconnaissait au fond d'elle-même qu'hommes et femmes n'étaient pas égaux biologiquement, et bien sûr, cet argument devait être écarté sans aucune ambiguïté. Pourquoi leur donnerait-on du grain à moudre ? Devenir égaux devant les lois sociétales entraînerait à coup sûr la chute d'un bon nombre de barrières mises en place par les hommes eux-mêmes ; mais pourraient aussi mettre à mal certaines prérogatives féminines et les acquis conquis au fil des diverses vagues féministes, craignait-elle.

La résurgence régulière de ces quelques confusions, comme elle les appelait, l'indisposaient tellement qu'elle évitait de les affronter. Elle esquivait tout débat possible avec elle-même ou quiconque s'y référait pour mettre à mal tout mouvement féministe. Elle balaya ces pensées, hérétiques à son goût, en une longue expiration tout en fermant les yeux, puis prit une gorgée de son thé.

Les affaires familiales des tribunaux des quatre coins du pays était le théâtre d'affrontements entre l'homme et la femme, mais plutôt un lieu où la femme avait l'opportunité de prendre sa revanche face à l'homme, à tous les niveaux. Et elle, l'assistante sociale au service de la justice qu'elle était, s'en donnait à cœur joie. Elle savait qu'elle mettait au second plan cette impartialité qu'elle était censée représenter lorsqu'on lui demandait d'analyser, d'émettre un avis et de faire des recommandations. Comme toutes ses collègues, elle était considérée comme *les yeux et les oreilles de la cour*. L'intérêt de l'enfant primait et elle s'assurait qu'il était au-dessus de toute atteinte dans ses recommandations. Défendre les plus faibles économiquement, physiquement et psychologiquement, en l'occurrence les mères, était un impératif à ses yeux. Oui, la gent féminine a été oppressée et subjuguée par le patriarcat érigé en modèle sacro-saint depuis la nuit des temps. Les religions n'avaient fait que les renforcer. La femme avait le droit à cette liberté d'agir et de penser tout comme un homme. Il faisait comme bon lui semblait. La femme devait en faire de même.

«Une chambre pour soi...» murmura-t-elle, dans un chuchotement qui était plus destiné au silence autour d'elle - elle avait fait abstraction du programme radio. Non sans une certaine amertume, elles n'étaient pas encore arrivées à cet endroit que Virginia Wolfe voulait tant qu'elles atteignissent. Elles n'en étaient qu'à l'antichambre malgré les différentes vagues et tous les gains. Le droit au vote, l'indépendance financière, le droit à l'avortement, la liberté sexuelle et le droit de baiser ou pas n'étaient pas suffisants. Il n'y avait pas encore assez de reconnaissance qui les mît à égalité avec l'homme. Le système mâle persistait et résistait toujours. Pourquoi n'y avait-il pas de prêtre ou de rabbin femme ? Bien sûr, elles avaient commencé à éclore ici et là, mais elles étaient périphériques par rapport à la norme. Ils nous donnaient des miettes. De même pour les musulmans, ils pourraient aussi bien promouvoir une imam-e.

« Ah ceux-là ! Ils sont loin de nos valeurs judéo-chrétiennes ! » Elle se mordit la lèvre inférieure, embarrassée par cette remarque décalée et saugrenue, tout en tournant la page d'un geste sec et court. Son mouvement soudain propulsa la feuille dans les airs, laquelle se posa gracieusement derrière les autres. Elle la considérait comme une expression ostracisante et fourre-tout, utile lorsqu'on essayait d'exclure et un excellent repoussoir pour quiconque n'était pas à notre goût. Elle voulait simplement les bousculer. Il fallait donner un grand coup de pied dans cette fourmilière qu'étaient le patriarcat et l'orthodoxie.

Du fait de son affiliation maternelle, elle savait que ces soi-disant valeurs judéo-chrétiennes ne s'appliquaient pas aux gentils.

« Tu ne porteras pas de témoignage mensonger contre ton prochain ! » Elle esquissa un sourire en se rappelant ce précepte. Elle ne cessait d'y aller à contre-courant, sans vergogne. Elle estimait avec un brin d'ironie que, comme elle avait une ascendance juive par sa grand-mère maternelle, elle pouvait s'y soustraire. C'était pour la bonne cause, se défendait-elle. Et tout était dans le verbe, dans la subtilité d'argumenter ce qui était difficilement défendable, se flattait-elle.

« Chérie ! » La douce et lointaine voix qui l'interpella du haut de l'escalier la fit brusquement émerger de ses digressions.

« Oui mon amour ?

— Ne vas-tu pas être en retard ? Tu vas rater ton train je crois… » Elle se tourna légèrement sur sa gauche afin de jeter un coup d'œil à l'horloge au-dessus de l'évier. Il était effectivement 08 h 20 passé. Elle prit sa tasse de thé.

« Ils ont annoncé des retards dans les trains en direction d'Euston. J'ai encore un peu de temps !

— Bien ! Je vais commencer à passer quelques coups de fil à certains clients ! À ce soir, au cas où je suis en ligne ! Bisous !

— D'accord ma belle ! Je t'embrasse également ! » Elle revint à son rapport.

Cette demande de garde d'enfant émanant du tribunal judiciaire de l'ouest de Londres ne semblait guère prometteuse pour la mère. Cependant, elle savait qu'elle allait essayer de lui faire reprendre le dessus et la guider dans les méandres de la cour et des procédures familiales. Laissées à elles-mêmes, ces femmes seraient à la merci des hommes et de la horde de leurs avocats. Elles ne savaient pas s'y prendre et cela ne les menait nulle part. Faire du *bashing* contre les pères était insuffisant et contre-productif. Il fallait les frapper là où ils ne pouvaient riposter, la maternité.

Il était nécessaire d'user de leurs atouts et de ce qui faisait leur force. Travailler dans l'ombre, tirer les ficelles en profitant de toutes les opportunités que le contexte pouvait offrir avait été son credo. Elle avait appris cette stratégie de sa mère, laquelle avait à maintes reprises usé de subterfuges avec son père, afin qu'il allât dans le sens de ses choix sans soulever le moindre soupçon. Parfois cela avait marché, d'autres fois pas du tout ; et c'était là qu'il devenait furieux. Il fallait dire que le chef de famille avait la tête dure. L'ultime revanche du trio avait été de quitter le domicile familial. La mère avait voulu mettre un terme à cette situation humiliante. On ne lui avait pas laissé le temps de choisir entre une vie entourée de sa famille et une existence passée auprès de bras éphémères. Lorsqu'elles étaient encore à la maison, il avait déjà décidé et avait pris toute la liberté pour s'adonner à ses aventures amoureuses. Il alla même plus loin lorsqu'elles s'en allèrent : la dernière conquête rentrait le soir et sortait le matin apparemment, prenant leur place. Leur plan avait partiellement échoué. Il n'avait pas cherché à s'enquérir de leur sort, il avait tourné la page. Au bout de quelques mois, l'épouse demanda le divorce et, chose rare, ne se soucia même pas de réclamer sa part dans le patrimoine ou le moindre pécule pour une pension alimentaire. Du moment que les filles ne demandaient pas après lui, il n'existait plus à ses yeux.

Son smartphone laissa échapper deux vibrations.

« Mon Dieu ! se dit-elle, quelque peu irritée. » Comment pouvait-on être si tôt au travail et bombarder ses collaborateurs de courriels ? Cela ne pouvait venir que du travail, elle n'utilisait le Galaxy qu'à cet effet. On était vendredi et certains collègues semblaient avoir autant d'entrain qu'en début de semaine. Tout en continuant à lire la notice explicative de la réponse de la mère au père, afin de voir comment elle devait utiliser la théorie de l'attachement et saper les arguments du père, elle passa en revue son agenda pour aujourd'hui et ce weekend, inconsciemment. La journée devrait être remplie de quelques réunions jusque vers midi, à moins qu'il y eût des changements de dernière minute, suivi d'un rendez-vous avec une mère et son enfant. Elle devait évaluer le risque que sa progéniture pourrait encourir dans le litige parental. Cela allait être une formalité. Ensuite, elle devrait dédier le reste de la journée à diverses tâches et rapports avant le pot d'adieu de Jon.

Jon, il était adorable, tout plein de tendresse et de bienveillance. Il avait fait son coming out depuis fort longtemps. Son partenaire et lui n'en pouvaient plus de la saturation des transports publics, du bruit, de la pollution et de la cherté de l'immobilier dans la capitale. Ils aspiraient également à plus de soleil. Aussi avaient-ils décidé de s'échapper dans le calme du Sussex, quitte à faire la navette entre Londres et Brighton en attendant son transfert. Il avait été d'un grand soutien durant toutes ces années. Il allait lui manquer sans aucun doute.

Samedi était déjà planifié, bien huilé : courses le matin, séance de pilates à onze heures - cela relaxait un cou devenu rigide avec les années -, tapis de course, et finalement cardio-training. Elle avait besoin de perdre ces quelques kilos en trop. Elle les sentait et n'était pas autant à l'aise. Amy s'en moquait éperdument mais ses vêtements n'appréciaient guère qu'on les étirât à longueur de journée. Ensuite, elle rentrerait directement se rafraîchir, prendre son déjeuner, ressortir aussitôt et rendre visite à sa chère maman de quatre-vingts ans. Cette dernière n'avait pas bougé de North Finchley depuis qu'elle avait quitté le domicile conjugal voilà plus de quarante ans. Contrairement à beaucoup de ses connaissances qui terminaient leur fin de vie dans des établissements aseptisés, lesquels les isolaient de tout - certaines oubliaient où elles avaient rangé le carton de lait ou si elles avaient des enfants -, elle s'estimait heureuse d'être encore assez indépendante et d'avoir la mémoire intacte. Dans tous les cas le nom de ses filles était tatoué dans sa mémoire et dans son cœur, donc il n'y avait aucun risque à ce qu'elle ne les reconnût pas si la démence la prenait. Elle leur répétait souvent combien le quartier avait changé, son urbanisme et sa population, et combien la vie avait été bouleversée.

Une fois la visite terminée, elle s'en retournait passer la soirée avec Amy. Quant à dimanche...

« Hum… Dimanche… Rien n'a encore été programmé, se rappela-t-elle. » Il y avait une chose qu'elle ne supportait pas, c'était bien le dimanche, cette relique de la religion. Cette institution purement chrétienne s'était même propagée dans beaucoup de pays non-chrétiens. Gris, inanimé, plat et désert, il n'offrait guère le loisir de célébrer la vie. C'était une bonne chose que la dérégulation eût permis l'ouverture des cafés et magasins ce jour-là. Et merci aux immigrés qui ne se préoccupaient guère de leurs jours et heures de travail.

Elle se souvint encore lorsque, durant son adolescence, ils étaient allés rendre visite à une cousine germaine de sa mère à Londres, ainsi qu'à un autre membre de la famille alité depuis une semaine au North Middlesex Hospital, pour le weekend. Ils adoraient se rendre dans le Sud-Est : le climat, la mentalité et l'ambiance étaient différents de ceux du Nord. Hormis les quelques rares échoppes tenues par des gens du sous-continent indien, les magasins fermaient très tôt, même le samedi. La cousine germaine en question, une juive orthodoxe comme il y en avait beaucoup au nord de la capitale, avait fait de son mieux pour les accueillir le jour du Sabbat, dans l'après-midi. Elle se souvint de l'attitude de son mari, lequel n'avait pas vu d'un bon œil qu'elle ne se couvrît sa chevelure, comme d'habitude. Bien qu'ils fussent à la maison, il avait estimé que son père, anglican de naissance et athée, devait être considéré comme *étranger*, un goy. Le pauvre homme était tout bienveillant et les invitait à se servir des mets pour le *seudah*, posés sur la table du salon et préparés la veille. Cependant, durant toute l'heure et demie de la visite, il n'avait cessé de se focaliser sur les cheveux de sa femme et tenté en vain d'attirer son attention. Quant à son épouse, bien qu'elle eût remarqué ses appels, feignit de ne pas s'en rendre compte dans un affront plein de bonhomie. C'était peine perdue pour le mari. Elle considérait l'*étranger* comme partie intégrante de la famille.

Cette situation burlesque avait fait rire sa mère, sa sœur et elle-même une fois dehors et avait rendu ce weekend encore plus gai. Elle allait, par la suite, devenir un modèle de rébellion et une autre révélation de l'oppression de la femme, quel que fût le milieu et quelle que fût la culture. En sortant de cette demeure cossue de Golders Green, une bouffée d'air avait soudainement redonné vie à son âme, comme libérée d'une sensation d'asphyxie. Chaque fois qu'elle traversait ce quartier flanqué d'arbres centenaires, lesquels offraient un bel ombrage durant les quelques jours de chaleur annuels, cette bouffée d'air refaisait surface en elle, ainsi que l'atmosphère et la cocasserie de ce samedi. Son père, quant à lui, s'en était très peu soucié.

Elle en était à la dernière page. Tout en laissant ses yeux allègrement surfer sur les mots, elle attrapa le bout d'une des mèches de sa chevelure bouclée, l'enroula et la déroula autour de son index à plusieurs reprises, comme suivant le rythme de sa lecture. Elle avait découvert que ses aïeux maternels étaient des juifs séfarades ayant fui l'Inquisition en Espagne. Elle n'avait jamais vraiment cherché à en savoir davantage, mais il était certain que ces boucles étaient un héritage de l'histoire.

Elle jeta un regard à l'horloge de nouveau. Il fallait qu'elle tirât un trait sur cette réunion hebdomadaire ce matin. Elle reprit sa lecture et se focalisa sur les deux derniers paragraphes.

Elle déroula la mèche subitement et fit s'envoler la dernière page derrière les autres. Un gros titre apparaissait en première page : *Jensen vs. Johnson, 27 février 2012*. Elle posa la notice de la demande de garde du père sur la table, d'un geste presque répulsif, et prit son smartphone. Elle se résolut à appeler le bureau par courtoisie :

« Allo ?

— Allo ! Que puis-je faire pour vous ?

— Cathy ! C'est Beth.

— Ah ! Bonjour Beth, comment allez-vous ?

— Merci, ça va bien… Dites-voir, il y a des retards dans les trains et je serai dans l'impossibilité d'assister à la réunion…

— D'accord pas de souci, je vais avertir Mr. Mcvie.

— Merci encore ! À tout à l'heure.

— À tout à l'heure, bon courage ! »

Une chose en moins dont elle n'aurait pas à se soucier. Elle n'allait quand même pas stresser pour une réunion dont le compte-rendu serait envoyé d'ici mardi prochain et qui, entre autres, était présidée par un homme. Elle posa le smartphone et garda sa main dessus, tout en scrutant le jardin au travers des portes-fenêtres. Il allait falloir commencer à s'en occuper, l'hiver avait touché à sa fin bien qu'il y eût encore de la gelée le matin. Il incombait à Amy de le faire. Elles s'étaient mises d'accord que l'extérieur était sous sa responsabilité et l'intérieur était son domaine. Elles s'amusaient à se donner le rôle de la *femme* ou de l'homme quand elles voulaient ironiser sur cet accord.

Elle attrapa sa tasse à moitié vide et se leva subitement. Elle s'approcha de la porte-fenêtre tout en repoussant sa crinière derrière ses épaules. Elle s'arrêta juste devant le paillasson, où deux paires de sabots en acétate, l'une rose et l'autre lilas, étaient soigneusement rangées. Elle scruta le jardin. Les bourgeons de certains arbres et arbustes commençaient à laisser place à quelques fleurs précoces. Ce n'était pas le cas du cerisier ; le *prunus kanzan* fermait habituellement le bal de la floraison. Le gazon, trop humide, devrait attendre encore quelques semaines avant d'être tondu. En le sondant, elle se rendit compte qu'elle devrait creuser dans les diverses théories de *caregiver* afin de trouver de solides arguments en faveur de la mère. Son ex semblait avoir de bons atouts et ne demandait que la garde partagée. Il n'y avait pas de raison que le juge ne lui accordât pas sa requête, le système judiciaire essayant de contrebalancer les décisions en faveur des pères ces dernières années. Mais l'autre avantage du sexe faible était qu'elle avait beaucoup d'opportunités pour se poser en victimes face au mâle. Cette masculinité au service du patriarcat était la source même du problème et la raison de son combat.

Elle avait façonné les sociétés depuis l'aube de l'humanité et devait muer. Au fond, elle aspirait à une forme de société matriarcale. Castrer les hommes ne servirait pas à grand-chose. Ce serait pire, craignait-elle, ils deviendraient une concurrence encore plus pernicieuse. Inverser les rôles semblait quelque peu difficile. Peu de mâles étaient enclins à prendre les responsabilités des femmes. Avant qu'elle ne se décidât de se tourner uniquement vers les femmes, elle avait connu quelques hommes qui s'étaient accommodés parfaitement d'une certaine passivité, même sous les draps. Elle avait vécu près de quatre ans avec Nathan, lequel avait pris un très grand plaisir à la laisser faire ce qu'elle voulait de son corps d'homme. Il avait éprouvé une telle jouissance à la voir assouvir ses désirs. Elle se souvint lorsqu'elle avait fait part de son envie d'intervertir les rôles. Il l'avait regardée avec un grand sourire, les yeux écarquillés.

« Et comment ?

— Je vais nous procurer un gode-ceinture je crois… »

Même si parfois il laissait jaillir cette masculinité en lui sans pouvoir y faire grand-chose, elle l'avait considérée comme un défaut de sa personnalité. Il avait été trop docile et soumis, complètement passif. Elle, cela l'avait agacée quelque peu, mais c'était le prix à payer afin de vivre avec un homme qui voulût bien inverser les rôles dans une relation hétérosexuelle. Malheureusement, à force de lui demander d'assouvir ses désirs à elle au travers de son corps à lui, elle lui avait fait perdre tout intérêt pour son corps de femme. Il s'était habitué à éprouver tellement de plaisir qu'il avait fini par vouloir faire l'expérience du *vrai*. Un beau soir d'hiver, il lui annonça qu'il voulait prendre du recul et avait besoin d'espace pour de l'introspection. Elle avait été surprise sur l'instant même, puis après réflexion, n'avait pas été étonnée de cet aveu. Elle avait senti un certain changement dans son comportement les semaines précédentes. Il gardait une certaine distance dans leur quotidien et ne voulait plus s'amuser autant. Cependant, elle avait été très offensée par une décision aussi hâtive, sans même prendre la peine d'en discuter. Ce soir-là, elle n'avait même pas essayé d'en savoir davantage. Elle resta silencieuse, l'observant par à-coups. Il avait un regard à mi-chemin entre gêne et soumission. Tête baissée, il inspectait le carrelage de la cuisine, cherchant une issue de secours possible. Une trahison mêlée à de l'amertume, ainsi qu'à une atteinte à sa fierté féminine et des souvenirs de son propre père, s'emparèrent d'elle.

« Bien… Prends tes affaires et va-t'en… Ce soir ! » lui ordonna-t-elle, tout en continuant à éplucher les avocats.

Il s'en était allé au bout de trois heures. Il laissa un vide derrière lui, non seulement dans les tiroirs de la commode et des étagères de l'armoire ainsi que de la bibliothèque, mais aussi dans l'atmosphère du quatre pièces. Certes, elle n'avait jamais voulu d'enfants, mais elle n'avait jamais voulu rester seule non plus. Elle découvrit quelques mois plus tard, par l'intermédiaire d'une connaissance commune, que Nathan était à nouveau en couple. Avec un homme. Il avait réussi à emporter toutes ses affaires personnelles, s'était-elle rendu compte avec étonnement. Cependant, il avait laissé le gode-ceinture. Il n'en aurait plus besoin. Avec le temps, les sentiments d'amertume et de trahison s'étaient érodés et avaient laissé place à une sorte d'acceptation. Elle n'aurait pu le retenir et lui aurait probablement pardonné.

Il fallait dire que Nathan était quelqu'un de très organisé, et comme beaucoup d'hommes, ne s'encombrait pas de superflu. Les femmes, quant à elles, avaient toujours besoin de ceci et de cela pour se sentir femme, autrement elles seraient considérées comme manquant de féminité. Pourquoi entretenaient-elles cette image du sexe faible qui semblaient n'être intéressé que par ces futilités ? Bien qu'usant de crèmes en tous genres, afin de laisser paraître un visage aussi tonifié que possible, et adorât châles et foulards - elle en avait une large collection dans sa penderie -, elle ne se comportait pas aussi frénétiquement lors des soldes. Elle n'attendait surtout pas à ce qu'un homme lui ouvrît la porte ou la laissât passer la première. Elle reconnaissait que, quelque part, les femmes entretenaient ces codes entre les deux sexes.

Nathan était sorti de sa vie et Amy avait pris sa place voilà sept ans, par pure coïncidence, se souvint-elle. Même si elles n'utilisaient plus de jouets autant qu'à leur début, elles avaient atteint le niveau platonique que tant de couples qui résistaient au temps décrivaient comme le socle de leur durée. L'aspect même physique dans leur relation n'importait même plus. D'ailleurs, toutes les deux étaient devenues adeptes du tantrisme et n'hésitaient pas à faire partager leur expérience lors de déjeuners et soirées.

Bowlby. C'était vers ses recherches qu'elle devait se tourner pour le cas *Jensen vs. Johnson*. Elle devait puiser dans la période de jeune âge de l'enfant, afin de défendre la position de la mère. Bien sûr, il avançait qu'au fur et à mesure que l'enfant grandissait, le père aurait un rôle de plus en plus important à jouer, mais elle n'avait pas à mentionner cet aspect de ses recherches ; uniquement l'attachement de l'enfant à la mère. Elle passerait sûrement quelques heures au bureau dimanche après-midi pour rassembler quelques publications à ce sujet. Cela tombait bien, Amy avait prévu de rendre visite à son frère près de Harlow, lequel suivait une radiothérapie contre le cancer de la prostate. Toutes les deux n'avaient jamais voulu d'enfants afin d'aspirer à plus d'autonomie. Amy avait de nombreux neveux et nièces qu'elle voyait régulièrement et dont elle était proche, cela lui suffisait. Quant à elle, elle croisait des bambins dans sa profession constamment et faisait l'expérience de mère au travers des autres femmes. Elles n'avaient pas non plus voulu de chat ou de chien, sa partenaire était allergique à leurs poils et toutes les deux ne pouvaient s'imaginer nettoyer une litière régulièrement ou penser à sortir le chien du matin au soir. Qui plus est, il fallait trouver quelqu'un pour les garder durant les vacances. Il était préférable de s'occuper d'un enfant, au moins il devenait un peu plus indépendant avec l'âge.

Son métier lui offrait également la possibilité d'un certain voyeurisme sur la vie de famille, sans qu'elle le demandât. Elle adorait ce quasi-ménage à trois, cela lui permettait non seulement de faire l'expérience maternelle, mais aussi d'identifier des failles afin de victimiser la mère et la rendre aussi vulnérable que possible. Même si elles n'étaient pas nécessairement fragiles, elles devaient absolument le paraître. Cette fragilité absolue serait leur salut.

Au fil des années, elle avait appris à user de toutes sortes d'arguments qui pussent tenir la route lors des plaidoiries. Il y avait une panoplie de théories et d'outils d'évaluation que l'on pouvait modeler sous différentes lumières, à sa guise. On lui faisait confiance, elle était assistante sociale auprès de la Cour après tout.

Elle passa en revue le jardin de gauche à droite et du patio jusqu'à l'entrée arrière, comme si elle voulait faire une capture d'écran des travaux qui attendaient et en faire part à Amy. Elle se retourna, se dirigea vers l'évier, y posa la tasse et remplit cette dernière d'eau. Elle attrapa le compte-rendu et son smartphone sur la table, et s'engouffra dans le couloir. Elle n'avait pas vérifié l'heure. Cela n'avait plus d'importance. Une fois dans la chambre, elle tira le miroir coulissant sur la gauche. La penderie exhibait une symphonie de couleurs.

« Que vais-je bien mettre avec ce dessus crème ? se demanda-t-elle. » Elle examina les foulards méticuleusement accrochés aux cintres. Elle en attrapa un de couleur saumon. Elle adorait les couleurs pastel, elles apaisaient son esprit et la mettaient de bonne humeur pour la journée. Elle le mit autour du cou, referma la penderie et sortit de la chambre en flèche. Elle était sur le point de crier « Au revoir chérie ! » lorsqu'elle tendit l'oreille vers la pièce qui faisait office de bureau : Amy était au téléphone. Tant pis, elle lui enverrait un texto une fois dans le train.

Tout en mettant son manteau, elle pensait à la théorie de l'attachement. Comment allait-elle pouvoir tourner ce que confirmait ce cher Bowlby et autres chercheurs en faveur de Ms. Johnson ? Peut-être qu'elle construirait ses arguments à l'aune de sa propre expérience. En y pensant, elle n'avait jamais fait référence à cette absence d'attachement de la part de son père dans aucun des dossiers. Il n'avait jamais cherché à revoir ses enfants d'après sa mère. Était-ce vrai ? Elle ne le saurait probablement jamais. La dernière fois qu'elle avait eu des nouvelles, c'était lors de son de décès, voilà cinq ans.

« Ton père est mort… » avait lâché sa maman, au milieu d'une conversation à propos de travaux de décoration dans sa maison, puis avait continué sur le choix des couleurs des peintures. Plus elle y pensait, plus elle se rendait compte que des questions à son sujet avaient surgi ces dernières années, mais qu'elle les refoulait. Ces interrogations lui donnaient même l'impression qu'elle aurait voulu le confronter face à cette absence. Voulait-elle également lui pardonner ? Peut-être qu'elle l'aurait fait avec le temps, comme avec Nathan.

L'air était frais. Bien que ce fût déjà le printemps, les températures étaient anormalement basses pour la saison. La station n'était qu'à dix minutes de marche. Elle saisit l'un de ses téléphones dans son sac. Il était déjà 09 h 16. Elle serait très chanceuse si elle arrivait à 10 h 00. Elle ne voulait plus s'angoisser comme elle avait eu l'habitude de le faire. Elle avait même marché jusqu'à Belsize Park par le passé, afin d'attraper le Overground. Elle ne voulait plus le faire.

La gare n'était pas bondée, constata-t-elle soulagée. Elle ne voulait imaginer le chaos entre 07 heures et 09 heures. Elle s'arrêta juste devant le portillon et fixa le panneau des horaires. Euston : 09 h 40. Elle devrait arriver juste après la réunion. Le moment était parfait. Elle s'assit dans la salle d'attente presque vide et bien chauffée. Une autre femme, peut-être dans sa trentaine et probablement d'ascendance indienne, était enveloppée dans son manteau marron clair et agglutinée au radiateur. Son par-dessus se mariait si bien avec ses cheveux noirs et brillants. Elle semblait absorbée par sa conversation téléphonique. Elle jeta un œil à l'horloge du quai, laquelle était visible de son siège. Elle avait encore dix bonnes minutes avant que le train n'arrivât. Ce mode de transport était pratique mais onéreux. Elle se demandait souvent comment les élus allaient résoudre tous les problèmes qui s'accumulaient et s'encastraient les uns dans les autres : saturation et vétusté des réseaux routiers et ferroviaires, pollution, prix inflationnistes des billets, manque d'habitations, etc. Elle laissa échapper un léger soupir, enfonça la main dans son sac et en sortit un stylo vert et le rapport du cas qu'elle venait de lire ce matin. Elle avait horreur de faire des annotations en rouge, cette couleur était crue et violente à ses yeux. Elle se mit à scanner la note explicative du père une nouvelle fois, laquelle formait les premières pages du dossier, afin d'y déceler d'autres failles supplémentaires. Sans aucun doute, elle trouverait le moyen de défendre la mère et sa cause. Ainsi que la sienne.

Abadan

Le trafic avait fini par se réveiller, tout comme lui. De petits bouchons commençaient déjà à se former ici et là en ce début de matinée. Sa vie, décalée, avec souvent des horaires tardifs, lui imposait de longues siestes dans l'après-midi afin de récupérer le sommeil perdu. Il pourrait bien le faire le matin même, mais il souhaitait profiter de la légèreté et de la sérénité de l'aurore. Il ne dormait que très rarement juste après avoir fini le travail. Il prenait une douche dès son retour, cela lui permettait de se débarrasser de toute trace du labeur de la veille. Une fois qu'il avait recouvert son corps velu de savon et qu'il se mettait sous le jet, il pouvait sentir l'eau chaude s'abattre sur sa peau, emportant dans sa course folle la mousse, laquelle avait absorbé les restes des efforts physiques et mentaux du jour précédent. Une fois qu'il s'était rincé, il aimait observer le mélange de mousse et d'eau tourbillonner et s'engouffrer dans la bonde. La vitesse à laquelle la composition s'échappait dans le siphon lui procurait un sentiment de liberté, une sorte de perdition dans l'inconnu.

L'inconnu, il le cherchait. Une voie à peine visible pour qui voulait bien s'y attacher et l'identifier parmi les remous de la rationalité. La sienne se résumait à ces immuables allers-retours entre Ispahan, Téhéran et Abadan. Il ne fallait pas qu'il oubliât de mentionner Pari, la belle Pari. D'ailleurs, c'était elle qui l'aidait à trouver la voie. Elle-même avait trouvé l'inconnu et se plaisait à lui faire partager son bonheur. Elle se félicitait d'être à présent emplie de cette unicité. La vie l'avait comblée car elle avait enfin réussi à se fondre dans le Verbe de Dieu. Une véritable histoire d'amour, s'exclamait-elle, le visage radiant, dans un langage plus accessible à qui voulait l'entendre. Et il l'aimait pour cet amour qu'elle avait envers le *logos*, et ce, dès le premier jour. Elle ne faisait désormais qu'un avec lui et désirait tant qu'il les joignît. Elle l'aimait également, mais d'un amour tout autre. Elle avait appris à le faire tout au long de leurs promenades sur Meidan Emam.

Comme deux jours plus tôt, elle ne cessait de l'écouter discourir sur les courbes de sa destinée alors qu'ils arpentaient la place pendant des heures, inlassablement, au milieu de promeneurs, quelques touristes et des nuées de corbeaux au plumage brun.

Elle l'admirait pour ses rêves audacieux. Il avait été conquis par sa sagesse et par sa beauté. Il lui avait tout raconté, lui avait déballé sa vie de A à Z, tel un patient qui allait régulièrement voir son psy. Il se sentait comme un ver nu à présent, mais n'en n'avait cure. Elle, elle avait absorbé tout de lui et le connaissait presque par cœur. Il la trouvait tellement belle qu'il passait son temps à la dévisager lorsqu'ils cheminaient ensemble. Il trébucha à plusieurs reprises, dans une totale indifférence, comme si cela faisait partie du déroulement de leur marche. Elle le trouvait drôle. Il s'en amusait. Cela lui faisait plaisir de lui faire plaisir. Chaque fois qu'il faisait une remarque sur sa beauté, elle insistait, l'air tout modeste, qu'elle venait de l'intérieur et qu'elle n'était que le reflet de son âme. Son voile, aux couleurs sobres, recouvrait sa tête jusqu'à la frange, laissant apparaître des mèches rebelles lesquelles, remarquait-il fièrement, exprimaient l'exaspération de la condition féminine en terre d'islam. Dessous son voile, elle dissimulait tout un pan de ces droits humains que le divin leur avait pourtant attribués mais que l'homme, le mâle, avait confisqués au nom de la tradition.

« Je ne suis pas rebelle ! » insista-t-elle ce jour-là, et à chaque fois qu'il y faisait allusion, comme pour balayer tout quiproquo sur ses convictions.

« La République a fait beaucoup de bien à notre peuple ! » ajouta-t-elle d'une voix assurée, convaincue de ses propos et voulant refouler une opinion à laquelle on voulait faire croire.

« Mais a-t-elle répondu à toutes ses attentes ? » Sa voix posée et inquisitrice essayait de remettre en question ses convictions. Il l'avait questionnée à plusieurs reprises, et à chaque fois, elle s'était tue, le visage silencieux, absent d'expressions, ne voulant entrer dans une quelconque polémique dans un espace public. Sous ce silence, y avait-il une forme d'acceptation de cette remise en question, se demanda-t-il.

Puis la dernière fois, elle se décida à se dévoiler et admettre sa pensée profonde.

« Oui... Et non... » enchaîna-elle, d'un ton à mi-chemin entre résignation et apologie. Il laissa échapper un léger sourire, tout affable, lequel s'imposait naturellement sur son visage dès lors qu'il s'agissait de Pari. Il avait réussi à lui faire dire ce qu'il pensait qu'elle avait au fond d'elle-même, mais qu'elle refusait d'admettre ouvertement. Son regard affichait cette satisfaction empreinte d'épuisement lorsqu'on venait tout juste de remporter une bataille de justesse face à un adversaire redoutable. Elle lui avait rappelé à plusieurs reprises, sur un ton proche des sermons, que les religieux prêchaient sur le profane et le sacré, qu'elle ne se mêlait pas de politique et que, si elle le faisait, cela exercerait une influence négative sur son intérieur. Réalisant qu'elle s'était quelque peu égarée dans la maîtrise de ses arguments, elle se ressaisit subitement, reprenant ses esprits après cet instant de faiblesse face à l'adversité du dehors. Remettant de l'ordre dans ses pensées, elle réajusta légèrement son couvre-tête ici et là, comme pour accompagner la dissipation de cet état de confusion qu'elle venait de traverser.

Il continua à l'observer, les mains dans ses poches et les yeux toujours aussi pétillants de passion. Elle en était consciente et le comprenait. Il était un homme. Elle savait qu'il allait continuer à la questionner, la dévisager. Cette fois-ci, elle s'y était préparée. Elle allait lui tenir tête. Ses déclarations ouvertes, qu'elles fussent en amour ou en politique, l'avaient quelque peu mise mal à l'aise, et même parfois interloquée, au début. Puis elle avait fini par admirer cette audace. Elle appréciait même ce franc-parler maintenant.

Ils avaient accompli deux tours complets de la place et entamaient le troisième, leur pas tout aussi feutrés et légers, leur allure détachée. Promeneurs et passants les dépassaient et les croisaient, mais eux semblaient ne pas les remarquer. Ils se scrutaient l'un l'autre, par intermittence afin d'agrémenter leur marche d'échanges de sourires furtifs. Il posa son regard sur elle un instant, puis regarda à nouveau devant lui. Elle tenait le col de sa veste de ses mains rapprochées l'une de l'autre comme pour retenir ses pensées, le regard fixant les dalles grisâtres de la place.

« As-tu froid ?

— Non... Ne vois-tu pas ce temps printanier ?

— En effet, je me posais simplement la question. » Sa voix semblait vouloir exprimer tout le désir d'attention dont il souhaitait lui faire preuve.

« Tu te poses beaucoup de questions... » Elle chercha à le défier, comme pour lui rappeler ses incessantes investigations. À son tour, elle le dévisagea, mais contrairement à lui, avec insistance, attendant de sa part une réponse presque sur-le-champ. Il ne dit mot. Elle continua à le scruter d'un regard plein d'anxiété et de bravade tout à la fois. Ils restèrent ainsi pendant quelques mètres. Elle aperçut sa poitrine se gonfler d'oxygène, se préparant à expirer quelque chose, de l'air ou des mots. Peut-être les deux en même temps. Elle regarda droit devant elle, prête à recevoir ses questionnements.

« Est-ce oui et non ? » Le ton de sa voix était toujours aussi posé, comme essayant d'avoir l'air plus conciliant et ne pas vouloir entrer dans un débat passionnel.

« Qu'est-ce que cela veut dire ? » Elle connaissait la réponse presque par cœur ; elle l'avait revue dans sa tête à plusieurs reprises, afin de s'assurer qu'elle mettrait aisément en avant ses arguments le moment venu. Elle jeta brièvement un œil de son côté, essayant de deviner ses intentions au travers du langage de son corps et de l'expression de son visage.

« Ça nous a préservé des méfaits de l'Occident... Je dirais d'une occidentalisation trop poussée.

— Ça pour le oui ?

— Correct... »

Il pouvait sentir qu'elle allait continuer. Il ne l'interrompit pas. Elle ne parla pas immédiatement. Elle souhaitait laisser un espace entre sa première pensée et la seconde, afin d'en accentuer la dichotomie.

« Sommes-nous allés trop loin dans les réformes ? » Cette fois-ci, c'était elle qui le questionnait, non pas pour invertir les rôles, mais plutôt espérer que sa réponse viendrait conforter sa pensée.

« Oui et non ! » Sa réponse, brève et neutre, reflétait les mêmes indécisions et imperfections que ses propres pensées, la laissant quelque peu perplexe. Il n'en savait pas plus qu'elle finalement.

Leur regard était plongé dans le ciel azuré, tournant le dos au soleil qui entreprenait sa lente et éternelle descente. Elle décida de rompre ce moment de silence, ne pouvant attendre de lui faire partager ce qu'elle avait au fond d'elle-même. Son corps délaissa cette sérénité qu'il dégageait habituellement et se mit à s'animer quelque peu, comme s'il prenait ses marques afin qu'elle récitât un poème ou entonner une chanson. Son visage affichait une sorte d'entrain qui s'accentuait au fur et à mesure qu'ils marchaient. Les yeux rivés sur les dalles par intermittence, il attendit.

« Elle a apporté beaucoup d'espoir… Mais qu'est-ce qu'un espoir non suivi d'actes concrets ou n'ayant pas d'impact ?

— L'espoir porte les gens et les fait vivre.

— Oui mais les gens aspirent au *mieux-vivre*. Et je pense que là, nous nous sommes trompés. » Sa passion coulait à profusion dans ses propos. Il l'écoutait avec attention.

« Il semblerait qu'on ait fait marche arrière un peu trop loin.

— Pourrais-tu étayer ta pensée ?

— Cette liberté pour laquelle on s'était battu voilà près de trente ans, on nous la reprise aussitôt, au nom d'un quelconque dogme… »

Elle exhala ces paroles d'un trait comme si elle voulait à tout prix extirper ces pensées profanes du fond d'elle-même et s'en débarrasser, tellement elles l'oppressaient. Son visage, tendu auparavant, s'adoucit soudainement. Les muscles de son corps se relâchèrent.

« Je vois… » fit-il remarquer, d'une voix toujours aussi dévouée. Il jeta un regard discret pour s'assurer qu'elle se portait bien. Ces ombres de doutes qui resurgissaient par moments autour de sa personne semblaient se dissiper peu à peu, laissant place à un contentement.

« Quel est ce dogme ? » Il souhaitait en savoir davantage.

Elle cessa de regarder droit devant elle, comme émergeant d'une hypnose dans laquelle ses révélations, qui l'auraient quelque peu exténuée, l'avaient fait plonger. Elle le dévisagea d'un regard passionnel. Elle croisa son regard toujours pétillant d'ardeur. Le sien avait les pupilles dilatées et l'iris était légèrement mouillé par l'émotion de ses convictions fraîchement partagées, mais longtemps occultées. Ils poursuivaient leur marche tout en s'observant de temps en temps, comme pour deviner leurs réflexions respectives, suivant la forme de la place rectangulaire naturellement.

« La prédestination… » Elle s'arrêta de parler, comme pour prendre son élan avant son explication finale.

« À qui incombe la responsabilité ? Nos vies nous sont imposées comme si nous étions responsables de leur dérive… Mais au fond, avons-nous un choix quelconque ? »

Il ne s'attendait pas à l'entendre prendre le contre-pied de ses convictions.

« Et qui nous impose nos vies ? » Les yeux plissés, il exprima un désir profond et immédiat de connaître la réponse.

« Difficile de répondre à cela… Peut-être le déroulement de l'histoire… Ou même des forces extérieures. » La voix de Pari était confuse.

« Je n'accuse personne, continua-t-elle… Tout semble si imbriqué qu'il est difficile de distinguer le passé du présent, ou bien, les gens du haut des gens du bas. » Elle agita sa main à hauteur de sa tête afin d'accompagner cet imbroglio dans ses pensées. Elles s'étaient, à ce stade, emmêlées les unes dans les autres. Elle considérait qu'elle n'avait pas pris suffisamment de recul.

Elle ne pouvait lui faire cela. Son explication l'avait d'autant plus déçu qu'il avait été sur le point d'entendre, de sa propre bouche, de possibles fautifs. Mais non. Elle ne voulait accuser personne. Il pensait qu'elle préférait s'abstenir et ne rendre coupable que le passé et le présent, les riches et les pauvres. Et les leaders ? Et les occidentaux ? Il ne souhaita pas que la conversation s'en arrêtât là. Ils étaient allés si loin.

Les mains l'une sur l'autre juste au-dessous de sa poitrine, elle semblait totalement absente de ce moment. Son torse se bombait et se vidait lentement. Il pouvait deviner la forme de ses seins. Un sentiment de désir, mêlé à de la gêne, l'emplit soudainement. Comme s'il tentait de lever un voile sur son intimité du regard. Elle était toujours ailleurs. Il fit comme elle, il fixa les dalles d'un regard embarrassé. Leurs pas étaient synchronisés, à la même allure, touchant le sol en même temps.

« Comment se débarrasser de ce carcan qu'est la prédestination alors, demanda-t-il ? »

Elle ne l'avait pas entendu. Il attendait. Il ne savait si elle feignait de ne pas l'avoir entendu ou bien était absente de ce monde. Un léger malaise se diffusa en lui, lui reprochant de l'avoir presque harcelée avec ses questions. Son autre soi s'en défendit, il voulait simplement la connaître davantage. Il voulait même s'assimiler à elle. Il admirait cet amour qu'elle dégageait, non seulement pour le *logos* comme elle le définissait, mais aussi pour autrui. Cette pénitence et auto-flagellation, qui étaient si souvent considérées comme l'ultime félicité de soi, étaient absentes. Étrangement, elle n'était pas de confession sunnite. Contrairement à leurs frères chiites, ils n'étaient pas loyaux et n'avaient pas de caractère du tout, résumait-t-il. Il les considérait comme inférieurs d'ailleurs, tout comme ces athéistes et gauchistes qui avaient proliféré dans les années soixante-dix et quatre-vingt. Ils avaient trop singé l'Occident à ses yeux.

Si l'Iran n'y avait pas succombé, cela avait été de la chance, un pur hasard. Comme elle, il reconnaissait, cependant, qu'ils étaient allés un peu trop loin dans le sens inverse. Ces réflexions infraliminaires traversèrent son esprit alors qu'ils continuaient leur marche silencieuse, comme si une idée ou une entité s'était éteinte depuis fort longtemps et qu'elle se raviva brièvement dans sa mémoire.

« Qu'as-tu dit ? » Elle rompit le silence d'une voix quelque peu atone, émergeant à nouveau dans la réalité. Son monologue intérieur se tut d'un trait, ne laissant aucune trace.

« Je disais... Cette prédestination, comment s'en débarrasser ? »

Elle le scruta pendant quelques secondes, comme si elle essayait de comprendre ce qu'il lui demandait. Sa question semblait avoir bousculé l'état de concentration intérieure dans laquelle elle se trouvait. Dès qu'elle recouvra ses esprits et saisit le sens de sa question, elle porta son regard sur un couple qui passa juste près d'eux en sens inverse, juste le temps de rassembler ses idées. Elle paraissait beaucoup plus sereine à présent, remarqua-t-il.

« La prédestination... Je ne pense pas que l'on puisse s'en débarrasser vraiment, dit-elle d'une voix calme et posée. » Cette réflexion avait été mûrie de longue date.

« On s'en accommode, ajouta-t-elle.

— Cela revient à la même situation qu'auparavant alors ? »

Sa déception était à la mesure de la tonalité dans sa question, refusant une condition de cercle vicieux. Ce qu'il voulait, c'était entendre du neuf à partir des vestiges du passé et des édifices de ce présent. Il souhaitait découvrir des idées fraîches et innovantes qui l'aideraient à entreprendre des réformes dans sa tête.

Son univers était encore sous l'influence d'Abadan la meurtrie, réduite presque à une ville-fantôme, aux relents d'or noir. Les ruines héritées de la guerre y étaient encore bien présentes. Elle était presque devenue un musée des années quatre-vingt. Un musée de la *Guerre*, une ville de martyres. Ce qui restait des grandes artères de jadis était garni de photos et noms en noir et blanc de soldats morts sur son sol, imprimés sur de petits panneaux en ferraille, lesquels commençaient déjà à rouiller. L'Arvand Rūd, autrefois foisonnant et plein de vie, n'était plus. Cette *Riviera* que ses aïeux n'avaient cessé de lui conter n'avait pu résister à la folie et à l'appétit des hommes.

Il y retournait chaque semaine et passait quelques heures avec son oncle, avant de reprendre la relève de l'autocar retour en partance pour Téhéran. Le vieil homme vivait encore dans sa demeure, dont une portion était en ruines. L'autre partie était encore habitable. Il ne souhaitait pas la rénover. Il avait décidé de la laisser telle qu'elle était, témoin des années d'atrocité faites de bruits sourds, d'explosions, de feu et de sang. Les séquelles étaient devenues indélébiles, aussi bien dans sa tête que sur les murs de la maison. Il vivait seul depuis maintenant vingt-cinq ans et resterait ainsi jusqu'à son dernier souffle. Les visites hebdomadaires de son neveu, les connaissances de longue date qui, comme lui, clamaient qu'ils resteraient Abadanis jusqu'à leur mort, et la présence des fantômes de sa femme et de ses quatre enfants dans l'enceinte de la propriété lui suffisaient pour affronter le viol de sa condition, la nudité de son existence.

Ali avait pensé revenir à Abadan, mais il ne supportait l'atmosphère de la ville que trois ou quatre heures, au plus. On pouvait encore sentir la pestilence des tirs et des bombes dans l'air qu'on y respirait dès que l'on fermait les yeux. C'était devenu son paradis perdu.

Il avait encore en mémoire le bruit retentissant des bombes irakiennes tombées d'un ciel de plomb mais cela ne semblait pas l'affecter outre-mesure. Contrairement à beaucoup, il ne se réveillait pas en pleine nuit, le sommeil perturbé par l'écho du bruit tonitruant des bombardements. Ce qui le perturbait, c'étaient les odeurs. Les mauvaises bien sûr. Et Abadan en regorgeait à présent, que ce fût le pétrole ou les remugles accumulés depuis les trois dernières décennies. Les eaux de l'Arvand Rūd avaient été souillées il y a fort longtemps et n'étaient pas près de retrouver leur éclat naturel et pur d'antan. Il fut, lui et ses palmeraies, le symbole de l'ascension des élites urbaines téhéranaise et ispahanie, en leur offrant un lieu de villégiature à quelques heures de route seulement. Abadan, station balnéaire.

« Veux-tu qu'on la subisse ?

— Comment ? » Sa question avait fait disparaître les réminiscences d'Abadan en une fraction de seconde, telle une bulle de savon qui éclata dans sa tête.

« Oui ! C'est ce que tu veux dire, on la subit…

— Heueu… ! C'est à peu près cela… » répondit-il vaguement, en tentant de reprendre ses esprits et de se focaliser à nouveau sur leur sujet de discussion. Le regard concentré, elle réajusta son voile, d'où trop de mèches rebelles s'échappaient ostensiblement. Elle les rassembla entre ses doigts pour n'en former qu'une seule, plus épaisse, qu'elle remit aussitôt avec le reste de sa chevelure, en soulevant légèrement son voile de l'autre main. Une fois ces mèches remises à leur place, elle réajusta son voile autour de sa tête en une succession de gestes à la fois rituels et techniques : derrière, puis devant et enfin de chaque côté. Il suivait les moindres détails de son cérémonial féminin. Elle était complètement indifférente à son regard.

« Oui et non... On la reçoit sans trop avoir le choix, c'est vrai, mais c'est à nous d'en faire quelque chose. » Sa poitrine se bomba en inspirant une longue bouffée d'air qu'il expira aussitôt de contentement. Ses propos laissaient entrevoir une petite lueur d'espoir, se rassura-t-il. Elle avait la clef de son désir de renouveau.

« Et comment fait-on ?

— Quoi ? La prédestination ?

— Oui ! » Il pouvait sentir avec satisfaction qu'elle était à l'aise et paraissait évoluer dans un élément avec lequel elle était familière. Pour elle, ses questionnements ne s'apparentaient plus à de la provocation, comme il l'avait fait il y a peu, mais plutôt à un certain intérêt, de la curiosité. Elle s'en amusait quelque peu, un sourire à peine perceptible aux coins de sa bouche.

« Il n'y a pas de recette miracle. Cela repose principalement sur la volonté...

— La volonté ? » Il leva les yeux vers le ciel encore bleu, essayant de saisir le sens du mot *volonté* sous toutes ses coutures.

Que voulait-elle dire par là ? se demanda-t-il.

« Eh bien... Il s'agit en fait de demeurer déterminé à atteindre son objectif contre vents et marées...

— Est-ce la volonté d'y croire donc... ? Qu'est-ce que la volonté de vouloir changer le cours de ton destin ?

— Les deux en fait ! Tu as visé juste Ali ! » Elle laissa un large sourire s'étaler sur son visage. À son tour, il laissa tout son bonheur s'exprimer en lui rendant un sourire presque identique.

« Bien sûr il n'y a pas que cela... » Elle profita de cet élan conciliant pour remettre une mèche qui commençait à se rebeller de nouveau.

« Ah bon... ?

— Par là... Je veux dire que la croisée des chemins y joue quand même un rôle. » Il la dévisagea d'un regard indécis, cherchant un sens caché derrière ce qu'elle venait de révéler. Leurs chemins s'étaient croisés, en effet, mais sans aucune volonté de l'un ou de l'autre. Où avait été la volonté dans toute cette histoire ? Y aurait-elle joué un rôle ?

« Donc c'est une sorte de pont de hasard, demanda-t-il ?

— C'est une belle manière de le résumer... La vie est un amalgame d'actes, de pensées, d'idées et de sensations faits de hasards et coïncidences qui sont entrelacés les uns dans les autres, s'influencent les uns les autres, se subissent les uns les autres... Et c'est à toi de découvrir la vérité derrière les choses !

— Mais comment ?

— Eh bien, il ne faut pas laisser le hasard faire tout pour soi-même. *L'ijtihad* y est pour beaucoup quand même. On te présente les options, qu'elles soient bonnes ou mauvaises. À toi d'en user à bon escient.

— Mais elles sont bonnes pour certaines, mauvaises pour d'autres ! Est-ce juste ?

— Oui, en effet... Mais la justice est dans les actes et intentions, non les faits ou le contexte... Celui-ci ne sera jamais parfait pour tout le monde. Je dirais même pour la plupart des hommes. »

Il n'était pas très sûr à présent. Ses propos avaient fait voler en éclats son optimisme qui l'habitait un instant plus tôt. Ses yeux s'étaient assombris. Le soleil avait presque disparu derrière les bâtisses de la place, mais laissait encore passer quelques faibles rayons, procurant encore un peu de chaleur aux toits des édifices.

Elle avait à présent retrouvé ce léger sourire qu'elle exprimait au début de leur promenade. Elle s'était remise au diapason avec elle-même. Comment faisait-elle, se demandait-il ? Malgré les vicissitudes de leur vie, elle paraissait au-dessus de tout. Ce sens caché, il souhaitait le découvrir lui aussi. Elle semblait être consciente des anomalies de la République mais en était détachée en même temps. Était-ce cela la beauté des femmes ? Était-il donc nécessaire d'être une femme pour atteindre le *logos* ? Et ces hommes, sages, soufis et érudits, ils se trouvaient tous en totale harmonie avec eux-mêmes et leur environnement. Il en connaissait quelques-uns mais aucun ne semblait atteindre sa perfection.

Était-ce la perception qu'il avait d'elle, ou plutôt qu'il voulait avoir d'elle ? Il avait un besoin urgent d'aller au plus profond de ces réflexions, des mots, des idées, afin de se trouver et la trouver en même temps.

« Et comment aller dans le fond des choses ? » Il rompit le silence d'une voix anxieuse et presque haletante. Elle scruta son visage pour s'assurer que l'impression qu'elle venait de sentir, qu'elle n'avait jamais perçue auparavant, provenait bien de lui. Ses traits semblaient comme celui d'un vaincu. Ses yeux étaient emplis d'une sorte d'inquiétude et cherchait un réconfort quelque part. Cela ressemblait à la même crainte que celle que l'on avait lorsqu'on redoutait le vide. Elle l'avait connu quelques années plus tôt, elle s'en souvenait encore. Elle ne s'attendait pas à cette réaction. Elle en était tout émue, même désolée.

Elle s'arrêta de marcher, tenant les deux extrémités pendantes de son voile près de son thorax, et l'observa continuer sa marche, seul. Les mains dans les poches, le pas lent, il explorait le sol d'un regard absent. Il ne s'était pas rendu compte qu'elle n'était plus à ses côtés.

« C'est une recherche constante et incessante, Ali. » Le ton mis dans son propos s'apparentait bien à une conclusion. Il s'arrêta de marcher et se retourna. Ce quasi-épilogue laissait beaucoup de doutes et de questions en suspens. N'y avait-il pas de réponses nettes et définitives ? Il l'aurait tant souhaité, cela aurait pu conforter son soi. Cette peur de l'abysse, de l'absolu, de l'inconscient, du trou noir infiniment profond, sans lumière et sans le moindre son, faisait encore ressentir sa présence parfois ; et ce, bien qu'elle l'eût adoucie au fur et à mesure de ses éclaircissements. Il avait besoin de davantage de moyens pour s'en extirper. La clef de son mystère, elle le portait en elle. Elle était à la fois visible et invisible, tout comme le mystère lui-même. Elle se dérobait à la conscience mais se présentait à elle en même temps pour se faire sentir. Elle se reflétait au travers de sa présence même. Elle s'en dégageait constamment par ses gestes, ses mouvements, son regard, l'expression de son visage et ses paroles. Elle formait comme une sorte d'aura autour d'elle et la rendait toute sereine. Il désirait s'unir à elle afin de connaître le cheminement qu'elle avait entrepris pour aboutir à cette quête. Il voulait qu'elle le guidât vers cette source intarissable où l'harmonie était de règle.

« Mais une fois que tu la trouves, tu ne la perds pas, non ? »

Il désirait une réponse toute faite, à la mesure de ses attentes. Elle l'observa quelques secondes puis regarda droit devant elle, tenant toujours son voile entre ses mains comme si cette position lui permettait de mûrir ses réflexions.

« Tu peux la perdre très facilement… Et très rapidement. » Elle le fixa d'un regard qui cherchait à le réconforter. Il releva la tête et regarda droit devant lui, cherchant un point de repère au bout de l'horizon. Elle pouvait deviner une certaine déception dans ses yeux et commençait à regretter quelque peu son honnêteté.

Mais qu'aurait-elle pu lui enseigner d'autre ? Elle se devait de le guider, elle ne pouvait laisser sa motivation dans l'indécision. Probablement avait-elle présenté la tâche insurmontable afin de le dissuader de s'y aventurer ? Sûrement pas, elle parlait en connaissance de cause. Son initiation à elle avait abouti après plusieurs tentatives infructueuses et avait pris du temps. Et c'était une femme. Son maître avait été des plus patients, se souvint-elle. Sans aucun doute, il pourrait également l'initier.

« Une femme en terre d'islam… La perfection ! » s'amusait-il à lui rappeler au fond de lui-même, en jouant des phonèmes. Il ajoutait même que la beauté de la femme n'avait d'égale que les louanges envers Dieu.

Il baissa à nouveau les yeux vers les dalles grises de la place, réémergeant dans ce monde. Elle l'imita mécaniquement.

« Mais lorsque tu l'as atteinte la première fois, ce n'est pas trop difficile… Question de discipline. » Sa voix, plus rassurante, sentait bon la tranquillité. À son tour, il l'observa d'un regard apaisé, adouci par ses paroles. Un large sourire effaça toute trace de désarroi ressenti auparavant.

La nuit printanière avait fini par s'imposer, virant en un ciel de plus en plus scintillant d'étoiles sur un fond bleu-noir. Ces trois heures et demie passées à ses côtés s'étaient apparentées à quelques secondes seulement, où d'innombrables pensées, aussi confuses et inhabituelles les unes que les autres, étaient venues s'échouer sur leur chemin.

Il était temps de retourner à la gare routière et reprendre la route pour Abadan. Il ne voulait pas en rester là, cette fois-ci. Il voulait aller de l'avant. Elle le devina dans ce dernier sourire qu'il lui offrit.

« Initie-moi ! » Sa voix était décidée et sûre de soi, son regard fixant à nouveau la voûte céleste brillant de mille feux à présent. Un silence s'installa entre eux pendant quelques secondes, puis comme dissimulant à peine son contentement, elle se mit à nouveau à ajuster légèrement son foulard ici et là, comme pour diluer cette requête dans ses gestes ordinaires.

« Moi, je ne peux pas… Mais je t'emmènerai chez mon maître,

il sera ravi de t'avoir comme disciple ! » Il inclina légèrement la tête en forme d'acquiescement, un petit sourire maquillant encore son visage apaisé. Elle l'observait, rassurée de lui avoir donné un certain optimisme.

« Il est temps que tu y ailles, je crois, Ali !

— Oui, en effet... Je te raccompagne d'abord chez toi, d'accord ?

— D'accord ! »

Ils semblaient en totale harmonie. Il fixa son voile. Les fleurs, aux couleurs sobres mais variées s'épanouissaient sur les tiges vertes qui s'élançaient dans de gracieuses arabesques, comme si elles avaient pris racine en elle et essayaient d'atteindre le firmament.

Les réminiscences de leurs dernière promenade étaient encore intactes dans sa tête. Téhéran s'était complètement éveillée. Il allait devoir se lever et commencer sa journée, lui aussi. La belle Pari, sans aucun doute, guiderait ses pas.

Zeynab

La nuit était vite tombée ce jour-là, chose assez surprenante. Sa routine, réglée comme une montre suisse, était rythmée par les appels réguliers à la prière du muezzin. Mais ce jour-là, le chant mélodieux issu des mégaphones haut-perchés des mosquées alentour semblait s'être mis en retrait du monde. Déjà, en se réveillant ce matin de mars, Zeynab avait eu de singulières interrogations qui lui traversaient encore l'esprit de long en large, d'une manière subtile. Tout en l'interpellant de loin, les questions la dépassaient dans leur nature. Leur présence n'était pas apparente, mais elle arrivait quand même à sentir leurs ombres qui se projetaient sur sa conscience. La soirée avait tôt fait d'imposer son obscurité et sa fraîcheur. De fortes pluies s'étaient abattues sur la cité médiévale durant ces derniers jours. Le temps, quelque peu printanier les semaines précédentes, s'était soudainement rhabillé des tendances hivernales, humides et froides, typiques de la plaine du Saïs. Étrange jour.

Comme à l'accoutumé, Zeynab s'était attelée à ses tâches quotidiennes le lendemain. Le matin, elle avait dû faire un détour afin d'emmener les deux petits à l'école, à cause de la saturation des canalisations d'évacuation des eaux qui avaient débordé sur l'artère principale. Elle avait fini par remarquer les petites querelles entre Badr et Salma. Chemin faisant, ces questions récurrentes, qui se taisaient et ne disaient pas leur nom, avaient cédé la place à la voix plaintive de sa fille.

« Enfin, que vous arrive-t-il… ? De si bonne heure ? leur demanda-t-elle. »

Sa question, détachée, semblait plutôt l'interroger elle, comme si son subconscient essayait de lui donner une quelconque réponse à cette singulière atmosphère. Le regard observant le sol encore mouillé, elle tentait, inconsciemment, de s'appuyer sur la réalité pour l'interpréter. Que lui arrivait-il au juste ? Beaucoup d'interrogations s'amusaient à passer en peloton de tête et s'y entrechoquaient. Cela ne faisait pas mal mais seulement du bruit. Par où commencer ?

« Bonjour Zeynab ! » L'interpellation soudaine et douce d'une des voisines, laquelle allait également déposer ses deux bambins à la même école privée que Badr et Salma, la fit sursauter, tellement elle était accaparée par ses pensées profondes.

« Euh… » Elle hésita un instant en levant les yeux, ne sachant où regarder, mais surtout à qui répondre.

« Ah… Rahma ! Bonjour ! Tu vas bien ? » lui répondit-elle, avec un sourire qui peinait à masquer cet embarras à être prise la main dans le sac à errer dans des réflexions, sans nul doute, quelque peu profanes et insolites au goût de certains.

Badr et Salma, bien qu'ils continuassent à se taquiner, comme vecteur de passe-temps, s'étaient arrangés presque naturellement à ce que leur mère ne les repérât plus. Et cela marchait.

Sa voisine était déjà loin devant elle. Contrairement à Zeynab, elle avançait à vive allure tel un bulldozer, comme si elle avait hâte de déposer les deux petits tenus dans chaque main. Ces derniers avaient du mal à suivre la cadence presque effrénée de leur mère. Elle avait sûrement beaucoup à faire elle aussi, pensa-t-elle, en se fixant sur l'embonpoint de sa silhouette mal dissimulé dans sa djellaba. Elle observa Badr et Salma marchant à côté d'elle, puis elle leva les yeux au ciel. Ces pensées inhabituelles étaient encore présentes, et singulièrement, avaient surgi en plein Ramadan.

La première fois qu'elles s'étaient manifestées, elle les avait simplement attribuées à la fatigue du jeûne. Mais au fur et à mesure qu'elles revenaient régulièrement, elle devint quelque peu anxieuse. Ces interrogations ne cessaient de marteler son esprit depuis, et la peur de cet inconnu, qui s'était emparée d'elle au début, avait fini par se transformer en une certaine curiosité.

Elle se souvint encore de la première *révélation*, comme elle les appelait désormais. Celle-ci était apparue lors d'une sieste après avoir terminé tous les préparatifs pour la rupture du jeûne, et juste avant d'aller récupérer les enfants à l'école. Les jours étaient encore courts en ce début mars, ce qui était pratique pour l'*iftar* et sauveur face au froid qui pouvait parfois vous transpercer les os durant ces journées d'abstinence.

Cette après-midi-là, elle s'était éveillée subitement sous sa large et épaisse écharpe qui recouvrait le haut de son corps jusqu'au niveau de son nez, comme si quelqu'un l'avait légèrement secouée afin de la réveiller. Personne, seulement le chant langoureux du muezzin qui rappelait l'heure du 'Asar aux fidèles. Elle se souvint vaguement de cette voix d'outre-tombe qui semblait lui lire de la prose ou des vers durant sa sieste. Ce sommeil-là avait été profond mais, étrangement, léger et conscient en même temps. Et il avait eu un goût au mélange doux et amer à la fois, telles ces amandes qui auraient été exposées à trop d'humidité. C'était comme si le profane voulait s'immiscer dans le sacré. Ou vice-versa.

Les enfants embrassèrent leur mère sur la joue, puis s'enfoncèrent à vive allure dans l'entrée de l'école presque déserte. Ils étaient parmi les derniers retardataires. Elle avait traîné le pas aujourd'hui. Badr et Salma ne s'en plaignirent guère, ils avaient eu tout le loisir de se mettre en scène durant tout le trajet. Ils allaient rentrer de l'école fatigués, mais recommenceraient leur jeu de chamailleries quotidien juste avant le dîner.

Le bruit du portail en fer forgé, lequel se referma en un grincement court mais strident à 08 h 45 tapante, la fit basculer vers l'instant présent. Elle devint un peu plus consciente de la vie autour d'elle. Elle décida de reprendre ses esprits et se mit à rebrousser chemin d'un pas décidé. Comme sa voisine, elle avait beaucoup à faire.

Elle organisait toujours ses journées, sa semaine même, à l'avance. Elle tenait cette habitude de ses années universitaires. Son mari, académicien lui-même, estimait justement qu'elle planifiait trop et qu'il fallait qu'elle lâchât un peu du lest afin de permettre à ses pensées de s'épanouir et laisser libre cours à sa créativité. Elle prenait un ton ironique à chaque fois qu'il faisait ces remarques.

« Bien sûr *Sidi* ! Je fais tourner la maison, donc pas besoin de planifier... Comme *Sidi* n'a nul besoin d'organiser le programme de sa semaine... lui répondit-elle une fois. »

Il la regarda avec un sourire taquin, plissant ses yeux noirs et mimant ses propos en silence. Ses petites lunettes posées sur son nez aquilin, les sourcils bien garnis et joints par quelques poils à leur point de rencontre, la moustache grisonnante tirée vers le haut par son large sourire et le visage assombri par une légère montée de sang lui donnaient un air de diable assagi avec l'âge. Et elle d'ajouter avec un large sourire qui cherchait à le défier :

« Ah oui ! J'avais oublié... ! Les *'afarits* font tout pour toi ! » Puis elle tourna les talons, se concentrant à nouveau sur ses tâches, l'air un peu pincé. Elle s'en moquait au fond, elle avait eu le dernier mot.

Elle était extrêmement méticuleuse. Peut-être beaucoup trop technique pour son mari et aux yeux de ses collègues à la Faculté des Sciences Sociales de l'Université Sidi Mohamed Ben Abdellah. Professeure agrégée d'histoire médiévale, elle s'était dédiée corps et âme à son métier. L'année sabbatique qu'elle avait prise semblait s'écouler à vive allure. Non seulement elle avait besoin de temps pour s'occuper de son père en phase terminale du cancer de la prostate, mais aussi elle devait donner plus d'elle-même pour de plus amples réflexions et recherches en vue de sa prochaine publication. Il semblait que le cours des événements la menait vers une autre voie.

La rencontre impromptue avec l'odeur de la mort, laquelle

rôdait autour de son *baba*, avait comme bousculé son projet initial. Cela, elle ne l'avait pas planifié, ironisait-elle. Après tout, peut-être que son petit *'afarit* de mari avait raison.

Cette fois-ci, peut-être que cette maladie inévitable qu'elle acceptait aurait été un révélateur face à ses angoisses. L'autorité patriarcale l'avait constamment soutenue et encouragée à se surpasser. Et cette autorité n'avait pas lésiné sur ses efforts. L'aînée parmi la fratrie composée de deux autres garçons, elle n'en avait pas moins été élevée au rang de fille intouchable au sein de cette famille fassie traditionnelle. Ses deux cadets masculins n'avaient plutôt pas intérêt à agir à contresens.

Son père avait insisté à ce qu'elle donnât la priorité à sa réussite scolaire avant tout. Sa mère, quelque peu surprise de la décision de son mari, ne s'en était guère plainte. Bien au contraire. Elle-même avait fait le choix de ne point poursuivre ses études, avec quelques regrets d'ailleurs.

Zeynab marchait encore d'un pas pressé et n'avait pas ralenti son allure depuis l'école. Cependant, ses contemplations commençaient de nouveau à envahir son esprit. Arrivée dans l'ancien quartier juif, elle se dirigea vers le marché local afin de s'approvisionner en fruits et légumes pour les repas d'aujourd'hui. Contrairement à son mari, elle ne souhaitait pas servir un dîner de la rupture du jeûne excessif comme le faisaient beaucoup de gens. Elle estimait que, d'une part, ces orgies culinaires n'étaient pas saines, et d'autre part, ces gavages contredisaient le sens même du mois sacré. Au moins le carême chrétien et le Taanit judaïque ne perdaient pas de leur essence. Elle s'assurait qu'ils mangeaient des repas sains et équilibrés, dont la *harira* faisait partie et qu'elle servait chaque soir. Elle avait banni tout aliment trop riche en calories.

Elle s'arrêta à l'un des stands de fruits et légumes.

« Bonjour *Al-Hadj* !

— Ah ! *Lalla* Zeynab, bonjour à vous ! Comment allez-vous depuis lundi ?

— Très bien merci, et vous-même ?

— Merci, on fait aller... Vous savez, le taux de sucre n'aide pas vraiment…

— Oui, je comprends tout à fait *Al-Hadj*... Faites attention à vous ! Profitez de vos fruits et légumes, mangez sain !

— Aaah ! Je fais très attention… ! Et avec *Al-Hadja*, je n'ai pas trop le choix ! Hé ! Hé !

— C'est très bien… ! Et faites-vous de l'exercice ?

— Euh... Bon... J'avais commencé, mais voilà... Parfois le cœur n'y est pas…

— Ah ! Je vois... Essayez de reprendre *Al-Hadj* ! C'est très important également... Pourquoi ne ramèneriez-vous pas *Al-Hadja* avec vous ? Ce serait une bonne motivation, non ?

— *Al-Hadja* est très occupée avec les petits-enfants... Et préparer tant de plats, comme si les enfants vivaient encore avec nous ! Bon courage à vous si vous voulez essayer de la persuader de faire quelque chose pour elle-même. Elle rechigne même à réserver une matinée ou une après-midi pour se pouponner au hammam, c'est vous dire !

— Je suis sûre que si vous parliez à vos filles, Fatima et Jihan, elles la persuaderaient sûrement de faire un peu d'exercice. Ce serait non seulement pour son bien, mais aussi pour vous et celui des petits.

— Ah ! Cela semble une bonne idée *Lalla* Zeynab. J'essaierai, mais elle est têtue... Au fait ! Avant que j'oublie...

— Oui ?

— Je viens juste d'avoir des nouvelles de l'ami de mon beau-frère à Rabat...

— Ah oui ? Très bien...

— Sa maison d'édition, qui semble avoir conclu une sorte d'accord avec deux autres maisons en Espagne et en France, est très intéressée par votre projet.

— Merci ! Je suis ravie d'entendre cela. Celle de Fès met trop de conditions par rapport aux publications précédentes...

— Ecoutez *Lalla* Zeynab, il a vos coordonnées et vous contactera d'ici peu. Il me l'a confirmé hier !

— C'est très gentil à vous *Al-Hadj*... J'attendrai de ses nouvelles...

— D'accord, faites-moi signe s'il n'y a rien d'ici quelque temps... Bon, que puis-je vous servir ?

— Pourrais-je avoir six grosses tomates, quatre poivrons verts, de la coriandre, du persil, deux citrons et quatre oranges s'il vous plaît ?

— Bien *Lalla* Zeynab ! »

Alors qu'*Al-Hadj* Abdallah s'attelait à rassembler ses achats dans son sac de jute - elle refusait d'utiliser les sacs en plastique, c'était contre nature - après les avoir fait peser, Zeynab se demanda si elle n'avait pas oublié quelque chose. Comme elle, il avait décidé de rester vivre dans l'ancienne ville, malgré les tentations de migrer vers les faubourgs cossus de Fès, avec leur confort, leur calme et l'espace de leurs villas sorties de terre en un temps record.

« Ah ! J'allais oublier ! Ajoutez environ un demi-kilo de pommes de terre s'il-vous-plaît…

— Bien *Lalla* ! »

Al-Hadj avait toujours été à son compte et ne pouvait supporter de travailler pour un employeur. Il avait réussi à faire fortune dans le textile et possédait deux autres magasins. En plus de celui du Mellah, Il en possédait un à Fès al-Bali et un autre à Fès Jdid qu'il avait tous ouverts il y a plus de trente ans. Celui de Fès Jdid était dorénavant géré par sa fille et les deux autres par son fils. Il les avait initiés au métier dès leur plus jeune âge, toujours après l'école et durant les vacances, et leur avait passé les rênes voilà presque sept ans. Il ne jouait plus qu'un rôle de superviseur afin de s'assurer que la qualité, à tous les niveaux, était au-dessus des standards de la profession. Il était persuadé que le métier ne mourrait pas face aux changements rapides de la société marocaine et aux nouvelles aspirations des nouvelles générations. La demande en tissus et en toiles était constante : les Marocaines, particulièrement les Fassies, adoraient robes et parures traditionnelles faites sur mesure.

Il vida la petite bassine verte emplie de pommes de terre dans le panier qu'elle lui tendit à nouveau. Elle pensait qu'Al-*Hadj* avait raison. Il s'adonnait à cette activité bénévole, presque quotidiennement, uniquement pour s'occuper sans se stresser. Cela lui permettait de socialiser encore avec les gens, chose qui lui manquait cruellement depuis qu'il avait décidé de se mettre en retrait au profit de ses enfants, regrettait-il.

Le sac de courses, bien que peu chargé, semblait avoir ralenti son pas. Le rythme soutenu qu'elle avait adopté depuis l'école l'avait quelque peu lassée. À présent, elle marchait nonchalamment, comme si elle flânait dans ce quartier qu'elle connaissait depuis l'enfance et qu'elle n'avait jamais voulu quitter. Pourquoi les juifs avaient-ils abandonné le Mellah ? Ils étaient Marocains avant tout. Elle n'avait jamais réellement saisi leurs motivations. Casa, Tel-Aviv ou Paris, ces lieux d'influence ne pouvaient justifier l'oubli de leurs racines. C'était ici qu'ils appartenaient. L'Inquisition les avait certes chassés de la terre andalouse, comme leurs cousins musulmans, mais ils avaient trouvé refuge ici même et avaient été des artisans actifs de la société marocaine. Ils faisaient partie intégrante de l'histoire de cette terre.

Elle avait encore en mémoire cette journée particulière lorsque des inconnus avaient frappé à leur porte une fin d'après-midi de printemps. Ils avaient effectué un voyage spécial d'Israël, en faisant un détour par la France, afin de redécouvrir la demeure qui les avait vus naître et grandir. Ils étaient les enfants des anciens propriétaires, lesquels avaient décidé d'émigrer vers le Levant une décennie après la création de l'État hébreux. Leur pèlerinage avait été très émouvant, se souvint-elle. Alors qu'ils décrivaient les coins et recoins du lieu, avec des anecdotes chargées de souvenirs et de leur histoire, des larmes pleines d'émotions et de nostalgie coulaient silencieusement sur les joues du frère et de la sœur. Ils étaient tout émus de se retrouver entre ces murs, lesquels étaient sacrés à leurs yeux. Elle pleura également. Proches de la soixante-dizaine, leur plus grand regret avait été que leurs parents n'eussent plus été de ce monde afin de rendre une dernière visite à ce lieu qui fut le leur une fois, lui avaient-ils confessé. Ils vinrent, restèrent deux bonnes heures, prirent même des photos avec sa famille, et s'en furent. Cela avait été comme si une brèche de l'histoire s'était ouverte par inadvertance, puis soudainement refermée.

Elle faisait des salutations ici et là au fur et à mesure qu'elle s'approchait de la maison, tout en se laissant délicatement balancer d'une pensée à l'autre. Les intruses étaient encore présentes mais demeuraient en périphérie. Elle les devinait en même temps que celles qui s'imposaient dans le moment, même si elles étaient en retrait. Elle les sentait comme apaisées. Peut-être avait-elle fini par les apprivoiser, espéra-t-elle. En tout cas, elles n'étaient plus aussi fluctuantes et crues qu'à leur début. Tant mieux.

Une fois arrivée juste devant sa maison, dont la façade blanchâtre et les fenêtres exiguës lui donnaient un air banal, comme si l'on souhaitait dissuader toute effraction, elle enfouit sa main gauche dans sa djellaba de soie aux couleurs pâles. Ces dernières se mariaient parfaitement avec son hidjab porté à l'iranienne et à l'afghane : elle sentait qu'elle ne suffoquait pas autant. Après tout, Dieu n'était pas si méchant comme les laïcs aimaient le dépeindre. Elle en sortit deux clefs, l'une de grande taille, l'autre plus petite. Elle inséra cette dernière dans la serrure, agrippa la large poignée en fer forgé, ses deux sacs toujours dans sa main gauche, fit tourner la clef et poussa la petite porte en bois de cèdre encastrée

dans une bien plus grande et que l'on n'ouvrait qu'occasionnellement. Elle entrouvrit légèrement la petite entrée, suffisamment
pour laisser ses sacs et son corps se faufiler à l'intérieur.

La cour intérieure, bien qu'ombragée en grande partie par un
oranger bien établi et en pleine floraison, laissait transpercer une
lumière éclatante et vive par endroits, laquelle contrastait avec le
clair-obscur. Le soleil avait fini par s'imposer. Le doux tumulte de
la cité médiévale se tut aussitôt qu'elle referma la petite porte. Un
silence profond s'était emparé des lieux depuis qu'elle et ses deux
enfants l'avaient quitté. Son mari, très matinal, sortait toujours
au moins une demi-heure avant eux. Il aurait même été sur le
chemin du travail bien plus tôt s'il n'avait pas eu à embrasser leur
progéniture.

Elle traversa la cour couverte de Zellige jusqu'aux murs. Bien
que montrant quelques signes d'usure dus aux innombrables
pas éphémères qui les avaient foulées au fil des siècles, les petites dalles résistaient encore au va-et-vient incessant. Une fois
qu'une partie des courses fut rangée là où il fallait, elle se dirigea
vers la porte menant au salon principal que la famille utilisait
quotidiennement. Les persiennes blanc cassé étaient encore à
demi-fermées. Elle ne commencerait à s'occuper du déjeuner des
enfants que d'ici une heure environ, elle avait encore un peu de
temps devant elle. Elle continua son chemin d'un pas furtif et
s'enfonça dans la large pièce adjacente qui faisait office de bureau,
de bibliothèque et de salle de lecture pour toute la famille. Même
les enfants avaient leur espace éducatif. Coincés entre les bureaux rustiques et imposants de leurs parents, leurs petites tables
n'en étaient pas moins garnies de stylos, crayons et livres afin de

leur insuffler les mêmes intérêts cognitifs que leur père et mère.

Une partie de la pièce était éclaboussée par la lumière intense du soleil. Son mari n'avait pas totalement fermé les persiennes ici non plus, ni n'avait d'ailleurs éteint son ordinateur - la discrète lumière LED verte était allumée, remarqua-t-elle. Elle s'était déjà endormie lorsqu'il vint se coucher. En y pensant, leur histoire de couple était drôle mais plutôt banale.

De passion effrénée à ses débuts, elle s'était lentement transformée en une sorte d'amour platonique avec le temps et les enfants. Le 'ichq avait été si intense, surtout durant leurs années universitaires. Ayad s'était plié à ses attentes et lui avait fait la cour dans le sens le plus noble de l'amour courtois. Il l'avait courtisée, non seulement à coups de poèmes et de proses, mais aussi de regards éperdus et d'attentions presque minutées à la seconde près.

Il fallait dire qu'elle l'avait fait attendre, son homme. Bien qu'elle eût montré de l'intérêt - il en avait été conscient dès le départ, se remémora-t-elle -, elle voulait s'assurer qu'il était sincère et qu'il n'avait pas d'autre conquête. Elle mit tout en œuvre afin de le tester au début. Quant à lui, il avait accepté de se prêter à ce jeu, cet amour impossible à atteindre, où les deux amants semblaient en extase constante. Une fois qu'ils furent mariés, ils continuèrent à apprécier ce jeu de courtoisie bien des années encore.

Un des coins de la pièce côté fenêtre était plongé dans une pénombre totale, en contraste avec celui diamétralement opposé. Elle se demanda si c'était dû à la trajectoire des rayons du soleil qui semblaient s'échapper vers d'autres cieux, ou simplement le fruit de sa pure imagination. Elle ne savait pas trop.

Cela lui rappela les notes qu'elle avait prises peu après s'être réveillée de la fameuse petite sieste. Petit à petit, elle se souvenait de la première *révélation*. Chose étrange, les autres, plus récentes, n'avaient pas encore rejailli dans sa tête. Elle essayait de se rejouer les chuchotements de cette voix mi-endormie mi-éveillée, qui tentait, en vain, de la séduire d'un ton aussi suave que possible :

Ibliss, superbe dans sa cape sans pénombre,

Le Créateur devenant son ombre ;

Retirant ses armées d'anges élus,

Laissant place aux fidèles de l'ange déchu.

Comment avait-elle pu trouver une telle inspiration pour des vers aussi profanes que blasphématoires ? Quiconque interprétait le Livre de la Genèse au sens littéral la prendrait pour une nouvelle Ève. Celle-ci n'avait jamais rien fait. Le serpent l'avait induite, les avait induits, en erreur. La curiosité, inhérente à la tribu d'Adam, les avait poussés à tenter le fruit de l'immortalité. La pauvre *Hawa*, on lui avait fait porter le fardeau des maux de l'humanité de manière injuste. On l'avait rendue responsable des maux des hommes, à tort, depuis des millénaires. Au moins chez les musulmans, on faisait également porter le chapeau à Adam, son très cher mari.

Ce n'était pas tant le blasphème qui la troublait, mais plutôt cette présence qui n'était pas réelle. Perdait-elle la tête ? Devenait-elle folle ? Non pas qu'elle eût peur de *Shaytan*, affirmait-elle, mais si elle devait affronter un quelconque mal, elle voulait le faire avec toute sa conscience et ses capacités intellectuelles.

Ces quelques vers ne l'aideraient point à soutenir sa cause. Elle défendait toujours, bec et ongles, l'égalité hommes-femmes sous tous les aspects sociétaux et ne craignait pas de remettre en cause ouvertement certaines traditions.

Cela ne la confortait pas dans sa volonté d'ouvrir le débat sur l'islam et la place de la femme telle qu'elle était officiellement interprétée dans la plupart des sociétés musulmanes. Elle était prête à devenir l'avocate du diable, aux yeux des traditionalistes et conservateurs de tous bords. Elle n'hésitait pas à leur rappeler que les femmes étaient inspirées de Dieu et que le Coran en faisait référence explicitement. Elle mettait également en avant Ibn Al-Hazm et la théorie de la prophétie par les femmes comme autre argument. Si elle était une féministe aguerrie, elle était une féministe musulmane avant tout ; comme il y avait des féministes chrétiennes qui pensaient être l'incarnation de Jésus, et qui affirmaient même que ce dernier était féministe. Dans tous les cas, ses consœurs du Nord ne répondaient pas à ses attentes.

Elle ne montrerait pas ces écrits à Ayad à ce stade, il y trouverait une belle opportunité pour la taquiner, comme il aimait tant le faire.

Ayad. Dévoué corps et âme à son travail et à sa famille. Leur amour, bien qu'il eût mué vers d'autres formes, était encore intact. Maître de conférences à l'université Al-Qarawiyyin - fondée par une femme, lui rappelait-t-elle parfois pour le titiller - en droit comparé, il avait su jongler entre son ambition professionnelle, plutôt sa passion professionnelle, et sa vie familiale. Tout comme elle. Il l'avait fait avec habileté d'ailleurs, reconnaissait-elle. Il était intarissable, un vrai cheval de labour. Elle se souvint encore lorsqu'il lui avait proposé de troquer leur demeure du Mellah contre une maison dans la Ville Nouvelle il y a quelques années de cela. Leur quartier noircissait de monde de tous horizons aux heures de pointe, particulièrement les weekends, au point de créer un engorgement par endroits. Il laissait alors échapper un grouillement continu depuis certaines pièces quand les fenêtres étaient ouvertes. Certes, la nouvelle habitation aurait été beaucoup plus vaste, aurait possédé deux fois plus de pièces et l'aurait rapprochée de son lieu de travail. Elle avait été construite au temps du protectorat et possédait encore ce charme mauresque dont elle était follement amoureuse. Les rumeurs circulaient que leur maison actuelle aurait été le théâtre de rites de sorcellerie jadis. Elle n'y croyait pas et n'y avait jamais prêté attention outre mesure. Lui non plus d'ailleurs. En lui proposant ce troque, Ayad lui avança même qu'ils pourraient en tirer un joli profit et l'investir pour les enfants. Elle lui répondit avec *une fin de non-recevoir*. Elle était très confortable là où elle se trouvait malgré quelques inconvénients, lui avait-elle gentiment rappelé. Ils avaient bataillé très dur pour mettre la main dessus voilà près de quinze ans. Non était non. Il ne s'y était pas essayé à deux fois.

Elle s'assit à son bureau ombragé, fit basculer la chaise en direction de la fenêtre et laissa son regard se perdre dans le bleu du ciel, au-dessus du toit de tuiles vertes qu'elle pouvait observer des persiennes entrouvertes. Que voulait-elle prouver au juste ? Était-ce à elle-même ? Au reste du monde ? Ce langage qui s'imbibait en elle devenait une source d'inspiration. Mais vers où diriger ses recherches à présent ? Son thème sur la femme, le pouvoir et la religion était peu à peu remis en cause. C'était comme si la mort s'invitait dans cette relation triangulaire. Cette voix inconsciente semblait lui distiller quelques allusions ici et là. Ne serait-ce que des illusions ?

« *Gosh…* » murmura-t-elle, en continuant à scruter le ciel azuré afin d'y trouver un quelconque indice pour l'aider à avancer. Elle n'avait jamais été autant indécise qu'aujourd'hui. Elle était friande de ces petites expressions qui résumaient en quelques sons la pensée ou le sentiment présent, particulièrement en langues étrangères. Il lui était même arrivé de s'oublier et de lancer, en pleine conversation, un « *Oh well…* » ou un « *Good Lord* ! » ou encore un « *A ver…* » devant des interlocuteurs quelque peu médusés. Elle se balança du côté du bureau et jeta à nouveau son dévolu sur les quelques lignes écrites à l'encre noire, redoublant d'intensité sa focalisation sur la forme des mots, comme espérant y trouver une réponse. Après tout, la religion était une forme de pouvoir.

Les femmes avaient toujours joué un rôle dans les arcanes du pouvoir, soit en retrait, soit officiellement, à la tête d'états ou même d'empires. Si elles n'avaient eu ce privilège, elles travaillaient alors dans l'ombre, conseillant et même influençant le mâle dominant. Elles avaient souvent pesé dans la destinée d'un royaume. N'était-ce pas drôle qu'en tout lieu, qu'en tout temps, l'on eût des femmes qui forgèrent et marquèrent le destin des hommes ; alors que de nos jours, malgré les avancées sociétales, on ne les comptât que sur les doigts de la main ? Non pas des femmes que l'on mettait en haut de la pyramide du pouvoir pour épater la galerie, mais celles qui ont su jouer de leurs tact et charisme afin de briser ce fameux plafond de verre, atteindre le sommet et peser sur le destin des hommes.

Comment l'histoire de la religion, ou plutôt des religions, avait-elle pu influencer cet anachronisme ? Ces questions lui frappèrent l'esprit comme une sorte de révélation. Le prophète Issa était pourtant un champion des femmes, voire un féministe à ses yeux. Elle commença à se faire une idée de la direction que ses recherches allaient prendre. Certes, l'islam et la femme dans la société patriarcale auraient une place particulière, sans aucun doute. Mais les autres grandes religions monothéistes, y compris le bouddhisme, ne sauraient échapper à son analyse. Comment le christianisme avait-il forgé la place de la femme en Occident ? Comment le féminisme occidental avait-il été façonné par le christianisme et avait-il fait surface ?

« Hum… se dit-elle. »

Toutes ces questions pourraient être un début de réflexion. Il n'y avait aucun doute, elle ne devrait pas s'en tenir à l'islam, mais inclure les deux autres Livres ainsi que les autres grands courants. Toutes les trois ont distillé une hiérarchisation entre l'homme et la femme. Elles étaient toutes aussi proches qu'une fratrie, et n'avaient cessé de se déchirer au fil des siècles et de se méfier les unes des autres. En somme, comme une vraie famille. Est-ce que la séparation de l'église et de l'état pourrait être une réponse à l'émancipation de la femme en terre d'islam ? Elle en doutait fort. Certains s'y étaient essayé, ils s'étaient cassé les dents. La laïcité était à l'Occident ce que la déité était à l'Orient.

Si troisième voie il devait y avoir pour la femme musulmane, cela devait être vu au travers du prisme de l'islam. Il n'y avait aucun doute au fond d'elle-même. Son individualité et son émancipation devaient transcender ce qu'on lui offrait actuellement. Une relecture rénovée du Livre était nécessaire. Une relecture transfigurée de l'histoire, en particulier des religions, était nécessaire.

Ce à quoi elle souhaitait s'attaquer était tout bonnement ce machisme érigé en valeur absolue dans beaucoup d'endroits du monde, résuma-t-elle. Comment avait-on pu en arriver là ? Il y avait bien eu des sociétés matrimoniales et il y en avait encore. Ce que l'on appelait le sexe faible avait pourtant une place prépondérante dans beaucoup de religions. Pourquoi tant d'inconsistances au fil du temps ?

Alors qu'elle était complètement absorbée par ces réflexions, elle entendit une vibration. Ce devait être son smartphone dans son sac dans la cuisine. Plongée dans le silence de cette fin de matinée ensoleillée, elle pouvait entendre ce bruit infime, lequel était autrement inaudible au-dehors. Ces innombrables pensées qui lui traversaient l'esprit à la vitesse de la lumière étaient également imperceptibles en ce moment-même. Elle jeta un coup d'œil à ses récents écrits à l'encre noir, le regard scrutateur, puis se leva subitement.

Il se pouvait que ce fût sa *mwé*. Elle pria que rien ne fût arrivé à son *baba*. Elle quitta le bureau et se dirigea vers la cuisine. Alors qu'elle traversait le long couloir et repassa devant le salon habité par une demi-obscurité, de vives réminiscences la submergèrent soudainement :

Ces rumeurs m'ont surpris dans mon sommeil,

Cet instant-là, je t'ai écouté dans mon réveil ;

J'ai vainement tenté de déchiffrer ton message,

Remontant jusqu'au péché originel,

Et me suis fié à ton ombre faite de boue et de miel ;

Cette ombre, je l'ai sentie passer,

Elle a frôlé mes désirs,

Au point de m'envahir de plaisir ;

Mais elle n'a pu empêcher ton adversaire,

De lâcher à nouveau ses missionnaires ;

Il ne t'a pas encore converti,

Mais ne vois-tu pas le mur de larmes ?

Tu es confiant mais je sais que tu fais semblant ;

Un jour tu te déshabilleras de ton ornement,

Pour devenir aussi innocent qu'au temps d'Ève et d'Adam.

Cette nouvelle *révélation* la figea dans le clair-obscur du couloir pendant quelques instants, le regard égaré dans la demi-pénombre du salon. Ces vers la prirent de court. Elle ne savait que faire à présent, continuer son chemin vers la cuisine afin de vérifier son téléphone et commencer à préparer les repas, ou se ruer vers son bureau pour prendre notes de cette inspiration d'outre-tombe, avant qu'elle ne s'évaporât de son esprit. La lumière qui jaillissait de la grande fenêtre de la cuisine contrastait crûment avec la demi-pénombre du salon. Deux mondes parallèles et différents, si proches et si éloignés en même temps. Ils s'opposaient l'un à l'autre, mais ne pouvaient vivre l'un sans l'autre.

« Décidément, *Là où Dieu a un temple, le diable aura une*

chapelle, comme dirait Burton, » se remémora-t-elle, en essayant de trouver une réponse à cette situation des plus insolites. Elle devait commencer à hacher l'oignon, la coriandre, le persil, l'ail et les tomates. *Shaytan* pouvait attendre.

Ayad s'évertuait à préparer, autant qu'il le pût, chaque déjeuner la veille, afin de s'assurer que les enfants pussent se mettre à table aussitôt qu'ils furent à la maison. Quant à elle, elle s'occupait des petites finitions, si besoin était, et s'assurait de dresser la table.

Son sac était posé sur l'îlot en bois de cèdre, juste à côté du panier encore garni du reste des emplettes du matin. Elle fit presque tout le tour, s'arrêta devant le sac en cuir marron véritable, son seul signe extérieur de richesse qu'elle arborait - elle en était parfois gênée -, et ouvrit la petite poche extérieure. Elle y mettait toujours son iPhone afin d'y accéder sans aucun souci. Elle s'assurait toujours que cette poche était plaquée contre son flanc afin que, non seulement elle le gardât en sûreté, mais aussi qu'elle pût le sentir s'activer. Il était toujours en mode silence et vibration.

Elle scruta l'écran de ses yeux entre le vert et le marron clair, lesquels révélaient des origines diverses, entre autres des racines jbalas ainsi que des migrations perdues entre la péninsule Ibérique et le Moyen-Orient. Elle la Fassie. Elle avait un appel en absence. Le numéro, dont l'indicatif 05377 provenait de Rabat, ne lui était pas familier. Il y avait également un message non lu. Elle l'ouvrit :

Bonjour, je souhaiterais m'entretenir avec vous concernant votre projet dès que possible. Veuillez me contacter S.V.P. Bien cor-

dialement, Adnan Senhaji, Editions Rives Sud.

Elle leva la tête et fixa le Zellige qui recouvrait la partie entre le plan de travail et les meubles hauts. Elle était à nouveau confuse. La voilà qui se remettait à douter de la voie à prendre. Elle était en panne d'inspiration à présent. Était-ce pour cela qu'elle prenait des directions différentes, telle une girouette balancée vers les quatre coins cardinaux. Il fallait absolument qu'elle s'y attelât. Avec ou sans *Shaytan*.

« Dieu merci ! se dit-elle, soulagée. » Ce n'était pas sa mère. C'était déjà ça. Elle ôta son foulard qui était posé sur ses épaules, retira délicatement sa djellaba et retroussa les manches de sa chemise de lin beige. Elle ouvrit un des tiroirs de l'îlot, en sortit un tablier multicolore, le déplia et le mit aussitôt. Elle était à présent quelque peu en retard sur son programme.

« Ah ! *Shaytan*… murmura-t-elle, » de peur que le silence, la seule présence à ses côtés, ne l'entendît. Tout était sa faute. Un large sourire se dessina sur son visage. Il fallait bien trouver des fautifs à tous les vices et maux de l'humanité.

Et non, elle ne le laisserait pas faire. Cette mort, aussi proche fût-elle, se devait de se transformer en vie nouvelle, en renouveau. Elle dédierait le livre à son père, à nouveau. Non pas pour ce qu'il avait accompli afin qu'elle pût en arriver là, mais pour son combat face à l'adversité, face à la mort. Elle ne lui faisait pas peur. Et *Ibliss* ne lui faisait pas peur, lui, petit-fils de *fqih* de Taounate dont le rayonnement n'avait guère dépassé les quelques bourgs de la ville dans les hauteurs rifaines.

Tous les ingrédients pour la *sharmoura* étaient prêts. Elle allait macérer les sardines avec. Elle ne les faisait jamais frire, aussi délicieuses fussent-elle de cette façon, mais les laissaient simplement cuire au four. C'était plus pratique et plus sain. Son mari les préparait à merveille et elles devenaient bien plus succulentes une fois passées entre ses mains. Il tenait sa façon de cuisiner de sa mère, se targuait-il. Il lui avait bien divulgué le secret de sa recette mais quelque chose manquait toujours. Peut-être cette patience, cet amour particulier pour le culinaire. Elle, elle cuisinait mécaniquement, tel un devoir sur lequel on ne se posait point de questions. Elle le faisait juste assez bien afin que l'on mangeât sans rechigner. Lui, il le faisait pour être savouré. Elle l'avait aussi appris de sa mère, mais chose singulière, de son père également. On disait que les hommes cuisinaient mieux que les femmes. Elle pensait que c'était vrai et elle le confirmait par expérience.

La mort. Pourquoi ne l'accepterions-nous pas comme une étape naturelle de la vie ? Une étape finale certes, mais quand même une étape comme tant d'autres et sûrement salvatrice. Cette obsession à vouloir à tout prix s'accrocher à l'une des haltes dans son itinéraire était comme un défi face à la nature, face au destin. Certes, il y avait des morts propres, et il y avait des morts sales et douloureuses. Celle de son père allait sûrement faire partie de cette dernière catégorie.

Elle eut un petit sursaut, comme si elle reprenait la maîtrise de soi face aux pensées du moment. Elle n'était probablement pas encore prête pour les bouleversements à venir. Un discret sourire s'ébaucha à nouveau sur son visage et disparut aussitôt. Après tout, elle était comme tout le monde.

Euthanasie. Le mot fit « paf ! » dans sa tête, soudainement. Ce fut comme si quelqu'un avait fait éclater un ballon gonflé à bloc.

« Ah ! *Ibliss* ! » conclut-elle.

Ce droit à mourir pourrait-il un jour s'affirmer en principe inaltérable à l'individualité, particulièrement en terre d'islam ? Jamais sa famille ou elle-même n'avaient songé à faire taire la douleur de cette manière. Ils souffraient de le voir souffrir. Lui suggérer cette sorte de terminaison signifierait simplement vouloir le tuer, s'en débarrasser. D'ailleurs, elle se douta fort qu'il eût lu quoi que ce fût à propos de cette nouvelle pratique. Il en aurait discuté avec elle, tout comme il aimait débattre de tout sujet qu'il lisait dans les journaux arabophones ou regardait à la télévision. Et il aurait exprimé sa désapprobation totale, en bon musulman, depuis longtemps. Il ne savait probablement pas que l'euthanasie ou le suicide assisté étaient déjà légaux dans certains pays. C'était tant mieux, une pensée épouvantable en moins pour son *baba* mourant.

Les vers revinrent à elle : Ève, Adam et *Shaytan*.

Les sardines également : le four Bosch se mit à biper. Elles devaient être cuites. Elle les vérifierait sous le papier cuisson et déciderait d'éteindre ou non le four. C'était drôle, c'était comme si une bataille avait lieu entre le monde des rêves, de l'irréel et de la réalité en ce moment même. Les deux univers, qui ne pouvaient guère se marier, semblaient en conflit sur sa personne. Pourtant, elle n'avait rien demandé.

Les sardines étaient suffisamment dorées, Badr et Salma allaient se régaler. Elle éteignit le four lequel, avec ses ronronnements récents, semblait vouloir rendre l'âme. Elle laissa sa portière légèrement entrebâillée.

Les portes-fenêtres accédant à la cour intérieure étaient grandes ouvertes, l'odeur des sardines, aussi alléchante fût-elle, ne s'immiscerait pas dans la maison avec autant d'insistance. Elle jeta un œil à sa montre. Elle avait à présent une demi-heure avant d'aller récupérer les deux petits. Elle réchaufferait le reste du déjeuner en rentrant.

Les vers étaient encore tout frais dans sa tête. Étrangement, elle n'avait plus besoin d'une quelconque pénombre pour s'en souvenir à présent. Elle repassa devant le salon. La demi-obscurité l'habitait comme tout à l'heure, mais elle lui paraissait aussi anodine que la clarté de la cuisine. *Shaytan* n'avait-il plus aucun effet ou avait-il simplement accompli sa mission et s'en était allé ? Dans tous les cas, la petite graine avait bel et bien été plantée dans son esprit.

La lumière s'était déplacée. Elle avait suivi la course du soleil, lequel était presque à son apogée à présent. L'ombre et la lumière, tout à l'heure éternelles adversaires, semblaient maintenant s'entendre à merveille, l'une cédant la place à l'autre, sans jamais se confronter. Il y avait comme une sorte de symbiose à cette entente tacite. L'une semblait épauler l'autre, et vice-versa. Elles ne pouvaient vivre l'une sans l'autre, tels Krampus et Santa.

Les rayons s'étalaient sur son bureau avec générosité et mettaient en exergue le contraste du blanc de la page et le noir de l'encre de la prose. Celle-ci semblait animée par la luminosité, comme si elle prenait vie au travers de la photosynthèse. Elle s'impatientait d'être modelée, de prendre forme et de grandir. Elle l'invitait à s'asseoir et à continuer à lui insuffler ce souffle de vie, elle sa créatrice.

Elle ne l'était point, dit-elle au fond d'elle-même, en s'efforçant d'articuler sa position au fond de sa conscience, comme voulant rebuter cette voix qui tentait à tout prix d'influencer sa pensée. Certes, elle était devenue l'hôte de ces vers sans l'avoir demandé ; mais de là à prétendre à en être la propriétaire intellectuelle, la créatrice, ça non ! Elle tenait à sa liberté de pensée.

Elle s'assit à son bureau, son corps illuminé par la lumière encore éclatante de la journée. Son ombre se projetait sur la poésie. Cette dernière prit davantage vie. Elle saisit son stylo-plume, posé juste à côté du cahier format A4 et le fit pivoter autour de son pouce. Elle avait appris cette petite acrobatie d'Ayad à l'université. Elle fixa son écriture. Ces arabesques étaient bel et bien vivantes. Elles étaient toutes chatoyantes malgré son ombre. Soudainement, une sensation de bien-être envahit son cœur et son corps. Toutes les eaux troubles qu'elle écumait depuis quelques temps s'étaient tout d'un coup purifiées et calmées. Était-ce encore un leurre de Lucifer ? Les idées noires laissaient peu à peu place à de nouveaux sentiments. Plus elle examinait les mots, plus ils s'affirmaient. Ils semblaient se nourrir de cette écriture profane, alors que cette dernière avait besoin de la lumière. Étrange mariage.

Elle se sentait sereine. Quelle que fût l'issue de son *baba*, il y aurait une sortie salvatrice. Merci à *Shaytan*, même s'il essayait de la duper, ce grand *'afarit*.

Le reste de la poésie s'élançait naturellement sur la feuille blanche et s'assemblait à merveille avec le corps embryonnaire. Le tout s'harmonisait et offrait non seulement un plaisir visuel mais aussi une élévation presque spirituelle.

« Que Dieu me pardonne… » Il lui restait encore dix minutes avant d'aller récupérer Badr et Salma.

Surfliner

La fumée presque inodore jaillissait de sa bouche discrètement maquillée. Elle s'élançait lascivement dans les airs libéra-
teurs, comme si l'émanation appréciait une émancipation enfin
méritée. Puis elle se dématérialisait lentement dans la lumière
crépusculaire que le soleil laissait délicatement diffuser dans sa
lente course descendante. Elle savourait sa *e-cigarette* du haut de
son siège en salle haute. Un sentiment de bien-être emplissait
tout son visage. Cette expression de sérénité s'était même diffusée
autour d'elle, telle une aura qui la protégeait. Sa gestuelle se mouvait dans une sorte d'intemporalité.

Voilà près de dix minutes qu'elle l'observait épisodiquement.
Elle l'enviait. Elle devait avoir la quarantaine. Elle portait une
jupe portefeuille mi-longue, aux nuances marron, et un débar-
deur à bretelles fines kaki clair. Ses fit-flop, marron également, se
mariaient parfaitement avec ses vêtements estivaux. Elles étaient
recouvertes de petites perles vertes, rouges et noires au milieu, ce
qui mettait un peu de fantaisie dans cette sobriété. Ses lunettes

de soleil recouvraient complètement ses yeux, empêchant toute intrusion aussi bien de la lumière que de regards indiscrets. Elle était synchronisée avec la course inéluctable du soleil couchant et le va-et-vient incessant des vagues. Tout en crapotant sa vape par intermittence, elle avait jeté son dévolu sur les plages, encore regorgeantes de vie, que la voie ferrée venait lécher le long de l'océan.

Son iPhone, posé juste à côté de son sac, émit une sonnerie à peine perceptible. Elle surgit de ses contemplations et croisa son regard en tournant la tête. Elle lui sourit.

« Allô Josh… » La conversation était feutrée. Le charme était tombé et l'intérêt avait disparu. Elle ne pouvait plus se laisser s'éprendre de cette femme. Elle posa doucement sa tête sur l'épaule de X. Il dormait.

Il n'était pas avec elle en ce moment-même, comme il ne l'avait jamais réellement été.

« Oh ! S'il-te-plaît X ! »

Elle pouvait entendre cet appel au fond d'elle-même presque quotidiennement. Et à chaque fois, elle éprouvait une peur. Mais pourquoi tous les hommes étaient les mêmes ? Du moins ceux qu'elle rencontrait.

Non, ils étaient tous les mêmes. Ses amies, celles qu'elle considérait comme telles, lui avaient fait part de leurs déceptions et de leurs désarrois. Presque les mêmes constats : des sentiments pétris de déconvenues. Était-ce un mal de notre temps, où les couples étaient en crise et où l'homme ne pouvait suivre la cadence ? Elle se tourna légèrement vers son corps pour s'enfoncer davantage contre lui, le seul réconfort qu'il pût lui offrir en ce moment. Il était chaud, Elle avait besoin de chaleur. À peine étaient-ils montés à bord du train qu'il plongea dans un sommeil de plomb. Il était parti. Il dormait profondément. Les légers et réguliers mouvements du train, ainsi que le calme en cabine, le berçaient.

Il était tellement beau son bébé quand il dormait. Tout innocent, tout calme, tout docile. Au moins, elle pouvait l'imaginer comme elle le voulait, le façonner et le remodeler à sa guise. Il était un homme nouveau, avec les qualités que tout homme se devait de présenter à une femme. Alors il devenait et galant, et attentif, et attentionné, et doux, et romantique, et drôle, et conciliant tout le temps, et jamais en désaccord avec elle et égalitaire. En même temps, il était et fort, et courageux, et travailleur, et disponible, et plein de désirs, et débordant d'idées… Et même poète. C'était de la testostérone féminisée, un homme du futur quoi !

Une fois debout, tous ces attributs dans son idéal s'effondraient comme un château de cartes, certains perdant de leur vitalité et de leur rigueur, d'autres s'anéantissant complètement. Elle n'en reconnaissait que quelques-uns et avait du mal à identifier le reste tellement cela avait été mutilé par la réalité. Pour autant, elle pouvait encore deviner ce charme qui l'avait captivée lorsqu'ils s'étaient parlé la première fois. Sa voix, rassurante et calme, et son regard, posé et insistant, avaient soudainement éveillé en elle un sentiment de réconfort qu'elle n'avait pas ressenti depuis fort longtemps. Il pouvait embaumer tous ces défauts qu'elle pouvait malheureusement distinguer à présent.

Pourquoi était-il autant détaché de leur vie, désintéressé de leur projet commun ? *Commun*, un mot qui lui était bien étranger. Il n'avait jamais répondu clairement à certaines de ses demandes et n'avait accepté de prendre part à une décision qu'à de rares exceptions. Il ne disait ni oui ni non, juste « pourquoi pas ! » lancé avec peu d'enthousiasme. Il faisait montre d'une certaine passivité, ne s'investissant qu'à minima dans leur quotidien. Avaient-ils déjà atteint la routine de couples qui vivaient ensemble depuis fort longtemps ? Elle s'en inquiétait, ils ne formaient un ménage que depuis deux ans et demi.

En revanche, au lit, c'était autre chose. C'était une réelle bête quand il s'y mettait. Elle en rougissait en y pensant. Elle était très embarrassée par ces pensées qui lui traversaient parfois l'esprit. Tous ces moments intimes lorsqu'il ne pouvait s'empêcher de la caresser ici et là. Elle adorait son toucher, ferme et doux à la fois. Elle atteignait son point culminant plus facilement, elle qui avait toujours été peu encline aux ébats amoureux. À l'âge de l'adolescence, elle avait même trouvé cela dégoûtant. Désormais elle y prenait tant de plaisir. Il savait y faire.

« Mon gros cochon, » murmurait-elle dans son oreille, le souffle coupé par le plaisir qui l'envahissait.

« Ma p'tite cochonne ! » rugissait-il, d'une voix rauque et dominante.

Est-ce que la belle Californienne, mûre, hippie et chic, pouvait deviner ses pensées de femme-à-femme ? Elle était tout absorbée dans sa conversation, égarant son regard, recluse du monde, dans l'alternance de plages et d'habitations éparses le long de la côte. Les riverains auraient quelques problèmes si les eaux venaient à monter plus tôt que prévu. De temps à temps, elle tournait légèrement la tête dans leur direction. Elle se demandait si elle échangeait des regards complices ou scrutait simplement le couloir pour se concentrer sur ce qu'elle voulait dire.

Elle était belle. Son jules devait en avoir de la chance. Peut-être qu'elle était lesbienne ou bisexuelle après-tout. En tout cas, si elle l'avait été, elle aurait bien aimé la connaître davantage. Elle l'enviait, la désirait presque.

Elle se sentit à nouveau extrêmement gênée, non seulement vis-à-vis de la belle hippie chic, mais aussi à l'aune de son éducation catholique. Que penseraient ses parents si, tout d'un coup, cette boîte où toutes ces pensées interlopes transgressant tous leurs principes et croyances s'ouvrait ? Sa mère adorée s'en remettrait certainement assez rapidement, mais son *papito* sortirait de ses gonds. Pauvres parents.

Le soleil avait encore une bonne petite course à faire avant d'atteindre la ligne d'horizon, loin dans l'Asie-Pacifique. Elle se tourna vers X, lequel dégageait encore une chaleur réconfortante, plia un peu plus ses jambes, se recroquevilla contre lui et ferma les yeux.

« Ah... Je t'aime tellement... » chuchota-t-elle, essayant de s'endormir avec ces mots qui semblaient avoir du mal à se matérialiser. Il ne bougeait d'un poil.

Elle désirait un enfant. Il avait trouvé l'idée prématurée, même si cela lui aurait été égal s'ils avaient eu un accident. Elle ne souhaitait pas qu'ils en conçussent un en dehors des fiançailles ou du mariage. Elle savait que cela lui était indifférent. Cependant, elle y pensait plus souvent au fur et à mesure que le temps passait. L'horloge tiquait en son for intérieur. Pas pour lui. L'égoïste.

Pourquoi vouloir repousser l'officialisation de leur union à plus tard ? L'argument de précipiter les événements afin de recevoir la *bénédiction* de papa et maman n'était pas suffisant. Bien sûr, il avait des projets bien plus importants qu'une bague de fiançailles, et par conséquent, évitait le sujet tant qu'il le pouvait. Chaque fois qu'elle souhaitait s'arrêter dans une bijouterie afin d'y jeter un œil, il y allait certes, mais à reculons. Une fois à l'intérieur, il n'y était pas vraiment. Vérifiant ses messages électroniques, lisant des articles sur son smartphone, observant la vie en dehors du magasin ou simplement s'adossant à l'une des vitrines d'exposition le nez en l'air, il attendait qu'elle terminât. Pour lui, elle allait choisir et ce serait elle qui allait la porter de toute façon. Il ne s'y connaissait rien et ne voulait surtout pas l'influencer.

« Regarde, c'est joli, non ?

— Ah oui, ça a l'air pas mal...

— Pas mal... ? Tu aimes ou pas ?

— Ben oui. Mais ça ne ressemble pas à celle qu'on a vue l'autre fois ? La semaine dernière je crois, non ?

— Non, en début de semaine, lundi soir exactement... C'est pas du tout la même... D'accord les couleurs se ressemblent mais la forme et la finition sont très différentes ! Regarde ! » Elle passait de la bague à X, tour à tour, comme si elle craignait de perdre l'une ou l'autre. Elle voulait les deux. Elle voulait que l'une encerclât l'autre, s'y diluât afin qu'ils ne fissent plus qu'une seule entité.

Puis celle-ci s'unirait à elle, et à nouveau, créerait une seule et unique personne, une seule et unique âme.

Elle ouvrit les yeux. Quelques voyageurs s'activaient pour descendre. Le train approchait d'Oceanside. Ils avaient fait une partie du trajet depuis San Diego. Le temps était passé étrangement vite. L'Amtrak évoluait dans un autre monde. Ici, on avait atteint les limites du rêve américain, lequel s'était heurté aux vagues du Pacifique. Le train à deux étages, dans sa lente course onirique, écumait inlassablement les côtes californiennes avec sérénité et insouciance. Tout songe d'une nuit ou d'une vie pouvait se réaliser ici, ou s'y perdre. Même si l'on ne pouvait l'exhausser, on pouvait en rêver encore et encore, sous des angles différents. Tout était toujours possible. Même les vies les plus pénibles se nourrissaient encore de cet espoir des profondeurs océaniques.

Elle patinait. Tous ses désirs et ses rêves faisaient du surplace. Elle se sentait dépendante de son destin. Ses actions étaient comme prisonnières d'une volonté incontrôlable. Elles ne s'harmonisaient pas avec ses pensées, ne concordaient pas à ses intentions. Elles engendraient une cacophonie d'idées dans sa tête.

« Ça va chérie ?

— J'en ai marre de travailler pour quelqu'un ! Je me sens comme une esclave ! » Elle se plaignait chaque fois qu'elle revenait du travail le soir ou lorsqu'il l'appelait durant la pause déjeuner parfois. Il ne pouvait rien faire excepté l'écouter ou l'encourager à chercher ailleurs. Elle n'en avait pas l'envie. Elle redoutait de retrouver les mêmes conditions et de devoir allonger ses trajets quotidiens. Le seul avantage de son poste actuel était qu'elle avait le luxe de pouvoir se lever une demi-heure avant son horaire de début de travail. Elle était toujours à l'heure.

Aussi compréhensif fût-il, il ne voulait pas s'associer avec elle dans une quelconque entreprise. Elle lui avait envoyé de nombreux signaux. Rien n'y fit, ses réponses restaient muettes. Elle le savait, il tenait farouchement à son indépendance. Il aimait faire les choses à sa manière. Même si elle s'évertuait à suivre ses instructions à la lettre et à reproduire exactement ce qu'il souhaitait, elle constatait, à son grand désarroi, qu'il n'était toujours pas satisfait. Ses faits et gestes n'étaient pas les siens… Peut-être qu'il ne voulait pas de cette union.

« Non ! insistait-il, être partenaires en amour n'est pas la même chose qu'être partenaires en affaires ! Ce sont deux *A* différents ! »

« Mais où était cet amour ? se demandait-elle. »

Le train venait juste d'arriver à Irvine, la plupart ne s'arrêtant pas à San Juan Capistrano et San Clemente. Heureusement pour eux. Il était toujours profondément endormi. La belle Californienne, quant à elle, était plongée dans son e-book à présent, complètement coupée du monde. Irvine. Drôle de nom. Cela lui faisait penser à *ivy*, cette plante envahissante dont on se débarrassait si difficilement. À part le petit arboretum, le San Joaquin Marsh Wildlife Sanctuary et divers parcs, il n'y avait pas grand-chose d'excitant à voir ou à faire. Même l'université n'était pas aussi cotée comparée à d'autres en Californie. Elle avait été admise à la University of California Los Angeles, mais faute de moyens, n'avait pu poursuivre ses études en aérospatial. Elle avait été effrayée par les frais faramineux. Elle s'était rabattue sur la California State University à Long Beach. Cependant, arrivée à la fin de son diplôme en finance, elle avait réalisé qu'elle allait tout de même devoir rembourser une coquette somme dans les années à venir. Elle aurait mieux fait de s'en tenir à son choix initial, regrettait-elle, quitte à doubler sa dette. Stupide décision qui ne l'avait pas particulièrement aidée dans sa quête d'un épanouissement personnel. L'Amtrak reprit sa délicate course le long de la côte ouest.

Elle regarda au-dehors. Vacanciers d'un jour ou peut-être de quelques semaines avaient à présent presque déserté les lieux. Les vagues, quant à elles, n'avaient point ralenti leur éternel rituel. Les lumières de la ville commençaient à s'imposer face aux dernières lueurs du jour. Santa Ana. On s'approchait de L.A.

Elle appréciait toujours les sorties dans cette banlieue cossue du Los Angeles Metropolitan Area. C'était branché, c'était jeune. Avec X, ils y venaient régulièrement pour voir un film, un *blockbuster* bien sûr, dîner dans l'un des restaurants qui offraient des cuisines diverses et variées, même de la fusion, et visiter l'ample centre commercial. Une bonne partie de la jeunesse dorée d'Orange County venait s'y afficher. Elle n'approuvait pas particulièrement leur comportement excessif mais affectionnait l'atmosphère détendue qui y régnait jusque tard dans la nuit. Étrangement, leurs sorties à Santa Ana étaient l'un des seuls sujets sur lequel ils étaient toujours d'accord. Qui n'aimait pas se divertir ?

Le compartiment devint plus animé, comme si le train était sorti de son sommeil, refaisant surface de sa descente fantasmagorique, en s'arrêtant à Santa Ana. X, quant à lui, dormait toujours, insensible à son environnement. Il laissait même échapper un léger ronflement à présent. Son nez se congestionnait dès qu'il atteignait le sommeil lent profond. Là, il était vraiment parti. Les quais grouillaient de voyageurs qui soit étaient arrivés à destination, soit commençaient leur voyage. On approchait décidément de L.A.

Leurre. Ce n'était qu'un leurre. X n'irait jamais plus loin que là où il était allé jusqu'à présent. Comment le changer ? Comment bouleverser leur relation ? Ce rapport détaché aux choses, aux événements, à elle, était le socle même de sa nature. Mais pourquoi doutait-elle au juste ? Il savait habilement surfer sur les courbes de la vie. Elle en était perturbée. Comment rester avec un homme si absent parfois ? Elle avait besoin d'un amour profond, intense, dans lequel elle serait la maîtresse des mondes. Il la rejoindrait pour l'étendre aux confins des galaxies. Il en deviendrait le maître, serait l'égal d'elle. Il serait l'ombre, elle la lumière, et ils inverseraient les rôles pour l'éternité. Au lieu de cela, l'incertitude et l'opacité prenaient place.

« Oh X ! répéta-t-elle au fond d'elle-même. » Elle souhaitait tant que tout cela changeât, qu'il eût un déclic soudain. Elle y croyait encore malgré les contre-courants. Elle voulait y croire. Son idéal était devenu une obsession. Elle en devenait parfois malade, au point d'obnubiler sa raison. Tant pis, elle avait soif de cette fusion.

Elle se releva légèrement afin de le dévisager. Quand allait-il se réveiller ? Elle se rendit compte qu'elle avait fait le voyage retour seule jusqu'à présent.

« S'il te plaît ! Réveille-toi... Pour notre futur ! » se morfondait-elle. Elle en avait peur car elle ne pouvait le cerner. L'avait-il rendue dans cet état intentionnellement ou sans le savoir ? Et comment avait-elle pu s'y laisser entraîner lentement, silencieusement ? En tout cas, pour ce qui était de la psychologie, X savait en user ! C'était presque comme une seconde nature. Il aurait dû en faire son métier.

Il fallait dire qu'il était encore un solide pilier pour son ex. Se débattant dans une dépression majeure à la suite de sa dernière rupture, elle avait appelé à l'aide. Il s'était senti un peu responsable de l'aggravation de cet état préexistant. Une résurgence du passé, semblait-il. Aussi avait-il décidé de la soutenir à bras-le-corps, et en thérapeute averti, n'hésita pas à lui dédier quelques heures par-ci, quelques heures par-là, voire des demi-matinées, des journées ou des soirées, afin de l'assister dans ses moments de crise.

Elle l'appelait et il se mettait à sa disposition dès qu'il le pouvait, quitte à la délaisser, elle.

« Elle n'est pas du tout bien chérie, il faut que j'aille la voir !

— Bien sûr mon bébé !

— Je ne se serais pas trop long !

— Non ! Non ! Reste le temps qu'il faut, elle a besoin de soutien... Et tu es la meilleure personne qui soit… ! Allez, va ! »

À peine avait-elle prononcé les deux derniers mots, le voilà qu'il s'enfonça dans le hall d'entrée pour s'éclipser dans la clarté de la journée ou la pénombre de la nuit. Souvent, sans même l'embrasser.

« Et moi alors ? lui criait-elle dans sa tête. »

Au début, elle avait concédé un peu de leur temps ensemble afin de satisfaire à cet aménagement quelque peu inopportun à ses yeux. Puis au fur et à mesure que le temps s'écoulait et que ce soutien paraissait enraciné dans leur quotidien, elle commença à se poser des questions, et même à s'inquiéter quelque peu. Était-il en train de lui échapper pour de bon ? Allait-il en réalité retourner vers son ex ? Cette inquiétude se métamorphosa petit à petit en obsession, laquelle avait frôlé la paranoïa parfois. Elle avait été tellement rongée par cette pensée, qu'elle avait voulu en avoir le cœur net, et dès que possible. Alors elle commença par vérifier ses textos et l'historique de ses appels. Il n'y avait rien de très explicite. Peut-être avaient-ils un langage qui leur était propre ? Dans chaque mot qu'elle lisait, elle y voyait comme un deuxième sens. Elle ressentait comme une atmosphère ésotérique dans ces petites phrases et ces numéros qu'elle ne connaissait pas. Comment apprendre leur langage ? L'idée d'être capable de déchiffrer, de comprendre leur mode de communication la hantait.

Puis vinrent les filatures. Dès qu'elle le pouvait, elle le suivait en voiture. Là encore, il n'y avait malheureusement rien de très défini. Il se rendait là où il était censé se rendre. Mais que se passait-il au-delà du seuil de l'appartement ? Son enquête s'arrêtait là. Elle avait été tentée, à plusieurs reprises, de frapper ou même d'entrer sans se faire annoncer, voulant les attraper la main dans le sac. Elle s'en abstint, même si le doute la tourmentait. Elle ne savait que faire.

Elle s'aperçut que le train ralentissait sa course. Elle jeta un coup d'œil au-dehors : Anaheim, la ville des fées, des vilains et des gentils.

L'Amtrak s'immobilisa dans son odyssée, le temps de déverser certains passagers et en ramasser d'autres. L'affluence, les mouvements, les rires, les pleurs et les cris des enfants sur les quais contrastaient énormément avec les souvenirs qu'elle avait de la ville. Elle y était venue à deux reprises, la première fois avec X. Il lui avait proposé d'y programmer la soirée, exceptionnellement. Sachant qu'elle adorait les sushis, il voulait découvrir un restaurant qui, aux dires de ses connaissances, était délicieux et préparait des sushis et autres mets nippons parmi les meilleurs de L.A. Lui, il s'était régalé à l'Exo Sushi. Quant à elle, elle n'avait pas été aussi emballée. Ils avaient été parmi les derniers clients à sortir de table, et après une longue promenade d'une petite heure entre Katella Avenue et Convention Center, quittèrent Anaheim aux environs de minuit. Durant leur longue déambulation, elle s'était rendu compte combien Orange County avait été construit pour la voiture, comme la plupart des conurbations.

Ils avaient l'habitude de déguster les sushis dans un petit restaurant dans West L.A. Non seulement on y savourait de succulents California rolls, mais aussi on n'avait pas besoin d'y réserver ; il ne fallait jamais attendre plus de quinze minutes avant qu'une table ne se libérât, et les prix étaient très abordables. Celui d'Anaheim, quant à lui, avait laissé un goût mitigé dans sa mémoire. Les California rolls, aussi raffinés fussent-ils pour le palais, lui avaient procuré une sensation de vie passée. Ce sentiment de déjà-vu n'était point dans le poisson, le mirin, la sauce de soja, le gari, le wasabi, le tobiko ou le shari lui-même, mais plutôt dans la nori.

« Que penses-tu des California rolls chérie ? Ils étaient bons, non ?

— Ça allait… Je trouve qu'ils avaient un arrière-goût qui me rappelle cette gargote où l'on avait mangé à Long Beach… Tu te souviens ?

— Ah oui ! Celui-là n'était pas mal non plus.

— Ah bon ? Pourtant tu m'avais dit que tu ne les avais pas trouvés assez frais !

— C'est vrai, mais c'était juste une impression… Tu sais, ne te fie pas aux premières impressions parfois… » Elle l'observa, comme si elle cherchait à comprendre le sens réel de sa remarque.

« Moi j'aime bien me fier à mon instinct, il ne me trompe que très rarement…

— Je sais chérie, comme la plupart des femmes… » Le ton ironique de sa réponse était accompagné d'un large sourire.

« Ha ! Ha ! » Elle usa d'un ton ironique à son tour. Elle se demandait si cet instinct l'avait induite en erreur sur X, finalement.

La seconde fois qu'elle était venue à Anaheim avait été avec Ève. Un samedi entre filles. Comme elle, Ève ne supportait plus l'équipe de direction et sa culture inhibante, le manque de reconnaissance, non seulement du travail effectué, mais aussi de leurs diplômes. L'entreprise de conception et de fabrication de sacs à main et autres accessoires était une filiale d'un conglomérat chinois. Bien qu'implantée en Californie depuis une dizaine d'années, cette compagnie avait du mal à se débarrasser de son image de *Made in China*. Tout comme son amie Ève, elle pensait que, non seulement le nom même de l'entreprise, Xingyun, ne devait pas les aider à percer dans le haut-de-gamme comme c'était leur intention, mais aussi la direction et les postes à responsabilité étaient tous tenus par des personnes d'origine chinoise. Manque de diversité. Même si certains avaient suivi leur cursus de formation dans les universités américaines, ils semblaient ne jouer qu'un rôle secondaire dans les décisions et directions stratégiques. Et ils avaient été recrutés directement de la Chine continentale. Une histoire de famille semblait-il. Ils auraient pourtant bien pu promouvoir des Américains dont les aïeux avaient émigré durant la construction du premier *Transcontinental* au tournant du XIXe siècle, mais ils les trouvaient trop américanisés. Ou pas assez sinisés. Célébrer le Nouvel An, adorer les *dumplings* et *hot-pots* et parler mandarin n'étaient pas suffisants. Il fallait démontrer sa *sinité* et le lien spécial à la mère patrie par d'autres qualités. Une fois, un des responsables du département Finance lui avait implicitement fait comprendre quel était son statut.

« Donc, à ce que je vois, tu parles cantonnais également, même mieux que le mandarin !

— En effet.

— Donc tu dois venir de la région du Canton, correct ?

— Par mes aïeux maternels, oui.

— D'accord… Quand sont-ils venus ici ?

— Oh… ! Je suis la quatrième génération.

— Ah ! Je vois… Ils avaient dû quitter notre mère patrie à la suite de la Révolte des Taiping probablement…

— Je crois, mon grand-père fait parfois référence à la vie d'adulte de mon arrière-grand-père comme une période trouble où pauvreté, famine et tueries étaient leur lot quotidien…

— D'accord… Et comment te considères-tu ?

— Comment ça ?

— Te considères-tu Chinoise »

Elle le fixa en fronçant les sourcils, perplexe et surprise par sa question.

« Eh bien… Chinoise par ma mère, Mexicaine et un peu Allemande par mon père… J'ai des liens avec les trois pays mais je me sens Américaine avant tout.

— Je comprends, c'est bien… Au moins, tu peux être une bonne ambassadrice de la Chine, » lui-répondit-il en sortant du service Finance et Comptabilité.

Elle, une ambassadrice ? Sa mère lui avait toujours dit de se méfier des individus issus de la mère patrie. Selon elle, ils considéraient les éléments de cette diaspora comme potentiellement subversifs, allant à l'encontre des intérêts nationaux. Elle avait déjà remarqué ce collaborateur au sein de son département, mais n'avait jamais eu affaire directement à lui. Elle retourna à ses chiffres et tableurs, et oublia vite la conversation insolite. Pour rien au monde, elle ne troquerait ses *abuelitos* et *abuelitas* du Guangdong et de Costa Azul en Basse-Californie pour une soi-disant loyauté.

Ève, beaucoup plus proactive et prenant plus de risques qu'elle, avait réussi à décrocher un poste de styliste au sein d'une entreprise de textile à Anaheim. Non seulement elle allait être beaucoup mieux payée, mais aussi elle n'aurait plus à cumuler le rôle de modéliste avec celui de styliste.

« De l'esclavage des temps modernes ! s'indignait-elle. »

Aussi Ève lui avait demandé de l'aider à prospecter les quartiers alentour en vue de dénicher son futur appartement. Elle avait accepté, même si elle pensait qu'une journée passée sans X, surtout un samedi, allait être des plus difficiles à supporter. Il s'était avéré que ce moment entre filles avait été un pur régal. À vrai dire, il lui avait fait prendre conscience de sa réalité. Ève, en bonne confidente et conseillère conjugale extravertie, avait non seulement réussi à la mettre à l'aise afin qu'elle laissât s'exprimer ses moindres pensées intimes, mais aussi elle avait su, en ouvrant son cœur à son tour, lui laisser entrevoir les méandres des relations et la complexité des personnalités qui les composaient. Elle n'était pas si unique finalement.

Ève ne s'encombrait guère de détails et passait à autre chose sans effort. Elle considérait que c'était la meilleure façon de se préserver de blessures sentimentales et de ne pas se reposer sur de faux espoirs et une réalité déformée par ses désirs. Elle reconnaissait que c'était peut-être égoïste, voire narcissique, mais au moins elle restait saine d'esprit. Elle jetait un regard sur les rapports sous une lumière bien différente. Pour elle, la relation homme-femme avait évolué vers une nouvelle dynamique, où les genres s'effaçaient au profit du *soi*. Et la perte des repères traditionnels rendait ces relations instables, voire éphémères. Les hommes l'acceptaient difficilement, mais ils n'avaient pas beaucoup le choix. Comme elle, beaucoup de gens étaient à la recherche d'une certaine intemporalité et relativité afin de combler des vides existentiels. Est-ce que sa quête avec X était un déchirement entre une volonté inconsciente d'émancipation et une certaine réticence à vouloir accepter l'échec de sa relation ? Aussi troublantes fussent-elles, les vues audacieuses et peu orthodoxes de son amie avaient eu le mérite de lui faire prendre conscience de sa condition.

Elle admirait la capacité d'Ève à pouvoir naviguer si aisément dans les dédales des relations et interactions avec tous ces hommes, et même les femmes parfois, et ce sans jamais s'égratigner. À cet égard, elle ressemblait beaucoup à X - serait-il versatile comme elle ? Contrairement à eux, elle serait incapable de glisser sur les courbes de la vie sans aucune appréhension ou sans le moindre remords.

Voilà plus d'un an qu'Ève avait donné sa démission et s'épanouissait dans son nouveau rôle. Le jour de cette sortie, elles n'avaient pas fait de choix sur l'appartement et Ève avait préféré repousser son départ de Long Beach pour apprécier un peu plus son atmosphère détendue et sa diversité, quitte à supporter l'air pollué par les raffineries de South Bay et les deux ports avoisinants, ainsi que les plages souillées par le déversement de la rivière Los Angeles saturée d'eaux usées du Comté.

Aux dernières nouvelles, elle était heureuse dans son nouveau poste, beaucoup moins stressée. Elle avait également rompu avec Kirk, son dernier petit ami de neuf mois. Il faudrait qu'elle passât lui rendre visite tantôt, peut-être qu'elle pourrait à nouveau goûter à ces moments intimes entre filles. L'Amtrak commença à se mouvoir lentement. On quittait Anaheim.

Elle se releva légèrement et le scruta. Il dormait sur ses deux oreilles. Les traits de son visage relaxés, il ne semblait être préoccupé par quoi que ce fût, même dans son sommeil.

Combien de temps ce soutien allait-il durer ? Elle n'en pouvait plus. Elle sentait que la dépression commençait à déborder dans sa propre vie et à subjuguer ses pensées. Elle en était effrayée. Allait-elle prendre sa place ? Allait-il la quitter et la laisser en lambeaux ? Certes, elle n'avait pas l'expérience passée de son ex qui, aux dires de X, était passée par une relation houleuse avec son premier fiancé, où allégations de violences et de viol venaient composer la toile de fond. À présent, l'emprise et l'influence de X semblaient se manifester sur elle-même. Et si c'était lui la cause de tous ces maux ? Elle se releva à nouveau et le regarda avec insistance. Il avait l'air tout innocent. Non, cela ne pouvait être lui. Elle croisa à nouveau le regard de la belle Californienne, toujours son e-book à la main. Elle lui sourit à nouveau et replongea dans sa lecture. Elle l'avait sûrement comprise.

Fullerton, prochain arrêt. Le dernier avant L.A. la marchande de rêves. C'était drôle, elle n'était jamais allée au-delà en train, comme si les frontières de son monde s'arrêtaient dans les environs de cette ville aisée d'Orange County. C'était ici qu'ils garaient la voiture pour prendre l'Amtrak. Non pas qu'Hacienda Heights fût plus loin de L.A. que Fullerton, au contraire, mais les grands axes routiers en direction de Downtown L.A. étaient souvent engorgés et cela leur prendrait près de deux heures pour atteindre Station Union. Parfois, il leur était arrivé de flâner dans cette ville avant de reprendre la route. L'arboretum lui avait laissé une saveur douce et persistante dans sa mémoire au fil de ces quelques années. Elle se souvenait encore de cette intimité qu'ils avaient eue, à l'ombre des conifères, des Myrtaceae, des arbres fruitiers et des cactées, enivrés par une symphonie de couleurs et de parfums ; comme si leur rassemblement en un seul et unique endroit avait permis à leur cœur d'éclore et de s'exprimer sans retenue. X avait fait montre de beaucoup de sentimentalité et de sensibilité. Elle aurait tant souhaité qu'il demeurât sous cette lumière constante. Ses moindres doutes, ses moindres peurs, ses moindres incertitudes, auraient été balayés à coup sûr. Peut-être ne savait-il pas s'exprimer tout simplement, comme beaucoup d'hommes, ou se dérobait-il face à ses perpétuelles demandes d'ouverture, de peur de trop s'exposer ? Mais que pouvait-il bien vouloir cacher ? Devenait-elle parano ?

Psychothérapie, ils avaient besoin d'une psychothérapie afin de sauver leur couple. Il fallait absolument qu'elle le convainquît d'assister à une première séance. Le sang syro-libano-mexicain qui coulait dans ses veines y résisterait sans nul doute.

« On ne fait pas ça chez nous ! Et d'abord pourquoi irai-je me confier à un étranger ? Et que penseront les gens ? Que je suis devenu fou ! » Telle fut sa réponse une fois.

Elle espérait qu'elle le ferait changer d'avis en le rassurant que ce serait pour elle uniquement, que c'était courant à L.A. de nos jours et que tout le monde y allait. Elle avait entendu dire qu'il valait mieux choisir un psy qui s'occupait aussi bien d'hétérosexuels que d'homosexuels. Ces derniers savaient mieux résoudre les conflits et les problèmes de couple. Elle devait le relancer.

On arrivait à Fullerton. La belle Californienne était à nouveau au téléphone. Elle allait peut-être descendre à Union Station. X, quant à lui, dormait toujours. Elle devrait sûrement le réveiller avant leur arrêt. Bientôt, ils seraient sur Hacienda Road et se retrouveraient dans Hacienda Heights, dans cet ex-agrobusiness transformé en banlieue au sortir de la Grande Dépression.

Se laisser transporter jusqu'à San Luis Obispo, aux confins de ces terres, lui traversa soudainement l'esprit. La liaison de l'Amtrak avait été suspendue à Ventura, et même au-delà, pour le moment. Les feux faisaient rage en ce moment et les glissements de terrain avaient eu lieu l'hiver dernier : mère Nature avait perdu patience avec les hommes. Peut-être qu'ils le feraient un jour au lieu de prendre la PH1.

Elle pourrait essayer de sentir l'esprit de ces aïeux, lesquels avaient contribué à construire ces rails, à façonner ces terres, à écrire son histoire et à essayer de rendre les songes d'une nuit ou d'une vie quelque peu réels. Elle pourrait également tenter de revivre l'instant où elle trouva Javier si authentique. Après tout, n'importe quel rêve pouvait se réaliser en Californie.

Patriam

Il était là, en train de guetter alors que les flammes diffusaient leur chaleur en se tortillant dans des mouvements irréguliers. Elles célébraient l'automne dans une sorte de danse païenne qui ne semblait suivre aucun rythme hormis celui des saisons.

Le temps était ensoleillé et suffisamment doux pour prévenir toute gelée en ce début novembre. La bâtisse, bien que perchée sur une colline et sans aucune demeure mitoyenne, ressemblait à une masse de pierre, où l'espace et la lumière peinaient à trouver leur place. Elle nécessitait d'importants travaux de rénovation. Le temps y avait laissé ses empreintes. Cependant, une quiétude profonde et intemporelle se dégageait des lieux, comme voulant retenir toute vie qui s'y rendait.

D'innombrables châtaignes encore dans leurs bogues étaient éparpillées ici et là dans la cour, laquelle était assez large pour accueillir quatre véhicules. Une balançoire et un toboggan reposaient à l'autre extrémité réservée aux activités ludiques.

L'arbre à pain avait été planté juste derrière la grille à l'entrée.

Il était bien établi et plongeait ses racines au plus profond de cette terre, afin de puiser allègrement eau et minéraux pour se nourrir. Il s'imposait avec une certaine fierté et dégageait de l'assurance face au climat qui pouvait être rigoureux. Le vent, très soutenu toute la journée, n'avait fait qu'accélérer la chute des akènes. D'ici quelques jours, on prendrait quelques heures pour ramasser les fruits à pain qui ne seraient pas encore abîmés. On gaulerait les autres, et s'ils étaient trop hauts, on attendrait simplement qu'ils tombassent. Le quatrième côté avait été transformé en un énorme potager où poussaient légumes de saison et diverses herbes, tout près d'un pommier et d'un poirier.

La départementale qui passait juste devant la maison laissait place à des champs s'étendant à perte de vue. À l'horizon, la chaîne des Alpes, éternelle forteresse de pics majestueux encastrés les uns dans les autres, comme pour protéger vallées et plateaux contre les incertitudes de la vie. Telles les inconstances existentielles, ils ne connaissaient ni drapeaux ni frontières, et s'exhibaient avec fierté et élégance jusqu'aux confins de la Suisse et de l'Italie.

Deux barques en pleine convalescence et la coque pointée vers le ciel gisaient sur la pelouse, attendant des jours meilleurs. L'une d'elles était la propriété de la locataire du rez-de-chaussée, presque toujours absente et anonyme. Elle semblait ne se servir de l'étage du bas que comme débarras ou pour y organiser quelques repas dominicaux une fois l'été venu. L'autre appartenait à une jeune famille habitant le premier étage.

Une mince fumée s'échappait de la cheminée. Du bois se consumait lentement. Les flammes continuaient à gesticuler un peu partout, dans l'espoir de se dérober à leur vie éphémère. Les bûches craquaient par intermittence. Le manque de lumière venait confirmer l'impression du dehors. Les fenêtres étaient trop exiguës pour l'immensité du lieu, comme si l'on avait voulu se prémunir des agressions de l'extérieur, et garder l'endroit secret. Cependant, les premières sensations de vétusté et le manque de clarté s'éclipsaient rapidement face aux étincelles de vie éparpillées dans toutes les pièces.

Déjà en pyjama, son habit seyait parfaitement à ce début de soirée. Il ne pouvait détacher son regard scrutateur du dessous de la table basse posée devant les fauteuils. À quatre pattes, les jambes serrées l'une contre l'autre, la silhouette du petit se reflétait sur le parquet récemment poli, à l'affût des moindres indices de la scène qu'il était en train d'observer. Il s'inclina davantage, sa joue reposant sur le bord du petit tapis et le postérieur élevé, comme s'il y posait tout le poids de son corps contre le sol. Il s'efforçait d'attirer le chaton qu'ils venaient d'acquérir quelques semaines plus tôt, par des onomatopées dont lui seul connaissait la signification. Il essayait inlassablement de l'inviter à prendre part à ses activités récréatives. Se cachant sous la table et acculé le dos au sofa, le félidé laissa échapper de petits ronronnements. Les invitations de l'enfant se heurtaient à un retrait de l'animal face à son appréhension de l'inconnu. Il ne s'était pas complètement habitué à sa nouvelle demeure.

Alors qu'il était sur le point de se trouver presque nez-à-nez avec Pastèque après tant d'efforts, le petit remarqua que le chaton prêtait attention à la porte d'entrée. Il se leva d'un trait, se demandant ce que cela pouvait bien être. Tous deux entendirent du bruit au-dehors et remarquèrent une forme derrière la partie haute de la porte, laquelle était composée de vitraux. Cette apparition inopinée desserra l'étau sur la petite bête. Il relâcha ses muscles, quelque peu soulagé.

De prime abord, l'enfant crut deviner la silhouette de son père. Puis il hésita un instant. Sa sœur, plus âgée que lui de trois ans et surgissant de nulle part, avait reconnu l'allure de leur grand-père au premier regard.

« C'est Papi ! » s'écria-t-elle, en accourant vers la porte.

— Ouais ! Papi ! Ouais ! » reprit le petit, en lui emboîtant le pas, courant aussi vite que possible afin de la rattraper.

« Aïe… ! Attention ! Doucement ! » Dans son élan, le garçon vint s'écraser contre le bas de son dos alors qu'elle s'apprêtait à mettre sa main sur la poignée de la porte. Le corps de sa sœur, plus charnu, amortit le choc. Il réussit, avec toute la dextérité de son jeune âge, à atteindre la poignée et posa sa main sur la sienne.

« Mais attends voyons ! marmonna-t-elle.

— Non ! Non ! C'est moi qui ouvre ! » répliqua-t-il, en blésant certaines consonnes. Par son gabarit, beaucoup plus menu, il réussit à se faufiler entre son bras et sa taille, et ainsi, à lui passer devant. Elle tenait fermement la poignée. Malgré ses tentatives de s'approprier le privilège d'accueillir son Papi tout seul, son excitation et la motricité à cet âge le résolurent à suivre les mouvements de la main de sa sœur lorsque celle-ci tourna la poignée.

« Papi ! s'écrièrent-ils, de concert.

— Bonsoir mes chéris ! Comment allez-vous ? Je suis si

content de vous voir !

— Bonsoir Papi ! répondit la sœur avec enthousiasme. » Quant au petit, il serra sa jambe de toutes ses forces, comme s'il ne l'avait pas vu depuis longtemps et lui avait manqué.

« Eh ! Je me suis dépêché car je savais qu'il était l'heure de vous coucher. En plus, le temps se gâte ! » La sœur, ravie et même flattée de cette remarque, posa sa tête contre sa taille.

« Tu es encore en short ?

— Uniquement aujourd'hui et à la maison Papi ! J'étais sur le point de prendre ma douche et tu es arrivé !

— Il fait encore bon en ce mois d'automne, non… ? Je me souviens, quand j'étais petit, on commençait à avoir de la gelée blanche dès le mois de septembre souvent ! » Il secoua la tête, incrédule.

« Où va ce climat depuis quelques années ? Je ne sais trop… » ajouta-t-il à mi-voix, et avec un certain regret, comme s'il parlait à lui-même.

Il se pencha pour les embrasser. Habitués à ce rituel et en harmonie avec ses pensées ainsi que ses gestes, ils levèrent la tête le plus haut possible pour recevoir le baiser sacré. Sa sœur ne rencontra aucune difficulté à l'attraper. Quant au petit, il ôta à nouveau sa sucette qu'il avait l'habitude de téter juste avant de se coucher afin de le recevoir à pleine bouche. Tout en se position-nant sur la pointe des pieds, aussi haut que son équilibre pût lui permettre et en étirant son cou le plus loin possible, il s'efforça de rester dans cette posture en posant une main sur le bras de sa sœur et l'autre contre la jambe de son grand-père. Alors que celui-ci se courbait un peu plus afin de lui faciliter la tâche, le petit demanda un ultime effort à la pointe de ses pieds afin d'atteindre un niveau supérieur et aller rejoindre les lèvres de son Papi.

Une fois le cérémonial achevé, le grand-père, encore dans toute sa forme, se dirigea vers la cuisine, un panier assorti de fruits et légumes ainsi que deux pots dans une main, et sa petite-fille dans l'autre.

« Je vous ai apporté un peu de nos petites récoltes ainsi que de la bonne compote de pommes. La terre a été généreuse cette année. En revanche, pour les coings du voisin, il faudra attendre encore un peu. Ils ne sont pas suffisamment mûrs afin de les cueillir… Il a pourtant fait doux depuis le début de l'arrière-saison ! »

Le petit les suivait d'un pas nonchalant en laissant son regard arpenter la pièce, sans aucun but précis. Il fixa soudainement son grand-père, comme si quelque chose d'important lui avait traversé la tête.

« Papi ! Papi ! »

Alors qu'il était sur le point de pénétrer dans la cuisine, l'aïeul s'arrêta net et se retourna en même temps que sa petite fille. Tous deux scrutèrent son visage, se demandant la raison de son appel. Le chaton, qui venait juste de sortir de sa cachette, demeura immobile et regarda dans sa direction, l'air encore appréhensif.

« Abracadabra ! Tu as oublié de le faire ! » Sa sœur leva les yeux au plafond et fit une moue, les mains sur ses hanches et le dos courbé. Son grand-père sourit.

« Eh ! Eh… ! Non je n'ai pas oublié mon petit ! » Il tapota la poche gauche de sa veste en velours et leva ses sourcils grisonnants.

« C'est quoi Papi ? » demanda le garçon, tout excité, les yeux tout écarquillés et les mains rapprochées près de sa bouche.

« Mais voyons ! Tu peux attendre de voir ce que c'est demain, non ? C'est une surprise ! » Sa sœur, quelque peu pressée, n'avait aucune envie de s'attarder sur des jeux enfantins.

« Si ! Si ! S'il-te-plaît Papi ! » supplia-t-il, laissant une expression de déception mélangée à de l'impatience apparaître sur son visage. Son grand-père se retourna complètement et posa le panier près de lui.

« Bon, d'accord… Mais vous ne pourrez le déguster que demain en rentrant de l'école, d'accord ?

— Ouais Papi ! Ouais ! » Son visage s'illumina soudainement. Son aïeul prit un air des plus sérieux.

« Abracadabra ! Abracadabra ! Abracadabra ! Aïden ! Aïden ! Aïden ! Que veux-tu de moi ? Bonbon, gâteau ou chocolat ?

— Euh… Chocolat !

— Abracadabra ! Abracadabra ! Abracadabra ! Aïden ! Aïden ! Aïden ! Tu auras ce qu'il y aura ! Abracadabra ! Shhh… dit-il d'une

Il glissa sa main lentement dans la poche de sa veste. Le petit attendit de découvrir ce qui pouvait s'y trouver avec exaltation. Sa sœur semblait s'être également prise au jeu maintenant. Elle sourit.

« Et voilà ! » Le vieil homme leva le petit paquet en plastique transparent, ficelé, contenant quatre petits gâteaux à l'intérieur, jusqu'au niveau de sa tête.

« C'est quoi ? » demanda sa petite-fille, désormais intriguée.

« Ouais ! Des gâteaux ! » Le bambin était au comble de la joie, même s'il n'allait pas avoir de chocolat.

« Des nonnettes de Dijon exactement ! ajouta son grand-père, l'air satisfait. » Le petit accourut et essaya de lui serrer les deux jambes du mieux qu'il put avec ses deux petits bras et en posant sa tête dessus.

« Merci Papi !

— Je suis sûr que tu adoreras ! » Il lui caressa les cheveux tout en souriant à sa petite-fille, laquelle les observait l'air attendri. Son humeur avait changé.

Le chaton passa juste devant eux. Il s'arrêta net, les fixa du regard pendant quelques secondes, laissa échapper un léger miaulement aigu, puis continua son chemin en parcourant des yeux l'espace autour de lui. Une fois près du sofa, il sauta sur le petit fauteuil bleu aux motifs spatiaux, fit un second petit bond avec grâce et se tapit confortablement sur le divan, prêtant attention au spectacle dans la cheminée. Le garçon l'aperçut prendre ses aises.

« Pastèque ! » s'exclama-t-il, la sucette toujours à la main. Il lui rappela qu'il n'en n'avait pas encore terminé avec lui.

Laissant de côté la présence du grand-père, lequel s'était engouffré dans la vaste pièce en compagnie de sa sœur, le petit focalisa à nouveau toute son attention sur le félin. Il appuya son flanc gauche contre le fauteuil à l'autre bout, croisant les jambes et balançant légèrement son bras droit, la sucette accrochée à son index. Ses pensées étaient concentrées sur le petit animal, lequel était également occupé à surveiller les moindres mouvements de l'enfant.

Ce dernier semblait vouloir épouser les réflexions du félin dans sa énième tentative à vouloir l'apprivoiser. Bien qu'il sentît une certaine réticence, il tentait tout de même de l'attirer vers ses activités ludiques. Il balançait toujours son petit bras lentement et paraissait être transporté dans son imaginaire. La sucette toujours pendante à son doigt suivait les va-et-vient réguliers de son bras avec une certaine confusion, se dandinant à un rythme beaucoup plus soutenu, et comme cherchant désespérément à trouver la bonne cadence. Il finit par tenir une position stable dans son regard, ses gestes et son corps.

Laissant échapper de délicats ronronnements, le chaton semblait avoir dissipé ses craintes face aux intentions du garçon. Il laissa reposer la tête sur sa patte avant droite. Le regard vagabond, il se laissait balancer entre le spectacle enchanteur du feu et les invitations incessantes au ludisme. Il faisait montre d'une relative insouciance quant au choix à faire immédiatement, du moment que personne ne l'incitait à changer de place. Il se lécha discrètement les moustaches, satisfait de cet immobilisme.

Alors qu'il avait les yeux toujours fixés sur le petit par à-coups, comme essayant de lui poser des questions, il pointa soudainement ses deux oreilles vers le haut, comme alerté par un bruit lointain. L'enfant remarqua le mouvement, ce qui le tira momentanément de son rêve. Il épiait les moindres réactions du félidé afin de ne pas perdre ce faible lien qu'il commençait juste à tisser. L'orage grondait dans le lointain. D'obscurs et gigantesques nuages s'étaient amassés au-dessus de la vallée en fin de journée, passant par-dessus les massifs montagneux sans aucune difficulté. Les Bauges s'étaient bien assombris.

La sœur surgit de la cuisine et traversa le salon à vive allure. Les deux petits êtres tournèrent la tête de concert, surpris par cette intrusion subite.

« Papi ! Ne pars pas tout de suite ! Je n'en ai pas pour longtemps ! » cria-t-elle, d'un bout à l'autre de la pièce, avant de disparaître dans le corridor.

Les grondements retentirent d'un bruit assourdissant, au point de se faire entendre jusqu'au-dessus de la maison, essayant de s'y infiltrer et de s'inviter dans ce lieu apaisé. Une bataille semblait être en cours dans les cieux, comme si tous les dieux de l'orage, du tonnerre et des éclairs s'étaient réunis pour un duel final. Ceux-ci s'amusaient à faire entendre leurs voix le plus fort possible afin de raviver l'imaginaire des hommes face aux lois des destinées. Même Taranis et Esus, qui se seraient réveillés de leur longue agonie temporelle, s'en mêlaient.

Poussé par les vents, lesquels n'avaient cessé de souffler et de s'intensifier depuis la matinée, l'orage était arrivé avant l'heure. Les forces de la nature avaient mis un peu de désordre au-dehors. De nombreuses feuilles mortes, amassées la veille en petits tas épars, étaient à nouveau essaimées un peu partout dans le jardin. Les journées courtes de novembre, laissant place à des soirées sombres, fraîches et humides, offraient peu de chance de terminer le travail entamé.

Le feu dans la cheminée dansait de plus belle, comme pour défier l'orage et le dissuader de déranger cette quiétude intérieure. Le chaton, qui avait senti l'arrivée de l'orage bien avant tout le monde, leva la tête d'un geste vif lorsque les grondements se firent entendre de nouveau. Il laissa échapper un miaulement, plus grave cette fois-ci, comme voulant se prémunir des événements qui se déroulaient à l'extérieur. Il reposa la tête sur ses pattes, replongeant ses yeux dans les flammes toujours aussi vivaces.

Au même instant, le garçon émergea de ses réflexions. Dès qu'il entendit l'orage une nouvelle fois, il dirigea subitement son regard vers la fenêtre, oubliant le petit animal le temps d'un court instant. Aux nouveaux grondements, il mit ses mains sur ses oreilles comme pour se protéger des retentissements, la sucette toujours à son doigt. Des éclairs jaillissaient des cieux encombrés de nuages ténébreux et impétueux. Le tonnerre détonna. Les éclairs fusaient de toutes parts, zébrant l'atmosphère, tentant de rejoindre le monde ici-bas. La rivalité entre les dieux rugissants pour le contrôle du cosmos et de l'enclume des cumulonimbus était à son apogée.

« Oh là ! » lâcha le petit, impressionné par les fracas de l'orage. Il semblait se délecter de ce spectacle que la nature mettait en scène. Soudainement, sa sœur réapparut du fond du couloir à peine éclairé, l'air préoccupé. Les deux protagonistes tournèrent à nouveau leurs têtes simultanément, étonnés par cette nouvelle apparition venue de nulle part et se demandant ce qu'il se passait. Elle leur jeta un regard presque répréhensif et se rua vers le bas du meuble de télévision.

« Maman m'a demandé de débrancher la télé autrement vous risquez de vous faire griller ! Et tous les deux ! Ha ! » Ils observaient silencieusement ses moindres mouvements, le regard inquisiteur depuis le moment où elle émergea. Agile comme elle l'était, il ne lui prit pas plus de quelques secondes pour atteindre la multiprise où les fils électriques étaient enchevêtrés les uns dans les autres et débrancher le bon connecteur. Puis elle s'éclipsa comme elle avait surgi. Leur incompréhension et leur questionnement se dissipèrent une fois qu'elle quitta les lieux. Aussi revinrent-ils à leur occupation initiale. Le félidé reposa de nouveau sa tête sur ses pattes, l'air indolent, et le petit se remit à observer la fenêtre, les mains encore près des oreilles, comme si l'apparition éphémère de la sœur n'avait jamais eu lieu.

Même si la nuit était tombée à présent, il était encore possible de distinguer les nuages dans le ciel, toujours éclairés par les dernières lueurs du crépuscule à l'horizon. Celles-ci arrivaient à transpercer l'énorme amas à son extrémité, créant une auréole sur tout son pourtour. Les cumulonimbus s'amassaient à un rythme soutenu juste au-dessus de la vallée, comme voulant la submerger pour en humer les moindres senteurs d'automne. Les rayons les rendaient encore plus vivants. Le roi des nuages, conforté et dynamisé par tous les renforts qu'il avait assemblés autour de lui depuis la matinée, s'appropriait la verticale et l'horizontale des cieux, et électrifiait l'atmosphère. Tous les ingrédients étaient réunis pour le nourrir. De nouveaux vrombissements se firent entendre, et bien au-delà des sommets alpins.

Après avoir laissé paraître une certaine anxiété sur son visage, le voilà qu'il retira les mains de ses oreilles à présent. La crainte de l'orage, qui n'avait duré qu'un court moment, avait laissé place à une curiosité puérile. Reprenant de l'énergie, avalant toute la lèvre inférieure comme pour exprimer sa satisfaction, l'enfant écarquilla les yeux, afin d'engloutir d'un seul trait le spectacle qui se présentait devant lui.

« Wow ! »

S'efforçant de prendre son élan du mieux qu'il put en fléchissant ses petites jambes et prenant ses marques aussi habilement que possible, il se rua de l'autre côté. Le chaton leva instantanément la tête en apercevant l'enfant se faufiler entre l'un des fauteuils et la table afin de se diriger vers la fenêtre. Les persiennes n'avaient pas encore été rabattues.

Il observa le garçon perché sur un petit escabeau blanc, le nez collé à la vitre, presque camouflé sous les fins et longs rideaux. La maison offrait une vue dégagée de toutes parts, et il pouvait aisément admirer le spectacle qui s'offrait à lui. Il était complètement envoûté par le jeu d'ombres et de lumières au-dessus de sa tête. Un éclair illumina le ciel, mettant encore plus en relief le phénomène naturel. Il poussa un « Oooh ! » d'émerveillement. Un autre éclair fendit les nuages et illumina à nouveau les cieux. Le tonnerre gronda avec la même puissance.

Le félin se leva, passa sa langue délicatement sur son museau, prêtant attention tantôt au feu qui continuait à crépiter avec autant d'énergie, tantôt à la fenêtre. Il pouvait lui aussi observer le déchaînement de la nature. Les premières gouttes commencèrent à se faire entendre furtivement contre les carreaux.

« Il pleut ! fit remarquer le petit. » Il était émerveillé. Le félidé, toujours debout sur le canapé, le fixa, les oreilles pointées

dans sa direction comme s'il avait compris ses propos. L'air intéressé, il laissa errer son regard vaguement au-dessus du canapé,
entre le tapis et la table, prenant ses marques. Quittant sa place
chaude et confortable, il sauta à nouveau sur le petit sofa bleu,
puis sur le tapis ocre et bordeaux sur fond crème, et en quelques
secondes, se retrouva près de la fenêtre. Il montra un certain
intérêt à la scène qui se déroulait devant ses yeux. Cette fois-ci,
le comportement de l'enfant paraissait l'interpeller. Alors qu'il se
trouvait au pied du garçon, les gouttes commencèrent soudainement à tomber avec fracas. Les deux spectateurs poussèrent un «
Oooh ! » et un ronronnement simultanément. Tous deux étaient
captivés par ce qui se passait au-dehors. Pastèque bondit sur l'escabeau et se frotta légèrement contre l'enfant, la queue haute et
droite, les oreilles dressées vers l'avant. Le petit n'y prêta pas attention, trop occupé par ce qui se passait à l'extérieur. Le chaton,
toujours sur un côté de l'escabeau, regardait parfois en direction
du garçon, parfois vers la vitre. Il s'accroupit sur le peu d'espace
qu'il avait réussi à trouver et passa sa langue sur ses moustaches.
Il accentua son ronronnement, la tête levée et le regard fixé sur le
phénomène naturel au dehors. À ce moment-là, le petit le remarqua, toujours aussi enchanté par ce que la nature exhibait. Son
expression montra encore plus d'étonnement lorsqu'il se rendit
compte que le félin était près de lui. Un léger sourire apparut sur
son visage. Il regarda à nouveau au-dehors, puis tourna la tête
vers son compagnon.

« Tu as vu l'orage Pastèque… »

Le chaton l'observa, puis regarda de nouveau en direction de
la fenêtre. Il émit un miaulement aigu. Lui aussi se réjouissait

de cette situation insolite. Les corps figés, les deux êtres étaient comme deux statues posées dans le noir et éclairées par la scène mouvementée du monde au-dehors.

Bien qu'elle eût pleinement gagné l'extérieur et tentait désormais de s'infiltrer à l'intérieur de la maison, la pénombre n'arrivait pas à s'imposer face à la lumière tamisée que procuraient à la fois le feu dans la cheminée encore plein de vivacité et la grande lampe posée à même le sol près du téléphone.

L'orage rugissait toujours de toutes ses forces. Les deux compagnons pouvaient entendre les grosses gouttes venir se fracasser contre toute surface solide qui se trouvait sur leur trajectoire. Le garçon avait remarqué des petites formes voler dans tous les sens. Certaines feuilles mortes, qui n'étaient pas encore suffisamment mouillées pour adhérer facilement aux autres, ne pouvaient résister à la fureur du vent. Ce dernier balayait presque tout sur son passage. Il les envoyait virevolter par à-coups un peu partout dans le jardin. Certaines avaient même dépassé le niveau de la fenêtre. La pluie semblait s'être installée pour toute la nuit. Un autre éclair jaillit dans le noir du ciel, suivi d'un sourd fracas. Le vent continuait de souffler avec force, au point de faire s'entrechoquer les persiennes.

Le petit avait le front posé contre le carreau, tout prêt du rebord de la fenêtre. Il reniflait très discrètement, comme essayant de deviner une senteur qui lui était familière. L'odeur du vieux bois se mélangeait à celle de la peinture du châssis, laquelle avait été posée voilà des lustres et peinait à conserver sa fraîcheur d'antan face au temps qui s'écoulait. Au-dehors, l'atmosphère regorgeait des parfums d'une terre qui venait juste d'être labourée et minutieusement travaillée une seconde fois, et juste à temps pour la laisser reposer tout l'hiver. La pluie tombait abondamment et des milliers de gouttes venaient se pulvériser contre le sol, rendant ce dernier malléable et poreux. Tous les éléments qui le composaient laissaient exhaler leurs essences, lesquelles, associées entre elles, rendait ce parfum unique. La terre avait été ameublie et aérée afin de faciliter le développement des racines, le drainage et la nitrification. Elle avait également été fragmentée afin d'y mettre engrais et semences, de se débarrasser des mauvaises herbes et d'inverser les couches entre elles. La neige y contribuerait bientôt et l'engraisserait un peu plus. Les lombrics, dans leur environnement, étaient sûrement sortis de leurs galeries pour s'accoupler ou s'aventurer un peu partout. Renouveler cette terre pour la rendre fertile comme au premier jour. Un sol qui n'avait guère changé depuis la nuit des temps.

L'enfant inhalait lentement l'odeur de cette terre qui s'était infiltrée à l'intérieur. Il s'en imbibait avec délectation, comme une impulsion inhérente à sa petite personne. Son subconscient, à mi-chemin entre réalité et imagination, lui rappelait qu'elle faisait partie de son soi. Il y était né et sa vie y était enracinée quoi qu'il advînt. Leur destinée était enlacée l'une dans l'autre à jamais. Cette terre, telle la mère originelle qui l'avait élevé dans un devoir ruisselant jusque dans ses entrailles. Le regard du petit laissait entrevoir un état de ravissement, voire de béatitude, qui le transportait dans une autre dimension. Le parfum l'avait séduit.

Le félidé avait noté le changement de comportement du garçon. Il l'observait, pris dans une presque transe, rapprocher son nez encore un peu plus vers le rebord du bois, les yeux toujours rivés sur l'extérieur.

La pluie battait son plein, le petit n'y voyait guère dans le noir à présent. Le crépuscule avait totalement disparu pour laisser place à un ciel complètement sombre. Son nez, écrasé et déformé contre le carreau, avait fini par créer de la buée en forme d'auréole. Sa rêverie était bercée par le bruit régulier des gouttes qui s'abattaient dehors. Le félin observait également l'extérieur. Tous deux se figèrent à nouveau dans cette pause, le regard plongé dans l'obscurité. Leurs images respectives se réfléchissaient dans la vitre.

« Mon trésor ! » dit soudainement une voix, provenant du couloir. Le chaton tourna la tête et cligna des yeux, comme s'il venait de se réveiller. Il remua la queue, se leva lentement, s'étira en étendant les pattes avant le plus loin possible et en poussant le reste de son corps vers l'arrière et ce, tout en bâillant jusqu'à se décrocher la mâchoire. L'enfant, lui, était toujours immobile.

« Mon trésor, tu m'entends… ? » répéta la voix, toujours aussi affable mais plus insistante, s'inquiétant du silence comme seule réponse. Le petit, cette fois-ci, semblait s'être rendu compte des appels maternels. Il refit surface. Il inclina légèrement son corps vers la gauche d'où venait la voix tout en laissant sa tête reposer contre la vitre, s'en servant comme axe de rotation pour tout son corps. Il remarqua le chaton lequel, debout et se léchant délicatement les moustaches, se préparait à quitter les lieux. Il laissa échapper un miaulement. Le petit se retourna à nouveau vers l'extérieur.

« Oui maman… ! » Il avait du mal à s'extirper de ses rêvasseries.

« Chéri, il est temps que tu ailles te coucher je crois, non… ? J'espère que tu n'es pas près de l'une des fenêtres. Je sais qu'il y a le paratonnerre mais je préférerais que tu n'y sois pas… Va d'abord embrasser Papi, » ajouta la voix maternelle qui jaillissait du corridor, d'un ton plus rassuré cette fois-ci.

« D'accord ! J'arrive… »

Il fixait toujours le noir de l'extérieur. Le félidé prit ses marques et sauta d'un trait sur le pouf posé près du radiateur, fléchit ses muscles pour à nouveau s'élancer dans les airs en douceur. Il se retrouva sur le tapis, marcha lentement le long de la table, la frôlant délicatement, tournant la tête tantôt à droite, tantôt à gauche, comme s'il inspectait les lieux. Il contracta à nouveau ses muscles, bondit de nouveau sur le petit fauteuil bleu, puis sur le divan, et reprit sa place. Il se mit de nouveau à observer le feu toujours aussi intense. Il miaula de nouveau. Le garçon se tourna subitement, la tête prise dans les rideaux, laissant de côté les intempéries de novembre.

Il remarqua Pastèque tapis sur le fauteuil, à la même place qu'il avait prise quelques instants plus tôt, comme si l'intermède de l'orage qui les avait liés n'avait jamais eu lieu et n'avait été qu'une parenthèse dans son imaginaire.

« Pastèque ! Tu es encore là ? » lui demanda-t-il, surpris de constater qu'il n'avait pas encore rejoint sa litière dans l'un des coins du salon. Le chaton ne prit même pas la peine de le regarder cette fois-ci. Il leva la queue et posa la tête sur ses deux pattes avant. À présent, il semblait avoir pris place parmi le silence et l'atmosphère calfeutrée, parmi les éléments de la nuit.

L'enfant se débarrassa des rideaux qui descendaient jusqu'au niveau de ses genoux, à l'aide de ses deux mains et dans un mouvement anarchique, tenant la sucette toujours aussi fermement. Il prit le même chemin que le petit animal, d'un pas indécis, et alla s'asseoir près de lui. Ce dernier ne bougea pas. Le petit remit la sucette dans sa bouche, posa sa tête contre sa main gauche, laquelle était bien calée sur l'accoudoir du fauteuil, et se mit à observer la cheminée, les pieds dépassant à peine le bord du sofa. Il caressa la tête de Pastèque de l'autre main, aussi délicatement que possible. Le chaton se roula de côté et étira ses pattes, tout en poussant deux miaulements aigus.

Ils restèrent côte à côte immobiles pendant quelques minutes, encore épris du spectacle de l'orage. Alors que le félidé avait toujours les yeux égarés dans la cheminée, le bambin observa à nouveau la fenêtre, tétant par séries régulières. La pluie se faisait toujours autant entendre. Il baissa la tête et se laissa glisser lentement du sofa, en s'aidant de ses petites mains. Le félin releva la tête, lui jeta un regard interrogateur, puis la reposa tout aussitôt.

Le garçon se retourna subitement et se dirigea vers le couloir, d'où jaillissait une faible lueur, observa la fenêtre pour une dernière fois, puis ôta la sucette de sa bouche.

« Maman ! Tu as oublié de fermer la fenêtre près de la cheminée ! Elle est toute mouillée… »

Il fixa le félin du regard.

« Bonne nuit Pastèque… » Il remit la sucette dans la bouche, marcha lentement et s'engouffra dans le couloir à demi-éclairé. Son compagnon avait à présent fermé les yeux.